CUCO

CUCO

JULIA CROUCH

TRADUTOR:
TIAGO NOVAES

Editora Novo Conceito

Publicado originalmente na Grã-Bretanha em 2011 por HEADLINE PUBLISHING GROUP
Título original: Cuckoo

1ª Impressão — 2012

Edição: Edgar Costa Silva
Produção Editorial: Alline Salles, Lívia Fernandes, Tamires Cianci
Preparação de Texto: Solange Monaco
Revisão de Texto: Lilian Aquino
Diagramação: Brendon Wiermann, Vanúcia Santos
Capa: Jorge Parede

Este livro segue as regras da Nova Ortografia da Língua Portuguesa.

Dados Internacionais de Catalogação na Publicação (CIP)
(Câmara Brasileira do Livro, SP, Brasil)

Crouch, Julia
Cuco / Julia Crouch ; tradução Tiago Novaes Lima. -- Ribeirão Preto, SP : Novo Conceito Editora, 2012.

Título original: Cuckoo.
ISBN 978-85-8163-022-9

1. Ficção inglesa I. Título.

12-07569 CDD-823

Índices para catálogo sistemático:
1. Ficção : Literatura inglesa 823

Editora Novo Conceito

Rua Dr. Hugo Fortes, 1885 – Parque Industrial Lagoinha
14095-260 – Ribeirão Preto – SP
www.editoranovoconceito.com.br

Para Tim, Nel, Owen e Joe.

SOU GRATA A:

JACQUI LOFTHOUSE, que me ajudou a decidir o que fazer e a me ater à decisão; Hannah Vincent, que me encorajou a avançar até que eu finalmente abatesse a raposa; Tara Gould, de Short Fuse Brighton, por permitir que eu lesse minhas histórias para pessoas de verdade, e em voz alta; Carmela Marner, por ser a primeira a ler e a opinar; Boo Hewerdine, pelos conselhos em assuntos musicais; Janee Sa, pela experiência em assistência social; Chloe Ronaldson, pelos apontamentos em obstetrícia; Hannah Norden, por suas reflexões ambulatoriais e paramédicas; Laura Marshall-Andrews, pelo auxílio médico; John O'Donoghue, por afirmar que pensara que eu já tivesse escrito antes; Chris Bary e Nanowrimo; Queens Park Lowbrow Bookgroup, por me ouvirem tantas e tantas vezes; Jane e Roy Collins, Pam e Colin Crouch; Rosemary Pryse, pelo espaço da escrita e por suas cem mil histórias; Simon Trewin, Ariella Feiner, Jessica Craig, Zoe Ross, Giles Smart e a todos da United Agents; minha maravilhosa editora Leah Woodburn, assim como Imogen Taylor da Headline; Joan Deitch; Amanda Smith e Gary Parker; e minha família, por aguentar isso tudo.

DESFECHO

AQUELA PODERIA ser a cena de um crime, mas o verdadeiro crime se passara em outro lugar. Nada está como estivera: tudo se encontra rasgado, estilhaçado ou destruído. Enormes manchas de tinta cor de carne degradam as superfícies; pedaços de papel retorcem-se nas pontas.

Suspensa nas paredes, estão pintadas repetições da mesma forma esquelética e nua. Arqueada, extasiada, bela. E seus olhos foram arrancados, apunhalados com uma tesoura, talhados por uma lâmina.

Em resumo, uma desordem completa.

1

QUANDO ROSE soube que Christos havia sido morto, não pensou duas vezes: Polly e os meninos deveriam vir e ficar. Agora ela e Gareth tinham espaço, e Polly era sua melhor amiga desde a escola primária. Não havia dúvidas: eles deviam vir, ficar e deixar que Rose cuidasse deles.

A ligação telefônica soou no último dia de fevereiro. Anna e a pequena Flossie estavam dormindo, e Rose e Gareth haviam acabado de acender uma vela e abrir uma garrafa de vinho na mesa da cozinha. A imagem de tal rotina noturna permanecera em suas mentes ao longo dos dois anos e meio que passaram reformando esta casa nas colinas de Wiltshire. Agora, apenas um mês depois de finalmente se mudarem para lá, a visão se estabelecera como um fato concreto.

O telefone ecoou pelo assoalho ladrilhado, irrompendo no interior do silêncio rural que ainda consideravam um pouco enervante. Gareth quisera um característico toque de telefone ressonante, como aquele com o qual crescera no interior rural do estado de Nova York. Um que pudesse ser ouvido onde quer que estivesse. Afirmou que aquilo significava para ele uma intenção consciente, um estado de estar ali porque planejou, e não por acaso. Rose não conseguia entender como ele concluíra aquilo, mas um toque alto era prático, já que não obtiveram ali no campo nenhum sinal de telefone celular.

Levando consigo o cálice de vinho, Rose foi atender o telefone.

— Christos está morto — foi a primeira coisa que Polly disse.

Rose teve de sentar-se no balcão da janela, a pedra fria gelando as suas pernas.

— O quê? — É claro, não acreditava.

— Ele morreu. Em um acidente de carro. Estava bêbado.

— O que foi? — Gareth levou a cadeira e foi se sentar ao lado de Rose, tomando a sua mão enquanto ela ouvia aquilo e tentava respirar.

Rose pensou em Christos, o grandalhão. Christos era, de todos que conhecia — exceto Gareth e as meninas — a última pessoa que podia imaginar não vivendo. A vida era sua marca. Uma vez, sabendo que ela sentia desejo por vieiras quando estava grávida de Anna, ele cozinhara para ela uma dúzia inteira. "Você precisa escutar o seu corpo, porque ele te conhece melhor do que você", dissera com sua infalível lógica grega. Ela e Gareth tinham quadros dele espalhados pela casa inteira. Explosões de cor, vida, sexo e comida iluminavam o interior frio que construíram, contrastando belamente com a contenção e a simetria do trabalho de Gareth, mais cerebral. Chegavam mesmo a possuir uma das pinturas mais eróticas que Christos havia feito — de Polly, por sinal — pendurada no closet.

— Quando? — Rose quis saber. Ela precisava de fatos que a ajudassem a assimilar aquilo.

— Duas semanas.

Rose pensou ouvir o barulho do mar do outro lado da linha, estourando na rocha do litoral. Imaginou Polly sentada no terraço da casa em Cárpatos, aquele que conduzia direto para a praia. É possível que tivesse um cálice de Metaxa[1] na mão. Mas era fevereiro, ela provavelmente não se encontrava do lado de fora. Fazia frio na Grécia em fevereiro? Rose não sabia — só estivera lá no verão, e a última vez tinha sido há dois anos e meio. Deu-se conta de que ela e Polly não se falavam havia seis meses.

No entanto, por mais afastadas que estivessem, elas sempre pareciam capazes de retomar de onde tinham parado. Rose e Polly eram intimamente ligadas. Tinham crescido juntas; viveram juntas desde o final da adolescência até os seus vinte e muitos. Ambas se casaram com artistas e se surpreenderam por terem, as duas, se amoldado tanto e de modo antiquado a seus maridos e filhos.

— Ele sempre dirige muito rápido por estas estradas — prosseguia Polly. — Ele pensa que conhece as estradas por ter nascido aqui. Mas não conhece. É tudo papo furado.

— Pobrezinha — Rose não sabia mais o que dizer.

Fez-se silêncio. Apenas o ruído do mar: quebra, recuo; quebra, recuo.

Rose pousou a mão sobre o bocal do telefone e contou a notícia a Gareth. Gareth engasgou, cerrou os olhos e desabou o rosto entre as palmas, pressionando as pontas dos dedos contra a testa. Ele e Christos foram amigos, antes de Polly. Na verdade, foi graças a Christos que Rose e Gareth se conheceram.

Rose retornou a Polly. "Como você está?" Procurou sufocar o choque e a tristeza, para o bem de sua amiga. Não estava autorizada a sofrer tanto por Christos quanto Polly.

[1] Marca de conhaque grego (N. T.).

— Fizemos o enterro e recebi votos de uma vida abundante um milhão de vezes de todas as tias e primos e de sua maldita mãe. Estamos aguardando o fim do culto memorial, e depois vou embora daqui.

— E os meninos? Como estão eles? — Rose teve dificuldade para que a voz saísse, ao perguntar. Nico e Yannis eram os dois filhos de Polly e Christos. Rose e Anna tinham passado duas semanas mergulhando e tomando sol com eles, naquele verão em que a visitaram, pouco antes de o projeto da casa deslanchar. Rose lembrava-se de Nico, sete anos, emergindo para a superfície em sua frente com uma perfeita concha de ouriço-do-mar, seu sorriso tão largo quanto a curva arenosa da baía atrás dele. O júbilo de Christos pela descoberta de seu filho alcançou-os no mar espumante. Rose arrepiou-se ao pensar que deveria tê-los visitado com mais frequência. Agora não havia oportunidade de voltar atrás.

— Tudo o que queria era tocar nele — disse Polly. — E isso me espanta. Antes não queria tanto, quando podia, mas agora é só nisso que consigo pensar. É como se um incêndio tivesse queimado tudo.

— E os meninos? — Rose voltou a perguntar.

— Eles são pequenos demais para entender direito o que isso significa. Eles vão se dar conta logo, mas por enquanto não têm ideia da permanência disso. Droga. — Seguiu-se o ruído de um cálice espatifando contra a pedra.

— Viajo amanhã até aí — ofereceu-se Rose, captando o olhar de alerta que Gareth lançou com os olhos marejados. Soube no minuto em que falou que a ideia de largar tudo e levar o bebê para a orla leste da Europa era ridícula. Gareth deveria retornar ao trabalho; ela precisaria cuidar de todo o resto.

— Não — Gareth sinalizou com os lábios. Apesar da pintura no closet — que pendurara em parte para agradar a Rose, e em parte porque era uma amostra das melhores obras de Christos — ele jamais gostara de Polly. Ele dissera uma vez que ela lhe dava arrepios, o que era uma afirmação bem severa quando vinda de Gareth.

— Não. Você fique onde está. Eu e os meninos estamos voltando. Vamos cair fora daqui — respondeu Polly.

— Bem, então vocês devem vir e ficar aqui — rebateu Rose, olhando diretamente para Gareth. — E permanecer o tempo que quiserem.

Gareth afastou-se para encher mais um cálice de vinho para si, dando as costas para Rose.

Mas o que ele poderá dizer? Rose pensou. Ele simplesmente terá de aceitar.

2

Foi uma longa ligação telefônica. Após desligar, Rose percebeu que Gareth não estava mais na cozinha. Percorreu a casa, mas não conseguiu encontrá-lo. Vestiu a sua Barbour[2], meteu os pés em um par de botas, apanhou uma lanterna e o alarme do bebê e, ainda desnorteada com a notícia sobre Christos, ainda incapaz de assimilar, caminhou sob o luar para onde sabia que ele estaria.

Um rio vagaroso e profundo recortava o vale do campo e ao seu lado havia um grande e velho salgueiro, tendo uma pedra macia e plana ao seu pé. Rose topara com o lugar pela primeira vez quinze meses antes, depois de contar a Gareth que estava grávida.

Foi um acidente, a gravidez — o resultado de uma noite bem conturbada de celebração da nova casa em construção, quando deixaram Anna na casa de um amigo e convidaram os vizinhos para ajudá-los a consumir um bocado da horrível cidra local.

---

[2] Tradicional marca inglesa de jaquetas e vestuário em geral (N. T.).

Tinham içado uma árvore de Natal para o telhado, houve muita gritaria e muita dança, e então todos partiram cambaleantes. Andy — irmão de Gareth, que chegara da França e estava ajudando na construção e acampando na edícula com eles — havia sucumbido no assoalho da casa principal. Rose e Gareth cobriram-no com cobertores, e se encaminharam na ponta dos pés até a edícula, onde, após quase dezoito meses castos, dividindo o quarto com a filha pequena, mandaram a precaução para os ares.

Foi por isso que, algumas semanas depois, quando Rose fez o teste e o resultado foi positivo, aquilo pareceu uma calamidade. O plano era que, quando a casa estivesse concluída, Rose daria aulas nas horas em que Anna permanecesse na escola. Isso retiraria a pressão financeira de Gareth, permitindo-lhe buscar possibilidades mais criativas para o seu trabalho. Embora tivesse apreciado a satisfação física de erguer portas e levantar paredes, começara a se sentir tolhido. Para que pudesse reiniciar seu trabalho, ele precisava de dias ininterruptos e desafogados em seu estúdio — e isso quando o construísse.

Rose sabia que um bebê novo poria em xeque tudo isso. Também sabia que, por muitas razões, Gareth quisera somente uma criança. Assim, com o coração apertado, saiu de casa para contar a ele. Ele estava fora, debaixo da chuva, reforçando de argamassa um velho muro de pedra que fora consumido pela trepadeira. Quando lhe contou, ele sacudiu como se tivesse sido atingido por uma arma de eletrochoque. Deixou cair a trolha, levantou-se e simplesmente saiu andando.

Ela passou muito tempo tentando encontrá-lo naquela ocasião. Percorreu os campos durante uma tarde úmida inteira, chamando por ele como uma desatinada, cada vez mais desesperada com a facilidade com que a felicidade deles podia murchar. Enfim, encontrou-o sob o abrigo de um salgueiro, fumando e fitando os torvelinhos marrons da água.

— Imagino que um aborto esteja fora de questão, não é? — perguntou, levantando os olhos para ela.

Sim, absolutamente. Rose queria aquele bebê e, apesar de Gareth afundar em sua cama durante três dias, sua gravidez começava a tomar forma.

— Podemos fazer isso dar certo — persuadiu-o, oferecendo--lhe chá no primeiro dia de seu retiro, enquanto a chuva perpétua martelava contra o piso sem janelas de sua casa inacabada. — Ainda temos um pouco de dinheiro, e vou dar a você todo o apoio prático de que precisa.

Rose sabia, pelo contato quase semanal que Gareth mantinha com a galeria, que havia uma demanda por seu trabalho que sua ausência só fez aumentar.

— E nas condições certas você vai realmente conseguir trabalhar de forma produtiva — insistiu no segundo dia, após ela e Andy terem trabalhado lado a lado impermeabilizando a casa, das vergas ao peitoril, ao revestir com lonas azuis cada fresta de janela.

Por "condições certas", Rose se referia ao claro e arejado estúdio que estavam erguendo no lugar de um dos alpendres. Por "trabalhar de forma produtiva", aludia a labutar ainda mais maquinalmente na mesma e velha rotina. Gareth não tinha como evitar sua condição financeira. Mas havia planejado retornar a suas raízes mais conceituais, e lá estava ele sendo forçado a retornar às ocupações comerciais das quais tentara fugir.

— Seria perfeito, Gareth. Pense só, um bebê — foi sua oferta no terceiro dia, quando finalmente irrompeu a primeira geada forte do que tinha sido até então um inverno brando e chuvoso.

Rose carregava uma preocupação importunante de que essa notícia de Christos — e, mais especificamente, a parte que se referia à vinda de Polly — pudesse abalar tudo de novo. Sabia ser necessária uma ação rápida, e assim, cobrindo-se com sua Barbour, apressou-se pelo campo azul-prateado em direção ao rio. A imagem de um Christos sorridente, banhado pelo sol perdurou em sua consciência de um modo tão vívido que ela teve de afugentá-lo do ar noturno. E foi então que se deu conta de que nunca mais ouviria a sua voz, nunca tocaria a sua pele novamente. Parou e retomou o fôlego, no momento em que o fato terrível de sua morte atingiu-a por completo pela primeira vez. Por um momento, sentiu-se perdida, à deriva no meio do campo. Se ela não tentasse se restabelecer, pensou que poderia desaparecer também.

E, então, levantou o rosto e viu o salgueiro de Gareth. Contornado pela luz da lua, ele parecia um gigante recurvado na noite. Rose pôde sentir o cheiro de tabaco Drum, e sabia que seu marido estava lá. Recuperado o seu brio, rumou até a árvore e adentrou o círculo coberto pelas folhas que restavam.

Sentou-se ao seu lado, unindo-se a ele em silêncio.

— Christos, não posso acreditar — falou de olhos fechados.

— Não — ela respondeu. — É horrível demais.

— Ele era tão... — Gareth fitou o rio de olhos vermelhos, procurando as palavras.

— Ele era seu amigo.

— Ela já fez o funeral, pelo que entendi.

— Sim. Receio que sim.

— Eu gostaria de estar lá para enterrá-lo.

— Eu também.

— Aquela mulher o roubou e o manteve só para si.

— Eu sei, mas...

— Ela deveria ter nos contado antes.

— Sim. — Pousou o braço ao redor dele. O rio fluía aos seus pés, preenchendo o silêncio deles com o rumor de sua jornada, da colina ao oceano.

— É a hora errada para isso acontecer — disse finalmente, mergulhando a bota no barro da beira do rio.

— Eu sei — ela respondeu, tomando sua mão.

— Nós tivemos os dois anos mais difíceis de nossas vidas, e agora, bem quando estamos começando a nos acomodar e a realmente começar a viver esta vida pela qual lutamos tanto, temos que abrir as nossas portas para essa sua amiga e os filhos dela.

— É um mau momento — concordou.

— Por que deveríamos arriscar tudo por ela? — indagou, olhando-a diretamente.

— Arriscar? — falou. — É um pouco forte, não acha?

— Seria uma invasão. — Atirou a bituca no rio.

— Não pense assim.

— Como gostaria que eu pensasse?

Uma brisa agitou o salgueiro, e ambos escutaram o farfalhar e o estralar que os rodeava.

— Mas veja — retomou ela. — Temos espaço. Temos a casa principal inteira para nós, e Polly e os meninos podem ficar na edícula. Estarão totalmente separados. Eles podem até cozinhar suas próprias refeições. Mal notaremos que estarão ali.

A edícula se situava na frente da propriedade, bem perto da estrada. Tinha sido um respeitável galinheiro por décadas, e o primeiro trabalho foi convertê-lo em um confortável, ainda que modesto, quarto e sala para Rose, Gareth e Anna, com uma pequena antecâmara para Andy, quando ele vinha. Havia uma cozinha relativamente bem equipada — Rose tinha de ser capaz de abastecer bem os operários — e um chuveiro. Porém, sentia falta de mergulhar numa banheira.

— E além disso, quem mais conhecemos que possui esse espaço para oferecer? — prosseguiu Rose.

Era verdade. Todos os seus outros amigos moravam em apartamentos minúsculos de Londres. Ou, se tinham filhos, viviam em casas de ladeiras caindo aos pedaços. Não conheciam mais ninguém — e Polly tampouco — que tivesse dinheiro para esse tipo de propriedade. Mesmo da época dos negócios musicais de Polly, não sobrara ninguém que preenchesse os três requisitos de estar disponível, ter dinheiro o suficiente e ainda morar no Reino Unido.

Se não fosse pela morte dos pais de Rose, mesmo Rose e Gareth também não teriam condições de adquirir uma casa ampla. Seu pai e sua mãe partiram um em seguida do outro, respectivamente de câncer de fígado e de intestino. Sua herança — resultado da venda de sua casa na Escócia e de um acúmulo de reservas agregadas por meio de um resultado de sábias aquisições imobiliárias nos dias em que esse tipo de coisas era possível — foi suficiente para permitir que Rose, sua única filha e sua grande decepção, pudesse sonhar um pouco. O fato de eles terem-na levado em conta dessa maneira a surpreendeu. Ela julgara que o dinheiro fosse para a igreja dos dois, ou para um lar de cães, ou para conterrâneos em apuros. Para qualquer lugar que não ela.

Aquela velha casa, o Chalé, que Rose e Gareth encontraram pela primeira vez como uma ruína com budleias crescendo no lugar onde o telhado estaria, pareceu-lhes exatamente o propósito de um bom sonho. Decidiram fazer quase todo o trabalho eles mesmos, em parte para fazer o dinheiro render e em parte pela experiência. Gareth declarara que queria assim para que pudessem se ligar verdadeiramente ao novo lar. Seu entusiasmo era contagiante. Quando Gareth metia algo — bom ou ruim — em sua cabeça, não havia retorno. Ele gostava de planejar. E era por isso que Rose estava determinada a cortar pela raiz suas objeções à vinda de Polly.

O luar entremeou-se no rio soprado pelo vento, e Gareth puxou uma fibra do salgueiro.

— É impossível não notar a Polly — disse. — Ela não é exatamente alguém que se adapte.

— E é por isso que eu a amo — respondeu Rose. Olhou para Gareth enquanto ele fitava a água. Um nervo palpitava em seu rosto, e sua mandíbula estava rija.

— Você está bem? — ela quis saber.

— Só estou cansado — respondeu.

Ela suspirou. Esse era o seu modo de dizer a ela que queria ser deixado sozinho. Mas ela não faria isso dessa vez. Se ela perdesse o fio, seria um desastre.

Em Londres, quando estava desse jeito, ele mergulharia em seu trabalho. Desapareceria em seu estúdio, apenas para aparecer dois dias depois, com duas ou três composições que iam direto para a galeria.

Esse caminho funcionava para ele, mas para Rose, presa em casa e sozinha com Anna, aquilo era menos satisfatório. Ela desejava às vezes que eles pudessem resolver as coisas juntos, que pudessem sentar e conversar sobre as coisas madrugada adentro, tal como ela imaginava que as outras pessoas faziam. Se tivessem feito isso, talvez toda a história da gravidez não tivesse feito a vida deles tão difícil. Ela também preferia não ser a guardiã, desculpando o comportamento de Gareth, em companhia de Anna, que ficava se perguntando por que ela não podia ver o papai.

— Mas ele está no trabalho, querida — diria Rose, e as duas se levantariam para fazer um bolo.

Teria sido fácil em Hackney, onde o estúdio ficava longe, do outro lado de Victoria Park. Mas nesta nova casa, em especial durante a construção, o trabalho estava inteiramente ligado à vida. Não havia para onde ir, e ele poderia contagiá-los todos com o seu desânimo. Aquilo já acontecera uma vez, e ela não queria que acontecesse de novo.

— Olhe, Gareth, Christos, seu amigo, seu velho, velho amigo, morreu. Por Christos, você não pode encontrar um jeito?

— Eu não vou ter voz nisso, não é? — perguntou, puxando um Rizla[3] do pacote e enrolando outro cigarro.

— Estamos conversando agora, não estamos?

— Mas você já se decidiu. Posso ver isso.

— Se quiser, posso ligar para Polly quando voltarmos e pedir que não venha — falou Rose. Parte dela queria mesmo fazer isso. Ela sabia que Gareth tinha sua razão, que de fato era um mau momento. Mas não podia reconhecer isso inteiramente, não agora.

— Eu queria que nós tivéssemos discutido isso antes que você a convidasse para ficar — respondeu.

— Mas o que mais eu poderia ter feito? Polly e eu praticamente crescemos juntas. Ela é como uma irmã para mim — argumentou Rose, enumerando com os dedos as suas razões. — Nós compartilhamos tudo até conhecermos você e Christos. E agora Christos partiu, ela virou uma viúva com dois filhos, quer voltar e não tem outro lugar para ficar. Eu nem sei se ela tem algum dinheiro.

Permaneceram sentados e em silêncio. Imóveis, sentiam como a noite estava fria. Apesar de seu visível casaco impermeável e da proteção do salgueiro, Rose tremia.

— Puxa — sentenciou Gareth. — Christos morreu. Não dá para acreditar. Droga.

— Vou sentir tanta falta dele — murmurou Rose.

— Eu também.

Rose apoiou a cabeça em seu ombro.

— Olhe. Quero que passemos juntos por isso — disse ela, um tempo depois.

Ela não queria que fosse como sua gravidez, quando sentia que estava carregando sozinha Anna e o bebê. Foi assustador, sentir-se tão solitária. O trabalho infindável na casa e o clima inglês

---

[3] Marca de papéis de seda para cigarros (N. T.).

— ventanoso, úmido e psicótico — pareciam deixar Gareth em frangalhos. Ele era alto, mãos grandes, cabelos espessos e pernas sólidas. Mas, ao longo desse período, ele pareceu ficar cada vez menor. A barriga de Rose crescia na proporção inversa ao declínio de Gareth, embora ela tivesse se obrigado a não diminuir o peso que carregava no trabalho da construção. Lembrava-se de ficar toda dolorida. Seu otimismo tenaz, que costumava ajudá-la a atravessar qualquer coisa, começava a isolá-la.

Tudo começava a parecer impossível, quando, sem anúncio e dois anos antes, o bebê chegou.

O parto durou ágeis duas horas, tempo muito curto para ir ao hospital. Dessa forma, Andy e Gareth — arrebatado de seu torpor pela natureza urgente do acontecimento — fizeram o parto com o auxílio do telefone para emergências.

No minuto em que o bebê escorregou para suas mãos, Gareth se apaixonou. Declarou que seu nome era Flossie — não o planejado Olivia que Rose pinçara entre todas as possibilidades. Rose ficou tão aliviada com a transformação instantânea de Gareth que teria concordado com Weasel ou Troutface[4], se tivesse sido isso que ele queria.

Essa nova alegria os conduziram ao longo das últimas etapas da construção — os consertos finais, os esquemas de cores e as escolhas do piso —, até a casa acabada, onde a vida parecia pronta para começar como uma existência ordenada e organizada. Havia um armário para tudo; prateleiras exibiam apenas os livros, ou o útil e belo. Enfim, tinham espaço. Era tão diferente de espremer suas vidas no interior de um apartamento de um dormitório, sem garagem ou porão, como ocorrera em Hackney. E este espaço era especial: eles tinham empurrado, puxado e suado

[4] Do inglês, "doninha" ou "cara de truta" (N. T.).

para criá-lo. A primavera estava a caminho, e o sol logo começaria a esquentar os seus ossos mais uma vez. A previsão era de um ótimo verão.

Rose sabia que sua reação instintiva à situação de Polly impusera uma ameaça a todo esse equilíbrio, mas também sabia que nem ela, nem Gareth tinham muita escolha agora. E ela estava bastante certa de que ele também via assim.

— Olhe — ela lhe disse. — Eles não vão ficar para sempre, e se não estiver bom, sempre poderemos pedir que saiam. É só até poderem colocar os pés no chão, apenas isto.

O vento mudou sutilmente de direção debaixo do abrigo do salgueiro. Muito, muito vagarosamente, ele começou a sorrir, e ela soube naquele momento que ficaria tudo bem.

— Ah, claro, posso mesmo imaginá-la pedindo para que ela se mude — disse Gareth. — Você é muito generosa, Rose. Você é muito mole, sempre procurando alguém para cuidar.

— É por isso que escolhi você — respondeu, e ele aproximou-a de si.

— Mas falo sério, Rose. Se as coisas apertarem, serei eu a pedir que ela siga seu caminho, e não aceitarei qualquer tipo de oposição sua, está bem?

— Está bem — respondeu, inclinando-se para ele. — Além do mais, nós somos fortes como uma rocha, agora, não somos?

— Verdade — falou, e atirou uma pedra no rio, que deslizou de tal modo sobre ele a ponto de saltar quatro vezes.

3

— Conta uma história de quando você era pequena?

Duas semanas tinham se passado. Anna estava aninhada ao lado de Rose. Manky, o velho gato, esparramava-se sobre as duas, ronronando como um quente cobertor motorizado.

— Já te contei de quando conheci a Polly? — falou Rose.

— Não.

— Você gostaria de ouvir?

— Sim!

Estavam na cama do quarto de Rose e Gareth, lugar que já havia se tornado o favorito para as histórias antes de dormir. Ele ficava no beiral da casa, comprimido debaixo do telhado cuja inauguração foi responsável pela existência de Flossie. O teto inclinado com vigas de carvalho — alto o suficiente para se ficar de pé, exceto nas extremidades do quarto — fazia dali um lugar protegido como um abraço. E a iluminação, tênue e quente, permitia que se sentisse protegida e acolhida, mesmo em uma noite tempestuosa como aquela.

— Está bem. Quando tinha seis anos — a mesma idade que a sua — eu morava em uma grande casa perto do mar. Ainda assim, ela ficava no meio da cidade.

— Em Brighton.

— Sim. A casa onde eu vivia era uma casa de hóspedes.

— Eu sei disso!

— Está certo.

— Mas o que é uma casa de hóspedes? Uma casa com hóspedes dentro? Como a nossa vai ser, quando eles chegarem?

— Na verdade não, ela está mais para um hotel. Meu pai e minha mãe — seus avós — reservavam quartos para pessoas que vinham até Brighton nos feriados ou a trabalho. Eles lhes ofereciam o café da manhã em uma sala no porão todas as manhãs. As pessoas pagavam. Era um trabalho duro para os seus avós. Os hóspedes estavam sempre chegando e partindo, permanecendo, no máximo, duas noites.

— Você gostava de morar lá?

— Quer saber? Não muito. Sempre tinha esses desconhecidos subindo e descendo as escadas, esperando para usar o banheiro, querendo isso e aquilo. Reclamando.

— Eu não ia gostar.

— Não. Mas eu não conhecia outra coisa. Seus avós ficavam muito ocupados com isso tudo, e eu tinha de me virar sozinha sempre.

— Mas que chato.

— Era mesmo. E um pouco solitário. Eu não tinha tanta sorte quanto você. Não tinha uma irmã para brincar. Não havia crianças ali além de mim. Seus avós não permitiam a entrada de crianças.

— Por que não?

— Bem, você sabe. Barulho. Bagunça. Eles odiavam tudo isso.

— Mas que malvados.

— Mas eu gostava de morar ao lado do mar. Costumava descer até a praia todos os dias. Era meu caminho para a escola.

— Você passeava sempre sozinha?

— Sim. Saindo de casa, virar à esquerda. Atravessar a estrada na faixa de pedestres e descer até a praia. Eu costumava cortar caminho debaixo do píer, mesmo que me proibíssem.

— Eu queria ir sozinha para a escola.

— Você é muito pequena. É perigoso, hoje em dia.

— Por que não te deixavam passar por baixo do píer?

— Esta é outra história. Mas o fato é que o mar era extraordinário, sabe? Todo dia ele estava diferente. Em um dia ele estava liso, como um lençol de seda. Na manhã seguinte, uma tempestade, como a desta noite, deixava-o nervoso, esticando-se e tentando tirá-la das pedras e arrastá-la para o mar. Eu amava o mar daquele jeito. Eu mostrava a língua para ele, seguindo as ondas que recuavam sobre o cascalho molhado, de volta para o mar, e depois eu subia a areia correndo, quando elas se atiravam de novo sobre mim. Um dia, o mar me pegou e eu cheguei ensopada na escola, o caderno de lição de casa destruído. A professora me deu uma bronca, e todas as crianças riram de mim. Eu estava congelando de frio.

Rose mostrou uma careta para Anna. Ela se recordava daquilo com clareza.

— A professora mandou que todos nos sentássemos. "Esta é a Polly, pessoal, e eu quero que ela se sinta bem-vinda", disse. "Polly, você poderia se sentar, por favor?" Bem, a única carteira disponível era a que estava perto de mim. E então ela veio e se sentou ali, bem do meu lado. Polly olhou para mim, toda ensopada. "Eu tenho umas roupas sobrando na minha mochila, senhora", disse à professora. "Ela não poderia se trocar? Ela está congelando, olhe." E, surpreendentemente, a professora disse sim. Eu e Polly fomos para o lavatório. Suas roupas não me cabiam muito bem: ela era tão magrinha, e eu um tanto gordinha naquele tempo. Mas ao menos estavam secas. E desde aquele momento, nos tornamos melhores amigas. Sentávamos juntas todos os dias na escola e descobrimos que a mãe dela morava num apartamento na rua paralela à nossa. E, desse modo, finalmente, eu tinha alguém para conviver no colégio e em casa. Passamos dias explorando as redondezas da casa de hóspedes, escondendo-nos de meus pais em quartos vazios, fazendo de conta que aquele era o nosso hotel, ou brincando que éramos recém-casados em lua de mel. Púnhamos as roupas da mãe de Polly — ela estava muito adoentada e vivia de cama, mas possuía um monte de coisas bonitas de quando tinha saúde — e desfilávamos em frente ao mar em compridos e desengonçados casacos de veludo, saltos plataforma grandes demais e boás de plumas. Polly e eu nos chamávamos de irmãs gêmeas. E graças a ela eu não estava mais sozinha. Ou entediada. Ela sempre tinha ideias para o que fazer em seguida. E assim, no final, eu era tão sortuda quanto você. Você ganhou a Flossie, e eu ganhei a Polly. Moramos juntas em Brighton desde os dezesseis anos de idade, e mais tarde, quando ela era uma cantora e eu uma professora, dividíamos um lindo apartamento em Londres. Tivemos um bocado de aventuras, e às vezes éramos bastante travessas.

— Travessas como?

— Ah, bem, isso seria contar demais. Outra história para outro dia. Olhe a hora. Hora de dormir, mocinha.

— Ah, por favor, por favor.

— Não! Vamos lá. Temos um longo dia amanhã. Partiremos direto da escola para o aeroporto para apanharmos Polly e os meninos. Você vai precisar estar cheia de energia. Imagine só, você não terá apenas a sua irmãzinha, mas também vai ter Nico e Yannis para brincar o tempo todo.

Animada com esse pensamento, Anna apanhou seu ursinho e desceu as escadas até o seu quarto, onde Rose cobriu-a bem e deu um beijo de boa-noite. Acariciou os abundantes cabelos castanhos da filha e sentiu no rosto o calor de sua respiração. Manky saltou e ocupou o seu lugar ao pé da cama de Anna.

Rose apagou as luzes do quarto e foi buscar Flossie para amamentá-la antes de dormir. Ao descer as escadas, tentou recordar-se de como era mesmo a casa dos pais, naquela sombria escada espiralada que parecia não ter fim, do pequeno dormitório no porão onde viviam, até os elevados quartos do sótão. Lembrava-se de pisos e mais pisos, de portas cerradas que pareciam chamá-la, persuadindo-a a espiar as vidas transitórias que transcorriam atrás delas. Mas mais que tudo, rememorava aquela sensação aborrecida e temerosa que sempre a tomava naquela casa, e se alegrou por suas filhas jamais terem de passar por aquilo tudo.

Carregaria um tanto de hoteleira em seu sangue? Esperava que não — preferia nada ter a ver com aquilo —, mas gostara de preparar a edícula para os visitantes. Fizera tudo às pressas: Polly não perdeu tempo ao organizar sua partida quando recebeu o convite de Rose. Mas Rose já tinha quase tudo ajeitado. Enumerou mentalmente as providências finais que precisava concluir para se preparar para eles: arrumar as camas da edícula, pôr leite na geladeira, toalhas limpas, papel higiênico no banheiro e um punhado de narcisos em um vaso sobre a mesa.

E assim tudo estaria pronto.

4

— Falta muito?

Anna puxou o casaco de Rose. Já anoitecia, e estavam ambas um pouco aborrecidas. Tinham aguardado no aeroporto Heathrow por mais de uma hora. O voo de Polly tinha se atrasado para decolar por conta de uma tempestade em Creta, e não havia previsão de horário para a aterrisagem em nenhum dos painéis, apenas uma mensagem irritante que lhes dizia para esperarem por mais informações.

Acabaram de comer os bolinhos de arroz e as maçãs que trouxeram como tira-gosto, e Anna estava ficando rabugenta e impaciente. Rose começara a desejar que a tivesse deixado em casa. Felizmente, Flossie logo adormecera no porta-bebê, de modo que ao menos era somente uma filha para lidar.

— Está bem, vamos ao Starbucks — cedeu Rose. Encaminharam-se até lá, e depois de muita dúvida, Anna finalmente decidiu-se por um chocolate quente grande com creme e marshmallow. Rose pediu uma xícara de chá. Sentaram-se onde pudessem enxergar tanto os painéis quanto as pessoas que chegavam do portão de desembarque de voos.

Rose adorava observar o portão de desembarque. Sempre que precisava encontrar alguém, chegava cedo ao aeroporto. Dizia a Gareth que era para o caso de ter problemas para estacionar, mas o que realmente queria era observar os momentos de abandono e união, os expostos pontos de encontro entre as pessoas. Era como um teatro: os viajantes surgem no palco um tanto aturdidos, piscando e arrastando a bagagem atrás de si. Segue-se um momento de confusão, e então avistam seus entes queridos e a cena se torna pura e cristalina no momento em que acenam, correm, abraçam-se.

— Olhe só — Rose mostrou para Anna, a voz um tanto fascinada. Uma jovem loira empurrava um carrinho repleto de malas vermelhas, atravessando o portão, e agora postava-se parada, à procura. No topo das malas, contrariando todas as normas de segurança, tinha empoleirado um pequeno menino de cabelos ruivos. O rosto do garoto se iluminou quando um homem alto e desengonçado correu até eles, erguendo-o para o alto. Pela cor dos cabelos, o homem devia ser o pai do menino. Talvez só estivessem afastados por alguns dias, mas Rose julgava que seria mais tempo. Estariam a mulher e o filho voltando para casa? Ou teriam chegado de onde moravam para se unirem ao pai? Por que o pai só abraçou a criança, e não a mulher? Saíram de cena, a mulher ainda empurrando o carrinho e o homem carregando a criança. A história continuaria, e Rose jamais a conheceria.

Aquilo contrastava tristemente com a última vez em que pegara um voo, quando ela e Anna retornavam da visita a Polly em Cárpatos. Rose estava animada em participar de uma pequena cena própria, um reencontro depois de ficar afastada de Gareth, que se oferecera muito prontamente para passar as duas semanas na Inglaterra, tornando a edícula habitável para quando retornassem.

Mas ele se atrasara para encontrá-las, e elas permaneceram no ponto de encontro do desembarque sem saber muito o que fazer. Como de costume, Gareth não atendia o celular; mesmo que estivesse ao seu alcance, ele possuía uma surdez seletiva, não importa quão alto deixasse o toque do aparelho. Rose sentira as suas férias e o bronzeado se desfazendo a cada instante em que tiveram de aguardar ali. Quando ele, enfim, apareceu, quase uma hora depois, ela estava ranzinza e ressentida. Tudo o que queria era chegar em casa. Mal reparou no pequeno punhado de margaridas que ele trouxera de seu novo jardim.

Rose e Anna terminaram as suas bebidas e se dirigiram à barreira. Anna deu saltos sobre o parapeito brilhante de metal até um segurança infeliz se aproximar e pedir que ela não subisse ali. Rose, não vendo razão naquilo, quase começou uma discussão. Mas o apelo constrangido de Anna — “não, mamãe, por favor” — deteve-a. Finalmente, o avião que estavam aguardando foi anunciado como tendo pousado.

E, então, lá estava Polly.

Arrastando uma grande mala rosa empoeirada, um violão preso às suas costas, ela parecia ainda mais magra do que há dois anos. Os ossos sulcavam o largo V de sua camiseta preta. Sua saia rija e comprida destacava-se como um quebra-luz gótico. Parecia mais uma órfã que uma viúva. Seus dois menininhos, que agora tinham cinco e nove anos de idade, hesitavam, piscando atrás dela. Os três, puxando suas malas atrás de si, bem poderiam ser sobreviventes de alguma espécie de apocalipse, topando pela primeira vez com a luz do sol.

Polly, como de hábito, comandava a atenção. Os olhos das pessoas estavam sobre ela.

Comprimindo Flossie ainda mais perto de si, Rose passou por debaixo da barreira e correu em direção a Polly. Anna seguiu atrás dela. Atenta em mover o bebê para um lado, Rose tomou a sua melhor amiga nos braços, e pressionou-a contra o peito, aspirando seu perfume de sempre, misto de âmbar e suor, com um sopro de jasmim negro no fundo. Polly simplesmente deixou que Rose a agarrasse. Permaneceu muito quieta, tensa e contida. Parecia uma ave assustada nos braços de Rose: imóvel, apenas um leve tremor de vida. Rose assustou-se com a impressão de que poderia quebrá-la, mas sabia que Polly era mais forte que isto.

A grande mala tombou. Nico, o mais velho dos meninos, tentou erguê-la, mas a mala era quase da sua altura, e provavelmente pesava mais que ele. Yannis, seu irmão, tentou ajudá-lo, mas apenas conseguiu atrapalhar, provocando discussão entre os dois.

Os outros viajantes tiveram de contornar essa cena espaçosa — as duas mulheres abraçadas e imóveis com um bebê comprimido entre elas; os dois meninos magrelas lutando contra uma mala rosa surrada, e Anna, a menina boazinha, plantada de pé em um canto. Rose tinha consciência de que estavam armando um drama, uma cena para o público, mas até que gostava disso.

Estava escuro e chovia forte quando dobraram na rodovia M4, sentido oeste. Rose ligou o aquecedor na potência máxima no interior do Galaxy. A luz esverdeada do painel, o ruído da ventoinha e o movimento pendular dos limpadores do para-brisa lançaram um feitiço sobre as crianças. Depois de um tempo olhando a chuva pela janela em silêncio, os meninos adormeceram, as faces morenas inclinadas para trás, suas bocas levemente abertas. Flossie e Anna logo os acompanharam.

Não parecia preciso, ou mesmo apropriado, que Rose e Polly conversassem. Polly tamborilava no joelho, bebericando o café preto forte que Rose lhe comprara, martelando as pontas das unhas roídas como se estivesse esperando por algo. Mais que de uma pessoa, era como estar sentada ao lado de um campo de força. Rose deu seta e manobrou o carro para ultrapassar um enorme caminhão que cuspia água suja bem em cima deles.

— E aí, foi horrível? — perguntou um tempo depois.

— Pior que isso — disse Polly, fitando as luzes borradas da cidade de Reading sob a chuva. — Caramba, este país é repugnante. A gente se esquece como é alguns anos depois — ela tremia.

— Está se sentindo aquecida? — perguntou Rose.

— Foi só um arrepio — respondeu, e se cobriu bem com seu casaco de sarja. — Rose, escute, eu sei que acabamos de sair, mas será que podemos dar uma parada para um cigarro? Existe algum lugar neste país onde seja permitido fumar?

Parecia uma boa ideia. Rose entrou no Reading West Services e parou no estacionamento do posto de serviços. As crianças não se mexeram. Polly saiu do carro e escalou uma íngreme ladeira coberta de grama, para se sentar em um balcão de piqueniques. Tremia sob a chuva. Rose apanhou um guarda-chuva no porta-malas, trancou as portas e juntou-se a ela. Tinha uma boa visão do carro, caso as crianças acordassem.

— Quer um? — Polly ofereceu a Rose o seu pacote de tabaco. Ela tinha borrões negros debaixo dos olhos que poderiam ser rímel, mas que deviam ser resultado de noites insones.

Rose olhou novamente para o carro com as crianças dormindo no interior. Sabia que não devia pegar um cigarro, mas aquela era uma ocasião especial, e fumar era uma das coisas que

Rose e Polly faziam muito bem quando estavam na casa dos vinte anos. Conseguia resistir na frente de Gareth, mas com Polly era outra coisa. Pelos velhos tempos, apanhou um Rizla e começou a enrolar. As duas permaneceram espremidas debaixo do guarda--chuva, fumando.

— Que bom — disse Rose, expirando. — Faz um século que não fumo.

— Na Grécia todos fumam — comentou Polly. — Ainda não chegou lá a hipocrisia da Europa Central e do Norte.

— Talvez os benefícios da dieta mediterrânea compensem os males do cigarro.

— É possível — concordou Polly. — Mas é um lugar de merda, Cárpatos.

— Ora, como assim, aquele é um dos lugares mais lindos que eu já vi.

— Você não sabe de nada. É um lugar de merda repleto de bundões. Ou uma bunda cheia de merda. De um jeito ou de outro, eu queria que todos estivessem mortos.

— Mas...

— Ah, Rose, não dê atenção ao que digo. Tenho meus motivos — Polly bufou uma espécie de risada e apagou o cigarro. — Preciso fazer xixi. — Abotoou seu casaco de sarja e desceu rapidamente a ladeira, passando pelo carro estacionado no posto de serviços.

Rose permaneceu ali, observando a figura esguia movendo-se rapidamente sobre o asfalto negro e brilhante. Ela sabia que Polly tivera conflitos com a família de Christos, que preferia uma garota grega para seu menino de ouro, ou ao menos alguém que não fosse uma ex-drogada, ex-estrela de rock. E a morte dele certamente não tinha provocado nenhum tipo de reconciliação. Rose julgava que era por isso que Polly voltara para a Inglaterra. Tinha um histórico de se ofender facilmente, explodindo e indo embora ao menor atrito. E depois que isso ocorria, costumava guardar rancor por dias, semanas — ou mesmo para sempre.

Havia uma mulher, por exemplo, a que Polly se referia como "a defunta", que tivera algo com um ex-namorado seu. Polly jurou que, se estivesse ao volante e avistasse a mulher, "mesmo que fosse apenas uma alma penada", ela subiria na calçada e passaria por cima, dando ré até ouvir sua cabeça explodir. Chegara mesmo a compor uma música, *Piss Redress* ("Saciar a Sanha"), que se tornou a faixa-título de seu segundo álbum.

Em geral, Rose achava engraçadas essas rebuscadas estratégias de vingança. Polly as descrevia bem e era divertida nos detalhes. Mas sempre existia um indício de que o que dizia pudesse ser realmente verdade, e que era apenas uma questão de sorte que a oportunidade ainda não aparecera para que pudesse pôr em prática os seus planos.

Vez ou outra, Rose foi o alvo da raiva de Polly, e ela odiara aquilo. Na verdade, Rose não suportava que alguém sentisse raiva dela, e frequentemente penava bastante para evitar isso. Quando era mais nova, comparava-se a Polly, considerando-se um pouco evasiva, um pouco amorfa, um pouco ávida demais para se adequar ao molde que sua melhor amiga esculpira para ela. Mas desde que se casou com Gareth e teve seus filhos, descobriu-se mais centrada e resoluta. Deve ter ajudado, também, que Polly estivesse a mais de três mil quilômetros de distância. No final das contas, contudo, Rose achava que seu próprio caráter, seu desejo em agradar, conduziu-a a uma vida menos problemática que a de Polly.

Mas a confusão em que Polly estava metida nada tinha que ver com sua raiva; não fora produto de suas ações — Rose precisava se lembrar de que Polly tinha acabado de perder o marido: o homem que a ajudara a sair de apuros muito, muito grandes, o homem que lhe brindara com toda uma sustentação sobre a qual reerguera a própria vida.

Polly apareceu sob a luz intensa da entrada do posto de serviços, contrastando com um painel do McDonald's. Saiu dali e foi golpeada pelo clima impiedoso ao atravessar o estacionamento. Ela e suas roupas eram finas demais para este mês de março inglês. Dava a impressão de estar prestes a ser arrastada, tragada pela escuridão do céu noturno. Por um momento, pareceu desorientada. Parou para tirar a mecha de cabelos negros do rosto, olhando os carros à procura de Rose. Um homem com um bom impermeável, correndo no estacionamento, deteve-se um instante para abrigá-la. Quase se podia ler os pensamentos do sujeito, de que encontrara algo interessante, ou mesmo familiar; Polly tinha sido uma figura conhecida quinze anos atrás. Podia-se vê-lo analisando a situação e constatando em seguida que, de um jeito ou de outro, ele acabaria retornando só para o seu sólido Audi e seus macios assentos de couro.

Foi então que Polly olhou para cima e deu o primeiro sorriso de verdade que Rose vira brotar dela. Passou rápida pelo carro e subiu a ribanceira para se sentar novamente.

— Devemos ir — falou Rose.

— Só mais um cigarro — respondeu Polly, enrolou outro e o acendeu. Estreitou os olhos e expirou uma coluna de fumaça noite adentro. Virou-se para Rose. — Quero lhe agradecer — disse. — Você e Gareth estão sendo muito generosos.

— Não é nada — respondeu Rose. — E além disso, nós temos muito espaço.

— Eu sei. Mas também sei que Gareth e eu nunca concordamos um com o outro. Ele sentiu raiva por eu ter afastado Christos dele.

— Você acha que foi isso? — perguntou Rose. Sempre a perturbara que Gareth nunca tocasse no assunto de sua indisposição com Polly. Sua própria teoria era de que tinha mais a ver com seu ciúmes da amizade das duas — de que de algum modo sentia-se ameaçado por essa amizade. De qualquer maneira, os dois casais que brotaram de dois pares de melhores amigos não se davam tão bem quanto alguém de fora poderia supor. Rose praticamente se mudou para o apartamento de Gareth uma semana depois de dormir com ele pela primeira vez. Aquilo fora, hoje podia ver, uma estratégia de fuga: em termos claros, Rose tinha dificuldade de estar perto de Christos quando ela estava com Gareth. Estava contente em brincar de coadjuvante sob liderança de Polly — e mais que isso, continuou a vê-la quase todos os dias até que ela se mudasse para Cárpatos —, mas não suportava a ideia de em algum momento considerar Gareth como o segundo melhor, quando de muitas maneiras ele era tão perfeito para ela.

Pouco depois de se conhecerem, ele a levou para a exposição privada do grupo de pós-graduandos em artes plásticas da Universidade de Goldsmiths, do qual ele e Christos faziam parte. A obra de Gareth, intitulada *Linhagem de Sangue*, era apenas isto: uma caixa branca transformada em quarto, rodeada por uma grossa linha vermelha horizontal que ele desenhara na altura do coração, feita com o próprio sangue. Na altura dos olhos, prendeu com fita isolante cartas e documentos ligados à sua busca pela mãe biológica. No centro de uma das paredes, perto da porta que batia quando se entrava na sala, deixando-o trancado no interior, havia uma fotografia original de sua mãe — a única foto que possuía, Gareth afirmara — com furos no lugar dos olhos.

Rose permanecera no meio do quarto, em um vestido curto de chiffon florido, agarrada ao seu cálice de vinho e chorando enquanto Gareth lhe contava como Pam e John, as pessoas com as quais crescera achando que fossem seus pais, esconderam-lhe o fato de sua adoção até que fizesse dezoito anos de idade. Quando contaram a ele, ele enlouqueceu por um mês. Queria matá-los. Queria matar sua mãe biológica, a mulher que o abandonara.

— Mas você não era grato pela vida que tinha? Era uma vida boa, não era? — Rose procurou os seus olhos, desesperada para encontrar algum alívio da tensão que sentia naquele espaço comprimido e escuro.

— Não — respondeu Gareth, apoiando o dedo na linha vermelha. — Minha raiva obstruiu aqueles anos todos. Por que não me contaram? Por que ela me abandonou? Ninguém conseguia me dar respostas que me satisfizessem. E quando eu finalmente descobri onde estava minha mãe de verdade, ela estava morta. Suicidou-se em Buffalo, Nova York. E eu pensei: *Ótimo.*

Rose suspirou e desviou o olhar.

— Depois disso, vim para a Inglaterra, para longe da terra deles. E agora minha linhagem de sangue começa e termina aqui — sentenciou, a voz falhando. — Nesta sala.

— E como você está com eles agora, Pam e John? — indagou com delicadeza.

— Eles faleceram. Eram muito idosos. É tarde demais.

Rose tomou-o pela mão e o conduziu através da porta branca, de volta para a área do bar, onde Christos e Polly prendiam a atenção de um grupo de graduandos atentos. Sabia que, em Gareth, encontrara o seu homem. Ela iria dar continuidade à sua linhagem de sangue, para fora do espaço clínico e raivoso, em direção ao mundo. E ao fazê-lo, ela realizaria sua própria reparação, além de tomar conta do filho daquela pobre mulher sem olhos da fotografia.

Christos se deu bem em sua própria exposição, naquela noite, mas *Linhagem de Sangue* não foi vendido, e ninguém expressou qualquer interesse em Gareth, afora os murmúrios gerais sobre saúde, segurança e imitações de Marc Quinn[5]. Mas para Gareth, e em certa medida também para Rose, a obra representava uma catarse, permitindo que ambos tocassem a vida juntos, unidos, ainda que superficialmente.

— Não faça essa cara de preocupação. — Polly aproximou-se para apanhar a mão de Rose, despertando-a de seu devaneio. — Quero que saiba que me comportarei tão bem que você só sentirá gratidão pela minha chegada. Prometo.

— Não duvido disso — disse, sorrindo.

— O que você lembra de Christos? — quis saber.

— Eu não sei se...

— Não, vamos lá, quero saber.

— Certo, bem, vejamos. Ele estava sempre em movimento. Estava sempre falando, desenhando, fumando, bebendo, comendo. Acariciando você, preparando comida, arrumando as coisas. Eu nunca, em momento algum, o vi parado. Nem mesmo quando dormia. Você sempre sentia que poderia, digamos, comer e beber o que quisesse quando estava com ele. Ele era — não sei bem — como um leão de juba negra, enorme sob o batente da casa branca de vocês, videiras sobre a cabeça, um licor de uva na mão. Ele era uma espécie de Dioniso.

— Divino.

— Sim, se preferir. Divino.

E as duas mulheres permaneciam sentadas na tormenta, debaixo do guarda-chuva, recordando-se de que tudo isso estava morto, perdido, desfeito.

— Senti a sua falta, Poll — falou Rose.

— E eu a sua. — Polly inclinou-se e amassou o cigarro na mesa de piquenique.

---

[5] Notório artista contemporâneo inglês, famoso por usar sangue, gelo e fezes em suas esculturas (N. T.).

— Você deve mesmo ficar o tempo que quiser — animou-se Rose. — Fique para sempre!

— Bem, até que consigamos nos arranjar.

— É claro.

— Ah, a propósito — falou Polly. — O bebê estava chorando quando passei pelo carro.

— Por que não me avisou? — falou Rose, saltando de pé e descendo às pressas a ladeira para apanhar Flossie.

— Eu avisei. Acabo de avisar — Polly respondeu às costas de Rose, enquanto se levantava vagarosamente e seguia atrás dela.

5

Levou um tempo até que Rose conseguisse tranquilizar Flossie o suficiente para que pudesse voltar ao banco de trás; o bebê conseguira acordar todos os outros com o choro. Anna tentara acalmar a irmã, o que de algum modo fez Rose se sentir ainda pior, como se tivesse cometido duas negligências. Polly apenas se sentou na frente, aguardando que Rose terminasse, mal reparando em Yannis e Nico, que se retorciam, desconfortáveis, atrás.

Finalmente, Rose retornou à sua posição ao volante. Eram quase sete horas, e ela queria voltar para casa e à carne ensopada que cozinhara, alimentar os viajantes e em seguida acomodá-los em seu novo recanto. Estava com um pouco de raiva de Polly por ela não ter lhe falado antes sobre Flossie, mas ela relevou o acontecido em nome do cansaço e do luto da amiga. Quando retornaram à rodovia, já conseguia conversar.

— E quais são os planos até agora? — perguntou à Polly, mas não obteve resposta. Virou-se rapidamente e viu que Polly se enroscara ao redor do cinto de segurança e caíra no sono. Parecia tão calma e inocente, vista assim — pelo menos dez anos mais nova do que era. Rose voltou a atenção para a estrada, e rapidamente teve de frear. O carro em frente estava imóvel e parecia haver uma longa fila adiante.

Enquanto permanecia aguardando no engarrafamento, Rose sentiu uma responsabilidade crescente por seus hóspedes. As histórias dela e de Polly eram tão interligadas que ficava difícil discernir onde uma começava e a outra terminava. Foi Rose que apresentou Christos à Polly, nos tempos do apartamento de Notting Hill, e foi graças à Polly e à Christos que Rose juntou-se a Gareth.

Polly teve muito sucesso no início dos anos noventa. Conquistara altas colocações nas listas de compositores independentes mais vendidos, com sua música crua, ainda que poética, e tinha sido uma diva para um certo tipo de garotos que usavam lápis nos olhos. Quando foi morar em Londres para iniciar seu treinamento como professora, Rose alugou um quarto no luxuoso apartamento aveludado de Polly. Foram dias impetuosos. Polly era o bilhete de entrada de Rose para uma Londres glamorosa e excitante que ela, recém-formada em matemática e aspirante ao magistério do ensino fundamental, não conquistaria por mérito próprio o direito de adentrar. Recordava-se bem demais da sensação de encarar rouca uma classe de meninos de sete anos, ainda com um resto da cocaína em seu organismo — e em certa ocasião muito memorável, em suas narinas — da noitada anterior. Acabou sendo conhecida por ser sua amiga íntima, e fotos suas costumavam aparecer nas revistas, ao fundo ou no banco de um táxi, atrás da manchete, que era a Polly.

Foi então que tudo deu errado. O quarto álbum de Polly, um conjunto de composições para piano e das canções mais sombrias que já tinha escrito, foi universalmente desprezado. “Música para se cortar os pulsos", afirmava uma das resenhas críticas, "e no mal sentido". Polly, que carecia de defesas para tais ataques, afundou, e o uso recreativo da cocaína e da heroína de que ambas desfrutavam logo se tornou uma necessidade diária para ela. Sepulcral, para dizer o mínimo, Polly começou a parecer um cadáver. Sua pele acinzentou, as pernas tornaram-se raquíticas, seus cabelos começaram a cair. E ainda assim, ela exalava uma sexualidade infantil que parecia incitar os homens.

Rose, cansada das pessoas com as quais Polly começou a conviver — drogados atraem drogados —, começou, pela primeira vez em sua vida, a sair sozinha e a fazer seus próprios amigos. Ela e um casal de colegas pós-graduados em educação se entrosaram com um grupo de garotos mais velhos, mestres em artes plásticas de Goldsmiths, onde todos estudavam. Gostava de andar com eles, passando tardes de feriado em *pubs* esfumaçados de New Cross, que ficavam abertos além do horário permitido, conversando sobre minimalismo, estruturalismo e pós-modernismo, sobre doses de Red Stripe[6]. Foi absorvida pelos assuntos conceituais e eruditos que discutiam, mas não fazia ideia de como eles transformavam aquilo em produção criativa. Era algo que a deixava perplexa e, ao mesmo tempo, provocava a sua admiração.

Os garotos das artes eram figuras românticas, os dedos machucados pelo trabalho, respingos de tinta e bastante cigarro. Christos chamou a sua atenção logo de início, e não demorou muito para que a convidasse para um "pequeno restaurante grego que meu tio Stavros administra".

Foi no meio de uma onda de calor, e tudo em Londres estava um pouco intensificado. Na noite em que foram ao restaurante, a

---

[6] Marca de cerveja jamaicana (N. T.).

escuridão não aliviara nem um pouco a umidade do dia. Acabou sendo uma das noites mais extraordinárias da vida de Rose.

Após jantarem um *souvlaki* feito no forno à lenha, um cremoso *tzatziki* com alho, e uma *baklava* tão doce que doía os dentes, Rose e Stavros continuaram bebendo *raki* e café grego até o restaurante fechar. Abrindo garrafas de cerveja e Retsina[7] geladas e apresentando todos os funcionários da casa, tio Stavros aumentou o volume do som, abriu espaço no salão e transformou o lugar em uma festa. Era algo comum, explicou, para uma noite de fim de semana.

A noite foi longa e banhada de suor. Rose deu consigo dançando ao lado de um garoto encharcado — um mexicano atarracado que lavava os pratos — e de uma garçonete que ela já havia achado estonteante. E então Christos apareceu, pôs o braço ao redor de sua cintura com um gesto grandioso e romântico, como se extraído de um filme antigo, conduziu-a para longe de modo que a tivesse toda para si.

Eles dançaram por horas, as virilhas coladas — pele contra pele com os braços dela sob sua camiseta, abraçados às costas dele. Ele rescendia, lembrou-se, a Eau Sauvage[8], alho e suor fresco. Ainda agora podia recordar nitidamente, mais de uma década depois e mesmo estando ele em seu túmulo, e pensar nisso ainda a fazia soltar um sutil ruído involuntário do fundo da garganta.

E às quatro e meia, pouco antes do nascer do sol, seu tio chamava uma patrulha de táxis. Todos se arrastaram dali para a noite fria e úmida e mergulharam dentro dos veículos.

---

[7] *Souvlaki*: carne de cordeiro. *Tzatziki*: molho grego de iogurte com pepino e hortelã. *Baklava*: sobremesa turca feita de massa folhada e nozes. *Raki*: licor de origem turca, derivado da uva e com sabor de anis. Retsina: vinho branco, seco e encorpado de origem mediterrânea (N. T.).

[8] Eau Sauvage: perfume cítrico aromático masculino da Christian Dior (N. T.).

— E agora, a melhor parte da noite! — Christos sorriu com malícia, enquanto a acompanhava até o táxi.

Foram até o Hampstead Heath, onde, como um grupo de crianças brincalhonas, treparam sobre grandes cercas para mergulhar em uma das lagoas. Assim é que sempre terminavam as noites quentes de sábado, disse Christos. Era um lastro dos dias em que seu tio administrava um restaurante em Plaka, em Atenas, e todos desciam até a cidade de Rafina, para assistir à alvorada no Egeu, antes de uma passada ao mercado de peixes para comprar a refeição do dia seguinte.

— A piscina de Hampstead Heath não é exatamente a mesma coisa, e o peixes são entregues por uma van branca e encardida, mas fazer o quê? — Ergueu os ombros o tio Stavros, e arrancando as roupas e revelando um corpo dos pelos mais negros que vira, e talvez *souvlakis* e *kleftikos*[9] demais, afundou de bruços na água escura e fria.

Os outros o acompanharam. Estavam tão quentes que a água praticamente chiou quando pularam.

Christos atravessou a lagoa, conduzindo Rose para um canto escuro, longe dos outros. À medida que os gritos e as risadas iam sumindo, e todos começaram a partir, Rose e Christos fizeram amor, nus sobre a grama, na primeira luz da manhã. Ele se debruçou sobre ela como um animal faminto, lambendo e devorando. Ela correspondeu rapidamente.

Olhando para trás, ela considerava que Christos fizera nascer algo nela naquela noite, algo de que ela jamais ouvira falar antes, e se sentiu grata por isso.

Enquanto faziam o caminho de volta em Heath, no quente sol da manhã, Rose descobriu que nutria grandes esperanças por

---

[9] *Kleftiko*: cordeiro assado lentamente, marinado no alho e no suco de limão (N. T.).

aquele homem. Pararam várias vezes para beijos profundos e devoradores, fazendo latejar ainda mais as bocas e rostos já cansados.

— Você quer subir para tomar um café? — perguntou com um sorriso, quando chegaram na entrada do apartamento que ela dividia com Polly.

— Eu quero subir e transar com você um pouco mais — sussurrou. — E depois eu gostaria de dormir com você.

E assim o fez. Como de costume, Polly estivera festejando a noite toda e tinha ido para a cama deixando o lugar como se uma bomba tivesse explodido ali, mas pela primeira vez Rose não dava a mínima.

Acordaram no final da tarde e permaneceram na cama, escutando o silêncio dominical. Rose ergueu-se para fazer uma xícara de chá para os dois, e ficou irritada ao constatar que Polly ainda não tinha arrumado a desordem da noite anterior. Também notou que ali, entre todas as latas de cerveja e garrafas de vodca, havia bocados de pó branco derramados sobre a mesa do café. Rose pensou que, caso Polly não se ajeitasse logo, ela teria de começar a cogitar em tomar a atitude quase intolerável de deixar aquele apartamento e viver uma vida longe de sua amiga. Enquanto caminhava até o quarto de Polly, permitiu-se um pequeno sonho, e imaginou-se mudando para um chalé sobre um penhasco à beira-mar com Christos, e finalmente conseguindo caminhar por conta própria.

Estava fantasiando sobre quantos filhos teriam quando bateu na porta de Polly.

— Poll? Está acordada? Quer uma xícara de chá?

Ninguém respondeu. Rose bateu novamente. Será que ela teria saído e largado aquela bagunça toda?

Abriu vagarosamente a porta e descobriu Polly, completamente nua, esparramada de costas sobre a cama, filetes de vômito seco em seu cabelo negro e sangue lambuzando seu rosto e travesseiro.

Tinha a mesma tonalidade que Rose e Gareth mais tarde escolheram para pintar as paredes da sala: azul-claro esverdeado.

Rose correu até ela e tomou o seu pulso. Achou que conseguia sentir algo, mas era difícil dizer, pois seu próprio coração batia forte. Apanhou um espelho sobre o criado-mudo de Polly e aproximou-o de seu rosto, polvilhando pequenos grãos de pó branco sobre ela ao fazê-lo. Ele ficou levemente embaçado, ela respirava.

Rose começou a chacoalhá-la, tentando acordá-la, mas Polly apenas se deixava pender, como um jacinto um dia depois de colhido.

Foi então que Christos surgiu ao seu lado. Estava inteiramente nu.

— Essa é a... — perguntou.

— Sim, é ela.

— Polly Novak? — engasgou. Dos amigos de Goldsmiths, Rose mantivera segredo acerca de sua famosa companheira de apartamento.

— É. Olhe, ela não está bem. Você precisa chamar uma ambulância. — Rose manteve Polly contra o peito; agora, apenas o seu interior tremia. Christos pôs os braços lentamente ao redor de Rose e beijou o seu cabelo.

— Vá você, Rose. Eu sei o que fazer, isso já aconteceu com um amigo meu. Vou levantá-la, fazê-la caminhar um pouco. Vá você: sou mais forte, você sabe o endereço e tudo o mais.

E assim Rose foi chamar uma ambulância, e a atendente de emergências fez uma lista inteira de perguntas, como qual substância Polly estivera tomando, quando e quanto. Não havia muito o que Rose pudesse dizer com precisão, mas respondeu do modo mais verdadeiro que pôde. O que importa se aquilo provocasse um escândalo? Polly precisava parar com aquilo ou na próxima vez em que Rose a encontrasse, ela poderia não estar respirando. Apesar das salas bagunçadas e do estilo de vida caótico, quando as coisas apertavam, Rose não podia suportar a ideia de como seria viver sem ela.

A atendente finalmente deixou Rose desligar, assegurando que uma ambulância chegaria o mais rapidamente possível. Conversar deixou Rose mais calma. Voltou para contar a notícia a Christos, mas se deteve no batente da porta. Ele estava de pé no meio do quarto, nu, abraçando Polly, também nua e mole em seus braços fortes. Ela voltara um pouco a si e tinha um sorriso exausto e extasiado no rosto, como a gravura emoldurada de *A Morte e a Donzela*, de Munch, que tinha na parede do quarto. Estava bonita. Christos cantava uma de suas músicas para ela, acariciando seus cabelos.

Vendo-os daquele modo, combinando como dois fechos da corrente de uma joia desgastada e bela, Rose soube que jamais haveria uma casa sobre um penhasco para ela e Christos.

E estava certa: durante a permanência de Polly no hospital, o alarde da mídia e sua desintoxicação, Christos mal saiu de seu lado. Rose foi esquecida, e tudo o que guardou dele foi aquela única noite. Mas durante sua ausência, seu melhor amigo e colega de mestrado em belas artes, Gareth Cunningham, entrou em cena. E pouco depois disso, seguiu-se a exposição de formatura, e então não houve tempo de olhar para trás.

Rose poderia ter sentido ressentimento por Christos tê-la trocado por Polly, mas viu no momento em que os dois se conheceram que já não tinham mais escolha. Tampouco se poderia dizer que Polly o roubara de si — afinal, ela estava inconsciente quando ele se apaixonou.

O que se passara foi apenas uma daquelas coisas que Polly provocava nos homens.

— Por que paramos? — Anna despertou e se debruçava sobre os assentos dianteiros, tocando o ombro de Rose.

— Vai saber. Algum tipo de reparo na rodovia, talvez, ou um acidente — respondeu Rose. — Tente voltar a dormir.

— Vou só ficar olhando para fora. Gosto das luzes na chuva. — Anna recostou-se e comprimiu o rosto contra a fria condensação da janela.

Logo puderam avançar novamente, arrastando-se sobre a estrada reluzente, a fumaça dos escapamentos dos outros veículos formando um redemoinho de névoa.

Rose divisou as luzes da ambulância adiante e a luz azul rotativa das viaturas.

— É um acidente. Olhe para o outro lado, Anna.

Passaram devagar. Um caminhão havia destruído uma minivan que estava estacionada no acostamento, esmagando metade do veículo, atirando-o em direção à via dos carros que vinham detrás do caminhão.

— Não olhe, Anna! — gritou Rose quando cruzaram a minivan, que estava do outro lado da estrada e, contrariando sua vontade, não conseguia evitar de olhar. Viu a equipe de emergência tentando alcançar os ocupantes, que pareciam uma família de marionetes com os fios cortados. Um pequeno corpo — aparentemente o primeiro a ser retirado — estava esticado debaixo de um cobertor. Rose olhou bem para a grama do canteiro iluminado pelos faróis e viu uma menininha estatelada, uma perna contorcida debaixo do corpo, a cabeça dobrada de modo estranho, os olhos abertos. Dois paramédicos estavam debruçados sobre ela. Um deles parecia chorar.

6

Gareth se encontrava no estúdio quando enfim chegaram, duas horas depois do planejado. Ele não foi até o carro para recebê-los, o que Rose achou positivo. Se estava tão envolvido em seu trabalho, era um progresso, e ela não iria perder tempo supondo que a sua ausência pudesse ter mais a ver com o fato de que ele não tinha vontade de ver Polly.

— Podem entrar, está destrancada — disse Rose à Polly e aos meninos. — Anna irá mostrar-lhes o caminho. — E a menininha atravessou com eles o jardim de plantas até a porta da frente.

— Cuidado com os degraus — falou Anna, olhando para trás, sentindo-se responsável. — Aqui está cheio de degraus.

Rose desafivelou a cadeirinha de Flossie e alojou a alça na dobra do braço. Apanhou as garrafas de leite que havia comprado no mercadinho de beira de estrada e seguiu os outros até a casa.

— Que bonita — comentou Polly, pequenina sob o teto arqueado da cozinha. — Deve ter custado uma nota.

— A casa estava aos pedaços, e por isso foi até que barata se comparada às da região — falou Rose, enquanto se ocupava em ajeitar a mesa. Era um tanto enervante que Gareth não tivesse feito nada para deixar a cozinha arrumada. — Mas erguemos isso aqui com nosso sangue, suor e lágrimas.

— Parece bem moderna, agora. — Polly se meteu na grande e velha poltrona no canto da cozinha, vendo Rose trabalhar. — Bem acabada.

Rose não soube dizer por que aquilo parecia uma crítica.

— Nós nunca terminávamos nada — prosseguiu Polly. — Christos sempre se distraía com outras coisas. Nunca se acomodava na mesma tarefa. E vivíamos no meio de projetos inacabados — pincéis na pia da cozinha, fios pendurados no teto. Não acabava nunca. Ai, Deus.

Recostou-se na poltrona e cobriu os olhos com as mãos. Rose foi até ela e a abraçou.

— Bi, biiiii!

Uma multidão de crianças passou voando por elas. Anna e os meninos estavam correndo pelo circuito que compunham os cômodos do térreo — da entrada, passando pela sala de estar, escritório, cozinha, entrada e assim por diante. Aquele detalhe da estrutura da casa já havia se tornado uma atração para as crianças que os visitavam.

— Bem. Eles já estão à vontade — falou Polly, enxugando os olhos.

— Êpa, calminha aí, turma! — Rose se levantou para apanhar um cálice de vinho para Polly e para si. Um Yannis ofegante estacou diante dela.

— Rose, podemos ficar para sempre? — Pousou o rostinho suado nela. — Eu adorei aqui!

— Vocês podem ficar o quanto quiserem — falou Rose, dando um grande abraço nele.

— Vem, Yannis, quero mostrar minhas bonecas. Também tenho uns bonequinhos para meninos. — Anna agarrou a mão do garoto e o levou embora. Nico, de nove anos, grande demais para mostrar empolgação por bonecas, ainda assim os seguiu escada acima.

— Ai, meninos contentes — falou Polly, sorvendo o cálice de vinho de suas mãos frias e secas. — Ela é contagiante, a sua menina. Mas não ficaremos demais — apenas o tempo de nos acertarmos.

Rose começou a fatiar um pedaço de pão.

— O que você vai fazer quanto ao dinheiro, Polly? Quero dizer — acrescentou, percebendo um tremor nos olhos de Polly —, não que iremos pedir nada a você. Vocês são nossos convidados, nós amamos vocês e vocês podem ficar o tempo que quiserem — riu. — Eu fico repetindo isso! Mas é porque falo sério.

Polly puxou os joelhos contra o peito, parecendo pequena na poltrona.

— O que mais me surpreendeu nisso tudo, quanto ao que aconteceu a Christos, além do fato de ele morrer, é claro, foi que um mês antes ele teve paciência para providenciar uma espécie de seguro. De vida, sabe?

— Uau — falou Rose. Era a última coisa que ela esperava de alguém que vivia tanto o presente.

— Pois é. Ele se certificou de que se algo acontecesse — a qualquer um de nós, na verdade —, quem sobrevivesse, além das crianças, ficaria bem. Ao menos financeiramente. Ao menos por alguns anos. Não é uma fortuna, mas me dá uma segurança. Bem, vai me dar, quando tudo estiver arranjado — engoliu o cálice de vinho de uma vez só, e Rose voltou a servi-la. — E tenho o dinheiro da casa, é claro, quando ele aparecer.

— Você já a vendeu?

— A irmã dele a queria. Estava cansada de Atenas e desejava voltar para a ilha. Havia certa expectativa de que eu fosse entregá-la a troco de nada, mas seria loucura, sufocante, coisas de família. Aquela ilha parecia atrair todos de volta, como a Perséfone naquela maldita terra dos mortos. Fico pensando se meus meninos vão agir igual quando crescerem.

— Você saiu mesmo de lá, então?

— Ah, sim. Cansei daquilo tudo.

— Mas e a mãe de Christos? Ela não vai sentir falta das crianças?

Polly suspirou.

— Ela mencionou isso uma vez ou outra. É como viver amarrada, fazer parte daquela família. Estamos melhor longe dali. De qualquer modo, ela pode vir visitar-nos quando nos arranjarmos. Não estamos no fim do mundo. E ela tem os filhos de Elena agora. Cinco meninos, Deus os acuda. Não, não volto para lá. Nem para uma visita.

Polly se levantou e andou pela cozinha. Parou e apoiou-se no balcão cromado em frente ao fogão.

— Puxa, um Aga.[10] Que bacana.

Gareth apareceu quando Rose tocou o sino do jantar. Tinha sido uma brincadeira de acampamento, ter um sinete para chamar a família para jantar, "para convocar os camponeses desde os ermos cantos do condado", brincara Gareth. Mas sob o olhar fixo de Polly, Rose sentiu que aquilo era uma afetação.

No momento em que levava o cozido para a mesa, olhou para Polly, já sentada e aguardando que fosse servida. Lançava olhares para todos os objetos do ambiente, como se estivesse

---

[10] Fogão e aquecedor que opera com combustível sólido, gás ou eletricidade (N. T.).

fazendo algum tipo de cálculo mental.

Polly não conseguia parar de pensar e, como com Rose, os anos cristalizaram sua personalidade da infância. Ela sempre fora uma traquinas selvagem e incansável, ao passo que Rose se considerava um tanto mais lenta, contentada facilmente. Ela estava em casa, e Polly estava fora. Tentou imaginar o que caía melhor a uma mulher que chegava ao final da casa dos trinta anos.

Voltou ao balcão para preparar a salada, e Gareth agachou-se e abraçou Polly.

— É muito bom te ver, Polly — falou, num abraço firme. — Não posso dizer o quanto sinto por Christos. Ele era o cara.

— Ele era. — Ergueu os olhos para ele.

— Eu só queria ter podido viajar para vê-lo — continuou Gareth, servindo-se de vinho e se sentando. — É difícil acreditar que a última vez que o vi foi há cinco anos.

— Quando ele veio sozinho para a Inglaterra — falou Polly, olhando para o cálice.

— Isso mesmo.

— Não estávamos muito bem naquela época — disse Polly.

— É, ele contou.

— Mas nos acertamos depois — falou, erguendo os olhos marejados. — De verdade, Gareth.

Gareth se inclinou e tomou a sua mão.

— De verdade, Polly. Eu sei disso.

Rose, que estava se esforçando para não intervir na conversa, ficou impressionada com a ternura com que ele se dirigiu à Polly. Concluiu que ele provavelmente percebera quão negativa havia sido sua reação inicial à chegada dela. E, claro, percebera o quão importante ela era para Rose.

Para ser justa com Gareth, ele tentara fazer um esforço no começo. Talvez Polly estivesse certa e *era mesmo* devido a um ciúmes devido ao fato de ela ter tomado seu melhor amigo. A teoria de Rose era mais simples: pensava que foi porque Polly o ofendera sem perceber. Ela era, afinal, uma pessoa difícil.

Certa vez, como tentativa para facilitar as coisas entre eles, Rose arranjara um encontro entre Gareth e Polly em um *pub* de Hammersmith. Era uma oportunidade, disse a cada um separadamente, de resolver aquilo que estava se interpondo entre os dois.

Afinal, estas eram as duas pessoas que ela mais amava no mundo (três, se incluísse Christos, embora procurasse não fazê-lo), e não podia suportar que se odiassem.

Rose permaneceu no apartamento de Gareth, que ficava em Elephant and Castle, assistindo a *Pulp Fiction* e tomando uma garrafa de vinho. Às onze horas ele voltou, um pouco mais irritado que ela, cheirando à rua e cerveja.

— Como foi? — ela perguntou.

— Puxa, estou feliz de estar em casa — respondeu.

E foi só. Depois disso, ele parecia desgostar de Polly ainda mais intensamente. O plano de Rose falhara, e os dois não mais se falaram. E agora lá estava ele, em sua cozinha, segurando sua mão e oferecendo conforto.

Ele estava mesmo se esforçando.

— E onde estão esses meninos? — Gareth afastou-se e dedilhou na mesa, quebrando a situação.

— Gareth está animadíssimo em encontrar Nico e Yannis — comentou Rose enquanto trazia a salada. — Ele fica rodeado de mulheres nesta casa. Vai adorar ter alguém com quem chutar bola e fazer umas coisas mais cansativas.

— É, a Anna é uma menina bem feminina — sorriu Gareth.

— Apesar de todo o meu esforço para contrapôr os estereótipos de gênero — Rose interpôs. — Comprei carros, bolas e livros com meninas levadas como personagens. Percorri feiras de usados atrás daqueles malditos bonequinhos masculinos. Mas não funcionou. Ela ainda é seduzida pelo rosa.

— Acho que Rose terá de repensar algumas das crenças feministas sobre o que é cultural e o que é biológico — Gareth comentou com Polly, e então se levantou e foi ao pé da escada. — Crianças! — gritou. — Desçam aqui!

Ao som de sua voz, as crianças desabalaram escada abaixo.

— Estávamos fazendo barulho demais para escutar o sino — ofegou Anna. — Nico e Yannis, esse é meu pai, Gareth.

Os dois meninos permaneceram de pé ao lado de Anna, subitamente tímidos na frente daquele homem imponente.

Gareth se agachou na frente deles. "E aí, meninos", disse ternamente.

— Ele é muito divertido — falou Anna. — Quando não está trabalhando.

— Ei, senhorita, sem essa — Gareth falou e ergueu Anna, girando-a no alto e a rodopiando de novo sobre o ombro — uma manobra complicada que nunca deixava de fazê-la perder o fôlego de rir.

— Eu! Eu! Também quero! — falou Yannis.

— Está bem, menininho, sua vez — falou Gareth, repetindo o truque com ele.

Logo as três crianças — até Nico implorou para rodopiar — estavam no chão em um frenesi de risadas. A cozinha inteira parecia repleta de uma espécie nova de energia.

— Ei, turma, venham comer. — Rose precisou elevar a voz para ser ouvida.

— É melhor obedecerem a moça — falou Gareth, ajudando Nico e Yannis a se levantarem.

Em seu grande pulôver, chinelo de pele de carneiro e bojudas calças cotelê, Gareth parecia um gigante bonzinho ao lado dos dois meninos. Nico e Yannis eram tão pequenos que Rose pensou que provavelmente teriam um assistente social designado para eles, caso nascessem na Inglaterra. Olhou para o seu marido e sorriu. Ele os acolhia na caverna.

Pousando Anna e os meninos em suas cadeiras, Gareth beijou Rose e se sentou.

— Você vai precisar se virar para alimentar essa turma toda, Rose — ele falou. — E Polly, anoréxica, hipersensível ao próprio peso e alimentação, com uma relação complicada com a comida. — Polly riu. Este era o dom de Gareth de deixar as pessoas à vontade.

Dissera uma vez à Rose que seu feitiço tinha sido ensinado quando ainda bebê, ao ser colocado nas mãos de estranhos.

— Mas Pam e John devem ter amado você instantaneamente. Eles te queriam tanto — respondeu ela.

— Então, por que mentiram? — falou. E foi só. Rose não conseguiu responder a isso.

Sentaram-se em volta da comprida mesa de carvalho, e Rose passou o cozido de carne que estivera cozinhando lentamente desde o amanhecer.

Por um instante, nada se ouvia além do mastigar ruidoso dos meninos. Era como se não comessem há semanas.

Rose contou apenas duas garfadas que entraram na boca de Polly. Ela estava praticando seu velho truque de empurrar a comida para os cantos do prato: uma simulação bastante convincente.

— O que são aquelas coisas? — Yannis devorara a comida e atravessava a sala, engolindo tudo. Normalmente, Rose teria dito a uma criança para permanecer sentada até que todos terminassem de comer. Mas decidiu abrir uma exceção para aquela noite.

— Meus ovos — falou Anna, depois de mastigar o que tinha na boca. — Você pode pegar, se quiser.

— Ei, deixe-me ajudar — falou Gareth, levantando-se para apanhar a cesta do aparador. — Ela ficou bastante pesada, recentemente.

Yannis entregou a cesta de ovos de pedra polidos para Anna, que os dispôs um a um, em um espaço que Yannis rapidamente liberou ao lado dela, afastando o prato e talheres de perto.

— Cuidado, Yannis — falou Rose, segurando seu cálice de vinho quando ele balançou, desequilibrado pelo deslocamento da louça de barro. Observou, entretida, como a sua mesa cuidadosamente preparada se tornara um caos.

— Este aqui — falou Anna, apanhando da cesta um ovo verde brilhante de tamanho natural, e entregando-o a Yannis —, este papai trouxe da China para mim.

— Deixa eu ver! — Nico estava de pé, tomando o ovo de seu irmão menor.

— Ei! — Yannis gritou.

— Tudo bem, Yannis — falou Anna, erguendo um ovo maior da cesta, de cor turquesa, e entregando-o ao menino. — Você pode pegar este, olhe. É o meu favorito. Papai trouxe este do Japão quando eu tinha quatro anos.

— E este aqui? — Nico apanhou da cesta um caroço polido do tamanho de um ovo de avestruz.

— Este é o maior. É feito de ônix, uma pedra semipreciosa. Papai trouxe este de Singapura.

— Seu papai traz os seus ovos de todo lugar que ele vai? — perguntou Yannis.

— Traz. Eu tenho dezesseis. Mas ele não vai a lugar nenhum faz um tempão, e eu quero outro ovo. — Anna olhou para Gareth.

— Então, você quer que eu vá embora? — Gareth riu.

— Não! Não, papai, não foi isso que eu quis dizer. Eu só quero outro ovo e que você fique aqui.

— Ah, ufa, então tudo bem. Achei que você queria que eu fosse embora — falou. Fingindo grande alívio, retornou à sua comida.

— Alguém quer mais carne? — perguntou Rose, tentando mudar

de assunto, surpresa como Gareth tinha mostrado tão pouco tato com os dois meninos que acabaram de perder o pai. Mas Nico e Yannis pareciam não ter notado. Os dois pareciam estranhamente resilientes. Talvez Polly estivesse certa — talvez ainda não tivessem se dado conta. Um mês pode parecer uma eternidade quando se é pequeno.

— Como era a sua escola em Cárpatos? — Anna perguntou a Nico, devolvendo os ovos com cuidado para a cesta.

— Pequena — falou Nico. — Tinha 23 crianças na escola inteira, e fazíamos as lições todos na mesma sala.

— Seu professor é legal?

— Até que sim — respondeu Nico.

— Ele era ótimo! — disse Yannis.

— Você aprendia suas lições em grego?

— Ahã.

— Na minha não — falou Anna. Ela ia à escola primária do vilarejo, a uma curta caminhada pelos campos atrás da casa. — Cada classe é maior que sua escola inteira.

— A gente vai lá, mamãe? — Yannis perguntou, levantando e se sentando ao lado de Polly.

— O quê? — perguntou Polly. Estava distraída durante a conversa das crianças.

— Nós vamos para a escola de Anna?

— Acho que sim — respondeu. — Ainda não pensei nisso.

— Eu falei com a diretora — disse Rose, limpando a mesa. — Eles têm duas vagas no primeiro e no quarto ano, então não deve haver problema. Mas você precisará ir lá amanhã para preencher uns formulários e outras coisas para o conselho escolar.

— Não há pressa — respondeu Polly, servindo-se de mais um cálice.

— Não, nem um pouco — falou Rose. — Gareth, você pode terminar de tirar a mesa enquanto eu apanho o manjar?

Gareth levantou-se e pôs as cestas de ovos de volta no aparador.

— Você vai ficar na minha escola! — Anna bateu os talheres. — Demais! Vai ser como se vocês fossem meus irmãos. Ou como a mamãe e a Polly quando elas estavam na escola.

— Como nós — Polly flagrou o olhar de Rose do outro lado da sala e sorriu.

Levemente intimidada por aquele olhar intenso, Rose julgou detectar algo um pouco mais complicado que pura nostalgia. Confusa, desviou o rosto, ocupando-se do manjar.

— Então — falou Gareth, no momento em que as crianças subiam correndo a escada, as barrigas cheias de sobremesa. — Quanto tempo vai ficar conosco, Polly? — Pôs outra garrafa de tinto sobre a mesa e se sentou em frente a ela.

— Vou apanhar o casaco. — Ela sorriu com o canto da boca.

— Você sabe que não é isso que ele quer dizer — falou Rose, servindo vinho para todos. — É? — Virou-se para Gareth.

— Claro que não — falou Gareth, olhando para Polly. — Só estava pensando se você tinha algum plano.

— Na verdade, não. — Polly reclinou-se em sua cadeira e cruzou os braços.

— Acabou de acontecer... — falou Rose.

— É, isso mesmo — completou Polly. — Mas tenho certeza que vai surgir um plano, e assim que acontecer eu aviso a vocês.

Rose debruçou-se e tomou a mão de Polly. Queria acalmá-la um pouco. Todos tinham bebido uma boa quantidade de vinho, e ela não queria que nada perturbasse esta primeira noite, não depois de tudo ter se passado tão bem.

Nos dedos mornos de Rose, os de Polly pareciam gravetos secos. Rose viu o que Polly estava fazendo. Esta concha, esta aparente despreocupação, era tudo uma grande blindagem. Ela era uma mulher em choque. Não qualquer mulher, mas Polly. Sua Polly. E ela decidiu-se ali e naquele momento que iria fazer tudo que estava ao seu alcance para trazê-la de volta à vida.

Polly precisava de sua ajuda.

Desacostumada como estava a representar o papel principal na peça dela e de Polly, Rose não conseguia deixar de se sentir animada, e mesmo um pouco aliviada. Nos anos em que estiveram afastadas, ela se acostumara a estar no comando de seu próprio mundo. Nem pensou que pudesse algum dia deslizar de volta para como as coisas costumavam ser entre as duas.

Flossie dormira tão profundamente desde a viagem de carro que Rose quase se esquecera de que a havia deixado na sala de estar, dentro da cadeirinha de bebê. Mas ela logo reafirmou sua presença emitindo um choro que ameaçava trazer abaixo o teto novo e estilhaçar os vidros reforçados das janelas.

Rose apertou a mão de Polly, largou o vinho, e em seguida foi buscar um livro para que pudesse amamentar bem e longamente o seu pobre bebê. Esta mamada, a última da noite, era a reposição que Flossie precisava para manter-se em suas seis horas de sono. Rose sabia que deveria começar a pensar em mudá-la para as refeições sólidas, mas algo nela era resistente a essa ideia. Sentia um pouco de culpa pelo tanto de vinho que bebera, mas sabia que aquilo tinha o benefício de fazer os bebês dormirem um pouco mais profundamente.

— Nós vamos subir — anunciou a Gareth e Polly. — Não é bom deixar a Floss muito elétrica. — Também achou que seria uma boa jogada deixar os dois lá embaixo sozinhos, para lhes dar uma chance de relaxar um pouco na companhia um do outro sem se intrometer. Sabia que estava apenas tentando facilitar as coisas, mas era maduro manter-se reservada e confiar nos próprios recursos de Gareth e Polly.

Enquanto carregava Flossie pela escada, sorriu para si. Ao menos não precisava se preocupar com uma atração de Gareth por Polly, como acontecia com a maioria dos homens. Além de confiar nele inteiramente, seu antigo desprezo por Polly fora tão avesso a uma atração que ela sabia que um impulso não o arrastaria nessa direção.

No quarto de Gareth e Rose, Flossie mamou, sugou e murmurou como uma pequena fera faminta. Rose tentou ler, mas seus olhos ficavam perdidos no mesmo parágrafo, e ela não conseguiu absorver uma única palavra. Sua mente continuava conduzindo-a de volta ao olhar que Polly lhe dirigira durante o jantar, ao peso que ele continha.

Rose editara seu passado meticulosamente para o consumo público. Teve de fazê-lo. Apenas Polly, que jurara segredo, sabia de tudo. Haveria perigo naquele olhar?

Cerrou os olhos e tentou não recordar, tentou não lembrar de estar correndo pela própria vida. Adolescente, possuíra um talento para despertar reações extremas em seu pai. Na maioria das vezes, conseguia fugir e se trancar em um banheiro até que cessasse o que ele estava sentindo. Mas às vezes ele a alcançava antes que pudesse fugir, e então ele a inundava de socos até que ela chorasse tão alto que ele tivesse de parar, por temer que os hóspedes pagantes ouvissem.

Da última vez que aconteceu, quando ela tinha dezesseis, Polly estava presente, graças a Deus. As novidades que Rose contara ao pai lhe foram tão terríveis que ele provavelmente a teria matado se estivesse sozinha.

— Vadia — sibilou, segurando Rose pelos cabelos, erguendo o punho fechado, pronto para socá-la forte no estômago.

Pequena como era, Polly atirou-se pela sala sobre ele e deteve seu braço com força.

— NÃO! — gritou, tão violentamente que ele paralisou em silêncio.

Ela se postou bem na frente dele e deu uma palmada em seu rosto. Rose, ainda agachada ao lado do sofá, seu braço sobre a cabeça, observava muda e espantada.

Seu pai virou-se e saiu da sala de visitas da família, nos fundos da alta e negra Casa de Hóspedes Regency, direto para os braços de sua esposa e da cegueira seletiva que ela possuía.

Sussurrando que nunca mais poderiam dar as caras em Brighton, seus pais puseram a casa de hóspedes à venda. Mudaram-se para a Escócia, para a cidade natal de sua mãe, um pequeno recanto ao norte de Edimburgo. Não convidaram sua filha para acompanhá-los, e ela tampouco iria se eles o fizessem.

Se não fosse por Polly, Rose não teria sabido o que fazer. A mãe de Polly tinha sido internada no hospital, e Rose se mudou para o apartamento delas. Polly cuidou de tudo por Rose, acertou todas as coisas. Sim, se não fosse por Polly, ela não estaria ali hoje.

Rose terminou de amamentar Flossie, carregou-a até seu quartinho e acomodou-a em seu berço. De costas, seus olhos fecharam, seus braços penderam para fora, o bebê pareceu morto para o mundo.

Havia algo naquela posição que acionou uma indesejada reverberação do acidente de carro que Rose testemunhara antes. Tinha esquecido daquilo até então. Fechou os olhos e pensou naquela família inteira varrida por um único deslize. Tudo era tão frágil.

Ela acariciou a bochecha de Flossie. Pouco depois, a bebê emitiu um suspiro e estalou os lábios, garantindo para Rose que ela ainda estava viva e deixando-a ir sossegada.

Desceu até a cozinha. Polly voltara para a poltrona, contemplando a lareira, um copo de uísque na mão. A louça ainda esperando para ser lavada, e Gareth tinha sumido.

7

Já passara das onze horas quando Rose conseguiu separar Anna dos garotos. Enquanto Anna se aprontava para deitar, Rose foi mostrar à Polly e aos meninos a edícula. Tentara deixar o lugar o mais familiar possível, limpando-o com esmero e espalhando um monte de livros e brinquedos antigos de Anna no quarto dos garotos. Antes de partir para o aeroporto, acendera o fogo no aquecedor à lenha que instalaram quando se mudaram para lá pela primeira vez. Ficara contente de constatar que ele ainda produzia algum calor, horas mais tarde.

— Onde fica o meu quarto? — perguntou Nico.

Rose mostrou o pequeno quarto ligado ao cômodo principal.

— Aqui. Vocês terão de dividi-lo.

— Grande novidade. — Encolheu os ombros.

— Legal, um beliche. Posso dormir em cima? — Yannis ergueu a cabeça para Rose.

— Para a cama, os dois — Polly disse do cômodo principal. — Não se preocupem com os pijamas ou os dentes essa noite.

Depois de uma pequena briguinha, resolveram que Nico iria se deitar em cima por ser maior, pois se caísse, não seria de tão alto. Ao final, Rose conseguiu sossegá-los. Inclinou-se e deu um beijo em cada um.

— Podemos ficar o tempo que quisermos, você disse? — sussurou Yannis debaixo do edredom.

— Mais que isso. — Rose sorriu.

Saiu do quarto e encontrou Polly andando de um lado para o outro no cômodo principal.

— Eu sei que é meio pequeno — falou Rose — mas os meninos estão convidados a se juntar a nós quando acordarem, se quiser continuar dormindo. A propósito, levanto às seis com a Floss.

— Imagine, é adorável aqui. Mesmo. Não sei como te agradecer — falou Polly.

— E veja! — disse Rose, abrindo a geladeira com um gesto floreado. — Flãs *Bonne Maman*. Lembra?

— Eu costumava viver disso — Polly disse, segurando o pequeno pote que Rose lhe estendera. — Disso e de paracetamol.

Devolveu o flã à geladeira e foi para a janela.

— Uma bela vista do casarão eu terei daqui pela manhã — disse.

Rose ensinou-lhe a fechar as cortinas usando um cordão ao invés de simplesmente arrastá-las.

— Pode deixá-las abertas, Rose. Quero olhar um pouco o céu.

Rose segurou a mão de Polly. — Você vai ficar bem?

— É claro — disse Polly. — Eu sou durona.

— E eu não sei? — falou Rose, e se aproximando, abraçou-a apertado. — Certo. Hora de deixar você com suas próprias ideias. Você tem tudo o que precisa?

— A cama está lá — respondeu Polly.

— E lembre-se, de manhã, apenas expulse daqui os meninos. Mande-os para o casarão.

— Vou fazer isso, pode deixar.

No caminho de volta para a casa, Rose sentiu cheiro de madeira queimada. Contornou a casa até os fundos e encontrou Gareth atiçando o forno à lenha para pizzas que construíra no terraço. Tinha sido um dos seus pequenos projetos. Rose não via para que, mas Gareth simplesmente o construiu. Ela o boicotava discretamente — concentrava suas tarefas aprendendo a mexer com o Aga. E como era ela que fazia a maioria das refeições, sua inatividade deixou o forno de pizzas esquecido e sem ser inaugurado pela comida. Por outro lado, passaram algumas noites em família lá fora, desfrutando do calor que ele criava quando acendiam o fogo com as portinholas abertas.

— Está bom, aqui — sussurrou ela, deslizando os seus braços sobre os dele. Permaneceram de pé, deixando que as chamas aquecessem seus rostos, contemplando as fagulhas que flutuavam até a boca da chaminé.

— Para onde você foi? — perguntou ela depois de um tempo.

— Fui para o estúdio, concluir uma coisa. Não podia esperar. Polly disse que não se importava de eu sair.

— Só me pareceu um pouco abrupto, você sair daquele jeito.

— Ela realmente não se importou. Eu me comportei bem esta noite.

— Verdade.

— Estou fazendo o melhor que posso.

Sentaram-se juntos no balcão de madeira, à luz das chamas

que partiam da lenha de macieiras tremulando em suas faces. A chuva de antes cessara e a noite estava fria e sem nuvens. Podiam ver todas as estrelas e o crescente da lua, afiado como uma foice.

— Às vezes o trabalho me absorve por inteiro — falou Gareth. — Não entendo como pude me manter afastado por tanto tempo.

— Sei.

— Não desenhei nada por mais de um ano.

— Você fez uns diagramas lindos.

— É, e pintei paredes e serrei madeiras.

— Mas você fez tudo isso com beleza. — Sorriu para ele. — E você tinha dito que queria pôr as mãos na massa. E de algum modo gostou de trabalho...

— É.

— Foi horrível às vezes para você, Gareth. Eu sei disso.

— Perdi o fio da meada.

— Não diga isso.

— Eu perdi, mesmo.

— Todos nós tivemos momentos ruins. Lembra-se? "Que droga, vamos sair daqui e comprar uma boa casa já de pé." Se não fosse por Andy...

Gareth fitou as labaredas.

— Sem ele, não sei como nos viraríamos — falou Rose, procurando os olhos do marido. — Você tem um irmão excelente.

— Ele é razoável — disse Gareth.

Rose precisava de cautela ao falar de Andy com Gareth. Havia questões ali. Logicamente, tinham crescido achando que eram irmãos de verdade. Dos dois, Andy foi o único filho biológico de Pam e John, que por razões políticas só tiveram um filho próprio — e aguardaram até que tivessem mais de quarenta anos para fazê-lo. Optaram então por adotar um segundo bebê, de modo a partilharem a sorte que lograram na vida com alguém não tão afortunado.

Rose perguntara a Andy sobre isso em uma das muitas noites em que passaram a sós, enquanto Gareth se refugiava debaixo do edredom, lutando contra os seus demônios.

— Por que eles não te contaram? — perguntou ela, enquanto faziam uma de suas caminhadas noturnas até o rio.

— Não queriam que Gareth se sentisse excluído — falou Andy. — Creio que pensaram que seria o melhor a fazer.

— Você não ficou chocado?

— Completamente. Quero dizer, nós éramos tão parecidos fisicamente, as pessoas perguntavam se não éramos gêmeos. Mas não foi tão importante para mim quanto foi para Gareth. Ele nunca superou. Jamais passou da formalidade com eles de novo, e agora Pam e John faleceram e é tarde demais. Eles o amavam tanto, Rose.

Rose olhou para Andy. Era verdade; ele e Gareth eram muito parecidos. Ambos altos e de aparência forte, ambos com as mesmas mãos bonitas. Mas era como se Gareth fosse feito de duas metades — a luz e as sombras, enquanto Andy era apenas luz.

Foi graças à sua luminosidade que Andy soube lidar com a raiva residual que às vezes Gareth, por falta de destino melhor, dirigiu a ele. Foi por conta dessa luminosidade que, de tempos em tempos, Rose se perguntava se escolhera o irmão certo.

— Andy é mais que razoável — Rose falou a Gareth.

— Acho que sim. — E ergueu os ombros.

O fogo estralava ao redor da lenha nodosa, liberando um punhado de fagulhas sobre a cobertura de tijolos do forno para pizza. Rose olhou para o marido e tentou entender como pôde duvidar que ele era o seu homem ideal. Estavam sentados e imóveis. O silêncio da noite só foi interrompido por um melro que Rose alimentara durante todo o inverno. Empoleirava-se na chaminé, conferindo contorno à noite.

— Espero que não fiquem tempo demais — Gareth falou enfim.

— Ah, ela não para quieta — respondeu Rose. — Se conheço Polly, ela vai cair logo na estrada, provavelmente com um novo marido, uma nova banda e um contrato de gravação, antes que eu tenha oportunidade de trocar a roupa de cama.

— Não quero que fique paparicando ela. Ela é adulta, sabe. Ela precisa cuidar das próprias coisas.

— Está bem, papai — disse Rose, inclinando sobre ele.

— Desculpe. — Gareth pôs o braço sobre o ombro dela. — É que eu não quero que nos desviemos do mais importante.

— Sem problemas. — Inclinou-se e o beijou. — Sabe, existe algo maravilhoso neste fogo — murmurou, enquanto ficava de joelhos e desabotoava a Levis do marido.

Mais tarde, no quarto, deitada ao lado de Gareth — que apagara como uma lâmpada —, Rose pensou no que ele havia dito, sobre os dias difíceis, sobre como ele perdera o fio da meada. Houvera um momento naquele período em que seu silêncio era ensurdecedor. Ele definitivamente se apartara do mundo, aparecendo apenas durante as refeições.

Esta noite foi a primeira vez em que eles de fato chegaram a conversar sobre isso. Ela não sabia se aquilo era algo bom ou ruim. Às vezes era melhor simplesmente esquecer as coisas tristes.

Lembrou-se de que há não muito tempo ela voltara a questionar seu juízo de acolher Polly. Seria impensável dar as costas a ela, contudo. De qualquer maneira, ela e Gareth prometeram que seriam generosos com sua boa sorte. Afinal, apenas dez anos antes, nem poderiam sonhar em estarem nesta situação confortável.

Naquele tempo, mesmo antes de Hackney, eles moravam no apartamento alugado de Gareth, no bairro de Elephant and Castle. Ele tinha dois cômodos, mas o proprietário não podia cobrar aluguel do segundo, já que estava muito degradado para habitação humana. O quarto "condenado" tornou-se o estúdio de Gareth, e foi ali, por necessidade, que ele se afastou das instalações conceituais de grande escala de seus tempos de mestrado. Ao invés disso, passou a trabalhar no que mais tarde se tornou sua marca registrada estilística de pintura à óleo em pedaços de madeira descartada. Por conta da umidade do quarto, as tintas demoravam mais para secar do que de costume, e ele as levaria para a sala de estar para misturar seus vapores com os do fogão a querosene que aqueciam o lugar.

O tamanho diminuto do quarto também limitava a dimensão de suas obras, o que mais tarde definiu o seu estilo. O lado positivo disso foi que essa ideia contingencial tornou-se muito rentável e os libertou do inflexível mercado imobiliário e enviou os para o apartamento próprio em Hackney, um passo a mais no progresso de um artista em Londres.

Contribuíra o fato de Rose receber um salário regular. Sem isso, a hipoteca de Hackney teria sido impraticável. O trabalho como professora também os qualificaram para adquirir um empréstimo para a entrada no apartamento. Naquele tempo, contudo, seu papel na ascensão costumava ser subestimado: ela e Gareth tinham uma tendência a enxergar o progresso dos dois como derivado apenas dos esforços dele. Ao longo dos anos, ela mudou de papel, de provedora à esposa do artista de sucesso e mãe de seus adoráveis filhos. Se por um lado sabia que ela provavelmente se sentiria amarga ou até mesmo um pouco melancólica com isso, o fato é que estava genuinamente feliz com o seu quinhão.

Gareth ressonava, Rose suspirou e revirou-se, ciente de que tinha poucas horas antes de Flossie acordar para mamar, e que ela deveria dormir.

Depois de meia hora deitada tentando esvaziar a cabeça, desistiu. Sabia que não aconteceria. Cuidando para não acordar Gareth, ela se levantou e vestiu o roupão — um antigo quimono rosa-escuro que Gareth trouxera do Japão quando inaugurou uma exposição — e desceu as escadas em seus chinelos de pele de carneiro.

Parou no meio da escada e olhou através da janela arcada em direção à edícula. O quarto dos meninos estava escuro, mas a luz de Polly ainda queimava, e as cortinas ainda estavam abertas. Rose permaneceu imóvel a um canto, e viu Polly andando de um lado para o outro em frente à janela, fumando, o cabelo acompanhando-a como um rabo sujo de raposa. Rose pensou se deveria ir até lá e ver se estava bem.

Mas então Flossie começou a lamuriar e se mexer no berço, duas horas antes que de costume. Rose praguejou baixo. Floss dormira demais na viagem ao aeroporto e isso, além do leite alcoólico e da quebra na rotina da hora de dormir, deixou-a inquieta.

Rose voltou a subir os degraus para apanhar Flossie antes que Gareth acordasse. Foi recompensada com a visão de sua filha murmurando no berço, os braços esticados, encantada de ver sua mãe aparecer tão rápido. Rose apanhou-a e a levou ao andar de baixo para sentar-se em sua poltrona favorita para amamentar. Cobriu-as com um cobertor e, acomodando-se, apagou lentamente com a sucção rítmica de seu bebê, o formigamento do leite sendo liberado.

Quando acordou, ela e Flossie estavam unidas em uma bolha de calor corporal. Flossie dormia profundamente, gotas de leite secando em sua bochecha fria e macia. Rose subiu com ela no colo, devagar para não acordá-la. No meio da escada, deteve-se mais uma vez em frente à janela arcada, os olhos na edícula. As luzes principais tinham se apagado, mas ainda havia um brilho na sala. Talvez Polly tivesse acendido a lâmpada do criado-mudo. Estava lendo, quem sabe. Ou escrevendo — Rose sabia que ela gostava de trabalhar na cama. Ou estaria apenas deitada, pensando em uma praia, uma casa, um homem, uma vida que fora tomada de si e de seus meninos?

Pobre Polly.

Rose continuou a subir e pousou Flossie no berço, cobrindo-a com o pequeno edredom. Caminhou na ponta dos pés, desde o corredor até o seu quarto, tirou o quimono e os chinelos e guardou-os em seus devidos lugares. Puxou sua roupa de cama ondulada, limpa e perfumada de lavanda e deitou-se ao lado de seu marido gentil, capaz e vivo. Seu bebê robusto dormia bem a apenas poucos metros, e sua filha mais velha, sadia e inteligente, sonhava com coisas boas no piso abaixo, no interior de seu quarto, belamente grande e recém-pintado.

Não tinha muita sorte?

Rose deitou de bruços e, como um rosário, enumerou suas bênçãos até mergulhar em um sono profundo e generoso.

8

Às sete horas, Nico e Yannis correram para a casa. Rose, já de pé com Flossie, foi preparar um mingau de aveia com melado. Sentaram-se ao redor da grande mesa, cabelos desgrenhados, o sono ainda nos olhos, as vozes ainda roucas. Flossie estava deitada sobre a manta de pele de cordeiro sobre o assoalho, chutando e gorgolejando, os olhos fixos no móbile com brinquedos reluzentes pendurados que Rose prendera no teto para que ficassem na frente dela.

— Mamãe ainda está dormindo — falou Nico.

— Ela está sempre dormindo — acrescentou Yannis.

— Tem sido um momento difícil para ela, para todos vocês — disse Rose, colocando o mingau na frente dos meninos. — Às vezes as pessoas ficam muito exaustas com coisas como esta, e só conseguem dormir e esquecer.

Ela mostrou-lhes como jogar o melado sobre o mingau para criar uma forma espiral.

— Ela só fica bêbada o tempo todo — falou Nico.

— É verdade, Rose — disse Yannis, olhando para ela.

— Tenho certeza de que ela não fica bêbada o tempo *todo* — falou Rose. — As coisas vão se acertar. Vocês vão ver. Agora comam.

Olharam para os pratos.

— Vamos lá — disse ela.

— O que é isso? — perguntou Nico.

— Parece vômito — riu Yannis. — Ou cérebro amassado.

— Mas o gosto é diferente. Vamos lá, provem um pouco. Não deixem de pegar um pouco de melado na colher.

Yannis observou Nico enquanto ele punha a ponta da colher no prato e, tremendo, ergueu devagar o mingau até a boca.

— Blerg! — Cuspiu fora, apertou a garganta e caiu no chão, contorcendo-se de agonia.

— Nico! — falou Rose.

— Até que é gostoso, na verdade — respondeu, levantando-se e fazendo um muxoxo. Pregara sua peça.

Yannis gargalhou, e os dois meninos empanturraram-se. Eram tão magros, Rose não imaginava como conseguiam comer tanto. Metabolismo de beija-flor, pensou. Yannis comeu desajeitado, fazendo sujeira ao redor da mesa. Uma batalha de mingau de aveia.

Ele parou subitamente. — Para onde foi Gareth? — perguntou, um pânico brando na voz.

— Está trabalhando. Ele gosta de começar bem cedo, antes de todo mundo levantar. Ele simplesmente some por lá e segue trabalhando.

— Papai também costumava pintar — falou Nico.

— Eu sei — disse Rose. — Vocês sabiam que eu conheci o seu pai antes de sua mãe conhecê-lo?

— Puxa — disse Nico, ocupado com o mingau.

— De qualquer modo, vocês vão encontrar Gareth no almoço.

Ele sai para comer. Às vezes mais cedo, para apanhar mais café.

— Então nós não vamos hoje na escola? — perguntou Nico, tentando limpar a sujeira do irmão menor com a colher.

— Deixe, Nico. Eu faço isso. — Apanhando um pano na pia. — Não sei. Depende da mãe de vocês.

— Por favor... — implorou Yannis.

— Por favor, Rose. Vai ser tão chato ficar enfiado aqui o dia todo — falou Nico.

— Obrigada! — falou Rose.

— Não quis dizer isso — respondeu Nico. — É só que a mamãe dorme o dia todo e temos de ficar andando na ponta do pé como camundongos, como sempre.

Yannis levantou-se de um pulo e expôs os dentes da frente. "Iiiqui, iiiqui!", fez. Começou a correr pela sala na ponta dos pés.

— Olhe só — Nico acrescentou, apontando para o irmão. — Estou cheio de passar todo o meu tempo com esse paspalho.

— Ei! — disse Yannis, pulando sobre o irmão, puxando-o da cadeira pelo cabelo. — Ei!

— Paspalho. — Nico se levantou e voltou-se para ficar de frente para o irmão, segurando-o com o braço esticado, a mão em sua cabeça.

Yannis tentava socar o irmão, mas sendo muito menor, não conseguia alcançá-lo. Seu rosto explodiu de fúria e frustração. — Idiota! — gritou.

Nico riu da fúria do irmão, mas Yannis conseguiu contornar o braço que o afastava e acertou-o na barriga.

— Certo, seu merda. Você que pediu! — gritou Nico, atirando Yannis no chão.

— Ei, vocês dois! — falou Rose, intervindo. Estava um pouco espantada. Onde em Cárpatos os meninos aprenderam a falar assim?

Engalfinharam-se pela sala, em direção ao canto onde Flossie estava deitada sobre a pele de carneiro, entretida com os brinquedos bonitos e brilhantes que pendiam do móbile.

— Imbecil! — gritou Yannis e partiu sobre o irmão com um chute. Seu pé quase acertou a cabeça de Flossie.

— MUITO BEM, VOCÊS DOIS, PODEM PARAR AGORA — gritou Rose, intrometendo-se para separar os meninos. Isto era pior que a classe mais difícil que teve em Hackney. E em sua própria cozinha, aliás.

Separar os meninos deu muito trabalho. Embora parecessem feitos de papel e arame, possuíam uma força desajeitada que os tornava firmes ao contato. A energia debaixo da pele fazia se grudarem um ao outro como cola.

— Está bem. Você fica aí. — Rose postou Nico em uma ponta da mesa. — E você vai ficar ali, Yannis. — As técnicas de controle infantil que aperfeiçoara no trabalho estavam sendo convocadas de um modo que nunca fora necessário com Anna. Rose pôs Flossie no colo, sentindo-se uma idiota por tê-la exposto a tamanho perigo.

— Tempo. Cinco minutos de silêncio para se acalmarem. — Os meninos permaneceram sentados, olhando um para o outro. Rose se sentou na poltrona ao lado da janela e amamentou Flossie, analisando-os e pensando.

Tinha estipulado que os garotos ficariam em casa por uma ou duas semanas até que a escola concluísse a burocracia e eles se acostumassem à Inglaterra. Pensara em levá-los em longas caminhadas pelas colinas que rodeavam o vilarejo, mostrando-lhes a primavera britânica e os novos animais nas fazendas estrada abaixo.

Mas a briga levava-a a refletir que isso poderia não funcionar conforme o planejado. Apesar da rudeza de sua afirmação, Nico estava certo: os meninos precisavam de tempo longe um do outro, e para ficar com outras crianças. E a escola era o melhor lugar para tudo isso. Também deveria levar Anna em consideração, e depois do que Rose acabara de testemunhar, diluir o efeito Yannis e Nico entre outras crianças poderia ser o melhor para todos os propósitos.

— Está bem, olhem só — disse por fim, abotoando o topo do pijama. — Estou feliz que tenham se acalmado. Vamos levá-los até a escola esta manhã e trocarei umas palavras com a diretora.

Os meninos comemoraram e deram socos no ar, a animosidade esquecida.

— Sei bem o que ela vai dizer, mas ela me deve uns favores.

— Quer que eu acorde a mamãe? — disse Nico.

— Não, deixem ela dormir. Trato disso depois.

— Oi — Anna, sonolenta, adentrou a cozinha. — Que barulho foi aquele?

— Foi culpa do Nico — murmurou Yannis, olhando para o irmão.

— Você que começou, tampinha! — E Nico ergueu-se e esbarrou na mesa, derrubando a jarra de leite.

— *Já chega* — falou Rose. Mais uma vez os separou. Foi só depois de fazê-los se sentar de novo que reparou que Anna, seu duplo em miniatura, apanhara um pano da pia e muito discretamente limpava o leite derramado.

Quando prontos, partiram para a escola. Sucedera uma manhã muito fria à noite sem nuvens, e Rose apanhou uma blusa de lã sua que submergiu Nico, mas ao menos o mantinha aquecido. Yannis vestiu a única blusa de Anna que não era rosa e não estava coberta de flores. Rose anotou mentalmente que precisava conseguir galochas para os meninos.

O caminho para a escola começava descendo o jardim, através do campo aos fundos, contornando o sopé de uma colina que se erguia no meio desse campo como um único seio, até o centro do vilarejo a cerca de setecentos metros de distância. Já esquecida a rusga, Anna, Nico e Yannis corriam na frente, saltando para apanhar ramos cobertos de orvalho, balançá-los e fugir da água espirrada.

Rose caminhava atrás deles, Flossie suspensa na frente e cuidadosamente coberta pelo casaco. Contemplou os meninos e suas peles morenas, o andar desajeitado e a magreza dos dois sob as blusas desproporcionalmente grandes. Comparou-os a Anna, que parecia harmônica em tudo, da pele à jaqueta que usava. Seu cabelo tinha uma espessura e um brilho improváveis ao lado daqueles compridos rabos de rato, que Rose tentara pentear antes de saírem. Encontrou tanto grito e resistência que desistiu. Olhando para Yannis e Nico, a palavra que veio à mente foi "abandono". Pobres crianças abandonadas.

— Está com uma criançada nova? — seu vizinho Simon aproximou-se com seu habitual contingente, um cão labrador e dois filhos pequenos. Rose costumava topar com ele no caminho da escola, e ele frequentemente a convidava para um café na volta. Era um escritor que assumiu o papel doméstico no casamento com Miranda, proeminente advogada a caminho de se tornar juíza. Rose gostava bastante de Simon.

— Estes são os filhos de Polly. — Chamou-os: — Nico e Yannis, venham conhecer Liam e Effie, e o seu pai, Simon.

— Vamos puxar as árvores! — Anna disse aos filhos de Simon. Apenas Nico ficou, enquanto os outros dispararam pelo campo enlameado.

— Qual é o nome do cachorro? — perguntou, cruzando os braços para mostrar que era velho demais para brincadeiras de criança.

— Trooper — respondeu Simon. — Tome, atire isso para ele. — E estendeu-lhe uma bola coberta de saliva. Nico apanhou-a e correu com o cão.

— Belo rapaz — falou Simon.

— São um pouco irrequietos — sussurrou Rose.

— Ela apareceu, então, hein?

— Ontem à noite.

— E quando terei a honra? Estou muitíssimo animado — falou Simon. Tinha sido um grande fã de Polly em seu tempo de sucesso, e desde que Rose mencionara que ela viria, estivera ansioso aguardando a sua chegada. Revestia a sua antecipação com uma ironia masculina, mas Rose podia enxergar através dela.

— Ela está bem abalada, devo dizer. Ainda vai levar um dia ou dois para que ela apareça. Fiquei bastante chocada quando a vi.

— Ela tem sorte de ter uma amiga como você, para manter os fãs à distância. — Sorriu Simon.

As crianças haviam corrido para longe e jogavam um jogo de pega-pega que parecia envolver o cão como o principal participante.

— Faz tempo que nos conhecemos, eu e Polly, desde os sete anos. Está vendo isto aqui? Irmãs de sangue. — Rose mostrou a ele a cicatriz em seu indicador.

— Também fiz uma quando tinha seis — falou Simon. — Hoje nem consigo lembrar o nome do garoto.

— Nós fizemos as nossas quando tínhamos dezesseis. Depois que meus pais se mudaram — Rose falou. — Polly montou um ritual todo elaborado. Usamos vestidos longos e nos comportamos com muita solenidade. E ela escreveu uma música especial para a ocasião.

— E como foi?

— Não queira saber.

— Muito gótico, adolescente e intenso.

— Verdade. Mas naquele tempo foi algo muito importante.

Estivemos tão juntas, e com a mãe dela doente, seu pai fora de cena e minha família desaparecendo, só pudemos contar uma com a outra. Acho que precisávamos de algo para sublinhar isso tudo.

Simon tomou o dedo de Rose e se inclinou para olhar a cicatriz.

— Impressionante. Deve ter sido um corte profundo.

— E foi, sangrou uma eternidade. A cicatriz dela é bem menor. — Dirigiu um olhar rápido para as crianças. — Não, Yannis! — gritou quando o viu empurrar Anna em uma vala.

Correu para ajudá-la, mas quando chegou lá, viu que Anna se descabelava de rir.

— Levante, Anna! Olhe, você está toda enlameada.

— E daí? — falou Anna. Saiu correndo atrás de Yannis para dar o troco.

— Senhorita — brincou Simon, que atravessara o campo atrás de Rose. — Então a Polly está mal, é?

— Está. É quase como se o luto a paralisasse. Ela precisa de muito cuidado. Tenho certeza que em algum momento iremos ter a antiga Polly de volta. Estou me encarregando disso.

— Estou certo de que está — falou Simon, tocando em seu braço.

— E esses pobres meninos — falou Rose, avistando Yannis e Nico. — Eles também devem estar esperando que sua mãe retorne. Ela não pode vê-los de fato, agora, está ferida demais pela perda de Christos. A vida nunca atinge Polly de leve.

— Conheço o tipo. Trooper, venha cá! — Simon virou-se para chamar o cão, que estava ficando muito empolgado e fazia Yannis gritar. Rose ficou quase ofuscada pelo brilho do sol nos cabelos branco-aloirados de Simon. Em breve iria apresentá-lo a Polly. Ele sabia ouvir. Ele a alegraria.

Chegaram à escola e Rose beijou sua filha encharcada e cheia de lama. Depois, quando todas as crianças entraram, levou os meninos para ver Janet Jones, a diretora.

Os meninos se sentaram do lado de fora do escritório de Janet com uma pilha de livros. Podia vê-los através da porta de vidro, e ficou contente de reparar que em lugar de se atracarem, pareciam imersos em Dorling Kindersley[11].

Como tinha imaginado, seu histórico na escola — representante dos pais, editora da revista, coordenadora do clube de matemática e até o matreiro e estranho cargo de professora temporária não remunerada quando alguém se adoentava — resultou na disposição de Janet em aceitar os meninos como visitantes pelas duas semanas seguintes, enquanto o requerimento formal para uma vaga seria analisado pelo conselho.

— Tenho duas vagas na primeira e na quarta série. Como é o inglês deles?

— Perfeito. Polly, a mãe deles, aprendeu apenas um grego muito elementar, de modo que a língua da família era o inglês — Rose resistiu à tentação de acrescentar que o sotaque dos garotos tendia ao anglo-saxônico.

— Bem, será bom para a escola. Somos bastante monoculturais aqui, e a experiência dos dois na Grécia irá ajudar a ampliar a perspectiva das outras crianças — falou Janet. Rose torcia para que o efeito de ampliação não fosse tão grande, dado o comportamento dos garotos naquela manhã, mas também omitiu isso.

— Claro, vou querer conhecer a mãe o quanto antes — comentou Janet, entregando os formulários a Rose. — Como ela está?

— Irei trazê-la esta tarde — disse Rose. — Ela está relativamente bem.

Rose e Janet observaram os meninos pelo vidro do escritório. Seus rostos estavam escondidos sob o emaranhado de arbustos

---

[11] Editora fundada na Inglaterra, especializada em livros de referência e repletos de ilustrações (N. T.).

que compunham a cabeleira, enquanto abaixavam a cabeça para os livros.

— Pobrezinhos — falou Janet. — Nós vamos fazê-los se sentir muito acolhidos aqui.

Rose estava contente. Enfim as crianças ficariam separadas.

9

Refez sem pressa o caminho de casa. Polly ainda estaria deitada, Gareth trabalhava, e Flossie dormia profundamente, amarrada à sua frente, e assim, não haveria pelo que se apressar. A tonalidade do céu era de um azul extravagante, com pequenos chumaços de nuvem branca.

Amava esta caminhada para casa da escola. Saber que Anna — e agora os meninos — estavam seguros e felizes em suas classes, que Flossie dormia em segurança aninhada em seu porta-bebê e que a casa concluída estava logo ali à sua frente — tudo isso a brindava com uma grande sensação de plenitude.

Lembrava da longa caminhada entre o lixo e as fezes de cachorro que costumava fazer do grupo de recreação de Anna até sua casa em Hackney. Tremeu ao recordar a passagem subterrânea por onde costumava atravessar correndo todas as vezes — o coração na boca, o carrinho balançando e espirrando as poças de urina. Certa vez, quando estava de sete meses, grávida de Anna, e voltava tarde do trabalho para casa em uma escura noite de inverno, um menino com uma faca e o rosto ressequido saltou na frente dela. Rose achou que o reconhecia — não frequentara a sexta-série dois anos antes? Mas se ele a reconheceu como sua ex-professora, não deu sinais disso. Exigiu a bolsa, e ela entregou. Não havia razão para ser esfaqueada por uns trocados e um cartão Visa facilmente substituível. Mas seu coração martelava, e Anna remexia-se dentro dela, sofrendo descargas elétricas de adrenalina.

O assalto mudou para sempre o modo como via as ruas ao redor de sua casa. Aquele momento foi provavelmente o que semeou sua vontade de partir, e agora lá estava, de pé na base de uma colina insolitamente circular que brotava do campo aos fundos de seu amplo e florescente jardim.

Encontrou o banco que tinha à vista; aquele que ela considerava seu, mesmo que estivesse dedicado a uma jovem de dezessete anos chamada Martha e que morrera de câncer em 1985. Sentou-se e observou o vilarejo e as colinas distantes que se erguiam atrás do vale. Ainda havia um pouco de neblina onde o rio recortava as casas e descia até a cidade oculta de Bath, a mais ou menos vinte e cinco quilômetros dali.

Olhando para trás, parte dela sentia pena do garoto de traços ressequidos. Ao contrário dela, ele muito provavelmente nunca escaparia daquelas ruas. E sobretudo, ele jamais se veria livre daquilo, seja lá o que era, que o fazia sentir-se no direito de tomar as coisas dos outros. Mas, mais que tudo, ela tinha de admitir que o considerava um pequeno canalha, e torcia para que estivesse preso naquele momento. Como pôde apontar uma faca para ela? Por Deus, ela estava grávida! E ela suou muito por aquele dinheiro que ele roubou, dando duro para tentar salvar merdinhas como ele. Ainda tremia um pouco de raiva.

Respirou e sentiu os ombros repousarem no sossego do ambiente campestre. Poderia se sentar naquele banco, uma mulher sozinha com sua bolsa, e não precisava olhar por cima dos ombros uma única vez. Trouxera sua família para um refúgio.

E era ali que iriam ficar. Ainda sentiam a poeira da cidade sobre os ombros, mas seria ali que plantariam suas raízes. Sabia que ela e Gareth envelheceriam ali, legando a casa para as filhas, mesmo depois de partirem para iniciar suas próprias vidas. Não tendo vivido isso, Rose fazia questão dessa garantia. Mais tarde surgiriam os netos, ansiosos por suas férias com Rose e Gareth na grande casa do campo. Rose construíra para si uma imagem, cabelos grisalhos, na ponta da mesa, servindo Boeuf en Daube como uma Mrs. Ramsay com as roupas da Boden.[12]

Achava que, quando a poeira da reforma abaixasse, ela poderia cavar uma piscina no jardim dos fundos, embora ainda não fosse comentar nada com Gareth. E Andy poderia vir da França e ajudar, talvez até se mudando definitivamente para a edícula.

Definitivamente. Isso se Polly um dia partisse, é claro.

Rose se levantou, espanou a roupa com as mãos e seguiu para casa. Queria verificar a edícula, para ver se Polly estava de pé.

Permaneceu bem quieta ao pé da escada da edícula e não ouviu nada. Empurrou a porta coberta de teias da despensa que ficava ao nível do solo e debaixo da sala-quarto, foi na ponta dos pés até o centro do cômodo, atenta com o ouvido inclinado para a tábua do assoalho sobre ela. Nada. Nem um ruído. Polly ainda devia estar dormindo.

---

[12] Boeuf en Daube: receita provençal em que a carne vermelha é cozida no vinho, temperada com cebolas, cenoura, aipo e ervas. Mrs. Ramsay: personagem do romance *Rumo ao farol (To the Lighthouse)*, de Virginia Woolf, que passa três dias preparando essa receita. Boden: sofisticada confecção de peças masculinas e femininas (N. T.).

Rose desceu o lance de degraus de pedra que a conduziam ao Chalé e entrou. Esta era outra alegria de morarem ali — você não precisava trancar coisa alguma. Em Hackney, Rose sentia que viviam sob uma vigilância constante e agressiva, com grades na janela do porão, fechaduras duplas e alguns trincos nas portas da frente e dos fundos, além de um sensor de movimento contra invasões. Tinham de se preocupar em nunca deixar nada de valor à vista da rua. Chegaram a esconder um aparelho de som dentro do armário para que não fosse visto pelos transeuntes.

Apesar de todas estas precauções, a casa foi invadida duas vezes — a primeira, assustadoramente, quando Rose e Anna tiravam um cochilo vespertino no andar de cima. Daquela vez os arrombadores subiram em uma lixeira e ergueram uma vidraça do andar de cima que Rose deixara um pouco aberta, como se costuma fazer quando você está em casa em um dia de calor. O outro grupo arrebentou um vidro reforçado com um tijolo e abriu as fechaduras e trincos por dentro.

Os dois assaltos foram oportunistas e em ambas as vezes os arrombadores levaram dinheiro da bolsa de Rose. O primeiro bando também levou uma câmera digital que Gareth deixara totalmente à vista sobre a mesa na sala da frente. Da segunda vez, eles levaram algumas outras coisas, inclusive um laptop que Rose tomara emprestado da escola. Foi uma grande dor de cabeça. A polícia informou que este tipo de roubo era muito comum na região e que muito provavelmente os ladrões eram viciados procurando coisas que pudessem vender para conseguir um pouco de dinheiro rápido. Rose e Gareth tinham seguro, de qualquer modo.

No entanto, o mais frustrante de tudo era a invasão. A ideia de um estranho suado, nervoso e sujo vasculhando suas coisas deixava Rose doente. E pior, durante o segundo assalto, que aconteceu quando estavam na Escócia tentando se reconciliar de algum modo com a mãe de Rose, internada em um hospício, um dos bandidos defecou bem no meio do chão da cozinha. A polícia informou que isto também era bastante comum, ao que parece, em razão da adrenalina. Mas Rose achava que esse invasor meio animal estava mais era marcando seu território, espalhando o seu odor, deixando sua marca. Era como se dissesse que tudo aquilo jamais poderia ser deles novamente. Se o assalto na rua foi a semente para que deixassem a cidade, aquilo foi a gota d'água.

Depois que se mudaram, levou um tempo até que se acostumassem a deixar a porta destrancada. Era mais fácil para Gareth, criado como fora em uma espécie de isolamento que só um país do tamanho dos Estados Unidos poderia oferecer. A casa de Pam e John nem possuía fechaduras. Para Rose era mais difícil. Se durante o dia ela ficava tranquila, de início nem podia dormir se não trancasse e acorrentasse as portas da edícula. Mas estava progredindo. Agora que tinham se mudado para o casarão, sentia-se à vontade de noite com meras trancas comuns. Mas talvez fosse porque se levantava tanto para ver Flossie que tinha como ficar atenta aos arrombadores.

Pendurou o casaco no mancebo ao lado da porta e foi até a cozinha, que parecia a casa em Hackney depois do segundo assalto, tirando o cocô. Mas, em lugar da bagunça de saqueadores, eram os espólios dos meninos e suas brigas barulhentas que a confrontavam. Para ganhar tempo antes de limpar tudo, preparou um bule de chá e se sentou à mesa sob um facho de sol para amamentar Flossie, que acabara de acordar.

Tinham acabado de se acomodar quando Gareth apareceu, muito elétrico em razão da manhã produtiva no estúdio. A energia parecia pingar de seus dedos quando ficava desse jeito.

— Puxa, o que aconteceu aqui? — Aproximou-se para beijar Rose e acariciou a bochecha de Flossie, iniciando em seguida o ritual de preparar o seu bule de café preto e forte, moendo os grãos em um antigo moedor manual cromado de mogno. Comprara-o em uma loja de beira de estrada em Maine e, segundo ele, era a única maneira possível de se preparar café.

— Os meninos tiveram uma briga.

— Nenhum sangue derramado, espero?

— Não — falou Rose. — Apenas mingau de aveia.

— A educação deles foi bem licenciosa — disse Gareth. Não via Nico desde os seus dois anos, quando Christos e Polly se mudaram para a Grécia. A noite passada foi a primeira vez que vira Yannis.

— Você tem autoridade para falar! — falou Rose. Gareth e Andy tiveram dentro de casa a sua educação escolar, o que Pam e John interpretavam como deixá-los perambular nas matas vizinhas à propriedade, geralmente fazendo o que queriam. Pernoitavam em acampamentos que eles mesmos construíam. Mal abriram uma apostila. Mesmo assim, ambos acabaram lendo mais livros e obtendo uma compreensão melhor do mundo que os cercava do que a maioria dos estudantes do ensino médio.

— Não, não falo desse tipo de licenciosidade. Aquilo foi um presente de liberdade. Eles podem ter cometido muitos erros, mas Pam e John sabiam exatamente o que estavam fazendo com aquilo. Esses garotos, eles parecem ter sido, não sei, negligenciados. Não sei se é isso. Acho que quero dizer desconsiderados.

— Não quero cair numa condenação a Polly — falou Rose.

— Não estou dizendo nada — disse Gareth, erguendo as mãos e dando um meio sorriso.

— Mas você tem certa razão. Yannis e Nico não parecem ter se beneficiado de muita orientação — disse Rose, mudando Flossie de lugar para alimentá-la com o outro seio. — Não recentemente, isso é certo.

Gareth ligou a cafeteira e postou-se atrás de Rose, observando o punho de sua filhinha enquanto sugava o seio da mãe para tomar mais leite. Esticou o braço e deixou que Flossie apertasse o seu dedo com a mão. O leite escorria de sua bochecha.

— Adoro isso — falou. Rose sentiu a ereção pressionando suas costas. Sempre se sentira estimulado ao vê-la amamentando. Rose se sentia estranhamente grata por isso. Era extraordinário: uma união e uma intimidade, um segredo compartilhado, levemente vergonhoso entre os dois.

— Hummm. É cheiro de café?

Rose sobressaltou-se e se virou, encontrando Polly de pé no meio da cozinha. Gareth afastou-se e Flossie escorregou do bico e começou a chorar. Polly estava descalça e vestia nada mais que uma fina e antiga camisola de algodão. Era como se estivesse nua, do modo como os bicos arrepiados dos seios e seus negros pelos pubianos estavam visíveis. Ao menos Gareth estava acostumado a vê-la nas pinturas de Christos, pensou Rose. Já conhecia tudo aquilo.

— Entre — falou, firmando Flossie de novo.

— Vou preparar um café para você. Forte, preto, sem açúcar, não é? — Gareth passou ao fogão.

— Bem lembrado — sorriu Polly. Sentou-se à mesa. Foi quando Rose percebeu que ela tremia.

— Você está bem?

— Um pouco de frio — respondeu Polly. — Esqueci que não estava na Grécia.

— Gareth, você poderia apanhar meu quimono para Polly?

— Claro — falou Gareth, pondo na mesa o café de Polly. Depois saiu e subiu rapidamente as escadas.

Polly atrapalhou-se com a bolsa bordada que levava sobre o ombro e retirou dois potes de pílulas marrons. Elas chacoalhavam em suas mãos trêmulas.

— Isso também me faz tremer — falou.

— O que é?

— Os médicos gregos medicam a torto e a direito, graças a Deus — respondeu, engolindo uma cápsula de cada pote com um gole de café. — Ando precisando de uns remédios para me ajudar a passar por essa fase mais difícil. — Captou o olhar de Rose e sorriu. — Nada de mais, mamãe.

— Não foi isso que... — Mas Rose sabia que Polly e remédios eram uma combinação poderosa. Não sabia o quanto esse médico grego conhecia do passado de Polly. Mesmo antes das coisas saírem dos eixos em Londres, ela tinha sido uma consumidora ávida de pílulas. A despeito de sua aparência frágil, Polly se divertia com as mais fortes, e sempre conseguia passar a noite acordada, até o amanhecer, muito depois de Rose desmaiar em um canto. Rose odiava qualquer droga que a fizesse perder a consciência de si, mas Polly amava tudo aquilo. Contou uma vez que não achava que pudesse ter escrito qualquer de suas canções sem aquelas ajudinhas.

— São antidepressivos leves. Eles me ajudam a tocar a vida pela manhã, depois desses — Polly apanhou outro pote de sua bolsa e chacoalhou-o no ar —, que me ajudaram a dormir. É tudo muito equilibrado, Yin e Yang. De verdade. Ajudam muito. Logo me virarei sozinha.

Gareth voltou e entregou-lhe o quimono.

— Obrigada — disse, cobrindo os seus ombros ossudos com ele. Embora fosse grande demais para ela, Rose achou que Polly conferia glamour ao quimono, uma história de fundo. Em Rose, era apenas um belo quimono. Em Polly, Billie Holiday espairecendo em seu aposento.

Um silêncio pairou sobre eles, depois que Rose terminou de amamentar Flossie e Gareth permaneceu encarando sua caneca, pensativo. Polly tremeu e se contraiu, olhando pela janela e em seguida para o chão, compenetrada.

— Preciso voltar ao trabalho — disse Gareth enfim, levantando-se.

— Queria que Christos tivesse a sua disciplina — falou Polly, olhando-o com as pálpebras pesadas.

— Mas ele produziu tanto — respondeu Rose. — Ele era incrivelmente produtivo.

— Ele era um grego preguiçoso — falou Polly, cutucando suas unhas com o dente de um garfo que alguém deixara sobre a mesa.

Gareth expirou e olhou para Rose, uma das sobrancelhas erguidas. Então, afagou o seu rosto com o nó do dedo indicador e saiu, fechando a porta dos fundos de modo um tanto brusco.

Rose se levantou e pousou Flossie de volta na manta de cordeiro. Apanhou a fruteira e a colocou na frente de Polly.

Polly retirou uma laranja da fruteira e girou-a nas mãos como uma bola de críquete.

— Então, as crianças estão na escola — falou Rose.

— Achei que pudessem estar — disse Polly, afundando a unha na laranja para descascá-la. — Que bom. Obrigada.

— A diretora gostaria de te ver hoje, em algum momento. Há uma papelada que precisa ser examinada.

— Puxa. Parece que é só isso que tenho feito desde que Christos morreu.

— Sinto muito — disse Rose. — Mas você realmente precisa fazer isso. Janet tem sido incrivelmente flexível em deixá-los ficar hoje. Eu a levo lá por volta do meio dia, e assim a encontramos na hora do almoço.

— Se preferir assim. — Polly extraía os fiapos da laranja, retirando cada pedacinho.

— Vamos lá, Polly, você precisa pensar em Nico e em Yannis.

— E você acha que não sei disso? — Polly bateu a fruta sobre a mesa. — Você acha que não estou tentando? Para você é fácil, Rose, com tudo isso, com sua bela casa, seu belo marido, com a porcaria de suas belas crianças...

— Polly...

— Para você tudo deu certo, não foi?

— Isso não é justo.

— Não é justo mesmo.

Rose não soube responder àquilo.

— Tudo é tão perfeito, aqui. A perfeita Rose e sua casa perfeita — prosseguiu. — Veja, uma chaleira italiana, ervas penduradas no teto, uma porcaria de um Aga cor de creme.

— Pare com isso — falou Rose, calmamente. Polly se levantara e caminhava de um lado para o outro na cozinha. Recordando-se do incidente de pouco tempo antes com os meninos, Rose atravessou a cozinha para ficar na frente de Flossie.

— Era uma merda com Christos. *Uma merda.* Sabia? — falou Polly. — Nada dava certo. Nunca tive algo assim, e agora, agora não tenho nada. — Estacou no meio da cozinha e ergueu os olhos para o teto abobadado. — Depois de tudo... — Fechou os olhos com firmeza e abraçou-se como se tentasse forçar o mundo a ficar nítido de novo.

— Ele não me amava, sabe. Não de verdade. Não como, como isto — quase cuspiu ao apontar para a porta por onde Gareth tinha desaparecido. — Ele só queria o meu encanto. E quando conseguiu, quando engoliu tudo, ficou saciado.

Voltou-se para Rose e olhou-a nos olhos.

— Você tem sorte, Rose. Você nunca teve qualquer encanto que pudesse ser roubado. Você nunca saberá como é. Era uma merda com Christos em Cárpatos. Uma merda. E daí ele morreu.

"Não vou tomar isso para mim", Rose pensou, lutando para permanecer compassiva.

E então Polly tremeu, como se a realidade a tivesse mordido forte no crânio.

— Ele morreu, Rose. Ele morreu de verdade. — Respirou fundo e se contraiu novamente. — Acho que não consigo viver com isto.

Seu rosto desmoronou, e seus olhos se encheram de lágrimas.

Era isso que Rose precisava. Foi até Polly e aninhou-a em seus braços. Apertou firme e a sentiu comprimida debaixo de si, grandes muralhas de soluço sobressaltando todo o seu corpo diminuto.

— Deixe-me entrar, Poll — falou. Sentiu um pequeno formigamento de satisfação que não surgira durante as críticas de Polly. Afinal, ela deveria ser leniente naquele momento de luto.

— Vai ficar tudo bem — falou. — Você vai ficar bem. Você é uma sobrevivente, Polly, lembra? Você supera tudo.

Puxou Polly para si novamente, sentindo o cheiro da viagem em seu cabelo, o perfume e o odor de sua pele. Esfregou suas costas, sentindo suas costelas e o contorno de sua pélvis na base de sua coluna. Estava frágil, quase quebradiça ao toque de Rose.

— Lembra? — instou Rose.

— Eu sou uma sobrevivente.

— Você é uma sobrevivente. Você esteve ao meu lado o tempo todo quando éramos mais jovens. Agora sou eu que vou te ajudar, Poll. Estou aqui para você.

Permaneceram paradas um tempo, até que o ar ao redor de Polly se assentou, até que se acalmou.

— É mesmo, Rose?

Quando ergueu a cabeça, Rose julgou ver os pontinhos verdes das íris de Polly brilharem. Apertou seu dedo indicador cicatrizado contra o de Polly, buscando a linha de seu corte que combinasse com sua própria.

— Você me ajudou e agora vou te ajudar. Do jeito que puder.

— Do jeito que puder?

Quando as cicatrizes se tocaram, Rose sentiu o familiar aperto em seu estômago, algo entre o medo, o prazer e a excitação, a sensação que apenas Polly conseguia despertar nela.

— No que puder. E desculpe por eu tê-la feito sentir-se pressionada — falou, acariciando o cabelo de Polly e segurando o seu rosto entre as mãos. — Vou avisar a Janet que você não poderá ir hoje.

— Não — disse Polly. — Você estava certa. Eu irei. Tenho de me segurar, pelos meninos. — Olhou para Rose. — Você sabe que eu estava só desabafando, não é? Eu amava Christos — você sabe disso, não sabe? Eu o amava muito.

— Eu sei. Vocês eram feitos um para o outro. Qualquer um podia ver isto.

— E sinto sua falta. E sinto raiva dele por dirigir de modo tão besta e por ter se deixado morrer.

— Eu sei.

— E nos deixar sozinhos.

— Sim.

Afastaram-se um pouco, Rose repuxou sua própria manga e enxugou os olhos de Polly. — Agora vá e tome um banho, Poll — disse. — Use o meu banheiro, e ponha um pouco de óleo na banheira. Deixe escorrer tudo isto. Leve o tempo que quiser. E em seguida iremos para a escola, está bem?

— Está bem. Obrigada, Rose — falou Polly. — Obrigada. Não sei o que faria sem você. — Aproximou-se novamente de Rose e ergueu os braços, tomando o seu rosto entre as mãos frias e secas. Puxou-a para si e beijou-a nos lábios.

Uma vez mais, Rose sentiu aquele aperto dentro de si, e seus olhos picados pelas lágrimas.

Polly ajustou o quimono ao redor do corpo, e subiu lentamente as escadas, como se cada passo a ferisse.

Rose suspirou e foi olhar o bebê, que estava deitado no assoalho fitando uma fresta de sol projetada sobre o chão.

— Caramba. O que faremos com ela, hein, Floss?

E por fim, preparou-se para começar a limpar a sujeira da cozinha, pondo tudo em seu devido lugar. Mas antes de fazê-lo, comeu a laranja — inteira, perfeita, sem fiapos — que Polly largara sobre a mesa, deixando que o suco escorresse pelo seu queixo.

10

Polly se livrou de tudo o que pudesse atrapalhá-la no encontro com Janet, a diretora. Depois do banho, lavou e escovou os cabelos e conseguiu combinar uma roupa que não fosse rasgada, suja ou transparente. Se não fosse por sua magreza espectral, ela teria passado por uma mãe qualquer. Rose acompanhou-a até a escola, em parte para lhe dar apoio moral, mas principalmente para estar a postos para o caso de precisar dissolver qualquer azedume que surgisse.

Ao final, a reunião correu bem. Polly estava de bom humor: articulada, encantadora e triste na medida certa do esperado diante da condição de recém-viúva. Ela preencheu os formulários para a autoridade municipal e entregou-os a Janet com um sorriso.

— Minha primeira impressão é de que eles vão se adaptar maravilhosamente — falou Janet. — As outras crianças parecem bastante absorvidas por eles.

— Eles formam uma dupla e tanto — respondeu Polly, levantando-se e esticando a mão para apertar a de Janet.

— Obrigada, Janet — falou Rose.

— Não há de quê. A bebê está linda. — Janet pegou na mão de Flossie, que ela agitava fora do porta-bebê como uma atriz dramática. — Estou tão contente que esteja preparando outra pequena Anna para mim.

Despediram-se e percorreram o ruidoso corredor da escola, com seus odores de lanche escolar e ruídos de tênis de ginástica.

No playground exterior, as crianças que almoçavam em suas casas acabavam de ser entregues à escola pelos pais. Rose pôde sentir os murmúrios que Polly provocava enquanto atravessavam o parquinho. Mesmo antes de famosa, conseguia atrair os olhares com o seu glamour inato e seu caminhar elegante. Agora, mais de uma década depois, as pessoas ainda se viravam para vê-la. Mesmo com o cabelo tão bem penteado e roupas mais sóbrias, Polly ainda portava uma aparência única difícil de atenuar.

Na tentativa de neutralizar o feitiço que Polly lançava — e a confusão que geralmente se seguia —, Rose apresentou-a a algumas pessoas como "minha velha amiga Polly, cujos filhos acabaram de se inscrever na escola". Mas foi em vão. À medida que Polly estendia a mão para cumprimentar, Rose não podia deixar de sentir que estava apresentando a Rainha.

— Achei que fosse começar a distribuir autógrafos — falou Polly enquanto voltavam pelo campo.

Quando chegaram em casa, Polly subiu até a edícula para se deitar.

— Você pode buscar os meninos, por favor? Estou exausta — falou Polly ao se afastar.

— Claro — respondeu Rose. Nico tinha nove anos, e acreditava que muito em breve, estando eles em três, Anna realizaria seu sonho e as crianças poderiam voltar sozinhas para casa. Não havia estradas para cruzar e a maior parte do caminho era pelos campos.

Não revelara a Anna ao contar suas histórias de menina, mas a razão pela qual os pais de Rose a proibiram de tomar o atalho debaixo do píer para ir à escola em Brighton era porque se tratava de uma notória aglutinação de párias de toda sorte. Rose desobedeceu aos pais e, certa vez, um homem a agarrou. Tinha um negócio púrpura e duro saindo das calças, que ele obrigou-a a segurar, movendo-o para cima e para baixo. Ela deu um aperto tão forte e enfiou as unhas naquilo que ele praguejou e relaxou as mãos que a seguravam, permitindo que ela o golpeasse com a mochila e corresse dali. Mas não conseguiu retirar o odor de sua mão, por mais forte que lavasse. Durante semanas ela teve pesadelos em que ele a seguia até sua casa, entrava pela janela e a cutucava com aquela coisa fétida, suas mãos malcheirosas em seu rosto.

Depois disso, ao menos por um tempo, fez o melhor que pôde para ser uma boa menina e obedecer aos pais. Seus esforços, contudo, sempre pareciam sair pela culatra, e ela se via, invariavelmente, subindo em desabalada carreira as escadas da casa de hóspedes para tentar se trancar no banheiro antes que seu pai a alcançasse. No fim, ela parou de se esforçar — o resultado era sempre o mesmo, fosse ela boa ou má.

De todo modo, era por isso que ela não deixava Anna passear sozinha. Mas agora que Anna tinha dois seguranças traquinas e desregrados, julgava que estaria em segurança. Mais uma vantagem, pensou, de terem Polly, Nico e Yannis hospedados ali por um tempo.

Refletindo sobre isso, Rose foi à escola um pouco mais tarde para apanhar as crianças. Trouxe-as de volta, ouvindo as conversas animadas de Nico e Yannis sobre seu primeiro dia na escola de Anna.

— Agora é a escola de vocês — Anna disse a eles, girando sem parar sua mochila sobre os ombros.

Quando chegaram, Rose deu a cada criança um copo de leite e uma fatia de bolo. Em seguida, despachou-os todos para o jardim dos fundos, ao lugar onde começaram a erguer um esconderijo no final da trilha tomada pela grama. Rose sorriu para si, pensando no quanto isso deixaria Gareth satisfeito.

Às seis e meia, Rose enviou Nico à edícula para chamar Polly para o jantar. Pouco depois, ele retornou sozinho.

— Ela está na cama, meio dormindo. Disse para começarmos sem ela.

— Vou fazer um prato para você levar — sugeriu Rose.

— Não, nem se incomode — falou Nico. — Ela disse que está sem fome.

Pelo que Rose sabia, Polly não tinha comido nada durante todo o dia. Teria mesmo de ficar de olho.

Às sete, Gareth veio do estúdio e todos se sentaram para jantar sem a Polly. Os meninos devoraram a lasanha como animais famintos, repetindo e lambendo os pratos.

No primeiro dia de aula, foram vistos como excentricidades fascinantes: o sotaque peculiar e suas peles azeitonadas foram novidade na escola do vilarejo.

— Eu e Yannis decidimos correr ao redor do parquinho, e logo todo mundo da escola estava correndo em volta — disse Nico.

— A escola inteira! — Anna enfatizou para Gareth.

— Como um crocodilo — disse Yannis, e Anna e os meninos riram entre si. Anna passara o dia desfrutando da glória derivada de sua relação com os meninos, e Rose viu que ela gostava disso. E muito.

— Como um bando de idiotas — acrescentou Nico. Com isso, os risos esmoreceram e ele bocejou e teve um arrepio. — Estou com frio — falou.

— Ah, você ainda não está acostumado com a noite daqui. Às

vezes fica bem frio — disse Rose. — Agora terminem de comer, e vamos levá-los para a cama. Está tarde.

— Em casa, dormíamos na hora que quiséssemos — disse Nico.

— Bem, aqui fazemos diferente — disse Gareth. — E enquanto estiverem conosco, vão fazer como nós.

— E, além disso, vocês devem estar exaustos, depois da caminhada, de já começarem na escola e tudo o mais — falou Rose.

— Vamos lá, Anna banana — falou Gareth, levando ela e Flossie para tomarem banho, escada acima.

Rose buscou cobertores e enrolou-os em volta dos meninos. Subiu o jardim com eles até a edícula. O céu estava mais aberto agora, e não ventava. Um prenúncio de geada pairava no ar e as estrelas eram minúsculas perfurações num pano de fundo iluminado.

— Olhem — falou, apontando para cima. — A Ursa Maior, veem?

— Em casa também tem — Nico falou. — Dá para ver de nosso terraço todas as noites. Mas ela fica ali. — E, com um raciocínio astronômico próprio, ele apontou mais para o sul.

Subiu junto deles a escada da edícula para dentro da sala escura, passando em silêncio por Polly, que permanecia deitada, aconchegada sobre a grande cama. Rose levou-os ao banheiro e acendeu a luz. Reparou que Polly tomara uma ducha. O chão estava molhado, havia toalhas úmidas enroladas em um canto e talco sobre o azulejo.

— Cadê as escovas de vocês? — perguntou aos meninos.

Ambos encolheram os ombros.

— Bem, a nécessaire de vocês, então?

— Nécessaire? *Credo!* — brincou Yannis.

— O estojo com produtos de higiene, quero dizer.

Os meninos não esboçaram reação. Então, Rose os fez usar os dedos com a pasta de dentes que reservara antes de chegarem. No dia seguinte, compraria roupas de inverno e escovas. E pijamas, porque no final descobrira que eles também não trouxeram nenhum.

Meteu-os no beliche no quarto menor — que ficava mesmo bem pequeno com dois meninos dentro dele. Havia também um leve odor de umidade que ela nunca reparara.

Foi apagar a luz, voltando-se e sorrindo para os dois rostos morenos que despontavam debaixo das duas colchas idênticas.

— Rose? — Yannis falou baixo de sua toca.

— Sim, Yannis?

— Você sabe alguma história? — falou. — Mas não uma de terror.

— Deixe-me ver — falou Rose, enrolando-se na ponta da cama. Ouviu Nico suspirar e virar-se ruidosamente para a parede. — Não vai demorar, Nico, é só para deixar Yannis mais calmo.

— Tanto faz — disse Nico.

— Você gostaria de ouvir como eu e sua mãe nos conhecemos?

— Tudo bem — falou Yannis.

— Bem, foi num dia muito chuvoso no litoral onde morávamos, e estávamos no colégio — durante o nosso ensino primário, que ficava perto da praia.

— O nosso também ficava — falou Yannis.

— O colégio de vocês ficava à beira-mar, não ficava? Assim, na hora do almoço vocês brincavam ali. Bem, o nosso ficava no meio de uma cidade grande e havia algumas estradas entre a escola e a praia, o que era diferente, e o clima era muito gelado e chuvoso o dia inteiro, de modo que todo mundo se sentia um pouco mal e com frio naquele dia. Era diferente de Cárpatos, onde há sol quase todos os dias. De qualquer modo, estávamos todos sentados em nossas carteiras quando a professora disse que tínhamos uma aluna nova, e a sua mãe entrou na sala. Ela era magra como um palito, e pequena, e seu cabelo parecia um gato preto assustado em cima de sua cabeça.

Nico deixou escapar uma risada sobre o beliche.

— Ela estava encharcada, e parecia um pequenino furão com seus olhos redondos e esquivos. E ela vestia algo que parecia um colã púrpura de bailarina, rosa listrado e uma meia-calça preta, além de grandes botas prateadas que a faziam parecer uma encrenqueira. Todos na classe riram.

— Hoje ninguém riu de mim — Yannis falou.

— Não. Eles são bacanas com vocês em sua escola nova. Naquele tempo, todos riram de sua mãe, exceto eu. Eu me levantei e disse: "Ela pode se sentar ao meu lado, senhora?" E eu cuidei dela. Peguei em sua mão e disse: "Nós seremos melhores amigas". E assim nos tornamos.

Nico já havia se virado e tinha a cabeça para fora da cama, à escuta.

— Naquela tarde, trouxe-a para casa depois da aula. Paramos em seu pequeno apartamento no caminho para avisar a sua mãe, mas ela estava dormindo no sofá, e deixamos um bilhete. Vocês conheceram a vovó de vocês?

— Eu conheci quando era bebê — falou Nico. — Mas não me lembro dela.

— Bem, ela era muito bonita. Foi uma modelo, e suas fotos estavam em um monte de revistas quando era jovem. Mas na época em que teve a mãe de vocês ela já não estava tão bem, e não conseguia cuidar direito da filha. E então fomos para a minha casa e fizemos um chá, e Polly me contou tudo sobre sua vida. Ela e a mãe tinham acabado de se mudar para Brighton, saídas de Londres, e tinham passado uma temporada na Itália antes disso, e em Marrocos. Mas permaneceram em Brighton, porque a mãe dela estava muito cansada para se mudar. O que foi uma sorte para mim e para Polly. Assim, quando não estávamos juntas no colégio, estávamos na casa uma da outra. Minha casa era uma espécie de hotel, e brincávamos nos quartos vazios.

— A gente pode ir até lá, até essa casa? — perguntou Yannis.

— Ah, ela foi vendida há muito tempo — disse Rose. — E, além disso, nós temos *esta* casa agora. E espero que vocês dois e Anna possam crescer e se tornar grandes amigos como eu e Polly. Bem, chega por hoje — falou, beijando os dois novamente e ajeitando os seus edredons. — Haverá um montão de outras noites para contar histórias.

— Não consigo dormir, Rose — falou Yannis, seu lábio tremendo.

— Puxa, querido, venha cá. — Rose permaneceu deitada na cama ao seu lado. Sabia que Flossie iria querer mamar em breve, mas não podia deixar sozinho aquele pobre menininho deitado no escuro. Ela apertou-o contra si, cantou com os lábios fechados e afagou sua cabeça, certa de que sentia folhas de orégano em seu cabelo. Em questão de minutos, ele estava dormindo, um pequeno sorriso contornando seus lábios.

Rose se levantou.

— Tudo bem se eu for, Nico? — sussurrou.

— Ele dormiu?

— Sim.

— Então vá, Rose. Ficarei bem. — Esticou-se e afagou as costas dela.

Como um homenzinho, pensou, enquanto caminhava pela sala até a saída, ao lado da cama de Polly.

— Mentirosa — murmurou Polly de sua cama.

— O quê? — falou Rose, levando um susto.

— Não foi assim — Polly resmungou, expirando enquanto se virava na cama, aninhada novamente debaixo da colcha. Então, suspirou e começou a ressonar.

11

Geou forte pela manhã. Os débeis raios dourados do sol apenas começavam a derreter os flocos debaixo dos pés quando Rose, Flossie, Simon e Trooper atravessaram o campo em direção ao Chalé na volta da escola.

— Soube que ela suscitou um belo burburinho ontem — falou Simon, balançando a lancheira que esquecera de entregar a Liam.

— O quê? — perguntou Rose, acompanhando um gavião que atravessava o céu. Não é cedo ainda para os gaviões?

— Mrs. Novak. Era só disso que se falava no portão da escola.

— Ah, sim. Bem, pelo menos largarão do seu pé, eu suponho — falou, arqueando uma das sobrancelhas.

Na maioria das vezes, Simon era o único pai na saída da escola. Esse fato, incluindo o de ele ser alto, loiro e bem talhado como pai, levava a maioria das mães a observá-lo por um ou outro motivo. Tinha fama de ser um pouco paquerador, mas Rose entendia isso como um sinal de abertura e cordialidade, cuja disposição amigável era interpretada equivocadamente pela claustrofóbica comunidade escolar de mães, que tinha pouco com que se preocupar — ou espiar.

Por exemplo, o fato de que com frequência Simon e Rose se afastassem juntos dos portões da escola não passara despercebido, e tampouco que fossem vistos entrando na casa dela. Rose achava todo esse falatório ridículo. O Chalé ficava no caminho de sua casa, e ele costumava admitir que se tratava de um modo de procrastinar o seu plano de escrita matinal. Isso a incomodava às vezes, os soslaios maliciosos voltados para ela fora da escola. Algumas daquelas pessoas tinham vidas muito mesquinhas.

Trooper veio pulando com um graveto ensopado de saliva e Simon atirou-o novamente para o cão. O graveto traçou um arco no ar e foi cair numa parte distante do campo.

— Não a vejo desde ontem, quando nos encontramos com Janet — comentou Rose.

— Então você ficou a noite inteira com os meninos?

— Ah, eu não ligo. Eles são encantadores do jeito deles. Estou me apegando bastante. Na verdade, acho que talvez seja mais prático que, nesse momento, eu os acomode no casarão — ao menos até que Polly consiga se reerguer.

— Pelo que soube, ela estava muito bem. — Simon sorriu.

— É tudo fachada. Ela sabe representar um papel — respondeu Rose.

Chegaram à entrada do jardim de Rose.

— Tem tempo para um café? — perguntou Simon.

— Claro, vamos entrar — disse-lhe, segurando o portão para ele.

Rose estava contente que Simon entrasse. Ele trazia algo do mundo exterior para a casa, pois estava sempre indo a Londres para se reunir com agentes literários, editores e jornalistas, gente que prezava por sua obra e sua sagacidade. Ela se divertia com suas histórias de Soho House e Groucho Club.[13] Elas faziam-na sentir--se nostálgica de uma vida que julgava ter deixado para trás. Na verdade, ela raramente se aventurara a oeste de London Bridge quando moravam em Hackney. Mas o fato de Simon conseguir lidar com essa vida urbana e cultural enquanto vivia no campo lembrava-a das possibilidades deste lugar que ela e Gareth escolheram para morar. Quando Flossie tivesse idade para ir à escola, quem sabe o que Rose poderia fazer?

Rose ficou surpresa de encontrar Polly na cozinha, sentada na poltrona com o gato Manky no colo e uma xícara de café na mão. Vestia uma camisola diferente da do dia anterior, mas igualmente insinuante — em forma de T, colada à pele e que descia até o tornozelo, tinha um decote baixo e curvo que mal escondia seus magros bicos que projetavam de seu peito. Seus olhos estavam contornados e borrados pela mistura do sono com a maquiagem do dia anterior.

Rose olhou para Simon, que corou. Era desses de pele clara que coravam facilmente.

— Polly, Simon. Simon, Polly.

Embora estivesse feliz de ver Polly de pé, sentiu-se um pouco irritada que seu café matinal com Simon tivesse uma penetra.

Polly ergueu sua mão livre de sobre o gato e estendeu-a. Surpreendentemente, Simon inclinou-se e beijou a mão. Mais uma vez conferiam realeza a Polly. Rose passou para o outro lado da cozinha, desamarrou Flossie do porta-bebê e deitou-a sobre a pele de cordeiro em seu canto de sol matinal.

— Estou vendo que você reencontrou Manky — falou a Polly.

— O quê? — disse Polly.

---

[13] Clubes restritos localizados no bairro de Soho, em Londres, cujos membros são editores e profissionais do cinema (N. T.).

— Manky. Você não se lembra de Manky? Ele era seu.

— O gato? Meu Deus, eu nem imaginei. Com quantos anos ele está?

— Treze, mais ou menos. Vai levando. Foi Christos que te deu, lembra? Quando você deixou o hospital. Pobre e velho Manky. Preciso levá-lo ao veterinário, tem alguma coisa errada com os seus dentes.

Polly olhou para o gato, que, tendo acabado de avistar Trooper, saltou de seu colo, mergulhando as patas sobre as pernas dela.

— Meu Deus — sussurrou Polly.

— E eu fiquei com ele quando você foi para a Grécia, lembra?

— Sim. — Polly escondeu o rosto entre as mãos. Permaneceram ali por um instante, Simon enrubescendo cada vez mais a cada segundo.

— Desculpe — falou Polly de súbito, pondo as mãos sobre as coxas, encolhendo os ombros e sorrindo para os dois. Levantou-se. — Olhe o meu estado — falou, erguendo as mãos para o alto. — Não estava esperando visitas. Alguém quer café? — E foi até a cafeteira.

— Eu quero, por favor — disse Simon.

— Eu me sirvo de chá, obrigada, Polly. Sente-se, Simon — falou Rose, ocupada com a chaleira. — Você gostaria de um brownie?

— Sim, Rose, por favor. — Simon se acomodou à mesa da cozinha. — Sou um grande fã, Polly — falou.

— Obrigada — disse, deslizando o bule para o interior da cafeteira.

— Você era a trilha sonora dos meus vinte anos — disse a ela.

— Tenho escrito umas coisas novas. Posso tocá-las para você, em primeira mão — disse ela.

— Eu ficaria honrado — respondeu com os olhos nela.

— Os filhos de Simon estão na mesma classe que Yannis — disse Rose, pondo um brownie na frente de Simon. — Ele é escritor. É casado com Miranda, uma ótima advogada de prestígio.

— Acho que ela não se definiria assim — contestou Simon.

— O que você escreve, Simon? — perguntou Polly, pondo uma xícara de café na frente dele e sentando-se na outra ponta.

— Romances, em geral. E um pouco de jornalismo, de tempos em tempos.

— Ele está sendo modesto — falou Rose. — Simon é um grande escritor de literatura policial.

— Não exatamente, eu... — protestou.

— Eu adoraria ler os seus livros — falou Polly, e debruçou-se de modo que seus seios se comprimiram um contra o outro, formando uma fresta no decote.

— Eu trago um, depois — falou Simon.

— Vocês poderiam formar uma sociedade de avaliação mútua — falou Rose, mordendo um brownie que ela não queria muito comer. — Como está a maravilhosa Miranda? — perguntou a Simon, engolindo. — Não a vejo há séculos. Queremos que venham logo jantar conosco.

— Está ótima. Mergulhada em um longo processo judicial, neste momento, passando a semana em Londres. É um caso complicado de fraude corporativa. Muito enfadonho, mas ela parece achar tudo fascinante.

— Ela tem tanta sorte de estar com você — disse Rose. — Para guardar a casa, quero dizer.

Foi neste momento que Gareth entrou na cozinha. Estivera no estúdio desde o amanhecer — seu melhor momento, sempre dizia. As coisas começavam a engrenar. Como de costume, Rose não sabia os detalhes, mas ele dissera que estava começando uma série de desenhos, ou diagramas, como os chamava, que emprestavam as cores e formas dos campos em redor como ponto de partida.

Na noite anterior, ele e Rose fizeram amor — a segunda noite seguida, algo incomum — e depois ele falou que achava que, mesmo com a chegada de Polly e dos meninos, a grande experiência de vida dos dois estava indo melhor que o planejado. Rose o puxou para perto.

— Oi, Simon, tudo bem? — Gareth foi até Rose e beijou-lhe no rosto. — Estou louco por um café.

— Sente aí, vou pegar. — Ela se levantou.

— E então, quem é que tem sorte? — Simon piscou para Rose.

— Acho melhor voltar para a edícula e tomar um banho — falou Polly, alongando os braços sobre a cabeça, de um jeito felino que Manky nunca teve.

— Eu te acompanho — falou Simon, levantando-se para se juntar a ela. — Tchau, Rose, Gareth. Obrigado pelo café e pelo brownie. Delicioso!

— Ah. Está bem, tchau, então — falou Rose, com a xícara de café de Gareth na mão.

— Que rapidez — disse Gareth depois que saíram pela porta da frente.

Permaneceram olhando pela janela da cozinha enquanto Simon e Polly subiam com vagar entre o jardim de ervas. Polly parou e apanhou o broto de um arbusto de lavanda — Rose os deixara para o inverno — esfregando-o entre as palmas. Ela aproximou a mão do rosto de Simon para que ele aspirasse o perfume.

— Malandrinha — murmurou Gareth.

Rose sentou-se ao seu lado, olhando pela janela.

— Ele já é crescido — falou ela. — Pode cuidar de si mesmo.

— Será? — disse Gareth. — Simon não é lá muito reservado.

— Ah, isso é só uma boataria besta — disse Rose. — Odeio isso.

— Calma, gatinha — disse Gareth, afagando suas costas.

Ficaram sentados em silêncio, bebericando o café, observando os brilhos sobre o jardim, que, enquadrado pela moldura de pedra da janela, esquentava sob a luz do sol.

— Rose?

Sentiu a mão de Gareth deslizando suavemente sobre seu ombro e virou-se para olhá-lo.

— Sim?

— Eu te amo tanto — falou ele.

E se beijaram sob a fulgurante luz do sol.

12

Gareth terminou o café e voltou para o estúdio, deixando Rose e Flossie sozinhas na cozinha, que parecia, por um segundo, um tanto vazia demais. Ligou o rádio e preparou-se para lavar as coisas do desjejum e do café sob o debate de *Hora da Mulher,* sobre se era possível que a mulher moderna conquistasse tudo.

O gato veio e se esfregou em suas pernas.

— Puxa, Manky — falou ela. — Ela nem te reconheceu, não foi? Que horrível para você.

Mais tarde, foi com Flossie ao supermercado Tesco apanhar escovas de dente, pijamas, blusas de lã e galochas para os meninos. Também comprou uma pilha de revistas para garotos, um pequeno gol, uma bola de futebol e umas pistolas d'água gigantes.

Antes de esvaziar o carro, Rose bateu na porta da edícula para ver se Polly estava lá. Não ouviu resposta. Desceu até a casa para procurá-la, e tampouco a encontrou. Rose sentiu-se um pouco desconcertada, pois queria perguntar a Polly antes de levar os garotos para a casa. Mas era um favor que estava fazendo a todos, pensou, e assim seguiu em frente e arrumou o quarto vago. Fez as camas, esvaziou uma prateleira e trocou duas pinturas de Gareth, mais cerebrais, pelas explosões de cor de Christos.

Quando trouxe as crianças da escola, enviou-os à edícula para apanhar as coisas dos meninos.

— Sua mãe estava lá? — perguntou a Nico quando os três retornavam cheios de brinquedos e livros que ela levara para cima poucos dias antes.

— Está descansando.

— Dormindo?

— Não, apenas deitada. Ela nos disse oi.

— Ah. — Rose ajudou os meninos a arrumarem seus pertences. Logo o esvaziado aposento de hóspedes foi convertido em um perfeito quarto de crianças.

— Legal! — disse Yannis.

Rose apanhou as galochas e as roupas que trouxera da Tesco, e entregou-as aos meninos para que provassem. Tudo serviu perfeitamente, embora Nico não tenha gostado de sua blusa de lã, achando-a boba. Largou-a num canto da cozinha, com um gesto indiferente de mau humor.

— Vocês querem vir comigo alimentar as galinhas? — perguntou Anna. Era uma tarefa dela, que fazia todo dia. Ela amava as galinhas, e as considerava suas. — Podemos ver se elas botaram ovos — prosseguiu. — Embora Peck não deixe que a gente se aproxime. Ela está chocando bastante.

— Tudo bem. — Levantou-se Yannis.

Nico seguiu-os, tentando mais uma vez mostrar-se indiferente, mas sem conseguir ficar longe.

Enquanto as crianças partiam para alimentar a granja, Rose levou uma espátula até o jardim de ervas na frente de casa, achando que pudesse ficar de olho na edícula para ver se Polly aparecia.

Esta parte do jardim apresentara muitos desafios a Rose. Antes das reformas, aquilo era uma ladeira íngreme. Rose, Gareth e Andy passaram um final de semana cavando para erguer terraços que conduziam, com ajuda de um lance de degraus de pedra, até a porta da frente do casarão. Quando se chegava de carro — algo necessário, pois a maioria dos percursos mais longos que o caminho da escola exigia um automóvel —, estacionava-se na beira da edícula e descia-se os degraus até o Chalé.

Gareth não se convencera disso a princípio. Em concordância com Andy, dissera que carregar as compras pelos degraus seria péssimo. Os dois tinham passado a noite bebendo cerveja e elaborando uma maneira de deslocar toneladas de terra para montar uma entrada para carros que levasse até a casa. Encheram um dos cadernos de notas de Gareth com listas e diagramas.

Quando os dois trabalhavam juntos daquele jeito, Rose conseguia enxergar os dois meninos que cresceram unidos, a quilômetros de qualquer outra habitação. Era surpreendente como eram parecidos. Educados pela autossuficiência, foram dotados de uma resposta profundamente prática para qualquer coisa que se deparassem na vida. Andy contou a ela que uma vez ele e Gareth construíram uma choupana comunitária: uma cabana de dois cômodos na extremidade do terreno de Pam e John. Abriram uma parte da floresta e ergueram a estrutura com as árvores que tinham derrubado. Levaram o verão inteiro. Que diferentes foram os tempos adolescentes de Gareth e Andy, se comparados aos dias preguiçosos que Rose e Polly passaram em Brighton, tomando drogas na praia, ficando com meninos em sofás.

Apesar de admirar o modo como os dois trabalhavam, Rose defendeu-se com unhas e dentes contra a pragmática ideia da entrada de carros. Falou que precisavam separar o automóvel da casa. Queria estar na pia da cozinha e observar um jardim, não uma estrada. O pano de fundo da paisagem seria a edícula, e o carro poderia permanecer oculto atrás dela. Se possuíssem um belo e antigo Saab ou um Maserati, ou algo do gênero, poderia ser diferente. Mas ficar olhando aquele prático, feio, grande e velho Galaxy ali parado seria apenas deprimente.

Os homens não conseguiram contra-argumentar a isso, e por esta razão Rose cuidava para que, sendo escolhida a opção que lhe era favorável, nunca reclamaria ou pediria ajuda quando carregasse as compras semanais pelos degraus que levavam à casa.

E amava o jardim de ervas que ficava onde a entrada de automóveis teria estado. O espaço e a oportunidade para plantar todo tipo de variedades esotéricas de tomilho e lavanda a entusiasmava. Enquanto as crianças alimentavam as galinhas, estava feliz por ter a oportunidade de passar um tempo ali, remexendo a terra, livrando-se das ervas daninhas que já brotavam tão no início do ano. Flossie permanecia ao seu lado, sentada na cadeirinha de bebê, balbuciando sob o sol.

Rose ouviu a algazarra das crianças no jardim dos fundos ao lado da casa, na direção da mesa de pedra e dos bancos que ficavam ao lado do forno de pizza. Era ali que Anna se sentava para contar os ovos todos os dias.

— Bem, meu papai morreu — Nico dizia.

— É, é, eu sei disso — falou Anna. — Agora você me fez perder a conta.

— Mas ele pode voltar — Yannis interveio. O coração de Rose contraiu-se.

— Não, ele não pode, *malaka*[14] — disse Nico.

[14] Xingamento grego (N. T.).

— Talvez ele volte.

— Mas minha mãe é famosa. E ela é linda e magra — prosseguiu Nico.

— Ah, mas minha mãe também é linda — rebateu Anna, a leal garotinha de Rose.

— E bem, minha mãe é muito corajosa. Ela às vezes se corta aqui e aqui, e sai sangue — gabou-se Yannis.

— Cale a boca, Yannis — sussurrou Nico.

— E a minha vovó é uma bruxa porque ela fala que a mamãe matou o papai — acrescentou Yannis.

— Ela não fala isso — falou Nico, levantando a voz.

— Fala, sim. Eu ouvi, e a mamãe respondeu para a vovó que ela era uma bruxa.

— A vovó não queria dizer que a mamãe matou o papai de verdade — falou Nico.

— Queria sim. Eu ouvi quando ela falou.

— Ouviu nada. Cale a boca, Yannis — Nico gritou, e seguiu-se uma batida e o som de Anna suspirando.

— Mãe! — gritou Anna.

Rose chegou bem a tempo de apartar Nico de seu irmão. Estava gritando, Yannis chorava e os ovos jaziam espatifados no pátio. Anna permaneceu parada, torcendo as mãos.

— Agora chega, turma — Rose falou, separando-os na altura dos braços, tentando pensar em como resolver mais esta. Foi então que, de canto de olho, avistou a raposa esgueirando-se no vão entre a macieira e o pé de peras, nos fundos do jardim.

— Anna, as galinhas estão trancadas?

— Sim, é claro — falou Anna, seguindo o olhar de Rose. — Ei, raposinha!

— Olhem só — sussurrou Rose, pondo um braço ao redor de cada menino. — Veem?

— Ela não vai comer as galinhas? — perguntou Yannis.

— Se elas estiverem trancadas, não. Elas têm um viveiro à prova de raposas. Nós adoramos a nossa raposa — falou Rose. — Na verdade, deixaremos esses ovos quebrados para que ela limpe depois que sairmos daqui.

— A maioria das pessoas do campo odeiam raposas, mas nós achamos que elas são fortes e imponentes — acrescentou Anna, usando as mesmas palavras que Rose utilizara quando a avistaram algumas semanas depois de se mudarem para lá.

As crianças fixaram-se no animal cinzento. A teoria de Rose era de que ela havia se apossado do jardim quando o Chalé estivera vazio. Apesar das galinhas, ficava feliz com sua presença, porque ela mantinha os coelhos longe. Ou, mais provavelmente, embaixo. Mas não dava tanta importância a isso.

— A pobre e velha raposa é caçada e odiada pelos homens — disse aos meninos —, mas ela vê o nosso jardim como um lugar seguro em um mundo hostil.

— E nós a amamos — Anna sorriu.

"Esta tarde você mais que merece estar aqui, Sra. Raposa", pensou Rose. Os dois meninos, esquecidos da briga, agora permaneciam hipnotizados enquanto ela vadiava pelo gramado, completamente despreocupada pela presença de humanos.

— Vamos fazer o jantar — falou Rose, ao final. — Você poderia buscar a Flossie, Nico, por favor? — perguntou, oferecendo uma tarefa como um presente, uma prova de sua confiança nele depois de segurá-lo com tanta força para mantê-lo longe do irmão.

Passaram para dentro e ela distribuiu tarefas às crianças para que ajudassem a preparar a refeição, que ela convertera de uma perna de cordeiro assada em uma torta, porque isto envolvia misturar ingredientes em panelas, sovar a massa e decorá-la com pequenas folhas e iniciais. Era muito mais complicado e mais demorado de fazer que um assado, especialmente com um exército de auxiliares inexperientes, mas Rose era uma grande entusiasta dos poderes curativos da cozinha.

Pouco depois, Nico já cortava o carneiro em cubos e retirava a gordura, Anna fritava cebolas e Yannis esfregava farinha na manteiga entre seus dedos recém-lavados.

— Ufa, está quente aqui dentro — falou Rose e abriu a janela da cozinha. Era verdade, o sol do início de março estava bastante intenso aquela tarde.

Quando a torta foi para o forno, ela falou aos mais novos que moldassem biscoitos com a massa que sobrara, enquanto ela e Nico descascavam algumas batatas.

— E então, Nico — ela falou. — Como foi o seu segundo dia de aula?

— Tudo bem — respondeu. — Só que...

— Só que o quê? — perguntou Rose.

— Bem, uns meninos, eles mexeram comigo.

— Por quê?

— Eles dizem que eu falo esquisito.

— Quem diz que você fala esquisito?

— Ah, só uns meninos da minha classe. Mas são uns idiotas.

— Nomes?

— Não, tudo bem.

Rose anotou mentalmente que teria de trocar uma palavra com o professor dele pela manhã.

— E o que está achando de ficar aqui conosco? — ela prosseguiu.

— Tudo bem — ele disse.

— Só tudo bem?

— É — respondeu, aquiescendo e franzindo as sobrancelhas sobre a batata que raspava lentamente com o descascador.

— Acho que você terminou esta. — Rose tomou-a de sua mão e pôs outra com casca no lugar da primeira.

— E como você acha que está a sua mãe? — perguntou.

— Ela está bem.

— Está?

— Está. Bem... ela está triste. Pelo papai.

— Claro que está. — Rose deixou de lado seu descascador e inclinou-se sobre ele, tentando decifrar sua expressão. — É normal, sabe, ficar triste quando alguém que você ama morre.

— Eu sei — ele disse, sem desviar de sua tarefa.

— E você está triste, Nico? — ela perguntou.

— Eu... — Olhou por sobre os ombros dela, e uma centelha de algo que Rose não conseguiu definir... seria medo?... passou por seu rosto.

Virou-se e viu Polly tremendo do lado de fora da janela aberta da cozinha, olhando fixamente para ela. Seus cabelos negros escorriam ao redor, fazendo o seu rosto parecer pequeno e indefinido. Vestia de novo o pijama longo e semitransparente. Rose reparou que sob o sol ele parecia um pouco desgastado, um pouco manchado de algo como sangue seco. Seus olhos estavam vermelhos e vidrados.

A voz saiu baixa quando falou.

— É claro que está triste. Não é, Nico?

O garoto aquiesceu, entorpecido.

— Estamos todos tristes, Rose. Caso não tenha percebido, nosso mundo inteiro desabou.

Em seguida, com um repente de ânimo liberado de algum lugar recôndito dentro de si, ela gritou: — Deus!

As crianças pararam o que estavam fazendo e olharam para cima, assustadas. Do outro lado da cozinha, uma faca soltou-se do bloco magnético sobre o assoalho de pedra com um estrépito metálico. Rose piscou, trêmula. Em seguida, pensando rápido, recompôs-se e bateu as mãos.

— OK, crianças. Por que não vão assistir a *Os Simpsons*? Nico e Anna, vocês ficam de olho na Flossie um instante? — Apressou-os para a sala de TV e depositou o controle remoto nas mãos de Yannis, que o recebeu como se fosse um tesouro confiado à sua guarda.

Rose andou ligeira para fora da casa, contornando até o lugar em que Polly ainda se encontrava, de pé, olhando agora para a edícula, seu pijama manchado esvoaçando com a brisa.

— Vamos, Polly, vamos até o seu quarto, fazer um chá, sentar um pouco.

— Você sempre acha que enfiar coisas em estômagos irá remendar os problemas, não é? — falou Polly.

— Eu sei — disse Rose, dando os braços para a Polly. — Mas sabe, eu queria mesmo uma xícara. Vamos.

Guiando-a com seu braço forte e macio, Rose conduziu Polly pelo caminho de pedras até a edícula. Sua pele era áspera ao toque, seca como papel. Mas ela se deixava acompanhar, oferecendo pouca resistência.

— Me desculpe por estar tão ocupada, hoje — falou Rose. — Eu queria passar um tempo com você, mas eu tive de fazer umas compras. Fui te ver mais cedo, mas acho que você estava dormindo. Deve fazer muito tempo que você não tem um tempo só para si, sem os garotos para cuidar.

— Sim. — Polly afastou seu braço do de Rose e envolveu-o em sua magra silhueta. O sol se punha atrás da edícula e as sombras se alongavam, revelando o frio que a brisa trazia. Pararam ao pé da escada de madeira que terminava na sala-quarto.

— Não entre ainda — disse a Rose. — Me dá só um segundo, tudo bem?

— Claro — disse Rose. Permaneceu de pé durante dez minutos, ouvindo os movimentos de Polly movendo coisas, arrastando e batendo. Escutou a torneira aberta por um tempo e a descarga da privada. E então Polly voltou à porta, ofegante. Seu humor parecia estimulado pela arrumação.

— Me desculpe — falou ela. — Os meninos fazem uma bagunça!

Mas eles passaram o dia na escola, pensou Rose. Enquanto subia, foi arrebatada por um golpe intenso e carregado de âmbar do perfume de Polly, que ela obviamente espalhara pelo quarto. Mas por quê? O que estava escondendo?

— Vou encher a chaleira — falou Polly, indo para a área da cozinha. Rose sentou-se à mesa.

Não fazia ideia do que Polly estivera arrumando. O quarto-sala estava uma bagunça, a cama desfeita, os lençóis revirados. E havia roupas e lingeries espalhadas pelo lugar, como se a mala aberta no meio da sala tivesse vomitado o seu conteúdo em uma trajetória de 360 graus. A guitarra de Polly estava fora do estojo e a mesa, forrada de folhas de papel amarelo, todas cobertas de pequenos escritos e desenhos, rabiscos e hieróglifos. Rose sabia o que isso queria dizer, já o vira muitas vezes antes.

— Você está compondo. — Olhou para Polly.

— Ah? Ah, sim — respondeu, apressando-se em reunir os papéis, como se não tivesse reparado naquilo. Despejou o maço sobre a cama e cobriu-o com a manta. — É um dos meus jeitos de superar, como você sabe. — Sentou-se na cama por cima da papelada.

— E as outras coisas escritas, o que são? — perguntou Rose, levantando-se para terminar o chá que Polly deixara de preparar.

— Ah, não queira saber, Miss Rose. — Polly começou a rir, e Rose juntou-se a ela. Mas Polly continuou rindo um pouco mais que o necessário, ou o normal, até que o barulho se tornasse um tique mecânico em sua garganta.

Rose ficou de costas para adicionar leite às canecas, e levou uma para Polly, pondo-a cuidadosamente em suas mãos.

— Polly, tem certeza que está bem?

— Sinceramente? — falou Polly, bebericando a sua caneca e contraindo o rosto. — Já estive melhor. Mas me dê um pouco de tempo, está bem?

— Claro — respondeu. — Todo o tempo do mundo.

— Ficarei bem — falou Polly, e concentrou-se em beber seu chá quente como se fosse uma tarefa que havia combinado de fazer. Quando terminou, pôs a caneca no chão e olhou para Rose, que continuava sentada ao lado da mesa.

— Olhe, Rose — falou. — Sou muito grata pelo que está fazendo por mim. De verdade. Só que, por favor, não pense que irá resolver tudo com uma conversa, tendo agradáveis papinhos comigo ou com meus filhos. Não vai funcionar assim. O que estamos passando não será resolvido com isso. O único jeito que irá funcionar é o meu jeito. E eu faço as coisas de modo diferente de você. Sempre fiz. Então, por favor, não pense que pode deixar tudo bem com algumas palavras e pratos de comida, porque não pode. O fato é que ninguém me trará Christos de volta. E é com isso que nós, os meninos e eu, estamos lidando. E como você poderia saber o que isso significa para nós? Então, por favor, fique na sua.

Rose fitou o assoalho, exalando lentamente.

— Está bem, então — falou.

— Eu sei que você quer ser a mamãe de todo mundo, Rose. E nós duas sabemos exatamente por quê.

Rose engasgou, chocada com o que Polly tinha acabado de dizer.

— Não se preocupe, Rose — continuou. — Só não desconte isso nos meus filhos.

Rose se levantou e virou-se para partir. Reparou que seus joelhos tremiam. No alto da escada, voltou-se para Polly, forçando um sorriso.

— Você vem para jantar? — falou. — As crianças fizeram uma torta.

— Sei bem que fizeram — disse Polly, abraçando o próprio corpo e evitando o olhar de Rose.

— Sete e meia. Por favor, não se atrase. A torta não vai esperar.

— OK. Até mais, então — falou Polly, levantando-se para fechar a porta atrás de Rose.

Rose lançou um último soslaio sobre o quarto desarrumado que passara tanto tempo limpando para a chegada de Polly. Reparou pela primeira vez que sobre a mesinha ao lado da cama havia um exemplar novo em folha do mais recente romance de Simon.

Polly se virou para onde ela olhava.

— Ah, Simon me trouxe na hora do almoço. Para que eu lesse. Parece muito bom — disse. E deu as costas a Rose.

— É mesmo — concordou Rose, olhando fixamente para ela. — Você vai adorar.

E desceu até o Chalé, contando seus passos cuidadosamente.

13

Liderados por Anna, as crianças decidiram transformar o jantar em um grande evento. Cobriram a mesa com uma toalha de linho branco e usaram os melhores talheres. Colheram narcisos nos fundos do jardim e os puseram em um vaso como decoração central. Como um último toque, com auxílio de Rose, acenderam dois candelabros, dispostos em cada canto da mesa.

Gareth, que chegara do estúdio no momento em que acendiam as velas, viu a arrumação e declarou que esta seria a refeição mais importante do ano, merecedora de uma garrafa de champanhe que ganhara de Andy por ocasião de seu quadragésimo aniversário.

A rolha atravessou a sala, e as crianças apanharam o que derramava com copos pequenos, que ergueram para um brinde. O entusiasmo de todos era contagiante. Conseguiu derreter a pequena parte do coração de Rose que ainda estava congelada pelo que acontecera fazia pouco, de modo que, quando Polly enfim chegou — atrasada, é claro — conseguiu olhar para ela.

E era uma visão e tanto. Pusera um vestido longo e preto, de corte oblíquo, e prendera o cabelo em um coque despojado. Um batom vermelho em sua boca ligeiramente grande a fazia desabrochar como uma rosa, e suas bochechas pálidas estavam margeadas por cílios com rímel, inverossímeis de tão compridos. Ela estava, Rose não podia deixar de notar, extraordinariamente bela, como um personagem em um romance como *A Dama das Camélias*. Rose puxou o seu próprio cardigã, velho e gasto, contra si, e tentou imaginar como é que uma única mala poderia conter tantos conjuntos diferentes, tantas Pollys.

Ao contrário de Rose, Polly parecia ter esquecido completamente o incidente na edícula. Encenou a sua entrada triunfal e, vendo o esplendor da mesa, tomou Rose pela mão e lhe deu um beijo em cada rosto. Foi até Gareth e repetiu o gesto, passou às crianças e apertou-lhes as mãos formalmente, um por um.

— Isso está deslumbrante — falou ao se sentar, sua pele reluzindo com o brilho das velas. — Vocês se esforçaram tanto!

As crianças sorriram, ondas de orgulho agitando os seus ombros. Rose e Anna serviram os outros.

— Esta torta está deliciosa — disse Polly, mordiscando sua porção.

E estava mesmo. Apesar dos excessos entusiásticos das crianças, a massa ficara leve e crocante, o recheio de cordeiro e legumes, tenro e macio.

Rose olhou para Polly. O desabafo na edícula deve ter feito bem a ela, pensou, parecia incrivelmente renovada. Bem, se ela se sentia melhor, deve ter sido uma boa coisa, pensou.

Polly perguntou aos meninos como foi o dia deles na escola. Chegou mesmo a se sentar com o braço em volta de Yannis enquanto aguardava que Rose, Anna e Nico trouxessem a sobremesa de maçãs assadas recheadas de tâmara. Nos braços da mãe, recostado contra seu peito, o garotinho tinha a aparência aliviada de um náufrago sobrevivente.

Polly parecia quase beatífica com seu braço em volta do menino, pensou Rose, enquanto enchia um jarro com creme.

— Como está seu trabalho, Gareth? — perguntou Polly, desviando de si o foco da atenção.

— Estou chegando lá — falou. — Neste momento, ando observando os campos, o rio. Gravuras à mão, acho. Talvez um livro.

— Nosso rio? — perguntou Rose. Isso era novo para ela, mas estava contente em saber. Gareth dificilmente falava sobre seu trabalho enquanto desenvolvia ideias. — E trabalhos em gravura? Que interessante — acrescentou enquanto passava as maçãs. As últimas obras de Gareth foram principalmente digitais, com uma finalização em tinta à óleo, pelos velhos tempos.

— Acho que fui absorvido pelo labor manual — falou, levantando-se para apanhar uma garrafa de vinho tinto da cômoda. — Ando sentindo necessidade de algo sólido, algo real debaixo das mãos.

— Sei como é — sorriu Polly.

— Talvez eu tente rastrear o rio até a sua nascente e documentar a jornada — falou, enchendo o cálice dela e o seu em seguida.

— Gostaria de ir com você! — disse Polly.

— Eu não sei... — começou Rose, mas Gareth a interrompeu.

— Se eu fizer a viagem, terá de ser sozinho. Levará dias — disse. — Carregarei um saco de dormir e passarei a noite onde me encontrar.

Que maravilhoso deve ser, Rose pensou, sentir-se livre o suficiente para fazer isto. Mas era parte do que amava em Gareth, o modo como ele transformava uma ideia em um fato, um motivo para passar dias, semanas e meses em algo. Anos até, se considerasse a casa. A tenacidade era uma boa qualidade para um marido.

E, mais que isso, quando se tratava de sua obra de arte, ele podia transformar essa habilidade em um modo de ganhar dinheiro e pôr comida na mesa. Se Rose chegasse a pensar que seria possível partir sozinha por alguns dias para seguir um sonho parecia tão remoto que, por um segundo, sentiu vontade de chorar. Que sonho seria, de qualquer modo? Não estava tão certa de que tinha um. Por outro lado, estava vivendo o seu sonho, não estava? Não precisava ir a lugar algum.

Terminaram as maçãs — todos os pratos raspados, com exceção do de Polly. Rose fez as crianças se levantarem e organizou-os em um grupo para lavar a louça.

— Polly anda compondo, Gareth — falou.

— Sério? — Virou-se para ela.

— Só estou me ocupando de uns trabalhos que comecei quando Christos... Bem, sempre escrevi para superar meus problemas, e as condições são boas, agora. É algo que jorra de mim.

— Canções? — perguntou Gareth.

— Meu *Ciclo da Viuvez* — falou Polly em voz baixa. Calou-se, abrindo as mãos à sua frente e examinando suas unhas. De súbito, parecia muito frágil.

Para uma mulher esguia ao final da casa dos trinta anos, que tomara um monte de drogas e passara cinco anos tomando sol, Polly tinha uma pele consideravelmente lisa. Rose tinha uma crença de que a partir de uma certa idade restava de uma mulher ou o bumbum ou o rosto, o que a confortava pelos pesos a mais que possuía. Polly desmentia isso, assim como o fazia com quase todas as regras que se aplicavam à maioria. À luz das velas, parecia uma garota de vinte anos.

— Eu admiro tanto vocês por conseguirem fazer isto, usar as suas vidas e o que está em volta para criarem coisas — falou Rose, sentando-se ao lado de Gareth.

— Você faz isto, Rose, mas sua criação é a própria vida — ele disse, pondo seu braço em torno dela com um sorriso piegas.

— Ai, me poupe — falou Rose. — Você parece um ímã de geladeira.

— É, eu sei. Mas você é quem faz tudo isso existir — falou, abrindo os braços para a casa. — Sem você, tudo isso aqui não seria nada. Sem você, eu não seria nada.

Ele estava forçando um pouco. Sobre a pia as crianças começaram a rir, e então Rose e Gareth se uniram a eles e então os cinco estavam derramando lágrimas de tanto rir. Polly sorria de seu lugar particular, do outro lado da mesa. Rose observou-a de canto de olho. Tinha aquela cara de novo, de quem parece estar fazendo cálculos mentais.

— Sem você, eu não seria nada! — Nico estava de joelhos, de olhos fechados, apertando a mão de Yannis contra o seu peito. Imitara o sotaque norte-americano de Gareth e o exagerara com perfeição. Yannis olhava para o alto, agitando o prato que secava para dar ao momento um floreio dramático. Infelizmente, o prato soltou-se de sua mão, voou pela cozinha e espatifou no chão de pedra, fazendo com que Manky uivasse enquanto se escondia. Seguiu-se uma pausa breve e assustada, então todos olharam para Rose, que, apesar de perder um dos seus melhores pratos, principiou um novo acesso geral de risos. Quando se cansaram, Rose se levantou e foi apanhar os cacos do prato.

— Aí, está vendo? — falou Gareth. — Entende o que digo?

— E quando é que poderemos ouvir suas novas canções? — Rose perguntou a Polly ao voltar à cadeira.

— Assim que estiverem prontas vocês serão os primeiros. Bem, os segundos a ouvir, pois acho que prometi a Simon a primeira exibição.

Rose e Gareth se entreolharam.

— Suponho que eles são a essência do que você acabou de dizer a Rose, Gareth. Mas sou eu dizendo isto a Christos — prosseguiu. — E tem a raiva de ser deixada. — Fixou o olhar no cálice de vinho.

— Ele não optou por deixá-la, Polly — disse Rose.

— Ao menos posso dizer isto, não posso? Engraçado como é algo que me consola tão pouco.

— Mamãe, terminamos — disse Anna, aproximando-se e pondo seus braços ao redor de Rose, abraçando-a por trás. — Venha ver.

Rose se levantou, percebendo que estava um pouco bêbada. Lançou os olhos sobre a louça lavada. Havia algumas panelas que precisaria refazer mais tarde, depois de as crianças irem para a cama, mas em geral estava razoável.

— Está bem, vamos colocar o pijama, pessoal. — Bateu as mãos e eles correram para cima. — Escovem os dentes e deitem na cama, que eu já subo.

— Suponho, por todas as interrupções desta tarde, que você decidiu que os meninos vão dormir aqui — falou Polly.

Gareth pareceu surpreso.

— É isso mesmo, Rose? — perguntou.

— Parecia prático. Só pensei que você poderia curtir um pouco mais de espaço, Polly. Vai te deixar sem pressões. E os meninos estão bem unidos.

— Teria sido bom conversar isso de antemão — Gareth falou.

— E você teria se oposto? — Voltou-se para ele.

— Bem, não, mas não é esta a questão. — Olhou-a nos olhos.

— Ah, qual é, Gareth — falou Rose, sentando-se novamente. — Eles iam descer para cá todas as manhãs e noites, depois da escola, e está apertado lá fora. Polly precisa ficar só para trabalhar. Não há problema nenhum — falou.

— Mas Gareth tem razão — falou Polly, olhando para Rose.

— Mas é o melhor a fazer. — Rose serviu-se de outro cálice. — E outra, não se pode dizer que você estava disponível para que eu perguntasse. Fui até lá mais cedo, mas você não estava.

— Estive lá o dia todo — falou Polly.

— Não ouvi você lá.

— Quer dizer que você foi lá e ficou ouvindo? — falou Polly.

— Está bem, droga, subo lá e digo a Nico e Yannis para voltarem à edícula. — Rose se levantou, preparando-se para subir a escada. Estava farta.

— Ora, Rose — disse Polly. — Venha aqui e se sente. Esse escândalo não combina com você. Olhe, para mim tudo bem, de verdade. É só que você se adiantou e fez isso sem nem considerar o que eu poderia sentir.

— Acredite, o que você sente é o que mais tem passado pela minha cabeça ultimamente, Polly — respondeu Rose, ainda de pé.

— Rose, olhe, venha aqui e se sente, tome o seu vinho e fique quieta — disse Gareth.

Rose permaneceu de pé. Não sabia o que fazer. Subir ou sentar-se? O que menos teria aparência de uma capitulação? Foi então que Polly teve um calafrio involuntário. Aproveitando a ocasião, Rose foi até o sofá e puxou uma das mantas. Levou-a para Polly e a cobriu.

— Você realmente precisa de roupas mais quentes — falou.

— Olhe — disse Polly, enrolando melhor a manta ao redor de si —, desculpe. Eu sei que estou sendo um pouco agressiva. Sou muito grata por tudo isso. Você está sendo tão generosa. Nem sei como começar a agradecer...

— Então não comece — falou Rose, sentando-se ao seu lado. — Eu sei que você faria o mesmo por mim, caso... — Olhou para Gareth e não conseguiu prosseguir. — Puxa, Polly, não consigo imaginar como está sendo para você tudo isto.

— É como ter o braço arrancado — disse. — Sem o seu consentimento. Como ele se atreveu? Como se atreveu a nos deixar?

Gareth se levantou e apanhou o que chamava de "caixinha das drogas", que guardavam na última prateleira da cômoda, acima da cesta de ovos de Anna. Sentou-se novamente e começou a enrolar um baseado.

— Não havia com quem conversar lá. Sua mãe era horrível — prosseguiu. — Ela me culpava. Disse que fui eu que provoquei o acidente. Chegou ao descalabro de sugerir que eu tinha adulterado a caminhonete.

— Não! — falou Rose.

— E eu tenho cara de quem saberia mexer em uma caminhonete? Ela sempre me odiou. Se você não está naquela ilha há dez gerações, é um forasteiro, e não havia lugar para mim. Depois que ele morreu, eu tive de ir embora.

— Como foi que aconteceu, exatamente? — perguntou Gareth.

— Christos e eu tivemos uma briga. Coisa séria, mas nada incomum. Eu disse para ele cair fora, e como de costume ele pegou o carro e foi para a cidade, para a taverna do George. Lembra daquele amigo de Christos? — perguntou a Rose.

— Aquele homem lindo? — falou Rose.

— Isso. Bem, aparentemente ele passou horas ali, tomando cerveja e raki com seus amigos, sem dúvida falando de como eu era uma megera. Em seguida, em vez de ir para casa, ele foi até o cume da ilha, pela estrada nova das montanhas. Não sei por quê. Às vezes ele subia até lá e passava a noite, ele nunca me falou muito disso e eu não estava nem um pouco interessada. Mas ele ia rápido demais. E estava bêbado, é lógico. Fez uma curva malfeita, uma dessas bem fechadas nas montanhas, e em vez de subir, saiu da pista. O carro ficou destroçado, e ele também.

— Ele morreu na hora? — perguntou Gareth.

— Acham que sim. Mas levou um tempo até que fosse encontrado por um pastor, que, coincidentemente, era um primo distante. Daí o boato desmiolado sobre eu ter adulterado o carro. Na noite em que aconteceu, eu tinha ido para cama e não percebi que ele não tinha retornado até levantar na manhã seguinte. Achei que talvez ele tivesse ficado na casa de George, na cidade. Como falei, não era incomum que ele passasse fora uma ou duas noites. Mais tarde, na noite do dia seguinte, quando ainda não tinha sinal dele, peguei um táxi e fui à cidade para buscá-lo. Estava furiosa, é claro. Mas ninguém sabia onde ele estava. Não estávamos tão preocupados. Afinal, ele já tinha lançado o precedente de desaparecer.

Rose passou o baseado para Polly, que inspirou profundamente e expirou devagar.

— Cinco dias depois, encontraram-no. O que sobrou dele. Os lobos chegaram antes. Não restou muita coisa para enterrar — falou.

— Meu Deus, Polly — disse Rose, segurando em sua mão.

— A pior parte, contudo, é que durante esses cinco dias, fui ficando com uma raiva cada vez maior por ele não voltar. Nunca imaginei... Você acha que vai saber, não é? Que alguma coisa em seu peito, caso... Enfim, estava tão furiosa que quando o encontraram, minha primeira reação foi achar que ele mereceu.

Gareth expirou ruidosamente e Polly se recostou e olhou para Rose. Havia algo terrível em seus olhos, uma espécie de ar de triunfo. Rose sentiu um tremor.

— Ele transava com outras mulheres — falou Polly, a fumaça do baseado escapando por suas narinas. Concentrada na história, esquecera-se de passar o baseado.

— Eu sei — disse Rose com o olhar firme. Gareth mantinha-se muito imóvel, muito quieto.

— O tempo todo — Polly continuou. — Durante todo o nosso casamento. Mas até o último momento, ele sempre voltava para mim no final — calou-se. Em seguida sorriu e ergueu a cabeça. — Não que eu tenha sido santa, é claro. Não sintam pena de mim. Eu tive o que merecia.

— Não diga isto — disse Gareth, inclinando-se e tocando o seu braço. Uma brisa repentina assoprou as velas e as chamas tremularam, atraindo a escuridão. Mas tão rápido quanto veio, foi-se.

Rose se levantou.

— É melhor eu ir dar um beijo nas crianças — falou. — Se eu conseguir subir. Polly, você quer vir e dizer boa-noite aos meninos?

— Hoje, não — respondeu, dando um último trago no baseado e o entregando a Gareth. — Nico vai sentir o meu hálito e me mandar embora. Ele odeia que eu fume. Acha que também irá me perder. Dê um beijo por mim, está bem?

Rose caminhou silenciosa para ver Anna, primeiro, que dormia profundamente, mergulhada em uma pilha de ursinhos e envolta no edredom. Em seguida, foi ver os garotos no quarto contíguo. Nico lia uma história em quadrinhos e Yannis estava aninhado sob a roupa de cama.

— Acho que vou ficar acordado até ele dormir — Nico falou.

— Ele tem sorte de ter um irmão como você — disse Rose, inclinando-se para lhe dar um beijo na testa. Foi até Yannis, que a abraçou.

— Eu queria que você fosse a minha mãe — sussurrou em seu ouvido.

— Psiu. Não se deve dizer isto — falou, encostando o dedo em seus lábios. — Agora durma. — E, quando o beijou no rosto, ele fechou os olhos e sorriu.

Saiu até o alto da escada e acendeu a luz de presença. Anna ficava com medo do escuro e, para ser honesta, Rose também.

Enquanto descia, Rose se deu conta de que a história da morte de Christos não contivera uma única menção aos meninos. Era só

Polly. Ela tornou a história só dela. Mas uma coisa era estar na praia pensando em como Polly deveria nadar para se salvar, pensou. Outra coisa seria estar na água, imobilizada contra a corrente, tentando não afundar.

Parou sobre um degrau para examinar Polly e Gareth, que estavam entretidos na conversa, passando o baseado um para o outro. Bom sinal.

Quando terminou de descer, a caminho da cozinha, Gareth estendeu a mão para que ela viesse se sentar ao seu lado.

— Estávamos apenas compartilhando as lembranças de Christos — comentou Gareth. — Ele era um grande cara.

— Era mesmo — falou Rose.

Polly, que começava a tremer, apanhou algumas pílulas de um de seus potes barulhentos da bolsa e engoliu-as com seu cálice de vinho.

— Devo mesmo ir — disse, olhando o relógio.

— Mas são só dez horas — falou Rose.

— Tenho um cronograma farmacêutico a obedecer — disse Polly, levantando-se e olhando para a janela sobre a pia, a que dava para a edícula. Algo parece ter chamado a sua atenção lá em cima.

— Tudo bem, então — disse Rose, e se levantou. — Tem certeza de que está bem? Eu te acompanho até lá, se quiser.

— Não, estou ótima — respondeu. — Apenas cansada. Olhe, obrigada por esta noite. Foi bom conversar. Vejo vocês pela manhã.

— Não levante cedo — disse Rose.

— Como se precisasse falar. — Polly saiu rapidamente, com a manta ainda enrolada em volta de si.

— Que rapidez — disse Rose, intrigada. Então reparou que Polly se esquecera da bolsa sobre a mesa. — Acho melhor levar isto a ela. Suas pílulas estão aqui dentro.

— Ela pode passar sem elas esta noite — sugeriu Gareth. Tinha se levantado e olhava pela janela. — Venha ver.

Apanhou o braço de Rose, assoprou as velas e apontou pela janela, para a edícula. Ali, nas sombras, esperando por Polly, havia uma figura alta e masculina inconfundível. Simon. Ele e Polly trocaram algumas palavras debaixo da porta. Não parecia muito satisfeita de vê-lo, mas depois de um tempo, ela entrou e ele a seguiu. Pouco tempo depois, as luzes se apagaram na edícula.

— Puxa vida — exclamou Gareth. — Tinha me esquecido de como Polly era ágil.

14

O resto da semana caiu em uma rotina fácil, com os meninos dormindo no casarão e Polly se unindo aos outros para jantar. Pelo que Rose sabia, Simon não visitou mais Polly depois daquela noite. E muito menos dava um pulo no Chalé para um café matinal. Tinha um prazo, disse a Rose, enquanto se apressava para casa depois da caminhada diária até a escola. Ela sentia falta dos papos com ele, e não podia deixar de imaginar o que se passara entre os dois. Mas seja lá o que fosse, aquilo produziu um bom efeito em Polly. Ela parecia mais relaxada, menos arredia. E passava as horas trabalhando na edícula. Às vezes, a caminho do automóvel, Rose ouvia de relance umas notas de guitarra e a voz inconfundível de Polly, elaborando sua música nova.

As roupas novas dos meninos compradas na Tesco duraram apenas alguns dias e ficaram cobertas de lama. Rose não tinha como lavá-las e secá-las a tempo. Assim, na sexta-feira, decidiu levá-los até Bath para ampliar seus guarda-roupas.

Apanhou-os de carro na escola. Era a primeira vez que os meninos entravam em um automóvel desde a primeira viagem do aeroporto de Heathrow, e transcorreu-se muita negociação para se definir quem sentaria onde. Os dois queriam ficar ao lado de Anna, mas no banco dos fundos do Galaxy, onde havia apenas dois lugares. Seguiu-se uma longa discussão sobre por que deveriam usar os cintos de segurança. Só então partiram a toda velocidade pelas estreitas estradas do campo, margeadas por declives debaixo da garoa da tarde. Em um mês as cicutas os cobririam, mas naquele momento podiam ver os campos e as colinas distantes.

— Esse verde todo, isso machuca meus olhos — comentou Yannis.

— Fica pior, acredite — Rose sorriu para ele. Por ter perdido a discussão do banco traseiro, ele recebera o prêmio nada desprezível de se sentar na frente, ao lado de Rose. Flossie, de costas na fileira do meio, era cuidada por Anna, que sussurrava e ria com Nico na fileira de trás.

— Eu quero ir para trás — lamentou Yannis, voltando-se para os dois.

— Na volta você vai — comentou Rose. Apenas em parte consolado por isso, Yannis voltou a se sentar direito para olhar pela janela.

— Lá em casa é tudo marrom, azul e cinza — lembrou Yannis. — Na primavera tem flores, mas aí vem o sol e mata elas todas.

— Aqui as flores duram até o final do verão.

— Sério? — Refletiu sobre isto, enrolando seu longo cabelo em volta do dedo indicador.

— Mas olhe só, Yannis, você poderia começar a pensar em tudo isso como o seu novo lugar, também. — Rose pousou a mão em seu joelho.

— É frio demais, aqui. — Fechou a cara, olhando os campos que passavam rapidamente pela janela.

Rose parou em um estacionamento de vários andares e desceu com eles até a rua. Havia uma loja adorável chamada Jabberwocky, que vendia roupas de segunda mão muito boas para crianças de classe média do interior. Era um pouco mais cara que a Tesco, mas Rose achava que as roupas caíam melhor e duravam mais.

No caminho, ela percebeu quão inexperientes Yannis e Nico eram com o trânsito. Foi obrigada a intervir mais de duas vezes para impedi-los de atravessar a rua sem olhar para os lados. Ao final, fez com que se segurassem no carrinho de bebê, um de cada lado. Era melhor obrigar os transeuntes a saírem da calçada, pensou, do que arriscar que esses meninos irrequietos descarrilhassem para a rua. Não se tratava de olharem para o lado errado ao atravessar. Mais provável era que não tivessem ideia alguma do perigo. Tampouco, ao que parecia, possuíam habilidade para seguir instruções.

Assomaram à loja, e as crianças se sentaram para brincar na área lúdica com Flossie, enquanto Rose percorria o estabelecimento e ia acumulando conjuntos possíveis para que os garotos provassem. A loja era bem divertida para crianças, mas mesmo assim ela foi obrigada a intervir duas vezes: uma para apartar Nico e Yannis, a outra para pedir que falassem mais baixo. Não estava acostumada a compras tão desgastantes. Yannis, que era dos dois o mais afável, estava impossível naquele dia.

Amontoaram-se nos provadores. Yannis abaixou imediatamente a cueca, deslizou por Rose e correu para a loja.

— Sou um esquisito! — gritava, dando estrelas sobre o piso da loja.

— Sou um esquisito! — Saltou e aproximou o rosto de uma bonita garotinha de tranças e uniforme listrado de um colégio particular para meninas. Tímida, afastou-se e afundou o rosto na saia floral de linho da mãe.

Rose atravessou correndo a loja para segurar Yannis e conseguiu enfim encurralá-lo na sessão de calçados.

— Venha, Yannis — falou, segurando-o pelo braço. — Você vai ter de se comportar um pouco mais como adulto. Parece que estou com um bebê.

— Mas eu sou um esquisito! — Permaneceu parado, ofegante e com o olhar fixo nela. — Sou um esquisito. Todos dizem! — Um sorriso amargo se abria em seu rosto até que, como a água escorrendo pelo ralo, ficou imóvel e seu pequeno corpo rijo, a princípio tão tenso e ouriçado, pareceu murchar ante seus olhos. Ela se agachou até ele, que já estava no chão ainda segurando seu braço.

— Quem disse, Yannis?

— Os meninos da escola. Eu odeio todos eles.

— Vamos cuidar disso — assegurou-lhe. — Eles não podem fazer isso.

Enfim vieram as lágrimas.

— Eu odeio aquela escola. Quero voltar para casa, Rose. Quero tudo do jeito que era — lamentou.

Felizmente, a loja estava quase vazia e os outros clientes e funcionários mantiveram uma distância discreta de Rose e do pequeno menino selvagem que sucumbira.

— Pronto, pronto, Yannis. Está tudo bem, pssss, está tudo bem. — Acolheu-o em seus braços, comprimindo seu rosto quente em seu peito.

— Eu quero o meu papai — soluçava.

— Eu sei — sussurrou Rose em seu cabelo. — Eu sei, Yann.

Era algo horrível de se pensar, mas de algum modo estava contente que ele se expusera a ela daquele modo. O pobre menino tinha de atravessar esta dor. Mesmo uma criança precisa ir até o fundo do poço antes que pudesse retomar a vida. Sentiu-se privilegiada por ter sido escolhida como sua testemunha.

— E a mamãe é uma porcaria.

— Pssss — falou Rose. — Ela só está sentindo falta dele também, e está triste como você. Mas logo ficará boa. E eu estou aqui para o que for, eu prometo, prometo, prometo que nunca, jamais vou te deixar na mão.

Ergueu a cabeça e mirou-a, os olhos vermelhos.

— Yannis, olhe, Gareth e eu, bem, nós amamos vocês. Como se fossem os nossos filhos. E Christos, seu papai, ele também te ama. Ele está lá no alto, olhando para baixo e enviando para vocês todo o seu amor.

— No Céu?

— Sim.

— Mas a mamãe diz que isso é bobagem. Eu escutei quando ela falou para a vovó, no funeral.

— Você acha que é bobagem?

— Não.

— Então, nem eu.

— Eu converso com ele às vezes.

— Quer saber? Eu também. — Sorriu para Yannis. Não tinha reparado, mas ele realmente possuía os olhos de seu pai. — Posso vê-lo bem aí, dentro de você, nesse momento.

— Mas como ele pode estar lá em cima e em mim ao mesmo tempo?

— Bem, nada é impossível. Seu pai está em uma aventura tremendamente grande. Uma que não podemos sequer imaginar.

— E isso é bom?

— É. Sim, é sim. — Deu-lhe outro abraço. — Olhe — falou, afastando-se um pouco. — Eu sei o que vai te fazer sentir melhor. Tem um lugar bem na esquina que serve o chocolate quente mais delicioso que existe. É tão espesso que dá para apoiar uma colher em cima.

— Sério? — perguntou, a nuvem se afastando tão rapidamente quanto surgira.

— Sim, mas vamos lá, primeiro temos que te preparar — disse ela.

— O quê?

— Comprar umas roupas para você, quero dizer. Vamos. — E acompanhou-o de volta para o provador.

Atrás da cortina, uma cena calma e ordenada a esperava. Nico estava sentado, brincando com Flossie, que tinha despertado em seu carrinho.

— Estas são as que o Nico quer — disse Anna, apontando para uma pilha de roupas dobradas com esmero sobre uma cadeira. — E estas — comentou, pendurando de volta o último par de calças no cabide — não cabem ou não ficam bem.

— São roupas muito legais. Obrigado, Rose. — Nico sorriu para Rose.

— Não foi nada, Nico. Fico contente que esteja feliz. Bem, agora, Yannis, vamos provar.

E ajudou-o a vestir um lindo par de calças alemãs e uma blusa sueca que separara para que ele os experimentasse.

Acabou gastando mais de trezentas libras na loja, mas achou que o estabelecimento fazia por merecer, obrigado como foi a testemunhar a crise de Yannis. Os meninos insistiram em vestir suas novas roupas e ela desfilou com eles até o café que tinha o chocolate quente especial. Saíram de lá uma hora e meia depois, felizes e um pouco menos arrumados, com bigodes de chocolate e respingos nas blusas novas. Com o açúcar correndo forte em seus corpos, as crianças saltitaram e papearam sem parar até o estacionamento. Yannis parecia ter se esquecido por completo da explosão de há pouco.

Pouco antes de entrarem no carro, Rose ficou surpresa ao avistar Simon. Ele estava de pé no lado externo de um *pub* do outro lado da rua, fumando com um copo na mão. Estava só e parecia péssimo. Esforçou-se para ser vista, mas ele não olhava para fora. Se ela não estivesse com as crianças, teria ido até ele. Mas naquelas condições, tinham de voltar. Nunca vira Simon daquele jeito, contudo, e aquilo a fez pensar no que estava realmente acontecendo debaixo de seu nariz, em sua própria casa.

15

— Vou te pegar! — rugiu Gareth, brandindo sua espada no ar enquanto lançava-se sobre a grama, colina abaixo.

As crianças gritaram e dispararam em todas as direções.

Polly e Rose, curtindo um sol fora de época, esparramavam-se e sorriam uma para outra.

— É para isso, então, que os homens servem — comentou Polly, deitada de costas sobre a manta xadrez e fazendo cócegas em Flossie enquanto Rose começava a guardar as coisas do piquenique.

— A verdade é que ele adora brincar — falou Rose, enrugando os olhos e observando o marido enquanto ele galopava e bradava em direção às ruínas desmoronadas do castelo. O lugar tinha sido ideia de Gareth. Agora que tinha os meninos para brincar, desejava reconstituir um jogo que ele e Andy inventaram na infância, chamado Invasores. As regras eram intricadas, mas as crianças parecem tê-las apreendido imediatamente, e, armados de espadas e escudos de madeira que Gareth construíra no dia anterior, partiram todos para o jogo inaugural.

Gareth encontrara o castelo pouco depois de se mudarem para o vilarejo, em uma de suas caminhadas de reconhecimento. Dissera a Rose uma vez que, ao longo de sua vida adulta, estivera avaliando inconscientemente diversas paisagens para adequá-las a Invasores. Quando bateu os olhos naquele lugar, soube no ato que era perfeito, e permaneceu aguardando o momento certo para usá-lo. Na realidade, o castelo era o resquício de uma sandice vitoriana mal construída, falsamente medieval, e localizava-se em propriedade privada. Não contava, portanto, com as restrições de saúde e segurança, ou os vigias repressores que costumavam guardar ruínas mais históricas, tombadas pelo patrimônio nacional.

O proprietário era um velho astro aposentado do cinema norte-americano, mais famoso por seu envolvimento nas práticas tântricas que por suas atuações. Por um acaso, possuía duas obras de Gareth e ficava mais que satisfeito em pensar que seu criador brincava em suas terras com a família. Assim, Invasores acharam seu lugar ideal.

Gareth recrutara Yannis para o seu time, e ambos perseguiam Anna sobre uma íngreme muralha de pedra de pouco mais de um metro de altura.

— Tenham cuidado! — exclamou Rose.

— Eles estão bem — falou Polly, distraída.

— Christos também tinha jeito com os meninos — afirmou Rose pouco depois.

— Ele era um bom pai — concordou Polly. — Mas ele não era assim, impetuoso e destrambelhado. Não tinha esse tipo de energia com as crianças. Os adultos o interessavam mais. Com os filhos gostava de conversar, mas nunca os vi correndo atrás dele desse jeito. — Acenou para Gareth, que agora colocara Nico no chão, fazendo cócegas nele, ao passo que Anna, atrás do pai, tinha as mãos sobre seus ombros, tentando puxá-lo. Yannis corria em círculos ao redor deles, saltitando, e as três crianças riam como filhotes de hiena.

— Isso me surpreende — disse Rose.

— Christos era assim. Nada era previsível. — Polly deitou-se, cobrindo os olhos do sol, erguendo Flossie para que pousasse sobre sua barriga.

Rose guardara tudo nas cestas de piquenique e foi deitar-se ao lado de Polly, contemplando o céu ameno. Ela e Gareth concordaram que era bem mais azul ali do que na cidade. Dissera ele que testaria isto um dia com a pintura. Pintaria telas de céu azul em diferentes partes do mundo — apenas o azul — e as disporia na parede de uma galeria e as compararia. Rose argumentara que não seria científico, pois o azul variava de dia para dia, e ele não podia estar no mundo inteiro em um único dia. Ele riu, e ela permaneceu curiosa.

Polly cutucou o braço farto de Rose, afundando sua pele levemente.

— Quando Christos morreu — começou —, tudo o que eu queria fazer era encostar em alguém. Seu corpo era a parte dele que eu não tinha mais. Podia conversar com ele de algum jeito, sentir sua presença, mas a sua parte física tinha sido tomada de mim.

— Quando não podemos ter alguma coisa é quando mais a queremos — concordou Rose.

— Bem, você que o diga — Polly observou.

Rose parou o que estava fazendo e olhou para as mãos, retirando uma pequena sujeira debaixo das unhas. Por um momento esqueceu-se de onde estava. As risadas de Gareth e das crianças desapareceram.

— Desculpe — disse Polly.

— Não falamos sobre isso, Poll, lembra? Jamais. Pena de morte — Rose esticou seu dedo cicatrizado até o rosto dela como se fosse uma varinha mágica.

— Está bem, então. Desculpe. — Polly desviou o rosto.

Rose obrigou-se a retornar ao momento presente e sorriu de um modo um pouco exagerado, seus olhos ofuscados pelo céu.

— Sabe o quê, Polly? Não consigo pensar em algo que eu queira e que eu não tenha!

Arrependeu-se no momento em que falou. Como devia ter soado presunçoso. Rose pensou em se desculpar a Polly, afirmar-lhe que apenas dissera aquilo para convencer a *si mesma*, e de modo algum estava tentando esfregar sua situação confortável contra o nariz de sua infeliz amiga. Mas se tivesse revelado isso iria transparecer sua própria vulnerabilidade, e não queria seguir por essa direção.

— Bem, isso é maravilhoso. Fico muito contente por você. — Polly franziu as sobrancelhas e firmou Flossie um pouco mais em seus braços. Rose não pôde deixar de pensar que sua bebê não devia estar muito confortável ali, sobre aquela pilha de ossos.

— Durante o funeral — Polly falou um tempo depois —, tive vontade de arrancar a tampa do caixão e transar com ele ali mesmo, na frente de todo mundo. Eu queria que ele fosse cremado. Queria seu corpo totalmente desfeito e desintegrado. Achava que assim pararia de sentir isso. Mas a ideia de seu corpo ainda lá, em algum lugar, decompondo debaixo da terra: é horrível demais.

— Então por que não o cremou? — perguntou Rose, também arrepiada com a ideia.

— Sua mãe. Ela falou que na Grécia era ilegal. Eu não tive como argumentar. Acreditei nela. Mas ela estava mentindo. O Estado permite, mas a Igreja Ortodoxa não. Apesar de a velha vovó Maria ter estorvado ele com isto, Christos não era um crente.

— Ele era tudo, menos ortodoxo — concordou Rose.

— E eu deveria ter seguido adiante e feito o que ele queria. Mas aí está. Fui fraca.

— Não diga isso. A mãe dele parece bem insistente.

— Eu que o diga. E bem, eu desagradei a todos. E dias depois do enterro lá estava eu, indo ao cemitério, tocando a terra fresca que o cobria, afundando o meu rosto nela, sentindo um comichão, feito um animal no cio. Não me reconhecia.

— Como assim?

— É que não o desejara tanto quando estava vivo. Não nos últimos dois anos.

Tirou Flossie de cima dela, sentou-se e vasculhou sua bolsa à procura dos remédios. Rose, tomando Flossie, reparou que as mãos de Polly tremiam de novo. Observou-a enquanto engolia quatro pílulas de três frascos diferentes de remédio, entornando-os com seu espumante.

— É bastante remédio, Poll — Rose comentou, cautelosa.

— Apenas o que o médico prescreveu. — Polly chacoalhou os frascos. — E quem sou eu para discordar?

— E você superou? — quis saber Rose.

— O quê?

— O comichão?

— Não. Ficou tão forte que tive de ir ao George para me aliviar.

— Não acredito! — falou Rose.

— Ele não pareceu se importar — riu Polly. — Fez muito bem a nós dois. E afinal, não tinha sido a primeira vez entre mim e George.

— Jesus.

— É, Jesus — apregoou o sotaque de uma vovó grega escandalizada e agitou os braços no ar. — *Chreccestos!* — Gargalhou, voltando a se deitar. — Ora, Rose, você às vezes é tão puritana. Lembra, nenhuma de nós foi exatamente um anjo quando ele era vivo.

Rose sabia que isso era verdade quanto a Christos, ao menos. Nunca foi totalmente franca com Polly acerca da amplitude de seus sentimentos por ele. Isso se devia, em parte, por orgulho, em parte porque sabia que contar a Polly não ajudaria ninguém a lidar melhor com a situação. Mas houve um momento em Cárpatos, durante sua visita dois anos atrás, em que todos tinham planejado assistir a uma exibição especial de *La Dolce Vita* no cinema ao ar livre em Pigardia, mas Polly estava se sentindo enjoada. Ficou em casa, enquanto Rose e Christos partiram sem ela. A noite terminou em um passeio de moto à luz da lua até a praia, onde uma reencenação da cena na Fontana de Trevi transformou-se em um banho nu de mar. Rose esforçou-se para não ir longe demais, antes que a sensação de *déjà vu* se tornasse muito nítida, mas não foi tão bem-sucedida nisso.

— Foi uma espécie de exorcismo — prosseguiu Polly. — E além do mais — ergueu os ombros —, George é, como você mesma disse, absolutamente lindo.

Por uma série de razões, Rose se sentiu aliviada quando Anna veio correndo.

— Venham vocês duas! Papai falou que vocês têm que participar. Ele disse que um adulto contra três crianças não é justo.

Rose se levantou. — Irei, mas alguém tem que ficar e cuidar da Flossie. Poll, tudo bem para você?

— Ah, não — disse Polly. — Quer dizer que terei de ficar aqui deitada no sol enquanto vocês descem e sobem correndo as colinas? Puxa, vou tentar me conformar com isso.

Rose juntou-se a Anna e correu para longe, parando para apanhar uma das espadas extras que Gareth tinha feito.

Seguiu-se muita gritaria, trombadas e gente rolando pela grama de modo exagerado. O mais surpreendente foi que levou uma hora para alguém se machucar. Nico tropeçou enquanto fugia de Anna e ganhou um arranhão feio no joelho. Nada sério, mas produziu sangue o suficiente para fazê-lo soluçar. As outras crianças se acercaram dele, fazendo caretas, repelidas e fascinadas pelo machucado. Gareth apressou-se até o carro para apanhar o kit de primeiros socorros.

Depois de enxugar as lágrimas de Nico, Rose foi com ele até a manta de piquenique para buscar uma barra de chocolate medicinal que guardara nos fundos de uma das cestas. Estacou de repente no caminho ao avistar Polly e Flossie. Flossie bambeava, mas pela primeira vez em sua vida permanecia de pé sem ajuda. Tinha acabado de soltar a mão de Polly e segurava o frasco de pílulas na outra.

— Veja! — disse Polly. — Sem as mãos!

Flossie, que mal começara a engatinhar, permaneceu de pé um instante, equilibrando-se em sua própria oscilação, e em seguida caiu no chão, rolando por uma pequenina ladeira bem atrás dela.

— Veja, uma margarida! — cantou Polly.

Rose apressou-se a resgatar Flossie, que chorava e tinha machucado seu lábio inferior.

— O que é isto? — perguntou, apanhando uma pílula no chão.

— Ah, obrigada — Polly falou, tomando-a dela. — A tampa se abriu quando ela chacoalhou o frasco. Pensei que tivesse apanhado todas.

— Mamãe, machuquei o joelho, olha — disse Nico, cutucando o seu braço.

— Puxa — comentou Polly. — Doeu?

— Claro que doeu — falou.

— Não se preocupe, aí vem o dr. Gareth — Polly avisou, cobrindo os olhos do sol e observando Gareth que retornava, saltando as pedras do castelo, carregando um grande kit de plástico azul de primeiros socorros. — Grande, forte e capaz.

— Tem certeza de que apanhou todas as pílulas, Poll? — preocupou-se Rose. — Floss tem colocado na boca tudo o que vê.

— Claro, claro. Relaxe, Rose. Olhe, ela está sorrindo agora.

Flossie, que avistara seu papai vindo em sua direção, acendera como uma pequena vela e pendia para longe de Rose, estendendo as mãos em sua direção.

— Talvez você possa mostrar ao papai como consegue ficar de pé, Floss — falou Polly, tomando-a pela cintura e a pondo de pé.

— Não sei se isso é bom para as pernas dela, Polly — disse Rose.

Flossie bamboleou, tentou dar um passo e caiu sentada, fazendo todos rirem e aplaudirem, com exceção de Nico.

— Ei, e o meu joelho? — queixou-se, olhando-os um a um.

16

Retornaram ao final do dia, os rostos ardidos de sol. Rose, que provavelmente tomara mais espumante do que deveria, pousou as sobras do piquenique sobre a mesa do café e as crianças tiveram a rara ocasião de jantarem em frente à TV, enquanto os adultos se recolheram na cozinha para beber outra garrafa.

Acenderam as velas e se acomodaram na luminescência dourada.

— Estou tão feliz por estar aqui — disse Polly, abraçando-se. — Não consigo me imaginar em qualquer outro lugar que não aqui com vocês, meus melhores amigos em todo o mundo.

Gareth fitou o interior de seu cálice, volteando-o em suas mãos grandes e sorrindo. Em seguida, ergueu a cabeça e propôs um brinde.

— À diversão de hoje!

Tilintaram os cálices.

Por volta das dez da noite, as crianças já estavam dormindo

nos sofás, lambuzadas com o Eton Mess[15] que Rose preparara com as sobras de merengue, morangos e creme de leite que restaram do piquenique. Rose, Polly e Gareth os levaram às suas camas.

— Eles escovam os dentes de manhã, Rose — falou Gareth.

— Está bem.

Quando desceram, Polly abraçou os dois de uma só vez.

— Bem, boa noite, turma. E mais uma vez, obrigada.

— Olhe, vamos parar agora com esses agradecimentos, está bem? — pediu Rose. — Vamos ser iguais nisso a partir de agora.

— Concordo — disse Gareth.

Acompanharam-na até a porta e permaneceram na soleira enquanto ela trançava as pernas a caminho da edícula.

— Contanto que fique lá em cima — Gareth sussurrou para Rose.

Ela sorriu e apoiou-se nele.

— Tenho de dar de mamar à Flossie e já subo — falou.

— Estarei esperando — ele respondeu.

Quando chegou ao quarto, Gareth estava deitado de bruços, seus braços esticados, roncando. Coitadinho, pensou Rose. Não está acostumado a correr atrás de meninos o dia todo.

Rose despertou às quatro da madrugada. Flossie não tinha chorado para a sua mamada das duas horas, o que era inédito. A princípio, isso não a preocupou. Anna a fizera levantar a todo momento até os seus dois anos; talvez Flossie fosse tratá-los com mais complacência.

---

[15] Tradicional sobremesa britânica servida na partida anual de críquete de Eton College contra os alunos de Winchester College (N. T.).

A noite clara deixara a casa bastante fria. Rose podia enxergar o vapor saindo de sua boca enquanto atravessava o corredor na ponta dos pés até o quarto de Flossie; a grama lá fora brilhava, polvilhada de gelo.

Foi quando Rose se inclinou para olhar dentro do berço de Flossie onde o frio foi sugado do ar e se concentrou fundo em seu estômago. Seu bebê estava imóvel, sua respiração fraca e havia um reflexo de suor em seu rosto. Rose a agarrou. Sua pele estava ardendo e, quando Rose a ergueu, seu corpinho pendeu em seus braços. Pousou-a de costas e abriu o seu macacão. Uma erupção cutânea arroxeada irrompia em seu peito.

Apertando seu bebê contra si, Rose voltou correndo para seu quarto, gritando para Gareth.

— Qual é o número? — pressionou Rose, enquanto Gareth procurava na agenda telefônica o contato do clínico geral de plantão do vilarejo.

— Acho que devemos chamar uma ambulância — falou.

— Kate vai chegar mais rápido. E ela nos conhece.

Kate era a clínica geral do vilarejo, e o mais próximo do que se poderia chamar de amiga que Rose encontrara desde que se mudaram.

Rose discou e esperou uma resposta. *Vamos, vamos*, pensou.

— Alô? — Kate parecia sonolenta.

Rose contou-lhe o que tinha acontecido.

— Fiquem aí. Chegarei num instante — disse Kate.

Fiel às suas palavras, estava na porta em cinco minutos, vestindo um casaco com capuz sobre o pijama e sandálias. Deu uma examinada em Flossie e ordenou que Gareth chamasse uma ambulância.

— Temos de levá-la ao hospital o mais rápido possível — falou para Rose, erguendo as pálpebras de Flossie e acendendo uma lâmpada em suas pupilas pequeninas. — Ela está com febre alta, tônus muscular débil e veja — disse, abrindo o seu macacão —, ela começou com uma erupção. Pode ser meningite.

Rose engasgou. Ela sabia.

— Está tudo bem, Rose — disse Kate, envolvendo seus ombros com um braço firme. — Nós detectamos cedo. Mas receio que tenhamos de injetar uma agulha em seu braço, para que possam lhe dar um antibiótico assim que possível. Não é fácil, mas você precisa segurar o bracinho dela desse jeito.

Mostrou a Rose exatamente como esticar o braço de Flossie e em seguida injetou uma grande agulha em uma veia de seu pulso. Flossie gemeu e retorceu-se, mas Rose a segurou firme. Reparou que Kate ficava olhando para cima para verificar se ela estava bem. Não estava. Vendo tudo isto acontecendo com seu bebê, sentiu-se prestes a desmaiar no chão.

— Eu vou acordar a Polly — falou Gareth. — Ela precisa estar aqui para cuidar dos outros.

— Rose, vá se vestir. Eu termino aqui — determinou Kate, prendendo um curativo ao redor das mãos de Flossie. — Isso é só para evitar que ela tire a agulha — acrescentou, percebendo o olhar preocupado de Rose. — Agora vá.

Parecia uma eternidade o tempo de espera da ambulância. Rose seguiu as instruções e se vestiu. Kate segurava Flossie envolta em um xale, pronta para transportá-la; Gareth retornara e fervia um bule de chá. Em seguida, Polly entrou às pressas, enrolada em um cobertor, tremendo um pouco.

— O que aconteceu? — pronunciou. — Ela está...?

— Está estável, mas muito frágil — disse Kate.

— Ai, quando é que eles vêm? — queixou-se Rose.

— Eles quem? O que está acontecendo? — perguntou Polly.

— A ambulância — disse Kate. — Leva vinte minutos. Mesmo com a sirene, é o tempo que leva.

— Kate, essa é Polly, nossa amiga da Grécia — disse Gareth.

— Já nos conhecemos — falou Polly.

— É. Olá de novo — respondeu Kate.

— Ela não me prescreveu o que eu queria — comentou Polly, sorrindo para Rose. — Os médicos britânicos não são tão cavalheiros quanto seus colegas gregos. Ah, isso é chá? Adoraria.

Gareth entregou-lhe uma xícara. Sentou-se com um bloco e uma caneta e começou a escrever uma lista para Polly.

— Então, você fique em nossa cama, Polly. As crianças precisam estar na escola às nove da manhã, duas libras cada para comerem, e amanhã nos viramos com alguma refeição congelada, está bem?

— Bem... é melhor eu ligar o despertador — comentou Polly.

Os dois paramédicos de verde chegaram. Com eles havia um jovem médico vestindo uma jaqueta de tweed. Eram somente três, mas ocuparam a cozinha, parecendo preenchê-la e fazendo tudo parecer pequeno. Kate entregou Flossie ao médico, que em um movimento quase coreografado tomou-a em seus braços e saiu com ela pela porta, atravessando o jardim de ervas até a ambulância. Kate o seguiu, recitando uma lista de estatísticas acerca do estado de Flossie.

Rose, colada logo atrás, achou esta descrição do estado de Flossie, esta exposição tão verborrágica que transformava o horror daquilo em uma estratégia, estranhamente reconfortante.

— Temos de levá-la ao hospital o mais rápido possível — urgiu a paramédica mulher, subindo na ambulância. — Vamos, mãe. — Estendeu um braço para Rose, para ajudá-la a entrar. Gareth aproximou-se para entrar atrás dela.

— Não. Você fica, Gareth. Anna vai ficar louca. Por favor — disse Rose, enquanto o médico prendia o soro intravenoso na agulha de Flossie.

— Mas eu quero ir — falou Gareth. Estava pálido. Seus dentes mordiam os lábios.

— Não, não, você fica, Gareth — disse Rose, sua mão no peito dele, quase o empurrando. — Eu ligo do hospital. Esteja aqui pela Anna. Polly: cuide dele.

Mas Polly não saíra para o ar frio.

Kate pulou dentro da ambulância.

— Espaço para mais um, então. Olhe, Gareth, Rose tem razão. É melhor que você fique aqui pela Anna. A amiga de vocês não parece inspirar muita confiança — falou, voltando-se para Polly, que olhava através da janela da cozinha, a janela de Rose, segurando uma caneca de chá, fitando-os como se sua cabeça estivesse em outro lugar completamente diferente. — Vou me certificar de que Rose e Flossie fiquem bem e darei uma passada aqui pela manhã antes da cirurgia, para mantê-lo a par de tudo.

Os paramédicos bateram as portas e a ambulância partiu noite adentro, suas luzes azuis iluminando a edícula e o ruído da sirene certamente despertando todo o vilarejo enquanto o veículo dobrava uma curva fechada na rodovia.

17

Disparavam pela noite, os dois médicos examinando Flossie enquanto Rose, sobre a cabeça da filha, tinha a mão na pequena penugem de seu cabelo que crescera até então.

Agora Flossie estava completamente desacordada. Mesmo o brando gemido que ouviram na cozinha havia cessado.

— São as drogas — falou Kate para Rose, enquanto o jovem médico, que parecia mais um colegial adolescente com seus cabelos loiros encaracolados e gravata-borboleta, preparava uma terceira seringa para injetar no tubo de Flossie. — Nós a estamos sedando. Desligando-a para que possamos ver o que está acontecendo.

"Meu bebezinho", Rose pensou. Tomara um cuidado enorme para não pôr nada além de uma comida boa, honesta e orgânica no sangue de Flossie e agora tudo isto era varrido por um laboratório inteiro de fármacos.

— Não está reagindo como uma meningite típica — dizia o jovem médico.

— Não — concordou Kate, movendo-se para se sentar ao lado de Rose e tomando a sua mão. — Rose, eu quero que pense: existe alguma chance de Flossie ter ingerido algo incomum? Que tenha colocado algo na boca? Um produto de limpeza? Um remédio?

Seu coração gelou quando se recordou das pílulas de Polly, as que Flossie derrubara na grama.

— Polly, nossa amiga... — começou a falar, e então Kate, compreendendo, assumiu o controle.

— OK, é um diagnóstico de overdose, e possivelmente algum tipo de reação alérgica. Precisamos reverter o sedativo. Agora! — gritou para o jovem médico, que começou a esvaziar um fluído transparente em uma seringa. — E um emético!

— Polly. Ela derrubou um frasco na grama, enquanto Floss estava lá — disse Rose. — Mas ela disse que apanhou todos.

— Em minha opinião, sua amiga não sabe nada de nada — Kate resmungou. Rose olhou-a detidamente. — Desculpe, mas eu a vi de outra perspectiva.

O médico exibiu a ponta da língua em um canto da boca enquanto injetava o novo fluído em Flossie. Kate cobriu-a com uma máscara de oxigênio sobre o rosto. — Eu preciso agora dos nomes das pílulas — disse, passando seu celular para ela com a mão livre.

Rose sentia dificuldade para se manter consciente, mas conseguiu apertar o próprio número no celular de Kate.

Gareth atendeu.

— O que aconteceu? — disse, a voz embargada.

— Preciso falar com a Polly, agora — comandou Rose.

— Por quê?

— Conto depois. Só preciso falar com ela agora, Gareth. É muito importante.

Ele largou o telefone. Ela escutou a porta da frente se abrir e seus passos desaparecendo às pressas para fora da casa. Minutos mais tarde, Polly apareceu.

— Desculpe. Tinha acabado de voltar a me deitar — disse.

— Polly, escute, você precisa me dizer o que eram aquelas pílulas de ontem, aquelas que você derrubou no chão.

— Minhas pílulas? Mas...

— Não, escute. Apenas pegue o frasco e leia para mim o que está escrito.

— Mas estão na edícula.

— O que está havendo? — Rose podia ouvir Gareth perguntar.

— Ela quer saber o que são as minhas pílulas.

— Então faça! — gritou-lhe. — Vá lá e traga aqui. *Agora*.

Seguiu-se uma rusga do outro lado da linha e o ruído dos passos de Polly ecoando pelos degraus do jardim.

— Nós achamos que Flossie tomou algumas das pílulas de Polly — disse Rose a Gareth com a voz fraca. Kate agora cuidava de Flossie, pressionando dois dedos em seu peito.

— Eu mato ela — falou baixo.

— Conseguimos reanimá-la! — Kate sorriu para o médico, que comemorava como se seu time de críquete houvesse acabado de marcar cem pontos.

— Como está a Floss? — Gareth perguntou.

— Nada bem, Gareth — soluçou Rose. Em seguida ouviu uma Polly ofegante do outro lado da linha, o chacoalhar de um frasco de pílulas e a voz de Gareth que a fizera ler as longas e complicadas palavras da língua grega dos frascos.

Rose repetiu as palavras para a paramédica, que as anotou e as repetiu para Kate.

— Estas são drogas bastante fortes. Mais fortes do que as que costumamos prescrever aqui — disse. — E Flossie está apresentando os clássicos sintomas de overdose. Faremos o possível para desintoxicá-la, mas, se ela as tomou ontem, é tarde demais. Teremos de nos concentrar em minimizar os efeitos em seu fígado e em seu cérebro.

Rose sentiu todo o sangue esvair-se de seu corpo.

— Mas ela ficará bem, Rose? — Gareth gritou ao telefone. Ouvira tudo.

— Mas ela vai ficar bem? — sussurrou Rose, repetindo a questão.

— Espero que sim — respondeu Kate. — Não dá para ir mais rápido? — vociferou para o motorista da ambulância.

— Eu te amo, Gareth — falou Rose e desligou quando eles irromperam no ambulatório de emergências e acidentes.

Tudo o que aconteceu em seguida ficou um tanto borrado. Uma equipe de médicos e enfermeiros os recebeu e deslizaram Flossie para longe com Kate ainda segurando a máscara de oxigênio em seu rosto. A paramédica conduziu Rose a uma fileira de poltronas do lado de fora da sala onde socorriam Flossie.

— Fique aí, querida. Eles estão fazendo o melhor, mas aos olhos leigos, parece um pouco violento.

Nada restara em Rose para protestar. Permaneceu sentada e tremendo. Alguém entregou um cobertor e uma xícara de chá. O bom e velho chá. Ficou ali durante o que pareciam dias. Rezou. Fez pactos com Deus: ela nunca tomaria nada por garantido; seria sempre boa; nunca mentiria novamente; iria à igreja; usaria uma cruz; doaria dinheiro; jamais questionaria sua existência; concederia a ele prioridade suprema, mesmo em pensamentos. Se ao menos Flossie pudesse ser salva.

— Quer um cigarro, amorzinho? — Uma senhora idosa com olhos negros alarmantes se aproximara pelo corredor. Inclinou-se para Rose, seu hálito rescendia a vinho do Porto e tabaco.

— Eu vi quando trouxeram o seu bebê — pronunciou. — Espero que ele fique bem, minha querida. Tome, pegue um cigarro, se quiser. — Ofereceu um maço de Embassy.

— Ela — corrigiu Rose. — Meu bebê é uma menina.

— O meu era um menino, ele era — murmurou a mulher, e afastou-se vagarosa até o estacionamento de ambulâncias, acendendo um cigarro ao sair.

O meu também, pensou Rose antes que pudesse evitar.

Puxou o cobertor mais para junto de si. A culpa era daquele lugar. Abominava hospitais. Para ela, eles transmitiam nada além da perda. Lembrava-se de estar sentada em outro hospital, em Brighton, mais de vinte anos atrás, uma carcaça vazia e cheia de goteiras. E lá estava ela, mais uma vez ameaçada de perder seu bebê. Novamente...

Não devo pensar nisso, disse a si mesma. É azar. Jurara que jamais se deixaria levar para aquela lembrança de novo. Enfiou de volta os pensamentos parcialmente revelados e escondeu-os bem. Mas por que tinha sido tão fraca naquele tempo?

Um pouco depois, ainda sem notícias de Flossie, uma mulher de porte eficiente e simpático veio até Rose e a conduziu para uma sala lateral. Ofereceu-lhe uma cadeira baixa de braços de madeira, e em seguida sentou-se de frente para ela, do outro lado de uma mesa de fórmica. A mulher, Rose não ouvira o seu nome, abriu um laptop e perguntou o seu nome, data de nascimento e endereço.

— É um lindo vilarejo. — Sorriu do outro lado da mesa.

— Sim — Rose respondeu, cabisbaixa.

— Então. Flossie: é um nome incomum. É diminutivo de algo?

— Não, é Flossie, só — respondeu.

— Ela não foi examinada com frequência por aqui, não é? — perguntou a mulher com uma voz vívida. Como o médico na ambulância, ela parecia jovem demais para transmitir autoridade. Chegava até a possuir uma marca na pele que parecia uma acne adolescente na bochecha.

— Como é? — Rose não entendeu.

— Pelo médico. Você não a trouxe muito ao médico. E há algum registro de qualquer visita domiciliar? — A mulher procurava algo na tela, franzindo o cenho e inclinando-se de leve na cadeira.

— Teve um que foi, mas não voltou mais — falou Rose. — Disse que ela estava bem e que deveríamos contatá-lo se precisássemos de algo.

— Entendo. — A mulher desviou o olhar e sorriu mais uma vez. — Eles fazem isto quando acham que uma mãe que já tem filhos poderá se virar sozinha. Cortes de gastos, sabe como é. — Voltou à tela e digitou alguma coisa. — Agora preciso fazer mais algumas perguntas, Rose, sobre sua residência. Para que possamos ter uma ideia completa.

— Certo — respondeu. Por que essa garota precisava de toda aquela informação naquele momento, quando tudo o que realmente importava era se Flossie ficaria bem ou não?

— Vocês guardam algum remédio em casa?

— Alguns. Não muitos, apenas paracetamol, aspirina, este tipo de coisas. Analgésico infantil.

— E onde é que deixam esses remédios?

— Na caixa de medicamentos. Na prateleira superior da despensa.

— Fora do alcance das crianças?

— Sim. — Rose começava a sentir vontade de fugir e se esconder. Procurou na sala as vias de escape: a porta, as janelas, qualquer rachadura nos rodapés.

— Tem alguém na sua casa que esteja se medicando?

— Polly.

— Quem?

— Polly, ela está hospedada conosco. Mas não dentro da casa, ela fica no final do jardim.

— Entendo.

— Na edícula.

— Certo. E há alguém em sua residência, e vamos levar em consideração "a edícula" aqui, que possa estar tomando alguma droga ilegal ou sem prescrição médica?

— Na verdade, não.

— Não?

Rose sentiu um súbito sinal de alerta. — Meu Deus, você é da polícia, não é?

— Não, não sou da polícia. Sou uma assistente social do hospital. Desculpe, pensei que houvesse dito. Olhe, estas perguntas são apenas procedimentais neste tipo de caso. Uma criança aparece com queimaduras, digamos, qualquer tipo de ferimento que pudesse ser apenas um acidente, mas que também poderia ter sido resultado de uma negligência ou um abuso. Ou envenenamento, digamos. É de praxe para todos, Rose. Não significa que você esteja sob suspeita, mas precisamos ficar abertos para as possibilidades. Explorar cada situação sem preconceitos. Tenho certeza de que compreende.

Rose aquiesceu, e baixou os olhos de novo.

— Então — prosseguiu a mulher com delicadeza. — Drogas?

— Isto não tem nada a ver conosco! — Rose esmurrou a mesa com a mão, sobressaltando a adolescente. — É ela. É Polly. Ela deixou Flossie brincar com as pílulas. Ela não apanhou todas depois. Ela deixou o meu bebê se envenenar. Ela é uma porcaria de uma desmiolada!

— Rose, você está chateada, é compreensível. Mas comportar-se deste jeito não vai ajudar em nada.

— Meu bebê está doente, eu não sei o que está havendo, e você está falando comigo como se eu fosse uma criminosa — disse Rose. — Como se achasse que eu não sei cuidar da minha própria filha.

A jovem se recostou, dobrou os braços e fitou Rose, que, percebendo o seu olhar analítico, refugiou-se dentro de si, envolvendo o corpo com os braços.

— Alguém irá visitar a sua amiga amanhã — a assistente social falou após um longo silêncio. E voltou ao computador.

Ouviu-se uma batida breve na porta e Kate adentrou.

— Tenho algumas novidades — falou, ao segurar a mão de Rose e sentar-se ao seu lado.

— Ai, Deus — começou Rose. — Ai, não, não, nãonãonão. — Desvencilhou-se e mergulhou o rosto nas mãos, apertando os seus olhos com força a ponto de só enxergar pontinhos pretos. Seu leite, acumulado desde a hora de amamentação de Flossie, vazava de seus peitos inchados, derramando lágrimas de lactose no lugar das salgadas, pois Rose tinha medo demais para chorar.

— Rose — disse Kate, tomando novamente suas mãos, tentando fazê-la escutar. — Está tudo bem, ela ainda está conosco.

Rose ergueu os olhos vermelhos para Kate.

— Ela está fora de perigo, por enquanto. Fizemos tudo o que podíamos, e ela está estável. Mas está fraca, Rose. Ainda não sabemos o que irá acontecer.

Rose não se moveu.

— Nós a deixamos em sono profundo. Seus órgãos têm maior chance de recuperação desta forma. Não saberemos o que aconteceu até que acorde.

— Como assim?

— Eu preciso te dizer, Rose, que existe risco de que haja algum tipo de sequela. É de menos de cinquenta por cento. Mas ainda é significativo.

— Como assim, sequela?

— Ainda é cedo para dizer, pode ser no fígado ou nos rins. Ou um dano cerebral, Rose. Mas não podemos dizer ao certo, e mesmo se pudéssemos, não saberíamos dizer a extensão da sequela.

Rose cerrou os olhos e pressionou as palmas contra a testa. Por misericórdia, rezou. Faça retornar o tempo. Faça com que isto não tenha acontecido.

— Aparte isto, Floss é uma menininha muito sadia. Você fez o melhor até agora, e ela tem a melhor chance do mundo, dada a presente situação. Há uma boa chance de que se salve disso intacta.

— Então — falou Rose, os olhos ainda fechados. — Você está me dizendo que ela irá sobreviver?

— Sim. Temos quase certeza disso — aquiesceu Kate, apertando sua mão.

— Mas você não sabe se ela ficará como um vegetal?

— Isto é bem improvável, Rose.

— Mas é possível.

— Remotamente.

— Obrigada — sussurrou Rose. Um ardor colérico tomou conta dela, derretendo subitamente o frio que a invadira desde que encontrou Flossie no berço. Ela queria matar Polly. Queria puxar sua cabeça para trás, pelos cabelos, e encher sua boca com todos aqueles comprimidos malditos. E então queria colocar pedras em seus bolsos e chutá-la morro abaixo até o rio.

— Venha vê-la. — Kate deu a mão a Rose e conduziu-a para longe da assistente social, até um cubículo na extremidade da ala de emergências, onde Flossie jazia no interior do que, para Rose, parecia uma caixa de plástico, com tubos e fios entrando e saindo dela.

Rose aproximou-se devagar, o terror subindo até a sua garganta.

— O que é isto? — perguntou, apontando para uma máscara que cobria a boca e o nariz de Flossie.

— Isto é para ajudá-la a respirar. Apenas para dar um descanso aos seus pulmões — respondeu Kate.

— E este, este e este... — Apontou para os fios que desapareciam em curativos que cobriam furos invisíveis no corpo de Flossie. — ... são para que ela obtenha as substâncias e a nutrição suficientes.

— E isto? — Rose apontou dois compridos tubos vermelhos que ligavam algum ponto do corpo de Flossie a uma grande máquina sibilante.

— Isto está limpando o seu sangue — informou. — Ela está em diálise, apenas para aliviar os seus rins.

— Posso amamentá-la? — murmurou Rose, pressionando as manchas úmidas em sua camiseta.

— Receio que não por enquanto — disse Kate, abraçando Rose. — Ela não sentiria vontade. Ela está recebendo os nutrientes de que precisa por via intravenosa.

Rose observou a sua garotinha, que parecia mais uma máquina que um ser humano.

— Vocês retiraram todo o remédio que havia nela? — quis saber.

— Fizemos o possível. Levou um tempo até que neutralizássemos a overdose, mas há um tanto que precisa ser trabalhado em seu fígado, receio eu. A substância adentrou bastante o seu organismo. Mas ela está lutando.

Flossie parecia minúscula. Esparramada no interior da caixa, vestindo nada além da fralda e de curativos, seus braços dobrados para cima e os pulsos cerrados, ela parecia ter voltado no tempo. Como se tivesse perdido seus meses recentes de vida e retornasse a um estágio frágil, pré-natal. Rose precisava tocá-la, mas não conseguia chegar até ela com aquela caixa de plástico, fios e tubos.

— Há um buraco na lateral da caixa, aqui — disse Kate, guiando a mão de Rose até a barriga de Flossie. A pele descoberta parecia de seda, e Rose podia sentir — graças a Deus — o pequenino lastro de vida sob a ponta de seus dedos. Resolveu que ficaria assim, sua mão através do furo da caixa, até que Flossie melhorasse.

— Neste momento, eles estão sem leitos na UTI infantil — avisou Kate —, portanto, ela terá de permanecer aqui, infelizmente. — Saiu e encontrou uma cadeira, que postou atrás de Rose, para que pudesse sentar-se sem interromper o contato com Flossie. — Não é o ideal, mas pedi que trouxessem uma maca aqui para você.

— Não vou dormir — disse Rose em voz baixa.

— Sei como se sente — falou Kate. — Mas a sério, Rose, você precisa pensar em descansar um pouco. Os próximos dois dias serão muito extenuantes. Flossie precisa de você forte.

— Obrigada, mas vou ficar aqui.

— Olhe. Preciso ir. — Kate pôs a mão em seu ombro. — Tenho uma cirurgia em meia hora. Telefono à tarde para saber como ela está.

— Sim. Obrigada — agradeceu Rose, sem desviar os olhos de Flossie.

— Cuide-se. — Kate inclinou-se e beijou Rose na cabeça. Saiu do cubículo que continha Rose e Flossie, mas ao invés de passos, Rose ouviu-a deter-se e suspirar, estremecendo de um modo que não achava que Kate fosse capaz.

Graças a Deus pelas boas pessoas, pensou Rose.

18

Rose não sabia há quanto tempo permanecera sentada ali, acariciando Flossie pelo buraco da caixa de plástico. O bipe regular de alguma máquina que, sabia, contribuía para manter o seu bebê vivo também a sustentava de algum modo. Mas a luz tênue que sangrava pelas cortinas cerradas de seu cubículo na emergência tornara-se mais forte, e ela sentiu o brilho de sol em suas costas arqueadas.

Então, algo se uniu àquele calor. Virou-se e viu Gareth, que pousara sua mão no espaço entre suas omoplatas. Em um átimo lembrou-se de que deveria telefonar para ele, mantê-lo informado. Aparte qualquer relutância dele durante a gravidez, Flossie era agora tanto dele quanto dela.

Ela frequentemente se esquecia disso.

— Kate telefonou na volta do hospital esta manhã — disse Gareth. — Eu sabia que você estaria ocupada.

Rose encolheu-se. Não podia afastar-se de Flossie, e mesmo que tivesse um celular não teria usado, pois tinha medo que pudesse interferir em alguma das máquinas salva-vidas dispostas ao redor.

— Desculpe... — começou, mas ele a silenciou e aproximou uma cadeira para que se sentasse com ela, os olhos em Flossie.

— Olhe. Ela está calma, agora, e não tão frouxa — sussurrou Rose, levando a mão de Gareth pelo buraco. O punho de Flossie levemente cerrado ao redor de seu dedo grande e calejado. — E ela ficará bem — acrescentou. — Eles acham.

— Mas eles não sabem, não é? — disse Gareth. — Kate disse que poderia haver danos ao fígado ou no cérebro. Eles não sabem, Rose. E vai levar anos para que tenhamos certeza.

Rose apoiou-se nele e fechou os olhos. Era como um sonho ruim. Ela ficava pensando na família do acidente de carro, identificando-se com eles, como se ela agora estivesse ali entre os outros.

— Levei Anna para a escola — disse Gareth. — Não quero mais aquela mulher perto das minhas crianças, Rose. Disse a ela que a quero fora dali até o fim da semana.

Rose aquiesceu. — Sim.

Gareth balançou a cabeça. — Há algo de errado com ela. Aqueles meninos, eles se mudam para a edícula esta noite e acabou. Eles todos. Estão fora da nossa vida.

Rose sentiu a garganta fechando.

— Os meninos... — Esquecera-se de que estavam ligados a Polly.

— Eu entendo, mas eles não podem ficar se ela partir.

Para Rose, a ideia de os meninos indo embora rompeu o último fio que a sustentava. Perder tudo, quando tudo havia sido tão perfeito era demais. Lembrou-se da promessa que fizera a Yannis no Jabberwocky, de que nunca o decepcionaria. O medo recaiu sobre ela como um fardo pesado, tornando sua respiração difícil. Tombou sobre Gareth e chorou até que mucos pendessem de seu nariz como fios, e toda lágrima tivesse esvaído de seu corpo. Ele a abraçou, aninhando-a em seus braços, até que não sobrasse mais nada para lamentar.

— Não consigo suportar a ideia de perder os dois — murmurou em seus ombros. — Não quero que Nico e Yannis se percam nisso tudo.

— Ela quase matou a nossa filha — disse Gareth, a voz gélida.

Rose olhou para ele.

— Ela estava fora de si, Gareth. Foi um acidente.

— Foi mesmo? — perguntou, os olhos fixos nela. — Você sabe disso? — falou, caminhando em volta até a ponta da caixa de Flossie e apontando para seu corpo prostrado. — Você sabe, porque não tenho certeza disso. Não tenho tanta certeza de que ela não enfiou aquelas malditas pílulas dentro da garganta de Flossie. — Inclinou-se, segurando nas extremidades da caixa de plástico, e gritou para Rose. — Não tenho tanta certeza de que Polly Novak não tenha vindo aqui com o propósito de ferrar com tudo!

— Está tudo bem? — Duas enfermeiras entraram no cubículo e se postaram uma em cada lado de Rose, protegendo-a de Gareth.

Ele ergueu as mãos. — Está tudo bem — disse. — Está tudo bem.

— Eu sei que está sofrendo, mas poderia, por favor, falar baixo, mr. Cunningham? — a enfermeira disse a Gareth. — Temos algumas pessoas bastante doentes aqui.

— Assim como a minha filha, merda! — cuspiu Gareth, fazendo a enfermeira saltar para trás e cobrir as orelhas com as mãos.

Rose agarrou o seu braço.

— Gareth, por favor. Não é culpa delas. Não é culpa de ninguém. Por que Polly iria querer machucar Flossie? Olhe. — Rose não sabia em que acreditar, mas a sua preocupação primordial era manter os meninos a salvo com ela, dar-lhes uma chance. — Gareth, olhe, por favor, por mim. Por Flossie, pelos meninos. Por favor, vá e encontre Polly. Traga-a aqui. Preciso vê-la.

Incomodadas, as enfermeiras hesitaram, entreolhando-se.

Gareth olhou para ela.

— Você se lembra do que prometera antes de eles virem, Rose. Você disse que não iria discutir comigo.

— Eu sei, mas é mais importante que isto agora. Por favor. Traga-a aqui.

Gareth encarou Rose, depois as enfermeiras.

— Eu volto. — Virou-se e saiu.

— Bem! — a enfermeira que se assustara soltou a respiração.

— Desculpem — disse Rose, esfregando os olhos. — Estamos apenas um pouco tristes agora.

— Apenas vá com calma, Mãe, está bem? — A outra enfermeira, uma moça roliça com um sotaque cadenciado de Somerset, aproximou-se e pôs o braço em volta de Rose. — O bebê precisa de você.

Por volta do horário de almoço, Gareth ainda não tinha voltado. A enfermeira roliça veio e ordenou que Rose saísse e apanhasse algo para comer.

— Eu fico e cuido do bebê — acrescentou.

Rose desceu até a cantina e apanhou umas favas assadas e uma xícara de chá. Não desejando ficar lá embaixo para comer, pôs a comida sobre uma bandeja e a levou pela escada. No meio do caminho tropeçou e caiu para frente, machucando a canela e derrubando comida e bebida por todo lado e sobre si. Caída nos degraus ladrilhados, não conseguia encontrar forças para se levantar. Apenas pôs a cabeça entre os braços e fechou os olhos. As pessoas tinham de contorná-la para passar.

— De onde você veio, querida? — um gentil segurança finalmente se deteve e agachou para falar com ela.

Ele ajudou-a a levantar-se e a conduziu de volta para Flossie. Usou o *walkie-talkie* para pedir que alguém limpasse a sujeira da escada. — Não queremos mais acidentes — disse, sorrindo para Rose.

A enfermeira roliça, que cumprira a palavra de cuidar de Flossie, observou-a com severidade quando Rose apareceu de mãos vazias, mas o segurança explicou o que acontecera. A enfermeira pôs Rose sentada ao lado de Flossie e saiu. Pouco depois, retornou com um grande Kit Kat e uma xícara de chá.

— Precisamos guardar forças, Mãe — disse. — Eu já vi isso tantas vezes. Vocês sempre se esquecem de cuidar de si mesmas, mas não prestamos para nada quando ficamos desmaiando por aí, não é?

Rose aquiesceu, incapaz de falar. A enfermeira apontou para a parte posterior da camiseta de Rose, com manchas escuras onde o leite vazara.

— Puxa, querida, você não está amamentando, não é? Pobre mamãe. Se estivesse na UTI infantil, eles já teriam entregado uma bomba. Vou ver o que posso fazer.

Depois de cerca de meia hora, ela voltou com uma bomba tira-leite e um roupão hospitalar com as costas abertas.

— Aí está, Mãe. Use isto para tirar o leite; depois pode vestir isso. Com certeza o marido já volta com roupas limpas. Você poderá descartar o leite ou doá-lo — chiou a enfermeira ao deslocar uma mesa até Rose, para apoiar o seu braço enquanto a bomba funcionava. — Receio que não tenham nenhuma seção de armazenagem aqui. Quando subirmos para a Ala Azul, eles vão guardar no congelador até o marido chegar e levar depois para o freezer de casa. O bebê não vai tomar leite, por enquanto.

— Gareth — falou Rose. — O nome dele é Gareth. — A bomba, presa ao mamilo de Rose, chiava e pulsava. Apesar da situação indigna, Rose teve uma enorme sensação de alívio, enquanto os seus peitos inchados descarregavam o seu fardo em uma garrafa esterilizada.

— E então, o que faremos com o leite? — A enfermeira postou-se atrás com uma mão na cintura rechonchuda.

— Dê para alguém. Não quero que vá para o lixo — balbuciou Rose.

A enfermeira atravessou a cortina do cubículo e voltou com uma pilha de formulários para Rose preencher referentes à autorização e triagem. Rose desejou ter jogado o leite fora, mas para agradar a enfermeira, preencheu-os.

— Agora vamos colocar este roupão — sugeriu a enfermeira. — Esse leite seco malcheiroso não é muito higiênico, não é?

Tempos depois, naquela tarde, Gareth ainda não havia aparecido. Rose e Flossie foram finalmente transferidas para a Ala Azul, que parecia repleta de bebês muito doentes. Com divisórias de cortinas abertas para cada pequeno habitante e sua comitiva de pais e avós tristonhos, a sala ampla era mais bem iluminada e distribuída que o cantinho da Emergência onde estiveram. Flossie conseguiu um compartimento com uma cadeira confortável que podia ser desdobrada em uma cama para Rose. Também possuíam sua própria TV, não que Rose pudesse sequer pensar em ligá-la. Não poderia se concentrar em nada além de Flossie, ainda imersa em seu sono induzido. A nova enfermeira se apresentou. Em contraste com a outra, esta era rápida, calma e reservada. Verificava as máquinas de Flossie a cada meia hora e continuava repetindo a Rose que Flossie estava indo muito bem. Seja lá o que for isto, pensou Rose.

Odiava permanecer rodeada daqueles minúsculos bebês semivivos.

Pouco depois, o silêncio da UTI foi quebrado por uma agitação de vozes e movimentos na divisão das enfermeiras. Era Gareth, que se aproximou correndo de Rose e de Flossie. Em uma das mãos carregava uma mochila. A outra estava firmemente presa ao pulso de Polly, arrastando-a como uma criança mimada e relutante, ou uma prisioneira. Ele parecia enlouquecido.

— Não conseguia te achar — ofegou. — Pensei que... Por que ninguém me avisou que você foi transferida?

Um tremor perceptível varreu a ala enquanto os acompanhan tes de cada bebê encaravam a causa da perturbação.

— Por favor, senhor, você terá de falar baixo — a enfermeira eficiente dirigiu-se a ele.

Ignorando-a, voltou-se para Rose.

— Eu achei que ela estivesse... ninguém me avisou...

— Sinto que tenha se alarmado — disse a enfermeira, mantendo-se firme. — Mas veja, Flossie está aqui e está bem — virou-se para Rose, inclinou e pôs o braço sobre seu ombro. — Rose, tudo bem se ele ficar? — perguntou.

— Obrigada, ele pode ficar. — Devolveu um sorriso fraco à enfermeira.

— Olhe — disse Gareth à enfermeira, esforçando-se para falar com calma —, eu só não conseguia encontrá-las, está bem? — Caiu de joelhos diante de Rose e envolveu-a com os braços, enfiando o rosto em seu ombro. Percebeu que ele chorava.

Polly, largada no meio da sala, permanecia ali, parecendo calma e pequenina.

— Você demorou bastante — foi tudo o que ela conseguiu dizer.

— Fiz uma longa viagem — disse Gareth. — Longa história. Como ela está? — Voltou-se para Flossie, estendendo a mão para tocar a sua barriga. — Ela parece estar com um pouco mais de cor.

Rose não conseguia ver isto, mas aquiesceu.

— A polícia apareceu — sussurrou Gareth. — Perguntando sobre drogas. Eles a interrogaram. — Apontou para Polly. — Mostrei-lhes as pílulas. Por sorte não vasculharam a casa. De qualquer modo, joguei a maconha na privada por precaução. No caso de retornarem com cães farejadores ou algo assim.

— Fez bem — murmurou Rose, ainda procurando os sinais de melhora em Flossie que ele reconhecera.

— Eu a trouxe, como você pediu — disse ele, apontando para Polly, mas sem olhar para ela. — Mas não vou mudar de ideia.

— Deixe-me falar com ela — disse Rose.

— Dez minutos. Vou apanhar um café. Já volto. — E saiu, atravessando a ala como um gigante em sua jaqueta de camurça encardida. Sequer olhou para Polly ao passar.

Polly permaneceu imóvel, enroscando os longos cabelos soltos em seu dedo indicador, um sorriso nervoso brotando de sua boca.

— Venha cá — disse Rose, sinalizando para que se sentasse ao seu lado. — E veja.

— Meu Deus. — Polly aproximou-se da ponta da caixa de Flossie e permaneceu ali como um anjo trágico em um entalhe vitoriano. Não pôde deixar de notar que se vestia de forma imaculada, com um vestido preto esvoaçante com uma coisa negra e transparente por cima. Sua maquiagem era sombria, mas bonita, apesar, ou em razão de, seus olhos vermelhos. Abraçava-se, pestanejando.

— Eu sinto tanto, Rose. É tudo culpa minha — disse. — É tudo culpa minha.

— Foi um acidente. Não foi? — disse Rose, procurando pistas no olhar de Polly.

Polly atirou-se sobre os joelhos de Rose, juntando suas mãos em seu colo, olhando-a nos olhos.

— Foi, foi sim, que acidente. Por favor, Rose. Perdoe-me.

Rose sentiu a própria mão repousar sobre as palmas implorantes de Polly. Ela flutuou por ali de algum modo, meio desligada de seu pulso, agindo por conta própria. Era incapaz de falar, ainda que sentisse uma pressão crescente em sua caixa torácica. Se ela continuasse ali mais tempo, Rose iria transbordar, e o conteúdo de seu coração derramaria todo sobre esta mulher que de repente lhe parecia tão estranha.

Polly desabou, afundando o rosto sobre os joelhos de Rose.

— Eu sinto muito, muito. Não consigo acreditar — soluçava. — Você me oferece tudo o que tem e eu faço isso. Que espécie de monstro eu sou? Eu não mereço uma amiga como você.

Rose observou como, uma vez mais, sua mão movia-se até a cabeça de Polly e acariciava o seu cabelo.

— Tudo o que eu toco apodrece. Eu quase me matei. Nem consegui manter vivo o meu marido. E agora isto. Eu sou amaldiçoada, Rose. Amaldiçoada.

— Shhhh — sibilou Rose. Queria mesmo que ela se calasse. — Agora pare com isto. Levante-se. Olhe. — Ela se levantou e contornou Polly para examinar Flossie. Polly cambaleou quando Rose apanhou sua mão e a pôs sobre o peito de Flossie. A visão daqueles dedos frágeis e finos e suas unhas carcomidas e arredondadas sobre as costelas diminutas encravadas de tubos era quase demais para suportar. Rose recuperou a respiração ao mesmo tempo em que Polly tremia.

— Tão pequena, tão inocente — disse Polly, tremendo.

Permaneceram ali, a mão de Rose sobre a mão de Polly sobre o corpo de Flossie.

— Vai ficar tudo bem com ela? — perguntou enfim Polly, retirando sua mão para cobrir o seu próprio corpo.

— Eles disseram que as chances são altas — respondeu, repetindo as palavras do médico.

Polly afundou de volta na cadeira de Rose.

— Não consigo acreditar. Eu sinto tanto.

Rose agachou-se ao lado dela e segurou a sua mão.

— Eu sei que você sente — ouviu-se dizendo.

— Gareth está mesmo com raiva de mim — disse Polly. — Ele disse que teremos de ir, e não sei o que vou fazer. — Seu lábio inferior tremeu e seu rosto se desmanchou. — Eu não sei o que iremos fazer, Rose.

— Shhh, shhh — pronunciou Rose, abraçando-a.

— Eu sinto tanto. Eu sou tão idiota. Por favor, me desculpe? Você é a única pessoa que me restou, Rose. Preciso de você mais do que pode imaginar. Conhecemo-nos desde sempre, e não há nada, *nada* que não saibamos uma da outra, e não suportaria que Gareth jogasse isso fora, que se interpusesse entre nós duas assim e destruísse tudo isto. Eu não sei o que faria...

Rose fitou-a nos olhos.

— Não sei o que posso fazer para que ele mude de ideia — prosseguiu Polly. — Não sei o que diria...

Por trás do apelo e da culpa, Rose viu algo reluzente como aço. Seria determinação ou outra coisa?

— O que quer dizer, Polly?

Polly agarrou a mão de Rose e esfregou a cicatriz de seu indicador contra a sua própria. Sabia mais de Rose que qualquer outro. Sabia de coisas que poderiam pôr tudo a perder, a felicidade de todo mundo.

Rose balançou a cabeça e piscou. Estava sendo tão tola. Não estava? Polly não iria traí-la. Havia jurado, afinal. Um pacto de sangue. Eram melhores amigas. Eram como irmãs.

— Os meninos não conseguem se conter de preocupação por Flossie ou com o que irá acontecer. Gareth tem gritado comigo na frente deles. Yannis está assustado, Rose. Eu não sei o que vai acontecer — prosseguiu.

Rose teve de se levantar. Sabia que não poderia correr riscos. Sentia-se zonza. Viu o que poderia estar em jogo, ali.

— Olhe — disse, dando as costas. — Está uma confusão. Vou falar com Gareth e teremos de partir deste ponto. Agora vá, vá e aguarde no café. Falo com ele. — Estava tão cansada, estava quase alucinando. Algo parecido com um seixo macio e arredondado se alojara em sua garganta, contendo as coisas que estariam melhor se permanecessem silenciadas.

— Obrigada. Oh, obrigada. Você está fazendo a coisa certa, Rose, acredite. — Polly beijou-a no rosto e saiu da Ala Azul.

Pouco depois, Gareth retornou com uma xícara de chá para Rose.

— Então — disse, entregando-a a ela.

— Então — disse, olhando para ele.

— Deixe-me adivinhar. Você disse que tínhamos um acordo — falou.

— Hummm. — Rose acariciou a barriga de Flossie.

— Ela é uma pequena bruxa — disse. — Ela te enfeitiçou.

— Olhe, Gareth, estou com tanta raiva quanto você. Ela foi descuidada e burra. Mas a despeito disso tudo, foi um acidente. Fazia tempo que ela não cuidava de um bebê. Esqueceu-se do que eles podem fazer. E ela está apavorada; está doente. Talvez eu deva ser mais responsabilizada que ela, por ter deixado Flossie com ela. Eu deveria saber.

— Shhh — acalmou Gareth, pondo um dedo em seus lábios.

— Eu deveria saber. — Segurou sua mão e a apertou. — São os meninos. Não podemos dar a ela outra chance, pelo bem dos meninos?

Ele suspirou e pôs seu braço sobre seus ombros.

— Rose, Rose, Rose — falou. — Não sei o que pensar. Perdemos o controle de novo, não foi? Fiquei tão enfurecido com ela... — Sentou-se e mergulhou os dedos em seu cabelo. — Certo. Por você, falo com ela. E amanhã te conto como foi. Amanhã. Agora temos coisas mais importantes para nos concentrar. — E voltou-se para contemplar Flossie.

— Como está a Anna? — quis saber Rose.

— Por que não lhe pergunta pessoalmente? — uma voz brotou atrás dela.

Rose se virou e viu Kate de pé, de mãos dadas com Anna.

Anna esforçava-se para se mostrar alegre, embora fosse evidente que estava chocada com a visão das pequeninas centelhas de vida que polvilhavam a sala.

Rose levantou-se e correu até a sua menina, apertando-a com tanta força que chegara a quase doer.

— Obrigado, doutora — falou Gareth, levantando e beijando Kate no rosto.

— Sem problemas. Tinha de apanhar os meus filhos, mesmo. Um a mais não faria diferença.

— Não sei o que faríamos sem você — agradeceu Rose.

— Para você — falou Anna, presenteando-lhe com uma caixa de rosas de chocolate. — Até colocaram o seu nome!

Era uma piada repetida, enunciada em todo Natal, aniversário ou Dia das Mães, e nunca deixava de fazer Rose sorrir.

— Obrigada, querida. — Mais uma vez, apertou Anna contra si. Mas Anna não conseguia permanecer daquele modo muito tempo. Estava preocupada demais com sua irmã, e desvencilhou-se para se aproximar da caixa.

— Posso tocar nela? — perguntou a Rose.

— Se suas mãos estiverem limpas e tomar muito cuidado.

Rose e Gareth observaram Anna pousar um dedo no rosto de Flossie, inclinar-se e beijar a sua testa.

— Eu te amo, Floss. Melhore logo. Mal posso esperar até que você possa andar e a gente se divertir muito juntas — sussurrou. — Ela pode me ouvir? — perguntou a Rose.

— Certeza que sim — disse Rose, o mais calmamente possível. Mas o seixo que se alojara em sua garganta quando estava com Polly se alargava. Logo vou explodir, pensou.

Kate saiu para falar com as enfermeiras, e Gareth e Anna se acomodaram em torno de Flossie. Ele entregou a mochila que carregava para Rose.

— Por que não toma um banho? Descanse um pouco. Estamos aqui para cuidar de Flossie.

Suas palavras trouxeram uma imagem fugidia do dia anterior, quando todos estavam correndo ao redor das ruínas verdejantes, inconscientes do que aconteceria. Como desejava retornar até lá.

Teve de ser convencida: seu instinto a impelia a não se afastar da filha. Mas, no fim das contas, acabou se retirando para o banheiro.

Olhou-se no espelho e espirrou água fria no rosto. Parecia dez anos mais velha que no dia anterior, quando o mundo estava no lugar.

Seu corpo rescendia a leite azedo, que parecia brotar de cada um de seus poros; seu cabelo absorvera a angústia das últimas doze horas e ficara imprestável. Gareth havia trazido um frasco com seu óleo de banho, e assim perfumou o vestiário de pais com um vapor aromático, e deitou-se na banheira, procurando esvaziar a mente.

Vestiu roupas limpas e suas meias e sandálias favoritas. O corpo recém-purificado sentiu um arrepio incongruente de prazer quando pensou em como que, apesar de sua raiva e preocupação, Gareth dedicara tanto cuidado ao encher aquela mochila.

Ao voltar, Kate já tinha retornado. Ela, Gareth e Anna estavam sentados ao redor da caixa de Flossie.

— Você está com uma aparência mil vezes melhor. — Gareth ergueu-se e ofereceu a poltrona.

— Fabulosa! — disse Kate. — Todos estão muito felizes com a melhora de Floss. Tudo está caminhando bem.

— Olhe, Rose — disse Gareth —, precisamos voltar, agora. Simon apanhou os meninos e tenho de buscá-los e cuidar do jantar para todos.

— Há um cozido no freezer — disse Rose.

— Não se preocupe. Papai disse que poderíamos levar uma pizza hoje à noite para casa — Anna interveio. Apesar de toda a gastronomia de Rose, Anna professava que a melhor comida do mundo era a pizza de carne do Domino's.

— Vocês ainda estão aqui? — interrompeu uma voz miúda. Rose virou-se para encontrar Polly, que se esgueirara atrás deles. Por um instante, todo mundo parou de falar e olhou para ela, como se segurassem a respiração. E então, com um suspiro, o momento foi quebrado.

— Certo, então, é melhor eu ir. — Kate se levantou e vestiu seu casaco. — Ou a minha família se esquecerá de que existo.

— Obrigada por tudo — falou Rose.

— De nada — respondeu enquanto partia. Ignorara Polly completamente.

— Suponho que esteja aguardando uma carona? — Gareth indagou a Polly.

— Desculpe — respondeu. — Não conheço os ônibus daqui.

— Não há ônibus, Polly — disse Anna. — Nós te levaremos de volta.

— Estamos indo. Vamos — despediu-se Gareth, e ele e Anna acariciaram Flossie e beijaram Rose, partindo em seguida.

Ao sair, Polly virou-se para Rose. "Obrigada", fez com os lábios. Mas não sorriu. Nem um pouco.

19

Aquela primeira noite no hospital foi longa, abafada e desconfortável. A poltrona reclinável parecia muito pequena e, as cobertas, pesadas demais para Rose. Despertou a cada meia hora para ver como estava Flossie, que não deu nenhum sinal de mudança, para o bem ou para o mal.

Irrompeu a manhã. Ou ainda, as fracas luzes que brilhavam sobre cada bebê em seu compartimento foram substituídas por um banho azul de lâmpadas fluorescentes. Rose sentia dor de cabeça e, depois de verificar se uma enfermeira poderia ficar de olho em Flossie, ela se arrastou escada abaixo para apanhar um café e uma rosquinha. Começava a se impregnar com o ambiente do hospital. Sua pele tornava-se pastosa, seus movimentos mais vagarosos. Precisava se esforçar para conceber um mundo fora daquelas paredes.

Podia apenas imaginar as crianças em casa, sentadas comendo suas pizzas em frente à TV, como fizeram na noite anterior. Mas tinha dificuldade para vislumbrar o que Polly e Gareth estariam fazendo enquanto isso acontecia. O modo como se portaram quando saíram na noite anterior: onde aquilo poderia conduzir? Nunca vira Polly daquele jeito. Era como se o vento, a sua própria essência fosse tragada de suas correntes. E Gareth ficara tão furioso, o que também era raro.

É possível que não estivesse raciocinando com clareza, mas Rose não sabia pelo quê torcer — para que Gareth se mantivesse firme e mandasse Polly embora ou para que tivesse mudado de ideia e a deixado ficar. E além do mais, havia os meninos. Talvez Polly pudesse ir embora e deixar os meninos? Com certeza, seria o melhor para todo mundo. Mesmo que tivesse descartado a ideia como algo ridículo, parte de Rose ansiava por isso.

Retornou para a UTI, segurando sua xícara de papel cheia de café escaldante. Os outros pais a escrutinaram enquanto ela passava. Tentou sorrir, mas seu rosto não respondia. Haveria uma maneira apropriada de se comportar nessas horas? Sentiu-se avaliada, como se existissem regras que ela desconhecia; como se houvesse uma raça de pais preocupados da qual ela não participava. Para Rose, eles todos pareciam iguais: cinzentos e cansados. Quanto tempo levaria para ficar como eles?

Alegrou-se de retornar para Flossie e poder concentrar o foco de atenção no que mais importava. Liberando a enfermeira, sentou-se, tomou seu café e mastigou a sua rosquinha. Não se dera conta antes da fome que tinha.

Tentou ler um livro. Gareth o embrulhara cuidadosamente com um marcador onde, duas noites antes, ela deixara o livro aberto com as páginas voltadas para o chão do lado da cama. Em vão; seus olhos retornavam às mesmas palavras e nada era assimilado. Folheou a revista de sobre uma pilha que a enfermeira deixara com ela. Mas as folhas gastas, com seus atrativos coloridos e fotografias de roupas caras a ofendiam. Como poderia estar ali, naquela sala, onde jazia sua filha, tão doente? Ligou a TV e assistiu ao desfile de vidas trágicas no programa *The Jeremy Kyle. Minha Melhor Amiga Drogou Meu Bebê e Quase o Matou* seria um episódio bem impressionante, pensou.

Pouco a pouco, a vontade e a determinação de Rose se esvaíram. Seu mundo encolheu para uma pequena bolha de ar que ela continha, Flossie e a TV. Estava prestes a dormir quando uma agitação perturbou a Unidade. Era a ronda matutina da supervisora e seus acompanhantes. A supervisora, uma mulher alta de nariz fino que Rose ainda não conhecera, caminhou diretamente até ela.

— Então, este é o Bebê Cunningham — falou à enfermeira que estava ao seu lado.

A enfermeira entregou-lhe a prancha que vivia na ponta da cama de Flossie. Antes, Rose tentara decifrar o que diziam aqueles apontamentos, mas apesar de sua nota A em Biologia, não entendeu nada de nada dos comentários e tabelas que definiam o progresso de Flossie.

A supervisora examinou a planilha. Rose pensou se teria se tornado um pouco invisível ao longo da manhã.

— E esta é a mãe? — perguntou, enfim, a supervisora à enfermeira.

— Rose Cunningham — disse Rose, levantando-se e estendendo sua mão. Subitamente se lembrou que era a responsável, ali, pelo bem de Flossie e por sua própria dignidade.

— Olá. Bem, a Flossie aqui escapou por pouco — disse a supervisora.

Rose considerou que aquela poderia ser uma acusação.

— A hóspede de mrs. Cunningham deixou antidepressivos ao alcance da criança — afirmou a enfermeira.

Se a enfermeira sentiu-se impelida a intervir e defendê-la dessa maneira, então Rose achou que estivera certa acerca da acusação.

— Tudo parece bem, mrs. Cunningham — concluiu a especialista. — Tentaremos retirar o respirador de Flossie hoje, e o seu sangue parece bastante limpo, de modo que poderemos reconsiderar a diálise em um ou dois dias.

Um ou dois dias. Parecia tanto tempo.

— Você tem alguma pergunta? — questionou a especialista.

— Bem, eu acho que não — murmurou Rose. Sua mente estava vazia. Tinha certeza de que havia algo que precisava perguntar. Recordaria mais tarde, talvez. Caso acontecesse, ela anotaria para a próxima visita.

Pouco depois, Rose estava debruçada sobre Flossie, desejando que melhorasse, quando sentiu um toque em seu ombro. Virou-se e lá estava Gareth.

— Foi uma longa noite — falou ele.

— Foi.

— Como está a minha menina? — Arqueou e tocou a bochecha de Flossie.

— Está indo bem, eles dizem — falou, repetindo o que achava que a supervisora havia dito.

— Quanto tempo vai levar até que possamos levá-la para casa? — Gareth perguntou.

Rose percebeu. Era isto que deveria ter perguntado à supervisora.

— Eu não sei.

— Todos queremos que vocês voltem — falou. Saiu e trouxe uma cadeira para se sentar ao lado de Rose. Segurou a sua mão.

— E aí? — quis saber Rose. — Como foi com Polly?

— Nunca a vi como na noite passada — respondeu Gareth.

— Creio que finalmente tenha percebido a centelha humana que existe nela.

— E isto é um bom sinal?

— Só compreendo agora o quão importante você é para ela — disse. — Ela implorou para que eu a perdoasse. Ela está arrasada.

— O que foi que ela disse?

— Olhe, Rose. É o seguinte. Pelo que vejo, mesmo sem levarmos Polly em consideração, seria terrível para todos nós se ela fosse embora. Você nunca me perdoaria, eu me sentiria culpado, e seria a pior coisa para os meninos. Até a Anna veio defendê-los esta manhã.

— Você acredita que tenha sido um acidente? — perguntou Rose.

— Sabe o quê? Acho que sim. Ela foi burra e descuidada, são as palavras dela, não as minhas. Ela jura que nunca mais vai acontecer. E sabe, não consigo tirar da cabeça aquele dia no castelo. Como foi divertido, como tudo parecia tão bem — antes do que aconteceu, quero dizer.

Rose se surpreendeu. As palavras de Gareth foram tão súbitas, tão acabadas, que ela não conseguia deixar de pensar no que Polly havia feito para mudá-lo. Rose sabia, por experiência, que algumas lágrimas eram eficazes para chamar a sua atenção. Queria ter visto o que se passou entre os dois. Mas isso era irrelevante. O importante é que tudo ficaria bem.

— Obrigada! — agradeceu e pôs os braços em volta dele.

— Agora, tudo o que devemos pensar é na melhora de nossa Flossie — concluiu, atento ao bebê no interior da caixa.

20

Os dias seguintes pareceram se comprimir na tessitura cinzenta das cortinas que rodeavam a pequena divisória de Flossie. Rose não sabia dizer se foram dias ou semanas que se passaram. Os exames rotineiros dos médicos, as visitas das enfermeiras e as xícaras de chá deveriam ajudá-la a medir a passagem do tempo, mas não foi o que aconteceu. Rose desenvolveu uma teoria de que punham tranquilizantes na urna que as voluntárias beneficentes arrastavam sobre carrinhos. Para acalmar todo mundo e manter as pálpebras abertas.

Tentou compartilhar a ideia, em parte piada, em parte teoria conspiratória, com as mulheres vizinhas a ela, mas elas apenas a encararam como se fosse uma lunática. Chegou ao ponto de se sentir uma estranha naquela sala. Os outros conversavam com facilidade entre si, de costas para Rose. Talvez fosse uma coisa juvenil. Talvez porque fossem todos tão arrumados e bem-vestidos. Rose não conseguia arranjar motivação para passar uma escova no cabelo, e muito menos se embonecar como faziam as outras mulheres. Ou, talvez começassem a aventar a razão pela qual Flossie estava ali, e desaprovavam o descuido materno de Rose. Seja pelo que fosse, sentia-se um tanto deslocada. Aquilo trazia lembranças de outros tempos em um hospital, à época da escola. Épocas que julgava ter logrado esquecer.

Houve apenas um momento em que sentiu um elo comum com as outras. No segundo dia de sua permanência, um bebê morreu. Não havia sido algo inesperado: preservada apenas por uma bateria de aparelhos, o pedacinho mal formado nunca teve uma chance real.

Rose ouviu a supervisora anunciar com delicadeza aos pais abatidos que não havia esperanças. Recebeu a autorização deles para desligar os fios e tubos que ligavam a criança a este mundo.

A mãe uivou. Mal entrara na gravidez quando o bebê saiu de dentro dela. Nunca houve muita esperança. Mesmo assim, sua desolação era igual a que Rose sabia que sentiria se o impensável ocorresse a Flossie. E em especial, e era aí que seu coração se contraiu tanto que ela pensou que iria desabar no chão, quando dizia respeito a um filho, um bebê, que você jamais teria a chance de segurar, amar e conhecer de verdade.

As enfermeiras levaram os pais embora. Desolados, a mãe aos prantos e o fantasma desbotado do marido passaram num segundo de residentes permanentes a pessoas sem motivos para estar ali. A sala inteira se uniu em uma oração silenciosa de graças por aquilo não estar acontecendo consigo. Todos os olhares adultos se voltaram para os pais despojados enquanto faziam a sua frágil retirada.

Gareth vinha duas vezes por dia. Uma pela manhã e outra ao cair da noite, quando trazia Anna, Nico e Yannis. Fascinados pelo maquinário e outros acessórios de cuidado médico infantil, os meninos não exibiram sinal da reticência inicial de Anna. Invadiram o espaço, fizeram perguntas, bisbilhotaram tudo e criaram o seu próprio tumulto no compartimento de Flossie. Mais de uma vez as enfermeiras tiveram de pedir para que fizessem menos barulho. Depois da visita, a Irmã teve uma palavra reservada com Rose: queriam que apenas um irmão entrasse por vez na Ala Azul e que, no futuro, seus filhos adentrassem separadamente.

Polly não apareceu enquanto Flossie estava sob sono induzido. Não conseguia vir sozinha, porque era uma dessas pessoas que, para o espanto de Rose, conseguiram sobreviver bem na vida adulta sem nunca terem aprendido a dirigir. Ou a nadar, por falar nisso, apesar de terem passado uma porção razoável de anos vivendo com vista para o mar. Quando mais jovem, brincava que tinha uma vida interior para manter: a aquisição de habilidades meramente práticas seria uma distração irritante.

Mas tampouco Polly viera com os outros. Quando Gareth vinha pela manhã, era cedo demais, muito antes de ela acordar, mas Rose não conseguia entender ao certo por que ela não conseguia vir à noite.

— Ela está envergonhada — disse Gareth. — E precisamos lembrar que, além do mais, ela ainda está lidando com a morte de Christos. Mas ela te mandou um beijo, sabe.

— Está bem — respondeu.

Os outros visitantes eram Kate, que vinha diariamente. Recebia recados de Simon e de alguns dos outros pais da escola, mas ninguém mais tinha permissão para visitá-la. Apenas os parentes imediatos podiam entrar na Ala Azul, para manter reduzido o risco de infecções.

Gareth trazia refeições apetitosas para Rose comer. Sempre fora um bom cozinheiro, mas cedeu lugar à Rose desde que as crianças nasceram. Seu atual retorno à cozinha acentuava uma sensação de impotência: ela encontrava-se tão incapaz que mal podia alimentar a sua família. Ao invés disso, Gareth mergulhou ali, preparando empanadas, pastelões, tabules, todo tipo de pizzas, pães e tortas. Montes de tortas, como um bom garoto norte-americano. Rose sentia-se agradecida pelos lanches portáteis e bem elaborados que ele trazia. Aquilo a mantinha longe da gororoba hedionda que vendiam na cantina do hospital como se fosse comida.

Quando ele surgia na Ala, todas as outras mulheres voltavam-se para vê-lo. Seus rostos estampavam um deleite moderado, como se ele fosse parte da Piada de Rose. Da primeira vez que deixara comida, Rose ofereceu-a ao redor, mas foi recusada. Uma mulher chegou a fazer uma careta para uma minitorta que ofereceu, como se aquilo pudesse lhe fazer algum tipo de mal.

Gareth também trouxe uma garrafa de uísque, que ele e Rose bebericavam, sentados ao velarem por Flossie. Na segunda noite, trouxe uma garrafa de vinho para que Rose relaxasse depois que ele se fosse. Rose não iria oferecer aquilo. Na verdade, captou um ar de desaprovação, enquanto sentava-se com seu vinho. Mas depois do segundo cálice, não se importava. De que outra maneira iria sobreviver, com um bebê doente?

Flossie começava a parecer mais forte. No quarto dia na Ala Azul, eles desligaram a diálise e retiraram a respiração artificial.

— Ela está respirando maravilhosamente — comemorou uma jovem enfermeira polonesa de covinhas.

Rose pensou na coisa estranha e triste que era celebrar o fato de que sua filha podia respirar por conta própria.

A cor de Flossie retornou, de uma palidez coberta de feridas para uma tonalidade rósea mais comum e saudável. Seu aperto tornou-se mais forte a cada minuto e seus cílios moviam-se de tempos em tempos. Pareciam menos translúcidos, de algum modo; como se abrigassem algo mais concreto, durável.

Rose relatou esses avanços às enfermeiras e aos médicos, que continuavam a trabalhar em suas próprias planilhas e medições menos subjetivas. Mas também deviam reconhecer a melhora, pois o sedativo começou a ser reduzido gradualmente.

No sexto dia, eles acordaram Floss e deixaram que Rose a segurasse e a pusesse em seu seio. Rose chorou sem parar quando sentiu a sucção familiar em seu bico, sua respiração e seu hálito. A princípio, Flossie não conseguia encontrar o seu ritmo, mas ao final ele apareceu, e com ele a esperança de um futuro; uma promessa de que as coisas melhorariam e retornariam ao normal.

Flossie passou de seu invólucro de plástico para um pequeno berço. Isso se devia mais a razões psicológicas que práticas, suspeitou Rose. Significava que estava fora de perigo, que logo poderiam voltar para casa.

Foi no dia em que Gareth trouxe Polly. Ele a conduziu pela sala, a mão dele em suas costas, como se a empurrasse de leve, como se ela estivesse um pouco relutante em entrar. Aproximou-se de Rose, cabisbaixa, tal qual uma criança descaminhada que é levada à diretora. Rose a observou, prolongando o instante. Achou que Polly parecia um pouco melhor do que quando desembarcou do avião. As refeições de Gareth deviam estar lhe fazendo bem.

— Vou deixá-las um pouco a sós — disse, afastando-se. — Tenho de dar um pulo no supermercado para apanhar umas coisas.

Beijou as duas, Rose na boca e Polly no rosto, e saiu. Polly acompanhou-o com o olhar e voltou-se para Rose.

— Desculpe por não ter vindo antes — disse.

— Gareth me falou.

— É que tive muita dificuldade para dar conta de tudo.

— Não se preocupe.

Polly acercou-se do berço.

— Ela parece tão melhor. Como se estivesse só dormindo.

— Ela está só dormindo — falou Rose.

Arqueou-se e acariciou a bochecha de Flossie. Rose ficou surpresa com a violência do impulso de arrancar aquela mão do seu bebê e expulsá-la de perto do berço. Foi necessária toda a sua força para resistir.

— Oi, Flossie — murmurou Polly, e dois fios negros de cabelo escorregaram de sua cabeça para repousarem sobre o rosto de Flossie. Rose aproximou-se e retirou-os. Polly olhou para ela.

— Rose, eu sinto muito, muito mesmo, você sabe. Sou tão idiota.

— Será que podemos passar das desculpas? — sugeriu Rose. Achava que não suportaria mais aquilo.

Polly segurou as mãos de Rose e apertou-as com firmeza, fechando os olhos com força.

— Obrigada — disse em seguida. Ergueu os olhos, que estavam marejados.

— Sente-se ali, vou pegar uma xícara de chá — falou Rose.

Quando retornou da cozinha dos pais, uma caneca em cada mão, viu que Polly se afastara de Flossie e estava de pé conversando com a mãe que rejeitara a minitorta. Rose pousou as canecas sobre o armário de Flossie, e Polly atravessou a sala para unir-se a ela, radiante como um raio de sol.

— Do que estavam falando? — indagou Rose, entregando-lhe o chá.

— Ah, uma coisa ou outra — respondeu. — Ela estava tentando adivinhar o parentesco de nós todos.

— Ah — exclamou —, achei que ela nem tinha reparado em mim.

— É engraçado. — Sorriu Polly. — Ela pensou que eu fosse a esposa de Gareth!

— Quem achou que eu era, então? — perguntou Rose.

— Quer mesmo saber?

— Diga. — Rose forçou um sorriso.

— A ex-mulher dele! — zombou, falando como se fosse uma brincadeira.

— E como explicar Flossie, então? — Rose falou. — E como Gareth viria duas vezes ao dia para nos ver e traria comida e bebida para nós?

— Calma lá, Rose. É só o que ela, equivocadamente, achou que viu. É engraçado.

— Vaca imbecil — murmurou Rose, sentando-se em sua poltrona e tomando um gole de chá. Esticou as pernas e esfregou os olhos. — Merda. Preciso sair desse lugar.

Ficaram ali sentadas, conversando sobre seus filhos.

— É tão incrível o modo como eles se entrosam, Rose. É como se fizessem parte da mesma família. Anna ama os meus garotos.

— E quanto a você, Poll? Como estão as coisas para você?

— Estou indo bem, sabe? Minhas canções de viúva estão quase concluídas. Gareth tem falado em trocar uma palavrinha com o proprietário do Lamb para que eu possa fazer uma pequena pré-estreia.

— Uau — exclamou Rose. O Lamb era o *pub* do vilarejo, e possuía a reputação de sediar apresentações de música surpreendentemente boas. As melhores bandas de Bristol e Bath faziam fila para tocarem ali, assim como outros grupos nacionais mais famosos. Diz-se que, certa vez, Jarvis Cocker[16] realizou um acústico sem alardes, alguns anos antes de seu ressurgimento. Seria um local perfeito para Polly experimentar suas canções.

---

[16] Músico inglês, conhecido como líder da banda *Pulp*, famosa nos anos 1990 e que ressurgiu como autor de trilhas sonoras de grandes filmes, como *Harry Potter* (N. T.).

Quando Gareth retornou, Rose já havia contado a Polly tudo sobre os problemas que ela tinha com os outros pais.

— Rose precisa sair daqui, Gareth — disse Polly. — Este lugar está deixando ela maluca, com um cuco na cuca.

— Não é de se espantar — falou. — E se você fosse para casa amanhã de manhã? Eu venho e fico com Floss, você pode voltar de carro, tomar um banho, passar um tempo no jardim ou o que mais queira fazer, e então retornar depois de apanhar a turma na escola.

Era uma boa ideia, e Rose estocara leite suficiente para que fosse possível. Brindaram a Flossie com um pouco de uísque, e em seguida Polly e Gareth saíram. Enquanto atravessavam a Ala, Rose viu de onde aquela mulher pode ter obtido a impressão de que seriam marido e mulher. Havia uma grande semelhança entre os dois, uma similaridade nos cabelos e nos modos de andar que provocava a impressão de que pertenciam um ao outro.

Rose estremeceu. Estou mesmo enlouquecendo neste lugar, pensou.

Mais tarde, naquela noite, a enfermeira da ala veio examinar Flossie. Rose lhe contou o plano do dia seguinte, perguntando-lhe o que achava. A enfermeira perscrutou Rose como se ela fosse uma imbecil.

— Sabe, você não precisa pedir nossa permissão — falou —, vinte anos atrás, os pais não estariam aqui, exceto em horário de visitas e, em minha opinião, isso permitia que fizéssemos o nosso trabalho com muito mais eficiência.

Rose riu-se, como se a mulher estivesse brincando, mas a sua expressão facial a fez perceber que ela falava sério, e portanto silenciou.

Naquela noite, Rose permaneceu sentada velando por Flossie, que olhava diretamente para ela.

Estaria imaginando coisas ou havia algo diferente em seu bebê? Algo faltava? Antes das pílulas, a cada dia Flossie parecia mais esperta, um bebê a caminho de se tornar uma criança. Mas agora parecia que o processo havia sido revertido. Agora, havia algo indefinido nela.

Uma vez que Flossie despertara, os médicos podiam ser mais precisos em seus prognósticos. Era claro, por exemplo, que podiam descartar disfunções físicas ou cognitivas severas. Mas quanto aos efeitos mais sutis, não sabiam ao certo. Atestaram que os danos, caso houvesse algum, seriam provavelmente brandos — uma gagueira ocasional, talvez, ou um leve atraso em sua aquisição da leitura. Ou poderia não surgir nenhuma diferença discernível. Em qualquer caso, seria difícil afirmar as consequências da intoxicação e o que teria acontecido.

Era muito frustrante. Rose desejava os resultados empíricos que tanto estimava. Não saber era como ter uma pilastra faltante em seus fundamentos. De um mundo que tudo prometia, agora nada parecia certo.

21

Como planejado, no dia seguinte Rose voltou para casa, deixando Gareth com Flossie. Quando chegou, observou rapidamente a casa e desejou ter permanecido no hospital. Anna e os meninos estavam na escola, e Polly provavelmente ainda na cama. O lugar estava deserto.

A cozinha estava um caos. Um bolo com uma fatia retirada permanecia descoberto no centro da mesa. Ao redor, uma confusão de pacotes de farinha, misturas em pratos sujos, cascas de ovo e xícaras usadas. Era quase como se o bolo tivesse sido feito sozinho. O assoalho estava coberto de uma camada de cascas e farinha. Vasos de narciso, amentilhos e folhas de salgueiro-gato se esparramavam sobre todas as superfícies, sua água rançosa e estagnada: o tipo de água que exalava um cheiro de morte. O cesto de roupas se encontrava no meio da cozinha, repleto de roupas lavadas, amassadas e úmidas que começavam a recender a mofo. Rose levou tudo aquilo para a copa e deixou-o em um novo ciclo de lavagem.

E então ela subiu. Todas as camas estavam desfeitas, incluindo a dela e de Gareth. Derrotada, atirou-se sobre os lençóis amarrotados. Nada disso deveria importar, mas importou. Estivera fora durante menos de uma semana e tudo aparentava e cheirava diferente. Decerto aquilo não poderia ter acontecido tão rápido, sem algum tipo de esforço da parte de alguém?

Expulsou esses pensamentos. Estava cansada e tudo era estranho. Fechou os olhos e cochilou. Acordou duas vezes, pensando que os ruídos das máquinas de Flossie tivessem parado. Em cada uma das vezes levou tempo para atinar onde estava, e por que fitava uma parede branca ao invés de uma cortina bege.

Quando acordou definitivamente, seu rosto estava afundado no travesseiro, sobre uma mancha de sua própria saliva. Permaneceu muito quieta, os olhos focando lentamente a fronha do travesseiro. Foram repousar sobre um objeto estranho: um único, longo e negro fio de cabelo, bem ao lado de sua bochecha. O cérebro capturou aquela visão e registrou apenas o que estava observando. Sentou-se e examinou o fio, esticando-o ao lado de seu cabelo, este mais curto, mais fino. Não havia dúvidas sobre de quem era aquele fio.

A cabeça de Polly esteve neste travesseiro.

— Não seja ridícula, Rose — ouviu-se dizer em voz alta no silêncio do quarto. Polly deve ter se deitado na cama, lido para as crianças. Anna provavelmente a arrastou até ali para uma história antes de dormir. Teve de se esforçar para construir a imagem de Polly com as crianças ao seu redor, partilhando um livro. E mesmo que acreditasse nisso, engolir aquilo era algo completamente além de suas possibilidades. Seria como se Polly estivesse interpretando Rose, o que achava quase revoltante. Trazia-lhe nas narinas o odor do tempo em que os invasores defecaram no chão, em Hackney.

Rose puxou de novo a colcha e examinou a cama toda. Havia um pelo pubiano do lado de Gareth: o dele, constatou com alívio após uma inspeção atenta. E nada mais, com exceção da antiga marca escura do dia em que, um pouco bêbada, adormecera sobre uma lista de compras, deixando que a caneta estourasse na fronha. Nunca conseguira retirar aquela mancha.

Em seguida ajoelhou-se sobre a cama e comprimiu o rosto contra a roupa de cama, percorrendo-a de cima a baixo, farejando--a como um cão curioso faria atrás de uma cadela. Estava certa de que havia um toque de Polly ali. Mas havia a prova concreta do cabelo, e se ela realmente tivesse estado na cama — o que era fato — então é claro que o seu cheiro estaria presente.

Rose sentou-se na cama, enrolando o fio ao redor de seu indicador cicatrizado, comprimindo-o até que a ponta do dedo se esbranquiçasse. Foi então que olhou para o grande espelho do outro lado do quarto, em seu lado da cama, e viu-se, cabelos desgrenhados, os olhos um pouco arregalados.

Sorriu para o próprio reflexo. — Você está sendo absurda — disse em voz alta para si.

Puxou o cabelo de Polly até ele arrebentar. Enfiada naquela ala de hospital, era evidente que perdera a arte da perspectiva.

Ergueu-se, chacoalhou a colcha e estufou os travesseiros. Foi para o banheiro, limpou a banheira e desfrutou de um banho profundo e quente. Lavou o cabelo e cada parte de seu corpo. Em seguida se deitou de costas para a água, contando os chumaços de nuvem pela claraboia sobre a banheira. Estava a caminho de se sentir renovada. O mundo começou a se assentar. Foi picada pela sensação do trabalho a fazer. Logo teria a ordem restaurada, e então todos poderiam seguir em frente.

Saiu da banheira e se secou, tonificou e hidratou seu rosto. Passou uma loção pelo corpo, creme para pés nos pés, creme para mãos nas mãos e creme para cotovelos nos cotovelos. Depois de uma breve hesitação, decidiu passar o creme para cotovelos nos joelhos.

Era hora de seguir em frente. Saiu nua até o quarto para apanhar o quimono do gancho atrás da porta, mas ele não estava ali. É possível que Gareth o tenha posto em outro lugar. Procurou nas gavetas, mas também não o achou. O quimono era importante para ela, e bem valioso. "Talvez Anna o tenha apanhado para se reconfortar?", disse a si mesma para não se preocupar. Gareth saberia com certeza o que aconteceu com ele.

Em seu lugar, vestiu uma calça esportiva e uma camiseta de mangas compridas. Desceu até a cozinha, ligou o rádio, limpou as superfícies. Pôs água fresca nos vasos, tapando a boca enquanto vertia fora a água suja — suas suspeitas acerca da origem do mal cheiro se confirmaram. Um exame mais detido sobre o bolo revelou que tinha o formato de um coração decorado com pequeninas folhas de açúcar, e *Rose* escrito em cima com uma caligrafia infantil incerta de glacê. O trabalho de Anna, pensou Rose, sorrindo. Cortou para si uma fatia e se sentou com uma xícara de chá, observando os salpicos de luz no jardim de ervas. A cebolinha já começava a brotar os seus penachos púrpuros. Deveria retirá-los e guardar a erva para a cozinha ou deixá-los vicejar como flores?

E então, com remorso, lembrou-se de Flossie. Havia coisas mais importantes a se preocupar do que flores em ervas.

Um brilho rosáceo atraiu o olhar de Rose para a porta da edícula. Era Polly, arrastando-se escada abaixo até a casa, cantarolando para si. Parecia amassada, como se tivesse acabado de acordar. Mas o que Rose notou em particular foi que ela usava o seu quimono, enrolando-o ao redor de si, apertando-o bem nos quadris, e enlaçando-o na cintura como se lhe pertencesse.

Entrou na cozinha e, sem reparar em Rose, foi direto para a cafeteira.

— Estava à procura disso aí — falou Rose.

Polly saltou.

— Oh, não te vi aí! Oi, Rose. — E se aproximou para abraçá-la e lhe dar um beijo no rosto. — Quer um café?

— Eu não tomo café — falou Rose.

— Ah é, desculpe, é claro, esqueci. Ainda estou meio dormindo! — gorjeou Polly. Virou-se para a cafeteira e realizou o ritual de preparo do café tal como Gareth o fazia. Moer, retirar com uma concha, encher, nivelar, ligar, escumar, vaporizar.

— Estava procurando o meu quimono — falou Rose.

— O quê? Ah, Deus, desculpe. Eu pretendia devolvê-lo, mas você me apanhou antes — comentou Polly. — Tomei um banho aqui e não queria vestir a minha roupa suja, mas também não queria subir até lá de toalha e assustar os vizinhos, e então eu simplesmente apanhei isto da porta de seu quarto. Você não se importa, não é?

Rose se importava, mas não disse nada.

— Este nível de recato não soa a você. — Forçou um sorriso.

— Bem, você sabe, é o campo. Quando estava em Roma... — falou Polly, usando a espátula de madeira de Gareth para esparramar a espuma da jarra de leite sobre o café.

“E que vizinhos?”, pensou Rose. Ninguém observava a sua casa ou jardim. Afinal, aquela tinha sido a razão de se mudarem para lá.

— Gostou do bolo? — perguntou Polly. — Anna passou horas fazendo.

— É lindo — disse Rose.

— E as folhas de salgueiro! Divertimo-nos apanhando do rio. Sinta. — E trouxe a caneca para que Rose a tocasse. Ambas acariciaram os botões aveludados em silêncio.

— Desculpe, Rose — disse Polly. — Pelo quimono. Por Flossie. Por tudo.

— Lembre-se do que falamos sobre desculpas. — Sorriu Rose e pôs a mão sobre a de Polly.

Sentaram-se, beberam, e um raio forte de luz do sol rasgou o céu da manhã, atravessou a janela e as iluminou como um holofote móvel sobre duas protagonistas de uma peça.

22

— Ele ia morrer, mas agora vai ficar bem, não vai? — disse Anna, erguendo os olhos para Rose, os grandes olhos castanhos revolvendo de preocupação.

— Acho que você o salvou — comentou Rose, o braço sobre a filha. Era fim de tarde, e Rose tinha acabado de buscar Anna e os meninos na escola.

— Ele estava na grama, nos fundos, e estava todo assim. — Anna envesgou os olhos e pôs a língua para fora.

— Ele deve ter caído do ninho.

— Ou talvez tenha sido empurrado por um pássaro malvado — acrescentou Anna. — Mas eu o peguei e fiquei atenta para não tocá-lo com o meu cheiro, e vi que ele ainda estava vivo, e aí eu trouxe o passarinho para cá, e o pus nesta caixinha. Estou dando de comer para ele cinco vezes por dia com pedacinhos de minhoca cortada.

— Eca.

— Eu mesma faço. Não me importa. O nome dele é Jason.

Rose olhou para o filhote dentro da caixa de algodão bruto que Anna alojara na parte aberta do guarda-louça. Ela não mantinha muitas esperanças em relação à sua sobrevivência, mas gostava do otimismo de Anna.

— Jason vai achar que você é uma heroína, Anna — disse —, se ele sobreviver.

— Ah, ele vai — falou Anna.

— Você quer descer comigo até o rio? — perguntou Rose. — Antes de sair?

Eram quase quatro horas e ela precisava voltar ao hospital. Depois de Polly voltar à edícula, Rose passara uma tarde restauradora na cozinha e agora havia um guisado no forno, uma torta na geladeira e uma camada de paz em seu coração. Mas Gareth estaria se perguntando para onde ela teria ido, caso não chegasse logo.

— Então vamos! — falou Anna, levantando de um salto e puxando Rose pela mão.

Caminharam pelos campos em direção ao salgueiro de Gareth. Era bom estar ao ar livre de novo.

— Vamos até lá — disse Rose, afastando os ramos do salgueiro. Anna a seguiu e sentaram na pedra macia.

— Como você está com a história de Flossie? — perguntou Rose.

— Ela ficará boa logo e voltaremos ao normal, não é? — disse Anna, tomando um punhado de terra e espalhando-a entre os dedos. — Mas sinto saudades de você. E da Floss.

— Eu sinto saudades de você — disse Rose e a beijou. — E você está certa. Vamos voltar logo, logo.

— Bom — disse Anna e apertou os punhos.

— O que foi? — perguntou Rose.

— Nada.

— Não, há alguma coisa. Conte — falou.

— Bem...

— Vamos lá.

— São os meninos. Eles são legais — Anna falou. — Nós nos divertimos. Eu gosto mesmo do Yannis.

— E Nico?

— Tudo bem.

— Tudo bem?

Anna calou-se e deixou os olhos repousarem no redemoinho do rio que passava deslizando pelo salgueiro. Aquilo devia parecer imenso para ela, pensou Rose. O suficiente para que ela ficasse encantada.

— É só que ele fica tão irritado, mamãe. Não só com o Yannis. Às vezes comigo também, mesmo quando não faço ou digo nada. Parece que ele está com um cachorro nervoso dentro dele, tentando fugir.

— Ele chegou a te machucar, Anna?

— Não, não. Ele só me assusta. Às vezes eu acho que ele *podia* me machucar se ficasse um pouco mais nervoso. E... — sua voz sumiu no momento em que puxou um feixe de fios de cabelo dos lábios.

— O que, meu amor?

— E eu quero você de volta, e não a Polly.

Rose sentiu o sangue refluir em seu rosto.

— Vou voltar assim que puder, Anna. Prometo.

Caminharam de braços dados até a casa, e Rose levou Anna de carro até Bath. Entraram no hospital e encontraram Gareth dormindo, com Flossie aninhada em seu peito.

Anna e Rose sorriram uma para a outra. Parecia que tinha adormecido enquanto dava de mamar. Era uma visão e tanto, o bebê em seus braços de homenzarrão, o grande dedo esticado dentro da mão pequenina da filha.

Ao se aproximarem, ele despertou e ergueu os olhos.

— Ela está perfeita, Rose. Perfeita — disse.

Rose mandou Anna apanhar alguns chocolates da barraquinha das voluntárias, bem ao lado da sala e voltou-se rapidamente para Gareth.

— Anna está assustada com Nico — disse. — Ela diz que ele está sempre nervoso. Falou que está com medo.

— Ele definitivamente não tem estado bem nos últimos dias — falou Gareth. — Mas não tinha percebido isso.

— É o que ela diz, Gareth.

— É claro. Ela não iria mentir sobre isso.

— Não.

— Olhe, vou ficar de olho. Não deixarei que ele assuste Anna. De maneira nenhuma.

— Mas ele já a assustou — insistiu Rose.

— Se fosse tão grave, ela teria vindo até mim — concluiu ele.

— Talvez ela não se sentisse capaz — continuou Rose. — Talvez... — mas calou, porque Anna se aproximava com cinco tabletes de Galaxy.

— Eu não peguei um para a Polly porque ela nem toca em chocolate — disse Anna. — Mas aqui tem um para você, um para você, um para mim, um para Yannis e um para Nico.

— Não creio que precisamos nos preocupar tanto com nossa Anna — sussurrou Gareth para Rose.

"Mas você não sabe como ela é corajosa?", Rose pensou.

23

Na quinta-feira, os médicos anunciaram que Flossie poderia ir para casa. Ela teria de voltar a cada seis meses para um acompanhamento de longo prazo, mas já começara a ganhar peso, sua temperatura retornara ao normal e ela passou em todos os exames que fizeram por precaução. Foi removida da Ala Azul para uma ala normal para crianças. A maior parte dos seus companheiros era composta de pacientes de amigdalectomia e de ataques de asma aguda. Seu vizinho mais próximo, de quatro anos, estava convalescendo de uma perna quebrada. Ficava ali, pendurado por um mecanismo de tração como um peixe se contorcendo no anzol.

— É extraordinário — falou Kate quando os visitou na última noite —, quão resilientes são os bebês sadios como Flossie. Seja o que lhes atirarem, eles se agarram à vida com tudo o que podem. Como se mal pudessem esperar o que está por vir.

— Se ao menos soubessem... — Rose, deitada na cama, sacudia Flossie levemente sobre o joelho. Voltou-se para Kate e olhou-a fixamente.

— Posso perguntar uma coisa, Kate?

— Claro.

— E quero uma resposta sincera. Você não acha que a Flossie parece um tanto... desnorteada? Por trás dos olhos, quero dizer.

Kate segurou a cabeça de Flossie e examinou-a longa e detidamente.

— Ela passou um momento difícil, Rose, e tomou um monte de remédios. Vai ser uma ressaca e tanto para Flossie, e não sei se você se lembra dos de sua juventude, mas são suficientes para desanimar qualquer um.

— Hummm...

— É sério. Qualquer um levaria um bom tempo para superar um choque tão grande em seu organismo. É cedo demais para dizer que há alguma alteração duradoura.

— Por que isto não me deixa tranquila?

— O que você precisa fazer é parar de procurar sinais de sequelas e começar a procurar sinais de melhora.

Rose refletiu sobre isso.

Gareth foi buscar Flossie e Rose, e os três foram para casa durante o horário de rush apinhado da cidade, e pela congestionada A36, pelas estradas do interior alinhadas de árvores que tinham acabado de esverdear com suas folhas recentes. Era tão bom sair em definitivo do hospital. Como reféns que davam os seus primeiros passos para a liberdade.

Mas os últimos onze dias deixaram Rose esgotada. Sentia-se como um soquete onde alguém atarraxara por engano uma lâmpada de baixa voltagem. Sentia-se extirpada. Em contraste, Gareth estava em plena forma. Seu bom humor efervescente era quase contagioso, mas ela não conseguia apanhá-lo.

— Você ficará bem. Foi apenas uma temporada muito exaustiva. Vamos para casa e cuidar de vocês duas, normalizar tudo — falou.

— Não sou eu que estive doente. Você não precisa cuidar de mim.

— Preciso sim. Você parece tão cansada, meu amor.

Rose se sentia mesmo cansada, ao pensar na quantidade de trabalho que a aguardava na casa desde que a limpara três dias antes. Suspirou e olhou pela janela. As paisagens verdejantes dos campos a acalmaram.

Dobraram na entrada da casa, e Gareth desprendeu a cadeirinha do bebê, deslocando a alça para a posição vertical e segurando-o pela dobra do cotovelo como um profissional. Rose apanhou as malas.

Os três desceram os degraus que conduziam à casa. Um odor fétido atingiu Rose enquanto atravessava a tampa do bueiro que descia até o encanamento.

— Que cheiro é esse? — perguntou a Gareth.

— Ah, houve algum problema com a drenagem. Tentei consertar com uma vara, mas acho que teremos de chamar uns sujeitos com jatos d'água. Tem estado assim a semana inteira. Você provavelmente não reparou, enfurnada no hospital, mas foi uma saga. O mais provável é que sejam detritos e lodo deixados pelo trabalho da construção que foi sugado ao mesmo tempo. E agora esta merda toda está voltando. Eles vêm amanhã.

— Bom.

— Mamãe! Floss!

A porta da frente escancarou-se e Anna correu os últimos dois degraus para atirar os braços ao redor de Rose e apertar o seu rosto contra a sua barriga. O calor e amor do abraço de Anna deu a Rose um pouco mais de energia. O suficiente, de qualquer modo, para que ela pudesse cruzar aqueles poucos metros até a cozinha.

— Ponha Floss sobre a mesa da cozinha, Gareth — disse Rose. — Vou prendê-la contra o corpo.

— Claro. Ei, turma! — Gareth adentrou a sala de estar. — Vejam quem voltou!

Rose pôs Flossie no porta-bebê e avançou. Ficou contente ao ver Polly e os meninos esparramados no sofá, na frente de *Os Simpsons*. Polly estava com um grande cálice de vinho tinto, e os meninos tinham uma lata de Coca Diet cada um, o que Rose normalmente nunca permitia dentro da casa. Polly levantou-se de um pulo e atirou os braços ao seu redor.

— Bem-vinda de volta, Rose, bem-vinda, Flossie. Estamos tão felizes que estejam em casa. — Inclinou-se e acariciou o rosto de Flossie. — Levantem-se, meninos, venham dar um beijo.

Yannis e Nico obedeceram, sem tirar os olhos da tela.

— Devo me desculpar pelos meus garotos, Rose — disse Polly. — Não tínhamos nada disso em Cárpatos, é uma novidade para eles.

— Deixe-os aí, então — comentou Rose. Era extraordinária a rapidez com que o acolhimento de Polly, sobre o abraço de Anna, aproximou-a e revirou a energia do lugar. Cogitou um pouco como seria se Gareth não tivesse cedido; se tivesse seguido adiante e mandado Polly embora, e fossem apenas os quatro em casa naquela noite.

Rose, Polly e Anna foram até a cozinha, onde Gareth estava agitando a salada para acompanhar o guisado que havia feito.

— Você se sente, Rose. Eu e Anna vamos pôr a mesa — disse.

— Se insiste — Rose falou. Anna encheu um cálice de vinho, e pousou-o a sua frente.

— É bom estar de volta — disse. E de fato era.

— Está uma noite tão bonita — comentou Polly. — Depois de toda aquela chuva. — Abriu a janela sobre a pia para deixar que o ar noturno, aquecido pelo sol, adentrasse.

— Vai ser fantástico — Gareth falou, provando o guisado e ajustando os temperos.

— Não dá para errar com um quilo de carne bovina orgânica, duas garrafas de um bom vinho tinto e um pouco do tomilho de Rose e Gareth — Polly afirmou, aproximando-se para inspirar o vapor que brotava da panela. — Venham, rapazes! — convocou à sala. — Ah, desculpe, me esqueci. — E apanhando o sinete, tocou-o muito delicadamente.

Rose nunca vira em Polly tanta energia positiva. Pelo menos não fora do palco. Ela saudava aquilo. Estava feliz de apenas se sentar, beber o seu vinho e permitir que tudo ocorresse ao seu redor.

Gareth levou a caçarola para a mesa, onde a acomodou sobre um apoio ao lado de uma pilha de pratos que Anna tinha trazido.

— Acho que você vai ficar orgulhosa do meu guisado, Rose — disse enquanto a servia.

— Bem, estou muito impressionada com a aparência da cozinha — falou. Estava mesmo: parecia que ele tinha feito um esforço real para deixar tudo limpo.

— Não é só um trabalho doméstico, contudo, Rose. É como eu realmente consegui me virar sem você. Cheguei a me surpreender. Correu tudo bem, não foi, Anna?

— Correu — Anna respondeu. — Mas a gente sentiu sua falta, mãe.

— Claro que sentimos — disse Gareth, erguendo sua colher até a boca. — Puxa, este guisado está mesmo uma coisa.

— Os homens nunca conseguem comer alguma coisa que fizeram sem se autoelogiarem constantemente — Polly falou. —

Christos era igualzinho. Era só "Este é o melhor *stifado*[17] que já comi" e "Minha mãe não faz tão bem".

— Não me lembro do papai fazendo isso — disse Nico, sem olhar ninguém nos olhos. Foram as primeiras palavras que disse desde que Rose chegara.

— Bem, ele fazia, Nico. Era engraçado — Polly contestou, empurrando um pedaço de carne para o canto do prato. Rose reparou que, apesar de toda a conversa sobre comida, ela ainda não estava comendo muito.

— Puxa, este encanamento vai mesmo muito mal, Gareth — falou Rose. — Não podemos fechar as janelas?

— Está um pouco forte, não é? — concordou, levantando-se e descendo os caixilhos da janela.

— A mamãe conseguiu uma *jemsecho* — Yannis falou.

— Uma o quê? — perguntou Rose. Percebeu que estava tão cansada que era como se todos estivessem falando de uma sala contígua.

— Uma *jam session*, sua besta — Nico falou ao irmão.

— Nico, não usamos esta palavra, lembra? — disse Gareth.

— Tanto faz, Gareth — Nico soprou.

Gareth encrespou-se.

— É o evento no Lamb? — quis saber Rose.

Polly aquiesceu.

— É, sim — completou Gareth. — Fui até lá e troquei uma palavra com Charlie, e ele disse que está radiante em sediar os ensaios de Polly. Na verdade, ficou animado como um garotinho.

— Ele era um dos meus fãs. — Polly revirou os olhos. — Ainda tinge o cabelo, o que restou, de preto.

— Bem, isso é maravilhoso — Rose falou. — Quando?

---

[17] Cozido de vitela, receita tradicional da culinária grega (N. T.).

— Semana que vem — respondeu Polly. — É bem estimulante. Mas será apenas para um público convidado e os locais. Não estamos fazendo grande publicidade ou coisa parecida. Apenas preciso levar o meu trabalho novo para passear. Mexer-me novamente.

— É um grande trabalho, Rose — Gareth falou. — Muito tocante. É o seu melhor trabalho — disse a Polly, que sorriu e baixou os olhos.

— Também vou tocar umas coisas antigas, sem amplificadores, para Charlie e seus amigos — disse. — Mas a maioria será de canções para Christos. Meu *Ciclo de Viuvez.*

Seguiu-se um silêncio, e então Nico encarou sua mãe enquanto ela remexia a comida.

— Você escreveu canções sobre o papai? — perguntou.

— Sim.

— Por quê? Por que fez isto?

— Porque é algo que aconteceu comigo, conosco, e é importante registrá-lo e expressá-lo — falou com vagar, escolhendo as palavras com cuidado.

— Você não pode usá-lo desse jeito! — Nico levantou-se.

— Nico... — avisou Gareth.

— Ele acabou de morrer. Você não pode usá-lo desse jeito! — Nico agitava o dedo no ar, apontando-o em direção à mãe.

— Cale a boca! — Yannis cobriu os ouvidos com as mãos e fechou os olhos.

— Você sempre faz isso. Você só usa a gente, mamãe. Você nunca vê nada do nosso ponto de vista — Nico afrontou.

— Nico, fique quieto. *Agora.* — Gareth levantou-se, opondo a sua enorme altura contra o menino, baixo e magro.

— Cale a boca. — Nico virou para ele. — Você não é o meu papai.

— Estou bastante ciente disso, Nico — disse Gareth. — Agora, venha comigo para o jardim dos fundos e nós teremos uma pequena conversa.

— Quero ver, maricas.

Anna engasgou; Rose olhou para ela e corou. Por que Polly não fazia nada para interromper aquilo?

— Já chega! — rugiu Gareth. Agarrou Nico pelo braço e arrastou-o para fora, pela porta dos fundos. Todos pararam de comer. Yannis escondia o rosto nas mãos e Anna afundou os olhos no prato, os lábios tremendo. Rose, que nunca vira tanta impetuosidade em Gareth, olhou para Polly e ficou chocada de ver que ela tinha o rastro de um sorriso torto no rosto.

— Ele mereceu — disse Polly. — Ele está fugindo ao controle, esse menino.

— Ele é bastante articulado em relação aos próprios sentimentos — contestou Rose.

— Ele não entende nada — cortou Polly. — Justo ele, vindo me dizer que devo olhar o ponto de vista dos outros.

— Ele tem nove anos, Polly!

— E de que outro jeito eu devo fazer com que toquemos nossa vida? É tudo o que sei fazer, Rose, usar o que está aqui dentro. — Esmurrou o peito, logo acima do coração. — É a única maneira que tenho de ganhar a vida.

Rose achou que Polly estava totalmente equivocada, desviando tudo em direção a si, mas não tinha forças para prosseguir.

Um tempo depois, Gareth trouxe Nico de volta para dentro, o braço sobre o ombro. O menino parecia menor do que nunca.

— Nico sente muito, Polly — disse Gareth. — Não sente, Nico?

— Sim — respondeu Nico. — Desculpe, “Polly”.

Polly estendeu a mão e Nico a apertou. Retornou à sua cadeira em silêncio.

— Certo — disse Polly, animada. — Quem quer sobremesa? Nós temos algo muito especial feito por nossa pequena "Espera-Rose". — Apontou para Anna, que se levantou e começou a retirar a mesa.

— É apenas sorvete de chocolate. — Corou.

— Caseiro, Rose — Yannis sussurrou para ela. — A Anna fez sozinha.

— Ela é uma menina inteligente, brilhante — Rose falou, sorrindo para sua filha.

O sorvete de chocolate estava muito bom, com calda esparramada em seu interior. Em seguida, Polly fez café.

— Gareth me mostrou como fazer — disse.

— Há apenas um modo — Gareth confirmou, erguendo o dedo indicador.

— Vou querer chá, por favor — disse Rose. — E receio que eu esteja muito, muito cansada. Se vocês não se importam, rapazes — virou-se para Nico e Yannis —, queria levar a Anna para cama, apenas eu, ela e Flossie. Apenas desta vez, porque estivemos longe por tanto tempo.

Yannis aquiesceu, mas Nico, ainda magoado por sua explosão, cruzou os braços e fez um muxoxo.

— Vou levar os meninos para a edícula esta noite — disse Polly. — Para dar espaço a vocês. Mas vamos limpar isso antes. Vamos, meninos.

— Venha, Nico — Gareth disse. — Vamos esquecer o que passou, está bem?

Nico levantou-se devagar e se uniu a Polly, Gareth e Yannis sobre a pia. Em pouco tempo, Gareth encabeçava um coro musical e tudo parecia esquecido.

Rose contemplou a cena de quase-alegria doméstica e ficou pensando no que acontecera. Quando ela e Flossie saíram, sentiu que comandava sozinha o espetáculo. Agora todos estavam participando e pareciam uma máquina bem lubrificada. Ela realmente interferira tanto assim?

Deu um banho em Anna e em Flossie juntas. Flossie estava em boa forma, mas um pouco distante, como se estivesse se acostumando a tudo novamente, ao menos é como Rose tentava enxergar. Que maravilhoso, de qualquer modo, era ter suas duas meninas juntas novamente em sua própria banheira. Anna era tão boa com sua irmã, ajudando-a a lavar seu cabelo, tirando a água dos seus olhos com uma flanela.

Em seguida, de pijamas, foram até o quarto de Rose e Gareth, deitaram-se na cama e leram *O Ursinho Puff*. Era uma das poucas coisas que Rose guardara de quando era criança, e seu nome estava escrito centenas de vezes na contracapa, um exercício de autógrafos para quando ela crescesse e se tornasse famosa, lembrou-se.

Anna amava *O Ursinho Puff*, e logo se espremera ao lado de Rose, rindo com suas desventuras. Flossie, aninhada em Rose, sugando o dedo, não reagia de maneira alguma quando Anna apontava as figuras para ela.

Terminaram a leitura. Rose pôs Flossie em seu berço, que Gareth levara, a seu pedido, para o quarto deles. Desceu com Anna até o seu quarto, onde se meteram juntas sobre a cama rosa de princesa. Anna aproximou bastante seu rosto do de Rose. Por bastante tempo ficou em silêncio, como se medisse a melhor maneira de dizer algo.

— É engraçado que eles todos tenham se mudado lá para cima esta noite — disse por fim.

— O quê? — falou Rose. Estava começando a cochilar.

— Para a edícula.

— Bem, Polly achou que seria melhor que os meninos ficassem lá esta noite, enquanto nos reunimos de novo como uma família. Achei que foi muito gentil da parte dela. Ela está absolutamente certa.

— Sabe, eu prefiro *esta* família — disse Anna.

— O que quer dizer? — perguntou Rose, afagando o seu rosto, seus olhos semicerrados.

— Apenas eu, você, Floss e o papai.

— Sim — Rose sussurrou.

— E não eu, Nico, Yannis, Polly e o papai — Anna murmurou.

Rose estremeceu. Era uma dessas coisas que faziam despertar de um cochilo, tirando-a de si.

— Mas não será assim de novo — disse Rose. — Agora estamos de volta.

Disse boa-noite ao pé da escada, em seguida subiu para o quarto, verificou Flossie e subiu na cama. Gareth chegou pouco depois. Aproximou-se dela, inclinou-se, beijou-a e dormiu em seguida. Depois de quase duas semanas separados, não fizeram amor. Isso era incomum o suficiente para perturbar Rose um pouco. Ela poderia ter tomado a iniciativa. Mas, para ser honesta, não sentia muita vontade. Flossie, no quarto com eles, também não ajudava muito.

Os dois dormiram de costas um para o outro, o calor se espalhando pela cama fria a partir do lugar em que as colunas se uniam. Em algum momento da noite, afastaram-se e, quando Rose despertou com Flossie querendo mamar, achou-se pendurada de seu lado, estirada na ponta da cama como se estivesse à beira de um precipício. Gareth estava a quilômetros de distância, do outro lado das cobertas. Sentiu que precisaria de um prolongamento do braço, ou um alto-falante, para alcançá-lo.

24

Rose dormiu como uma pedra. Depois que Flossie a acordou, trouxe-a para a cama, aconchegando-a ao seu lado e deixando que mamasse feito uma cria.

Despertou com o ruído do grito de Anna. Gareth não estava ao seu lado. Sentiu a garganta entalada de pânico quando olhou o relógio: oito e meia. Perdera a hora. Teria de levar as crianças para a escola. Por que Anna chorava?

Saltou da cama e pôs Flossie no meio do colchão, usando travesseiros para circundá-la e evitar que caísse. Apanhou o quimono que já estava pendurado atrás da porta e desceu correndo as escadas.

— Anna!

Estacou no corredor. Anna soluçava perto da porta do banheiro. Nico e Yannis estavam um pouco mais para frente, fixados em um ponto abaixo com um fascínio fantasmagórico, olhando para algo no vaso sanitário. E ali, de pé atrás de Anna, com as mãos na cintura, estava Polly.

Nico, que tinha um lápis na mão, arqueava-se para cutucar o que estava no vaso sanitário.

— Saia de cima dele! — berrou Anna, avançando e empurrando-o para longe.

— Anna, o que aconteceu? — disse Rose.

— Ela o jogou na privada — Anna pranteou, apontando para Polly e atirando-se nos braços de Rose.

— Quem atirou quem na privada? — perguntou Rose.

— Jason — soluçava. — Ela simplesmente o jogou na privada. Eu fui fazer xixi e o encontrei lá.

Rose e Anna ergueram os olhos, horrorizadas, com o som da descarga. Polly saiu, esfregando as mãos, seguida por Nico e Yannis, os olhos impregnados de um misto de choque e suspense, as mãos sobre as bocas.

— O que foi? Ele está morto — disse Polly, olhando para Anna e Rose.

— Não pude salvá-lo, mamãe — Anna lamuriou-se.

— Ela acha que falhou. — Polly sorriu para Rose.

Rose afagou o cabelo de Anna. — Ora, querida, ele era muito pequeno. Era quase impossível salvar um filhote de bebê como ele, depois que caiu do ninho.

— Eu disse isso a ela — Polly disse.

— Mas ele estava se recuperando tão bem... — desabou Anna em um soluço novamente, e Rose abraçou-a apertado.

— Foi um pouco insensível atirá-lo desse jeito — disse Rose para Polly. — Eu creio que teríamos preferido um funeral ou algo assim.

— Ai, poupe-me — murmurou Polly e começou a descer as escadas.

— Onde está o papai? — Rose perguntou a Anna.

Polly voltou-se sobre os degraus.

— Ele desceu até o estúdio faz uma hora — disse. — Mandou um oi.

Rose avisou que levaria as crianças para a escola, e quando enfim prendeu Flossie contra o seu corpo, já era bem tarde.

— Não é a primeira vez — disse Yannis enquanto Rose os apressava sobre o campo. — Às vezes não chegávamos antes das dez.

— As coisas voltaram ao normal agora — falou Rose. — Este será o último atraso.

Os dois meninos cruzavam o campo, correndo de árvore em árvore, mas Anna prendeu-se a Rose.

— Mas Jason estava melhorando, mãe. Ontem ele comeu um monte de minhocas.

— É a natureza. — Rose apertou a sua mão. — É cruel. Mas talvez ele não devesse sobreviver.

— Mas eu não sei como ele fez aquilo com o pescoço — falou Anna.

— O quê?

— Estava todo assim. — Anna dobrou a própria cabeça para um lado. — Como se tivesse quebrado.

— Talvez tenha tentado se levantar e caiu — falou Rose, não desejando cogitar outra coisa. Reparara no quão fascinado Nico ficara com a ave. Chegou mesmo a dizer a Rose quando foi ao hospital visitá-las que iria levá-lo à escola para mostrar à professora. Anna virou para ele como uma pequena leoa e rugiu: "Não!".

Rose entrou no colégio com as crianças para assinar o livro de atrasos. Os meninos se espalharam para as suas classes, mas Anna manteve-se ali.

— Eu não quero assistir à aula — cochichou. — Quero ficar em casa com você e Flossie, mãe.

— Você sabe que não pode fazer isto — disse Rose, abraçando-a. — Você precisa ser forte, ir para a aula e aprender. Se ficar em casa o dia inteiro, nunca vai tirar o passarinho de sua cabeça.

— Preciso mesmo?

— Precisa, sim. Agora vá ou perderá a aula.

Anna deu um último abraço em Rose. Em seguida desprendeu-se dela e saiu caminhando pelo corredor. Olhou apenas uma vez para trás.

— Rose. E Flossie! Bem-vindas de volta. — Janet pôs a cabeça para fora de seu escritório. — Você tem um minuto?

Rose foi ao escritório e se sentou na poltrona que ficava em um canto. Janet sentou-se ao seu lado.

— Como está o bebê? — perguntou Janet, alisando a cabeça de Flossie.

— Ah, agora tudo bem — Rose respondeu. — Mas ela deu trabalho.

— Ouvi falar. É ótimo tê-las de volta conosco, de qualquer modo. Só pensei em trocar uma palavrinha rápida. Sabe, as coisas ficaram um tanto... descontroladas em sua ausência, Rose. Os meninos se tornaram... bem, ferozes é a única palavra que consigo achar. Nico, em especial, está me preocupando. Tiveram umas brigas. E eles chegam atrasados quase todo dia.

— Você falou com Polly sobre isso?

— Não a vi. Tentei ligar para o Chalé, mas ninguém atendia.

— Mas você poderia falar com ela pela manhã?

— Ela não vinha pela manhã. Ou à tarde.

— E quanto a Gareth?

— As crianças vinham sozinhas, Rose.

— Elas vinham andando sozinhas?

— Sim. E pelo que pude perceber, quando eles enfim apareciam, não tinham tomado café da manhã.

Rose sentiu-se enjoada. Olhou em volta. Havia uma lixeira robusta onde poderia vomitar, caso precisasse.

— Rose? Está tudo bem?

— O quê? — Rose obrigou-se a se concentrar novamente na sala. Engoliu. — Olhe, Janet, posso lhe garantir que as coisas irão mudar. Nico não pode continuar assim, e estou de volta ao comando. Não se preocupe. As coisas logo voltarão ao normal.

— Ótimo. Sabia que era apenas questão de aguardar a sua volta. Esta mrs. Novak, contudo, eu sei que ela passou um aperto, mas francamente. É pouco profissional dizer isto, mas para ser sincera, Rose, eu a vejo mais como uma colega que como uma mãe. Ela tem dois filhos. Ela precisa deixar seus interesses de lado e começar a pensar neles.

Rose abriu a boca para começar a defender Polly, mas nenhuma palavra saiu. Descobriu que concordava inteiramente com Janet. Sentiu-se honrada por ter escolhido confidenciar a ela. Tão satisfeita, na verdade, que teve de suprimir um arrepio.

Pensando no que Janet havia dito, Rose atravessou o campo de volta ao Chalé.

— Venenosa — disse em voz alta, chutando o galho seco de uma cicuta quebradiça.

Deteve-se. Havia um homem sentado sobre um tronco. Deveria dar meia volta e tomar a estrada? Mas então descobriu aliviada que era apenas Simon.

— Oi — disse ela, quando se aproximou. Estava curvado e de braços cruzados, fumando um cigarro enrolado.

— Rose! — Descruzou os braços e levantou-se para beijá-la no rosto. — E Floss. Graças a Deus estão de volta. Você fez muita falta.

— Você não pode imaginar como estou feliz em voltar — Rose falou, sentando ao seu lado.

— Eu tentei visitá-la, mas quando falei que não era da família, não me deixaram — comentou, afagando a cabeça de Flossie.

— Eu sei. Obrigada pelo cartão.

— Como ela está agora?

— Um pouco atordoada. Mas superando. Os médicos dizem que ela tem todas as chances de crescer como se nada tivesse acontecido.

— O *que* aconteceu, Rose? — quis saber Simon.

— Foi um acidente. — Rose achou que aquela resposta saíra quase automaticamente.

— Como é que um bebê tomaria todas aquelas pílulas por engano? — Simon olhava-a fixamente.

— Ela põe na boca tudo o que encontra.

— É nisso que acredita?

— É o que quero acreditar. É tudo o que há para acreditar — falou Rose, encerrando o assunto.

Simon recostou-se e começou a fazer outro cigarro. Ofereceu a Rose o pacote de tabaco.

— Não, obrigada. Não com a Flossie aqui.

Acendeu o cigarro e expirou a fumaça contra a luz dourada da manhã.

— Posso lhe dizer uma coisa?

— Está bem.

Simon fez uma pausa. Um corvo alçou voo e quebrou o silêncio.

— Creio que saiba alguma coisa sobre o que está acontecendo — disse finalmente. — Entre mim e ela.

— Suponho que sim.

— Você não irá mencionar nada a ninguém, não é? Quero dizer, Miranda e eu, bem, somos tranquilos quanto a essas coisas, mas, bem, as coisas ficaram meio complicadas.

Rose não tinha certeza se queria ouvir o que ele lhe diria. Era como estar à beira de um penhasco e sentir vontade de saltar.

— Naquela noite em que apareci. Você sabe do que estou falando, Rose. Eu vi quando Gareth apagou a luz da cozinha e a silhueta de vocês dois era nítida pela janela. Ela me levou à edícula e, bem...

— Continue.

— É extraordinário, Rose, o que ela faz. O que ela quer que eu faça. Foi algo além do que estava disposto a fazer. Sou gentil, não gosto de machucar as pessoas. Mas não consegui parar e não consegui voltar atrás.

— Poupe-me dos detalhes, Simon, por favor. — Rose não estava tão certa de que queria continuar escutando, ainda mais com Flossie amarrada ao seu peito. Aquilo parecia errado, indecente. Simon conteve-se.

— Ela me obrigou a fazê-lo, Rose. E a cada hora, a cada minuto do dia eu queria voltar para lá, fazer aquilo com ela mais e mais. Ela despertou algo em mim, algo muito sombrio. Algo que eu não gostaria de saber acerca de mim.

Rose estava estupefata. Estupefata demais para se afastar.

— E então ela simplesmente fechou a porta. Semana passada. Disse que não queria mais me ver. Que estava farta. Não sei o porquê.

— Você não está pedindo que eu me coloque no meio desta história, está? — A semente de raiva que Janet plantara com suas notícias sobre as crianças começava a brotar novamente, machucando-a bem dentro de seu plexo solar. Por que tudo tinha de ficar tão complicado?

— Só estou tentando dizer que você pode acreditar que conhece esta mulher. Mas há uma parte nela que é tão sinistra...

— Por que está me falando isto? — Rose sentiu que precisava ir para casa agora.

— É só que... só que as coisas não são sempre o que parecem.

Rose se levantou. — Ela não vai mais dormir com você, Simon. Está cansada de você. É só isso. Não quero falar nisso. Não precisava saber disso tudo. Não quero ficar enredada nesse jogo, seja qual for, que você e Miranda fazem por aí. Não julgo as pessoas, mas não serei obrigada a entender o que você está fazendo, e odeio tomar partidos ou mentir. Por isso, não sou a melhor pessoa para ser sua confidente. E Polly é... — e então hesitou, tentando encontrar a expressão correta — minha melhor amiga. E o marido dela morreu não faz dois meses, e não pode evitar de estar um pouco confusa.

— Rose... — falou Simon, tomando sua mão.

— Sabe o quê? Não quero saber o que você pensa ou deixa de pensar acerca dela.

— Por favor. Desculpe-me.

— *Não*, Simon. Vou voltar para casa, agora. — E afastou-se sobre a grama alta e úmida, levantando bem os pés para se mover.

— Havia sangue! — gritou Simon. — Muito sangue.

Rose tinha parado de tremer quando chegou ao Chalé. Gareth estava lá. Levantou-se quando Rose abriu a porta. Ela entrou e plantou-se no meio da cozinha.

— Gareth, o que você sabe sobre Simon e Polly?

— E bom dia para você também, querida. — Gareth aproximou-se e beijou-a na cabeça.

— Bom dia. O que você sabe sobre Simon e Polly?

— Bem, não mais que você, imagino. — Gareth ergueu os ombros.

— Nós os vimos entrando na edícula aquela noite.

— Sim. E daí? Eles são adultos, não são?

— É que...

— O quê?

— Nada.

— Preciso voltar ao trabalho, Rose. Tudo bem?

— Você quer café? — perguntou, do meio da cozinha.

— Não, obrigado. Acabei de passar um. Até mais. — E saiu pela porta dos fundos, que fechou atrás de si, fazendo as janelas tremelicarem.

Rose percebeu que tinha se esquecido de perguntar-lhe sobre as crianças irem sozinhas para a escola. Foi atrás dele, mas uma enorme sensação de cansaço a invadiu. Talvez fosse melhor simplesmente começar de novo, agora que ela estava de volta, ao invés de se debruçar sobre o que passou.

Com Flossie ainda presa ao seu corpo, sentou-se à mesa da cozinha e olhou pela janela, para a edícula, onde podia ver a silhueta de Polly pela janela da sala-quarto, com o violão no colo.

Parecia que ela a estava observando fixamente.

25

Rose logo descobriu que a aparência exterior de ordem que a casa apresentara quando voltou do hospital era uma ficção. Quando abriu os aparadores e olhou sob os sofás, o caos se desvelou. Tudo havia sido simplesmente varrido para baixo do tapete, para fora da vista. Retomou o trabalho. Passou o dia devolvendo panelas aos seus lugares devidos, empilhando pratos corretamente e separando os talheres na gaveta. Enquanto fazia isso, preparou o jantar e se sentou por um tempo, amamentando Flossie e olhando pela janela.

Estava ocupada demais para apanhar Polly ou Gareth e perguntar-lhes o que sucedera enquanto estava longe. Ao longo do dia, decidiu que aquilo eram águas passadas. Estivera fora; o caos se instalou. Era uma situação atípica. Seria mesmo de se esperar.

Não os viu o dia todo. Gareth se enfiara no estúdio e nem ao menos saiu para almoçar, e Polly estava ocupada com o violão na edícula. Vez ou outra a brisa trazia um sopro de arranjos musicais pela janela aberta da cozinha. Rose ligou a Rádio 4, para abafar o som.

Os homens vieram para limpar o encanamento. Entraram de ré com um caminhão enorme e fedorento. Em seguida, desceram com uma câmera pelo duto. Um homem alto, coberto de feridas — sem dúvida o chefe — chupou os dentes e murmurou algo sobre animais, e então atiraram temíveis jatos d'água no escoadouro atrás da casa. Com um engasgo forte e um golfo, o dreno cedeu, a água correu desimpedida e o odor desapareceu. O homem das bochechas apresentou a Rose uma conta de mais de quinhentas libras.

— Mas o que é que fizeram por este dinheiro todo? — perguntou.

O homem ergueu os ombros e apontou para a câmera, os tubos flexíveis, os quatro homens custosos que os operaram.

— E qual foi o problema? — perguntou.

— Não queira saber, madame. — Piscou. — O pagamento é em sete dias, por favor. O endereço está na conta.

Rose permaneceu de pé na entrada da casa, a boca aberta, enquanto os homens subiam no caminhão e desapareciam.

Rose estava sentada com as crianças na mesa da cozinha, tentando fazer com que terminassem a lição de casa. Tentava ajudar Nico na matemática. Aquele não era o seu forte, e não conseguia prender sua atenção.

— E então, qual a resposta? — ela perguntou.

Mas Nico estava muito mais interessado em consolar Anna, que ainda estava frágil com o que acontecera naquela manhã.

— Mas era apenas um pássaro, Anna — disse, erguendo os olhos.

Anna fitou-o de sobre a apostila como se quisesse matá-lo. Rose jamais a vira daquele jeito. A insistência de Nico a preocupava. Não tinha tanta certeza de que ele nada tivera a ver com a morte da ave. Se por um lado não acreditava que o havia matado deliberadamente, pensava que talvez ele tivesse segurado a ave com brutalidade, quebrando seu pescoço acidentalmente, ou algo assim.

— Rose — disse Yannis, desviando-se do elaborado desenho que fazia de um cadáver egípcio tendo o cérebro retirado pelo nariz para que fosse mumificado.

— Sim, Yannis?

— Por favor, a gente pode voltar para o casarão novamente, por favor?

Anna encarou-a com severidade.

— É que a mamãe ocupou o lugar inteiro lá em cima, e ela toca o violão a noite toda, e fuma sem parar, e eu queria voltar para o meu quarto aqui embaixo.

Rose observou Anna, que a ameaçava com os olhos. Voltou-se para os meninos, que faziam a mesma coisa. Sentiu como se estivesse na cena mexicana de impasse em *Cães de Aluguel*, onde todo mundo tinha uma arma apontada para todo mundo e ninguém podia atirar. E então, recordou-se que não era nada disso. Na verdade, ela estava no controle.

— É claro que sim — disse aos meninos.

— Não! — Anna sussurrou.

— Eba! — comemoraram os meninos.

— Então nós vamos apanhar as nossas coisas. Venha, Yannis. — Nico se levantou e correu para fora.

— Obrigado, Rose. — Yannis inclinou-se um pouco, e então voou atrás do irmão.

— Por que, mamãe? — Anna olhou para ela.

— Às vezes temos de olhar para além de nós, Anna. Os meninos precisam do cuidado devido que não terão na edícula. Eles precisam estar aqui. — Quanto mais descobria acerca de Polly, mais certa estava de que era este o caso.

— Mas Nico...

— Eu sei. Mas eu falei que garantiria que as coisas ficariam bem, não falei? Você não confia em mim, Anna?

Anna baixou os olhos.

— Eu confio em você, mãe — falou.

— Bom. Eu sei que as coisas ficaram meio confusas, mas acredite, elas vão se endireitar agora.

Para o jantar, Rose fez frango assado com limão, acompanhado de batatas ao forno cortadas finamente e de uma salada verde. Era uma refeição improvisada. Retirara o frango do freezer — sempre gostava de manter um ali, para emergências. Precisava mesmo fazer umas compras, mas estivera muito ocupada, ajeitando as coisas.

Quando a comida estava pronta e a mesa posta, tocou o sinete. Ouviu-se um suspiro geral na sala.

— Podemos terminar o episódio? — perguntou Anna. Ela, Nico e Yannis estavam assistindo a *Os Simpsons* na sala de estar. Estava claro que Anna tentava colocar em prática a lição que Rose lhe ensinara antes. Era uma boa menina.

— Quanto tempo demora?

— Quinze minutos.

— Está bem, mas depois que acabar terão de vir direto. — Um frango nunca era prejudicado por descansar mais quinze minutos. E, de qualquer modo, nem Gareth, nem Polly pareciam estar com alguma pressa para largarem seus trabalhos.

Gareth, enfim, despontou a cabeça do batente da porta da cozinha.

— Olá, estranho — disse ela e foi dar-lhe um beijo.

— Oi. — Sua cabeça ainda estava no estúdio. Reconheceu os sinais; se por um lado era um pouco frustrante para ela, por outro, era bom sinal para o trabalho.

— Um bom dia? — perguntou enquanto lhe servia um vinho.

— Foi difícil conseguir retomar — disse, apanhando a bebida e entornando-a de um gole. — Não tive muito tempo enquanto esteve fora, é claro.

— Desculpe. — Mordeu os lábios e foi mexer o molho do frango.

— Não falei nesse sentido. — Sentou-se à mesa, esfregando os olhos. — É só que acho difícil encontrar o ritmo do trabalho quando se está sempre entrando e saindo dele.

— Bem, agora voltamos, e você pode passar o tempo que quiser por lá. Até posso levar a comida, se quiser.

— Ah, não acho que chegarei a este ponto — disse e serviu-se de outro cálice. — Como está Floss?

— Dormindo no carrinho. Foi tudo o que fez o dia inteiro. Ah, Gareth — disse, apanhando o seu cálice e se sentando ao seu lado —, não tenho certeza de que ela está bem.

— Pare de se preocupar, amor — falou, dando-lhe a mão. — Kate disse que levará tempo. Não há outra coisa a fazer senão sentar e aguardar.

— É isso o mais irritante.

— "Estou me lixando!" — Nico liderou a risada geral das crianças da sala com uma perfeita imitação de Bart Simpson.

— Nico, você pode ir à edícula chamar a sua mãe? — pediu Rose. — Não creio que tenha ouvido o sinete.

Resmungou, mas ainda assim saiu para o jardim.

— Jason morreu — Anna contou ao pai.

— Quem? — Desgrenhou seu cabelo quando ela se sentou, algo que ele sempre fazia. Pelo modo como seu cabelo retornou instantaneamente ao estado original, ficou claro para Rose que Anna preferia que ele não tivesse feito aquilo.

— Meu pássaro. — Anna parecia ofendida que Gareth não soubesse.

— Seu pássaro? Puxa, querida, sinto muito.

Rose atinou, com uma pontada no peito, que Gareth estava no estúdio quando souberam de sua morte e permaneceu lá o dia todo. Um episódio inteiro, substancial da vida de sua filha, foi perdido enquanto ele mergulhava no que fosse que estava fazendo.

— Está sangrando — Nico disse quando retornou.

— O quê? — Rose voltou-se para ele rapidamente.

— As pontas dos dedos da mamãe estão sangrando de tanto tocar — disse. — Ela é louca.

— Ela vem jantar?

— Ela disse obrigada, mas não. Está muito ocupada. Pediu para guardar um pouco da comida, e que virá mais tarde quando fizer um intervalo.

Faltava menos de uma semana para a apresentação, então este seria, provavelmente, o seu padrão de conduta dali por diante. Rose fez um prato para Polly, cobriu-o com outro prato, e após o jantar, pediu que Anna o levasse até a edícula.

26

Flossie jazia inerte sobre o tapete de atividades. Antes da estada no hospital — segundo o modo como Rose escolheu enxergar, sua versão abreviada para aquele pesadelo —, o plano tinha sido deixar o tapete de lado. Da última vez em que estivera lá, Floss conseguia se sentar, apoiada por almofadas. Chegava até a mostrar sinais de querer sair dali, uma preparação mental do bebê para começar a engatinhar.

Desde que retornou, Rose tentou deixá-la sentada, mas Flossie simplesmente ficava tombando. Consultou um livro bem recomendado sobre bebês. *Após uma doença, em particular aquelas que exijam internação hospitalar* — ah, o temível eufemismo novamente — *esteja preparada para que ele retroceda um ou dois passos do estágio de desenvolvimento. Por exemplo, um bebê que ficava sentado pode não ser capaz de fazê-lo. Mas não se preocupe. Na maioria dos casos, as coisas logo retornarão aos trilhos.* Isso deixou Rose entusiasmada, deu-lhe um ímpeto de esperança.

Retornar aos trilhos. É o que ela queria para Flossie. *As coisas logo retornarão aos trilhos.* Soava tão científico, tão ordenado. Tão possível.

Por enquanto, Flossie deitava-se no tapete, as pernas sem chutar, os punhos sem cerrar. Seus olhos estavam abertos, contudo, e devolviam o olhar de Rose, seguindo o seu dedo enquanto ela o movia em sua frente. Sorria um pouco, também, de vez em quando. Mas Rose não podia deixar de achar que faltava algo. Algo *ausente* nela. Não a tábula rasa de um recém-nascido, mas mais a sensação de algo perdido.

Rose telefonou para Kate várias vezes para conversar sobre isso desde que voltou para casa. Kate havia sido muito gentil, muito reconfortante, mas na terceira ligação, Rose sentiu que ela estava sendo um tanto desnecessária.

— Você só precisa ser paciente, Rose. Desculpe, mas apesar do que a maioria dos médicos gostaria que você acreditasse, a medicina não é uma ciência exata. Existem muitas áreas turvas, e temo que Flossie se enquadre em uma delas.

Rose voltou-se para a sua filha turva, que permanecia deitada na esteira. Havia falhado com ela e não podia reparar isso. Mas precisava obrigar-se a ter esperanças. Tinha simplesmente de nivelar por baixo as suas expectativas, retroceder um ou dois passos.

Nada disso era fácil.

27

Os dias que antecederam a apresentação de Polly foram estranhos e solitários para Rose. Viu Polly três, talvez quatro vezes, quando ela desceu à casa para devolver pratos e apanhar mais café ou vinho. Não tiveram oportunidade de conversar; quando puderam trocar algumas palavras, eram sobre a apresentação e como as canções se desenvolviam. Gareth parecia estar orientado de maneira semelhante para o seu trabalho, vindo apenas para encher a garrafa de café e para o jantar.

Na segunda-feira seguinte à sua permanência no hospital, um grande embrulho chegou da loja virtual Amazon para Gareth. Rose desceu ao estúdio, evitando a grama úmida e pensando no caminho de pedra que gostaria de fazer ali quando o tempo e o dinheiro permitissem. Podia vê-lo debruçado em sua prancha, em uma mesa inclinada de madeira, uma lâmpada diurna iluminando o seu trabalho. Sentiu-se privilegiada por captar aquele instantâneo de seu mundo, que lhe parecia tão misterioso e exótico. Bateu na porta e aguardou na janela — ele odiava ser interrompido no meio do processo.

Saltou, espantado pela intromissão súbita, mas em seguida, com a mão no peito, voltou-se, reconheceu Rose e sorriu.

— Chegou um embrulho para você — disse, sinalizando através da janela, para indicar-lhe que ele se encontrava na casa.

Ele gesticulou um OK.

— Já subo — respondeu, e ela retornou para a casa, para aguardá-lo.

— Ahá, eis a criatura! — declarou ao adentrar a porta da cozinha, uma boa meia hora depois.

— O que é isso? — Ela estava morrendo de vontade de abri-lo.

— Olhe só isto, Rose — falou enquanto abria a caixa, para revelar uma cara máquina de café expresso não muito distinta da que já possuíam na cozinha. — É uma obra de arte, tem um bom filtro de água, um desobstrutor garantido, um vaporizador de leite autolimpante. — Retirou o objeto da caixa e acariciou suas curvas negras cromadas.

Seu entusiasmo era bom de se ver, e normalmente Rose teria mantido as coisas daquele jeito, mas vira o preço de quatro dígitos do objeto estampado na fatura, que caiu da caixa quando Gareth o ergueu. Parecia um desperdício.

— Não entendo por quê precisamos de outra cafeteira, Gareth. A que temos é ótima, não é?

— Sim, é ótima, mas esta é para o meu estúdio. Dispensa a necessidade de vir até aqui sempre que precisar beber algo.

— Parece ser uma grande economia de tempo — disse, dobrando a caixa de papelão para colocá-la na reciclagem.

— Mas ainda terei de moer os grãos aqui. Não há nada como o meu velho moedor.

— Eu sei — disse Rose.

— Bom, vou estreá-la. — E com isto, Gareth beijou Rose no rosto e partiu para o estúdio, segurando a lata de café que moera para o dia quando se levantaram. Enfiou a nova máquina de café debaixo do braço livre, pousando-a em sua cintura como uma criança particularmente pesada e destrambelhada.

Rose sentiria falta de suas vindas para o café. Desde que ela e Flossie retornaram, ele se enfiara no estúdio depois do jantar, restando a ela colocar sozinha as crianças na cama. Passava o restante da noite sentada, só, com um livro e um cálice de vinho. Começara a adiar a hora de dormir dos mais velhos para diminuir o momento de solidão, que sempre lhe parecia que ela havia falhado em alguma coisa, sem que soubesse exatamente no quê.

Durante algumas noites, ela não chegava sequer a perceber a presença de Gareth. Ele ia se deitar quando ela e Flossie — que por ora estava de volta na cama deles — estavam dormindo. E então, ao despertarem cedo pela manhã, ele já havia saído. Rose suspeitava que às vezes ele varava a noite, porque em certas manhãs ela não captava qualquer sinal de sua presença na cama: nenhum amasso no travesseiro, nenhum cheiro dele nos lençóis.

A única oportunidade que tinha para conversarem era durante o jantar, quando o barulho e as rusgas dos garotos davam pouco espaço para outra coisa além da contenção da turba. Precisava ficar lembrando a si mesma de que aquela era uma etapa pela qual Gareth passara muitas vezes, e que sempre resultara em bons augúrios para o seu trabalho, e, portanto, em última análise, para a sua família. Mas não conseguia deixar de sentir que aquela vez era diferente. Quiçá pelo fato de o estúdio ficar tão perto da casa? Não saberia dizer.

A apresentação de Polly se aproximava. Anna, Nico e Yannis quiseram ir ao Lamb para ouvi-la tocar, mas crianças não eram permitidas nas noites dos fins de semana. De qualquer modo, Rose sentiu que não seria apropriado que Nico ouvisse as canções de sua mãe acerca do pai tão pouco tempo após a sua morte. Não saberia dizer quão positivo representava o evento para cada um, dadas as circunstâncias. Mas deixou estar. Na sua opinião, tudo que conduzisse Polly para um caminho de independência era uma coisa boa.

Os meninos não podiam acreditar que não iriam. Na Grécia, argumentaram, podiam ir a qualquer lugar a qualquer hora, e as crianças faziam o que lhes apetecia.

— Receio que aqui não seja assim, turma — retrucava Rose.

— Mas é a nossa mãe que vai cantar...

— Desculpe. O proprietário falou com muita firmeza, sem exceções. Estão aguardando uma grande multidão e não seria seguro ou correto deixá-los ali.

— Que se dane o que o proprietário disse — resmungou Nico.

— Nico! — repreendeu Rose.

No fim das contas, Rose sentia pena por eles. Para compensar a perda da apresentação, ela prometeu filmá-la. Dessa maneira, a primeira recepção das canções por Nico seria mediada, e qualquer reação permaneceria em privado, quando poderia contê-la, caso necessário.

— Estou indo, então. Vejo vocês depois.

No dia da apresentação, Polly fez uma de suas raras aparições no Chalé para se despedir das crianças antes de descer ao Lamb para a passagem de som. Seria uma série acústica, mas Polly afirmou que precisava sentir o lugar.

— Desejem-me sorte, então — falou ao desgrenhar os cabelos de Nico. Ele lhe devolveu uma expressão zangada.

— Tchau, mamãe — Yannis foi até ela e deu um abraço forte. Durante um segundo ela fechou os olhos, seus cílios realçados pelo lápis preto roçando suas faces pálidas. A marca de seu batom vermelho irrompeu em um breve sorriso quando pôs sua mão comprida e fina em seu ombro pequeno. Logo o instante passou.

— Preciso ir — falou, afastando-se. — Meu público me aguarda. — E partiu do Chalé, o violão nas costas.

Rose examinou o molho bolonhesa que estava mexendo. Polly mal reparara em sua presença. Mas era bom vê-la tão reavivada. Nesse aspecto, qualquer movimento era positivo. Uma vez iniciado, o movimento poderia fazer surgir, quem sabe, uma reviravolta ascendente, e Polly poderia pôr na cabeça a vontade de simplesmente seguir e ir embora. Mas então Rose começou a se preocupar com as crianças, e o que aconteceria com elas caso estivessem fora de sua esfera de influência.

Virou-se para observá-los de pé sob o batente, olhando para o jardim da frente, para o lugar deixado vazio por Polly.

— Você pode verificar se a videocâmera ainda está carregando, Nico? Ela está ligada na tomada ao lado da TV.

Trinta minutos mais tarde, Gareth veio do estúdio.

— Ainda não está pronta? — perguntou, olhando para Rose, que ainda mexia o molho. — Precisamos nos vestir, não se esqueça.

Ela usava uma camiseta velha e suja, e seu macacão de jardinagem — uma peça antiga e folgada onde se enfiara durante a sua gravidez, nos tempos em que trabalhava na construção da casa. Estava sujo de cimento e tinta, com um furo através do qual seu joelho escuro despontava. Recentemente, voltara a recorrer a ele.

Algo nela gostaria de usá-lo para ir ao *pub*. Não queria demonstrar que se esforçara. Mas é claro, isso estava fora de questão. As pessoas comentariam.

— Desculpe, perdi um pouco a noção. — Piscou, acendeu o fogo para a água do macarrão e foi pôr a mesa, enquanto Gareth esfregava os seus dedos manchados na pia da cozinha.

— Um grande dia, hoje — falou. — Um avanço no projeto do rio.

— Ah, é?

— Encontrei a linguagem que estou procurando. Todo aquele trabalho com as manipulações digitais, a corrosão e hachura pareciam equivocados. Desonestos de algum modo. Então usarei pedaços de madeira, Rose, definitivamente.

— Pedaços de madeira!

— Retirarei a madeira das árvores que crescem ao longo das margens do caminho.

— Isto é necessário? — Imaginou a beira do rio alinhada de troncos nus como uma fotografia de um artigo de revista sobre a destruição da floresta tropical amazônica. Acres de terra dizimada.

— Vou só apanhar um ramo aqui, um galho ali. Cortar a madeira é parte do trabalho. Minha intervenção sobre o material será mínima, apenas sugestiva, para recriar o efeito do fluxo da água. Permitir que falem as manchas da madeira. E então... — calou-se enquanto secava os dedos parcialmente limpos no pano de prato, deixando manchas pretas que obrigavam a levar aquilo diretamente para a máquina de lavar.

— E então, o quê? — Tinha dificuldade para imaginar o que ele dizia. Sempre tivera quando ele mergulhava no trabalho. Gareth levava um bom tempo para chegar às suas conclusões, mas o modo como tentava explicá-las fazia com que soassem tão evidentes e simples que elas pareciam claras demais, de algum modo, desmerecedoras de todo o esforço que dedicara para chegar a elas.

— E então darei forma humana às composições. Não sei bem como. Mas irão abordar a beleza e a destruição. De como nos inserimos no mundo e, ao fazê-lo, o despojamos, o trituramos em pedaços.

— Adoraria ver o que está falando.

— Não há nada ainda a mostrar, mas quando tiver algo, você será a primeira a ver, eu prometo. — E inclinou-se sobre Rose enquanto ela escorria o macarrão, beijando o seu cabelo.

Rose afastou-se e tocou o sino.

— Jantar! — convocou.

— É, um bom dia. — Gareth esfregou as mãos e se sentou.

Rose não sabia por que, mas sentiu seu coração próximo ao umbigo. Talvez um vinho pudesse reerguê-lo, pensou. Assim, abriu uma garrafa da prateleira de baixo da adega — a melhor prateleira — e serviu-se de um grande cálice de Bardolino tinto-sangue. Estava prestes a devolvê-lo quando percebeu que se esquecera de servir Gareth. Batendo nas têmporas, foi buscar outro cálice para ele, polindo-o cuidadosamente com a sua camiseta antes de enchê-lo.

Após o jantar, Rose organizou uma festa de limpeza para as crianças mais velhas, enquanto dava um banho e alimentava Flossie, preparando-a para dormir. Flossie chutou um pouco durante o banho, agitando algumas bolhas de sabão. Era o máximo de animação que Rose vira desde sua estada no hospital. Pela primeira vez, sentiu que talvez sua filha não ficasse com sequelas. Conseguiu vislumbrar uma fresta de esperança; mas, por outro lado, talvez fosse o vinho.

Estava pondo Flossie no berço quando a campainha tocou. Devia ser Janka, a babá de Simon, que ficaria ali durante a noite. Simon optara por não ir à apresentação, então aquela parecia a solução perfeita para a saída de Rose e Gareth.

— Você poderia atender, Gareth? Ainda preciso me vestir. Dê a ela uma xícara de chá, que já desço.

Rose sentiu seu estômago revirar quando pôs Flossie no berço, que retornara ao seu próprio quarto. O plano era deixá-la lá até que voltassem, e daí Rose a levaria à sua cama, que era o único lugar em que se sentia segura com ela. Pô-la no berço era um ato difícil em si mesmo. Mas a noite toda seria um grande teste. Era a primeira vez que se afastava dos filhos durante a noite — exceto pela cerimônia de Natal, quando Anna dormiu com amigas fora de casa. E depois do apuro de Flossie no hospital, bem, Rose não sabia como faria. Seu estômago estivera irritado com o seu estado de ânimo nos últimos dias. Corria ao banheiro toda hora. Mas precisava daquilo. Quando confessou seus temores a Gareth, ele simplesmente argumentara que Lamb ficava a apenas algumas centenas de metros estrada abaixo, que Janka conhecia as crianças, que tinha o número de telefone e que diria a Charlie, o dono, que chamaria Rose imediatamente se Janka ligasse.

Ele simplesmente não entendia.

Rose foi se vestir e apoiou-se no espelho de corpo inteiro, olhos nos olhos de seu próprio reflexo. E se ficasse, por estar doente? E se tivesse uma dor de cabeça ou forjasse um enjoo — e nisso sabia que tinha habilidade —, então não teria de ir. Mas quando viu a pintura de Polly feita por Christos, recordou-se de tudo o que já se passou. Devia certa lealdade, era quase uma dívida a Polly, e não havia como não se arrastar até o *pub* por ela.

Mas o que vestir? Escolheu o vestido preto com a fita circular sob os seios, que Gareth tanto gostava. Retirou o macacão e a camiseta, deixando-os sobre uma pilha no chão, e se espremeu no vestido por sobre a cabeça. Estava um pouco mais apertado do que a última vez em que o vestira, em Londres, em uma exibição íntima para Gareth pouco antes de se mudarem. Mas era um vestido império, então poderia disfarçar apertando um pouco a barriga. Contemplou-se no espelho. O modo como seus seios se espremiam e subiam não era excessivo, pensou. Não parou para ver como o conjunto todo ficava.

Segurou o cabelo, enrolou-o e o prendeu com uma grande presilha. Lavou o rosto e passou o batom — o primeiro em meses. Contemplou por um segundo o seu rosto no espelho do banheiro. Da forte luz azulada que brotava das lâmpadas sobre a pia, ela parecia sombria, cansada. Vasculhou o seu lado do gabinete do banheiro à procura do *Touche Éclat*, a sua única extravagância cosmética, mas, para a sua irritação, ele parecia ter desaparecido.

Mas havia coisas mais importantes a resolver, de modo que, enfiando em seus pés uns sapatos de couro sem salto, desceu para encontrar-se com Janka e mostrar a casa.

Recuou um pouco ao ver a babá à mesa da cozinha, tomando um cálice de vinho com Gareth. Certamente não era bom que ela bebesse antes de cuidar de quatro crianças. A ideia de cancelar sua ida e dispensar Janka voltou a passar por sua cabeça. Não seria a coisa mais sensata a fazer? Apenas um cálice pode comprometer o juízo, afinal.

Mas é claro, isto era para dirigir, não para o cuidado infantil, e Rose teve de admitir que ela frequentemente cuidara de quatro ou mais crianças depois de tomar bem mais que um cálice.

— Olá, Rose. — Janka, uma simpática garota eslovaca, ergueu-se, revelando toda a sua estatura, e apertou a mão de Rose.

— Oi, Janka. Vou mostrar a casa. Você não esteve aqui antes, não é?

— Ah, sim, Rose. Estive aqui cinco ou seis vezes, quando você e o bebê estavam fora. — Janka sorriu e aquiesceu.

Rose dirigiu um soslaio para Gareth, arqueando as sobrancelhas.

— Alguém tinha de ficar com as crianças enquanto eu saía para vê-las — disse Gareth.

Rose nem perdeu tempo em pensar na razão pela qual Polly não podia ter feito isso.

— Bem, então, apenas mostrarei o que fazer caso Flossie desperte. Você tem o número do *pub*, e Gareth já falou para ligar em caso de qualquer sinal de problemas, e para ver como ela está de hora em hora, está bem?

Rose de fato pretendia mostrar a Janka apenas a parte de Flossie do trabalho, mas se viu levando Janka para todos os lugares, apresentando ela às crianças, que ergueram os olhos e disseram, "Oi, Janka", e continuaram assistindo ao desenho *Futurama*.

Janka a seguiu, falando ahã, ahã para todas as instruções precisas e detalhadas de Rose. Fazia-o de tal modo que Rose ficava imaginando se ela estaria mesmo absorvendo tudo. Mais uma vez, Rose sentiu vontade de cancelar a noite, mas não conseguia pensar em um modo de evadir-se agora sem parecer muito rude.

Ela e Gareth beijaram as crianças — todas as crianças, pois Rose persuadira Gareth a tratar os meninos como se fossem deles neste aspecto — e foram caminhando pela estrada até o *pub*.

Era uma noite fria e sem nuvens, do tipo que congelava nas narinas e evaporava ao expirar. O ar umedeceu um pouco os olhos de Rose, tornando mais nítida a faixa de arbustos iluminada pela lua. Claridade, pensou, é o que ela precisava naquela noite. Deixa as coisas claras.

Seguiram pela estrada, e Rose deu os braços a Gareth. Ele comentou sobre o céu noturno, sobre como ele destacava as silhuetas das árvores contra a linha do horizonte. Ela ficou contente em ouvi-lo.

Pararam para ganhar fôlego e ouviram o vazio da noite no campo ao redor, até ser interrompida pelo trinado de uma coruja e o zumbido de alguma coisa pequenina. Continuaram. À medida que se aproximavam do *pub*, localizado na saída do vilarejo, a luz das ruas sobrepujou a lua e as estrelas, e a agitação interna engoliu o silêncio da noite.

A casa estava cheia, evidentemente. Para alguém com apenas um telefone e um serviço postal à disposição — ela afirmava não saber sequer ligar um computador —, Polly conseguira atrair um público de duzentas pessoas ou mais, decerto o suficiente para abarrotar o Lamb. Rose perscrutava ao redor enquanto Gareth ia até o bar. Com poucas exceções, aquele não era um público local. O Lamb não poderia ter testemunhado tanto couro e piercings debaixo de um mesmo teto em todos os seus quinhentos anos. Havia um bocado de marmanjos de mais de trinta anos de preto e com o que parecia um glimmer dourado no pescoço. Eram, claro, os fãs dos velhos tempos. Mas também havia alguns abonados, tipos mais despojados, bebericando vinho tinto e tentando conseguir sinal em seus iPhones, o que, obviamente, Rose sabia ser impossível. Devia ser o pessoal das gravadoras, aqueles que poderiam moldar um futuro para Polly. Um futuro independente. Rose sentiu-se contente de ver que não havia poucos desse grupo.

Se a coisa deslanchasse para Polly, e ela retornasse às suas apresentações e gravações em todo o mundo, talvez fosse possível, pensou Rose, que ela pudesse cuidar dos meninos por ela de um modo mais consolidado.

Gareth lhe trouxe uma bebida.

— Lá está Jon. — Acenou para o bar. — Você se importa de eu ir vê-lo? Ele anda insistindo que eu participe do time de críquete.

— Mas que coisa britânica — Rose falou.

— Minha última assimilação desta cultura. — Gareth pôs a mão contra o peito.

— Vá lá, então, velho lorde. Vou procurar um bom lugar para filmar.

Sentou-se no banquinho ao lado da lareira, bem perto do palco, onde podia ver as cabeças e a multidão em pé, e ocupou-se da filmadora, verificando se a configuração estava correta. Era sempre ela que se encarregava da filmadora. Ao observar os álbuns de família, podia-se pensar que ela não existia, pois estava sempre atrás das lentes. Gareth tirava muitas fotos de seu trabalho e dizia que tendia a conceber qualquer outro uso da câmera como um hobbie de empresário em férias, e por isso a deixava para ela. Mas ela não se importava. Achava-se relativamente boa em fotografia, e que tinha bom olho para composições.

O telefone do bar soou. Rose sentiu uma agulhada de medo enquanto voltou-se para examinar Charlie, o proprietário, atendê-lo. Ele gargalhou ao telefone com uma rouquidão de cigarro, saudando um velho amigo. O pânico de Rose prolongou-se no resquício usual de uma palpitação acelerada. Para se acalmar, olhou em torno e tentou se harmonizar com a multidão. Esta tendia de maneira evidente a concentrar a atenção para o palco. Cada vez que havia uma movimentação lá em cima, seguia-se uma pausa no burburinho das conversas. Eles estavam aguardando.

— Disse que iria jogar na próxima quarta-feira. Tudo para tirá-lo de cima de mim. — Gareth atravessou o bar e estava de pé ao seu lado. — Vou sair para fumar — disse e desapareceu novamente.

Rose tomou o seu drinque e, deixando seu casaco sobre o banquinho, foi ao bar apanhar outro. Desejou que Simon estivesse lá, mas sua ausência era compreensível. Tentou capturar a atenção de Charlie enquanto ele servia a multidão debruçada no balcão, mas ele não iria conceder favores naquela noite, e ela esperou o que pareceu uma eternidade para ser atendida. Demorou tanto que, para não ter de voltar, resolveu comprar uma garrafa inteira de vinho, repousando-o sobre a bancada da lareira ao seu lado.

Havia acabado de se acomodar quando sucedeu uma agitação mais definitiva na plateia. Ergueu os olhos e viu Polly atravessar a pequena área elevada que fazia as vezes de um palco, o violão pendurado no ombro. Parou na frente do microfone e o puxou mais perto da boca. Seus lábios estavam pintados de vermelho vivo e ela usava um longo vestido negro que parecia a teia de uma aranha. Parecia um pouco nervosa.

— Olá. — Olhou para o público sem um sorriso. — É bom estar de volta.

Com isso, o público explodiu em palmas apaixonadas, o que trouxe um brilho de prazer ao rosto de Polly. Rose deixou a filmadora ligada. Polly inclinou-se sobre o violão e dedilhou alguns arranjos menores.

— Sou uma viúva e esta é a minha história — falou através dos olhos semicerrados. E então fez o seu primeiro número.

Polly estava em grande forma. Sua voz alçava de um baixo rosnado a um canto de sereia em apenas um compasso. Suas novas canções tratavam de dor, amor, sangue e morte. Toda a sua raiva e desapontamento eram liberados ali, naquele pequeno espaço. Era evidente, pela qualidade das atenções, que para muitos na plateia a noite tinha sido uma experiência transcendente, transformadora até.

Em dado momento, Rose virou a cabeça para Gareth, que voltara de seu cigarro ao primeiro som da voz de Polly. O lugar estava cheio demais para que ele pudesse retornar ao lado de Rose, e assim se postou do outro lado do salão, apoiado ao balcão como se parecesse um pouco o dono do lugar. Observando-o assistir a Polly, Rose sentiu-se desconfortável. Havia algo em sua expressão que ela não queria ver; algo que a fez se sentir comum, como se não fosse digna de estar naquele lugar, ouvindo aquela música. Sentiu-se subitamente desapontada consigo mesma, envergonhada de não ter conseguido se tornar tão magnífica quanto sua amiga sobre o palco. As vantagens que pensava ter adquirido nos últimos dez anos não passavam de um tipo de mitologia; estava de volta ao lugar onde deveria permanecer, tocando o triângulo na orquestra de Polly.

Polly apertava e oscilava o violão como se este fosse seu escravo, colado à cintura. A saliência de sua calcinha estava plenamente à vista, mas de um modo mundanamente erótico que ia além de uma provocação. Rose ficou, por certo momento, desconcertada.

Lembrava-se com clareza de um dia quente de verão quando ela, Polly e algumas amigas deveriam estar praticando arremesso de bola, mas simplesmente se deitaram preguiçosas ao sol sobre o gramado do campo esportivo. Rose e as outras estavam com as pernas cruzadas para o lado, cobrindo-se com suas saias. Polly, contudo, sentava-se esparramada, a saia erguida e tudo completamente à mostra. Mas não havia um pelo pubiano para fora, muito menos uma mancha úmida e cinzenta a ser vista em sua calcinha branca imaculada. Ah, ter essa confiança até mesmo com a parte mais delicada e imprevísivel de seu corpo, pensou Rose na época. E lá estava de novo: Polly, imóvel e desenfreada, tão facilmente à mostra. Igual à sua versão de quando tinha treze anos.

Rose, metida naquela filmadora, sentia-se uma gorda sem graça. A esposa estável. É nisso que Rose se tornara. A que se ocupara com coisas delicadas. Seu ato mais despojado e arriscado foi comprar uma velha casa e passar dois anos trabalhando duro para reerguê-la. Nada tão extraordinário, em comparação. Contrastada com a eletricidade sobre o palco e a maneira como capturava aquele público descolado e reservado, sentia-se a dona de casa burguesa de classe média que provavelmente se tornara — e, de longe, a visão menos interessante do salão.

As doze novas canções que Polly tocou naquela noite, somadas à famosa faixa-título de *Running Scared* ("Correndo Assustada"), seu álbum de 1992, e algumas das antigas, puseram o público na palma de sua mão. As composições acústicas, apenas com o violão para acompanhá-las, preencheram o espaço a ponto de alterar até mesmo o odor do lugar.

No final, o público foi às alturas. Saltaram, aclamaram, pediram mais. As pessoas com cálices batiam seus anéis pesados de prata contra eles. Polly, de pé sobre o palco, sorriu e juntou as mãos em um *namaste*, descansou o violão contra a parede, virou-se e atravessou o público em direção ao bar. As pessoas tentavam tocá-la.

Rose, ainda filmando, tentou seguir seu caminho em meio ao público, mas a diminuta Polly, que no palco preenchera os quatro cantos do salão com sua energia, foi sugada quando desceu para a plateia.

Rose estava prestes a guardar a filmadora quando captou um sobressalto na multidão e foi ver o que era. Um espaço se abrira em torno de Polly, que estava sendo confrontada por uma mulher alta e loira, com os jeans apertados e jaqueta leve e cara de motoqueira. A mulher se interpunha na frente de Polly, bloqueando seu caminho como uma bruxa má da Disney. Rose esticou a cabeça para ouvir o que se passava.

— Sabe — dizia a loira —, a morte de seu marido é a única coisa interessante em você.

Polly encarava-a com uma mão na cintura, medindo-a. A mulher avançou e deu-lhe um tapa no rosto, tomando-a de surpresa e cortando a maçã de seu rosto com um grande anel de diamantes.

Polly caiu, e cinco homens, incluindo Gareth, acudiram-na.

Outro homem, alto e moreno, com uma olheira profunda sob cansados olhos azuis, segurou a loira, que estava, e agora se evidenciava, definitivamente embriagada.

— Você disse que ia se comportar se viesse — soprou ele.

— Durante a apresentação, eu disse. DURANTE A APRESENTAÇÃO! — rosnou de volta.

Rose se arrependeu de ter metido a filmadora na bolsa.

— Quantas vezes já te falei? É passado! — o homem gritava.

— Eu vi a sua cara — gritou de volta. — Não venha me dizer que você ainda não tem vontade desse pedaço sujo de peixe podre.

Ele a tomou pelo braço e arrastou-a para longe, para fora do *pub*. Rose procurou Polly, que ainda estava no chão, rodeada por um círculo de homens. Um deles apanhara um copo d'água no bar e Gareth usava um guardanapo para enxugar o corte feio que o anel da mulher deixou sob o olho esquerdo de Polly.

— Você está bem? — Rose foi perguntar a Polly.

— Estou bem. — Polly sorriu para ela, mas sua boca se mantinha comprimida. — Esqueça, está bem? Eu a conheço de longa data. É uma louca.

Gareth e outro homem — um enorme urso lustroso e bronzeado — ajudou-a a se levantar.

— Bem, o que preciso agora é de um drinque — disse Polly, olhando para Gareth.

— Uma garrafa de champanhe para a estrela, Charlie! — Gareth gritou enquanto abria caminho até o bar. Alguém passou-lhe um banquinho e o ofereceu a ela.

— Por conta da casa, camarada — Charlie falou, e de trás do balcão, retirou um buquê de rosas vermelhas e o entregou a Polly com uma mesura. Se não tivesse visto com os próprios olhos, Rose jamais acreditaria que tal gesto poderia vir de um tal sujeito metido, esquentado e barrigudo. Era mais conhecido por sua habilidade em expulsar encrenqueiros arrancando-os, literalmente, de suas cadeiras e atirando-os no olho da rua, que por seu cavalheirismo e suas flores.

Gareth virou o champanhe num cálice e serviu-o a Polly e a Rose.

— Foi demais, Poll — disse Rose.

— Obrigada.

— Não foi incrível? — Gareth pôs os braços sobre os ombros de Polly. — Você não terá problemas em se integrar novamente, garota, não é?

— Não sei. — Ergueu os ombros.

— Com licença — um sujeito branco e articulado, com dreadlocks até a cintura, se interpôs entre Polly e Rose e esticou a mão. — A apresentação me arrebatou.

— Obrigada. — Algo em Polly que arrefecera desde o confronto com a mulher loira começava a ganhar vida de novo.

— Jem Williams, Gravadora Karma — disse o homem.

— Uau — exclamou Gareth.

— Legal. — Polly sorriu.

A atenção de Rose se dispersou sobre o bar repleto, até que seus olhos foram pousar em uma figura recostada na parede, perto da porta, bebericando num copo e olhando diretamente para a direção deles. Era Simon.

— Vou dar um pulo no banheiro — falou sem se dirigir a ninguém e foi até ele. Não podia acreditar que estava ali.

— O que está fazendo aqui? Quem está cuidando das crianças?

— Estão dormindo, vim dar um pulo. Não conte a Miranda — disse.

— É o menor dos segredos que terei de guardar.

— Acho que correu tudo bem, então. Só cheguei na hora dos aplausos.

— Foi... brilhante — Rose respondeu, procurando a palavra.

— Ótimo.

— É.

— Rose, olhe, me desculpe pela outra semana. Foi algo um tanto... impensado. Só quero que saiba que, se algum dia precisar conversar, estou aqui. Não quero que deixemos de ser amigos. Sinto falta dos nossos papos.

— Já está perdoado. — E beijou-o no rosto. — Mas só serei sua amiga se você sair daqui agora para cuidar das crianças.

— Sim, senhora — disse, entregando-lhe o drinque. — Estou saindo. Mas lembre-se, pode falar comigo, está bem? A qualquer hora.

— Certo — respondeu, embora não soubesse ao certo do que estava falando quando disse sobre sua necessidade de conversar. Sobre o quê? Era ele que estivera em crise. Entornou o que restava da bebida de Simon e voltou para o bar.

— Onde você estava? — Gareth pôs o braço sobre ela.

— Toalete — respondeu.

Parecia ter ficado um pouco para trás. Polly estava sentada sobre um banquinho ao lado do bar, dominando a situação. Estava rodeada por um grupo de homens que ouviam com expressões famintas, ainda que amigáveis, o que ela tinha a dizer. Rose reparou que o homem de olheiras escuras de antes estava entre eles, bem ao lado de Polly, tão próximo que ele devia estar apertando sua cintura contra a dela. Devia ter largado a loira em algum lugar, supôs Rose.

— Hora de retornar a Janka — Rose falou. — Pode ficar, se quiser.

— Não, vamos voltar. Tenho de me levantar cedo, de qualquer jeito — Gareth disse.

Despediram-se de Polly, que parecia disposta a atravessar a noite. Na estrada, a lua atravessara o céu, atenta sobre a noite como se estivesse de olho, um grande olho precavido, em cima deles. O ar, mesmo que ainda gelado, carregava um aroma de verão. Rose apoiou-se em Gareth no caminho de volta, feliz de estar longe do *pub* repleto.

Gareth riu para consigo.

— O que foi? — Rose perguntou, olhando para ele.

— Estava só pensando que esta noite vai estar presente em algumas autobiografias, daqui a uma ou duas décadas.

— Foi um acontecimento, com certeza. — Rose percebeu que muito longe, para o oeste, nuvens se aglutinavam, em tons pastéis de cinza contra o céu iluminado. Iria chover mais tarde.

Retornaram a uma morada calma. A noite transcorrera sem sobressaltos. As crianças foram para cama na hora, ninguém acordou e, sim, Flossie estava bem. Rose e Gareth dispensaram Janka com vinte libras e, então, depois de Rose se certificar de que Flossie ainda dormia profundamente, caíram na cama um tanto zonzos pela bebida e pelo cansaço. Pela primeira vez em um tempo que parecia meses, ela desejou seu marido. Começou a acariciar a penugem de sua nuca, ele se virou e segurou sua cabeça entre as mãos. Beijou-a, inclinou-se junto a ela e desceu sua boca até os seus seios, beijando-os primeiro, e depois sugando e os mordendo de tal forma que ela suspirou de surpresa.

Não que ela não gostasse, mas ele jamais tinha sido tão ousado. Desceu suas mãos entre as pernas dela e a acariciou levemente até que estivesse molhada. Depois, enfiou um dedo e um segundo. Movia-os dentro dela, e meteu um terceiro e um quarto. Aquilo a deixava excitada, e ela subia e descia sobre ele. Mergulhou ainda mais, empurrando até os nós dos dedos, até que enfim, delicadamente mas com firmeza, meteu o polegar, e logo sua mão inteira estava dentro dela, de modo que ela parecia uma marionete de pano em sua mão. Aquilo era novidade. Os dez anos de sexo tinham sido, até agora, caraterizados por uma intimidade delicada. Ela gozou rapidamente e de modo explosivo, luzes piscando forte em sua cabeça ao sucumbir em sua mão. Ele subiu sobre ela e conduziu as mãos dela ao seu pênis, bombeando-o furiosamente para cima e para baixo até que, com um espasmo, ele explodiu sobre seus seios, esfregando o seu sêmen pegajoso sobre e ao redor de seus mamilos.

— Eu te amo, Rose — falou e virando-se para o seu lado da cama, caiu no sono de imediato, suas pernas suadas enredadas sobre e entre as dela. Ela permaneceu de barriga para cima, a vulva queimando e ainda contraindo de tempo em tempo. Não tivera um orgasmo como aquele em anos.

— Não podemos nos esquecer disso — murmurou ela no silêncio do quarto.

Mas, enquanto a chuva começava a salpicar a janela do dormitório, não conseguiu deixar de se perguntar: *De onde ele tirou isso tudo?*

28

NA MANHÃ SEGUINTE, Rose acordou com o barulho de Gareth no chuveiro, cantando uma das antigas canções de Polly. Permaneceu ali enquadrada pela fraca luz matinal que se projetava sobre ela da vidraça do telhado sobre a cama, tentando se recordar do que acontecera na noite anterior e que a fazia se sentir com o estômago agitado. Virou de lado e então percebeu a sensibilidade entre suas pernas e tremeu um pouco.

Sentia-se como se fosse o primeiro dia de aula.

— Oi, meu amor. — Gareth saía do chuveiro, esfregando os cabelos com uma das felpudas toalhas brancas que Rose sempre deixava belamente dobradas sobre as prateleiras de carvalho. Inclinou-se para beijá-la nos lábios.

— Acabou o café do estúdio — disse ele. — A minha cafeteira nova está apenas soprando vapor.

— Vou anotar em minha lista de compras — Rose falou.

— Eu te amo, sabia?

— Você me disse isso ontem à noite.

— Disse porque era verdade.

Meteu-se em suas roupas para trabalhar, um velho jeans e um agasalho esverdeado que Rose deixara-lhe quando estava grávida de Anna. Depois de passar as mãos pelo cabelo, certificando-se de que secara do seu modo desgrenhado favorito, saiu.

Cantarolando, Rose foi ao mercado dos fazendeiros logo após deixar as crianças na escola, situado no vilarejo próximo, a uns cinco quilômetros de distância, de modo que precisou ir de carro, mas parecia muito mais correto comprar num mercado local do que no supermercado Waitrose. Ao entrar no carro, atirou a sua cesta de vime no banco de trás, que comprara especificamente para essas visitas ao mercado. Era um pouco difícil de carregar, ainda mais com Flossie no porta-bebê, mas não podia imaginar-se ali sem o acessório. Aquilo a lembrava de que agora era uma mulher de vilarejo e isto a fazia se sentir plena.

A cerração da manhã se dissipava para revelar o céu azul quando o Galaxy dobrou no estacionamento do pavilhão do vilarejo onde se localizava o mercado. A despeito da noite de chuva, os dias pareciam cada vez mais quentes ao longo da última semana. Ficou contente de ver que naquela manhã, apesar de um pouco de barro, alguém optara por levar o mercado ao seu local de verão, no campo de jogos nos fundos do pavilhão. Como de costume, o lugar estava movimentado, cheio de pais que reconhecia do colégio. Cumprimentou e deu um alô para alguns mais simpáticos enquanto zanzava entre as barracas, cantarolando e equipando sua cesta com queijos franceses artesanais, geleias da região e um quilo de bacon que, para si, sentia ser inferior (e mais caro que) a marca do supermercado, mas que comprara porque foi produzida por um fazendeiro cujos campos podia avistar do alto de seu jardim.

Fechou os olhos e sentiu o sol em seu rosto, fantasiando que se encontrava em um mercado francês em Dordogne.

— Café, não posso esquecer do café — ditou para si enquanto se dirigia à barraca que vendia os grãos tostados de forma caseira, do tipo particular que Gareth gostava.

Seu humor estava elevado, quando, com Flossie balbuciando na cozinha, dispôs o último pote de geleia em seu devido lugar no armário. Baixou o moedor de café da prateleira e processou a quantidade suficiente de grãos para que Gareth pudesse trabalhar sem interrupções até a hora do jantar. Gareth. Sentiu outro arrepio, recordando-se da noite anterior. Era incrível, pensou, como em meio às ocupações do dia a dia, um bom sexo podia fazer toda a diferença no modo como se sentia. Depois de deixar o bacon na geladeira, viu Polly descendo a trilha do jardim até a cozinha, coberta por um roupão negro de cetim que Rose nunca vira antes.

Rose apanhou o cesto e o devolveu ao seu lugar na despensa fria, que rescendia às maçãs que enrolara em papel-jornal e as guardara ali no outono.

Saiu para a cozinha e topou com Polly à mesa, olhando para ela.

— Você parece feliz, Rose — disse.

Rose sorriu.

— Você e Gareth se divertiram ontem?

— Nós adoramos. Como foi depois que saímos?

— Tudo bem — Polly disse.

— O quê?

— Não sei. — Espreguiçou. — Tenho algo de anticlímax.

— Você voltou tarde?

— Acho que sim.

— Alguém interessado?

— Ah, não sei. Disseram que gostaram, que vão me procurar, mas é tudo blá-blá-blá. — Enrolou um cacho de cabelo ao redor do dedo, procurando pontas quebradiças. — E Gareth, onde está?

— No estúdio.

— Que ótimo que esteja trabalhando de novo.

— Do que está falando?

— Bem, sabe, ele raramente ia ao estúdio quando você estava fora.

Rose virou para Polly, que ainda mexia em seu cabelo. Algo se impregnou ao contentamento que sentira toda a manhã. O que era aquilo?

— Foi a preocupação. Por Flossie — Rose abreviou.

— Ele estava sempre por aqui na cozinha. — Polly ergueu os ombros. — Tem algum café pronto por aí?

— Vou passar num segundo. — Rose lembrou-se de que precisava levar o café para Gareth. Ele estaria aflito a esta altura, com sua incapacidade norte-americana de trabalhar sem cafeína. Calçou as botas de cano baixo e desceu pelo jardim dos fundos que conduziam ao estúdio de Gareth. No caminho chamou por Manky. Ele não viera durante a noite, o que não era incomum. Mas tampouco passara para o seu desjejum. Rose torcia para que ninguém mais o alimentasse. Sabia não ser apropriado, mas as pessoas normalmente o faziam em razão de uma gentileza equivocada.

Bateu de leve na porta do estúdio. As cortinas estavam cerradas, como de costume, contra o sol da manhã.

— Sim? — falou lá de dentro.

Ela abriu a porta e se assustou. Desde a última vez em que visitara o estúdio, há menos de uma semana, todas as superfícies, todos os centímetros vagos da parede, foram cobertos por desenhos e mais desenhos do rio, das árvores, de figuras em movimento...

dançando?... de um modo solto, com os membros largados. Havia algo naquela atitude das figuras que lhe parecia familiar.

— Você anda ocupado — falou ela, contemplando hipnotizada as composições ao redor.

— Sim — respondeu, pondo o papel que estava desenhando de face para baixo no assoalho. Voltou-se para ela. — Em que posso ajudar, Rose? — Sabia que ele não gostava que vissem o seu trabalho em construção, nem mesmo ela.

— Eu trouxe o café — disse.

— Ah, sim. É claro. Ótimo. Obrigado. — Observou-a como se aguardasse que ela saísse.

— Está bem, então, vejo você no almoço.

— Vou ficar por aqui. Desculpe. Mas não se esqueça de mim para o jantar.

— Tudo bem, então. Até lá. — Rose recuou e fechou a porta atrás de si.

O sol forte fazia parecer que o gramado se inclinava em direção à casa, e ela se sentiu encolhendo como uma Alice no País das Maravilhas. A casa parecia cada vez mais distante à medida que se aproximava. De repente, estacou. Sua idiota! Deixara Flossie na cozinha, no banquinho do bebê, sozinha com Polly.

Uma mão invisível empurrou suas costas, ela correu sobre a grama e atirou-se cozinha adentro, fazendo Polly, que ainda estava sentada à mesa observando o corte debaixo do olho com um pequeno espelho circular, tomar um susto. Flossie estava imóvel em sua cadeira, do outro lado do cômodo, adormecida. Rose correu até ela.

— O que foi? — perguntou Polly, largando o espelho.

Rose quase chorava de gratidão. Polly mal reparara em Flossie. Estava dormindo, intocada, sem um arranhão.

— E que tal aquele café? — perguntou a Polly.

Uma vez absorvida um pouco de cafeína, Polly ficou bem menos pessimista quanto ao resultado da noite anterior. No final, ela tinha arranjado uma sequência inteira de reuniões em Londres e Bristol, para possíveis contratos de gravação e outras supostas apresentações acústicas intimistas.

— Você viu aquele sujeito mais velho de cabelos grisalhos e anel nas orelhas? — perguntou a Rose.

— O de jeans apertados e jaqueta de couro?

— Ele mesmo. É Steve Blow.

— Não acredito.

— Pois é, o baixista. Ele quer que eu integre uma apresentação que está planejando no mês que vem, em Camden.

— Você vai?

— Por que não? Só posso subir, não acha, Rose? Pensei em passar lá alguns dias, dar umas voltas com o sujeito. Você ficaria bem cuidando dos meninos, não é?

— É claro. — Mais que bem, pensou. Encantada.

A porta do jardim se abriu e lá estava a silhueta de Gareth, apoiando o seu peso contra um quadril e esfregando seus dedos sujos de carvão no cabelo, tirando-o do rosto, aguardando que seus olhos se adaptassem à escuridão da cozinha.

— Acabou o leite — falou.

— Você precisa construir um duto para o leite — brincou Polly. — Assim não precisará voltar aqui.

— Ah, oi. — Gareth se aproximou e beijou-a no rosto. — E aí, estrela?

— Ah, bobagem — Polly respondeu, indiferente.

— Use a garrafa da frente — disse Rose, enquanto Gareth vasculhava a geladeira.

— Ah, então. Tem alguma chance de um de vocês ir a Bath hoje? Quebrei uma corda do violão — disse Polly.

— Desculpe — falou Rose, desculpando-se pelos dois. Gareth estava trabalhando e ela não podia ir: não havia jeito de ir e voltar antes do horário de apanhar as crianças.

— Espere um pouco. — Gareth voltou-se com a garrafa de leite na mão. — Acho que posso levá-la. Preciso comprar mais papel. Estava planejando ir amanhã, mas posso sair hoje.

— Se for tudo bem... — disse Polly.

— Sem problemas. Iremos depois do almoço. O que haverá para o almoço, Rose?

Rose estava certa de que ele avisara que iria dispensar o almoço.

29

ROSE PREPAROU uma sopa francesa de cebolas, que comeram na mesa da cozinha com pão e queijo de cabra do mercado. Era estranho ter todos ali, começara a se acostumar aos dias solitários. Sentia um pouco que estava sentada entre dois arbustos incandescentes, enquanto Polly e Gareth discorriam sobre seus trabalhos, sobre seus planos.

Gareth sublinhava suas ideias sobre a série do rio, e Polly o ouvia, inclinando-se e assentindo para mostrar que o acompanhava. Rose começou a devanear. Pressionou o seu seio direito para ver se ele soltava um dos contumazes latejos pré-menstruais. Se o tivesse, seria a primeira menstruação desde que Flossie nasceu e explicaria o que ela estava sentindo. A manhã começara bem, lembrou-se, iluminada e banhada de sol. Mas agora sentia que havia caído dentro de uma caixa que se fechava vagarosamente em volta dela.

Polly subiu à edícula para se aprontar, e Rose limpou as coisas do almoço enquanto Gareth, à mesa, fazia a lista das coisas a comprar em Bath.

— Há algo que queira que eu te traga de lá? — perguntou.

— Não consigo achar o pente para lêndias — disse. — E Anna voltou a se coçar.

— OK, está na lista. — Levantou-se e apanhou as chaves do carro na gaveta de madeira ao lado da porta dos fundos. — Não voltaremos muito tarde — disse, beijando-a na cabeça. Em seguida, saiu, subindo os degraus até a edícula, como um cão solto num campo.

Rose viu Polly sair pela porta da edícula e sorrir para Gareth. Colocara um vestido branco arejado que reluzia com a luz do sol, fazendo-a muito mais jovem do que era, como uma noiva virgem.

Ao terminar de limpar a cozinha e verificar o jardim à procura do gato, Rose rompeu um hábito de uma vida inteira e tirou um cochilo ao lado de Flossie. Talvez se sentisse melhor se dormisse, pensou. Mas levantou dez minutos antes do horário de apanhar as crianças e, não apenas sentia-se ainda confinada, como confusa, e também como se alguém entrasse em sua cabeça durante o sono e substituísse a parte de percepção por um chumaço de algodão.

De modo que, quando Simon a chamou enquanto atravessava o campo, não o ouviu da primeira vez. Mas ele correu para alcançá-la, e a primeira coisa que ela sentiu foi o esfregar-se amigável de Trooper contra sua perna.

— Oi. — Simon apareceu, mais canino que seu cão. — Tem alguém aí?

— Desculpe. — Rose voltou-se e fez o rosto sorrir. — Eu estava distraída.

— Se você diz. — Conseguiu acompanhá-la. — Tem vontade de passar em casa para uma xícara de chá depois da escola?

— Por que não? — disse Rose. Não havia motivos para voltar à casa, e ela podia retirar uma lasanha do freezer para o jantar. Não sentia tanta vontade de cozinhar.

Na escola, as crianças comemoraram ao saber do plano, de tal maneira que Rose se perguntou qual era o problema de irem para sua própria casa.

O campo parecia ter sido preenchido com corvos negros durante o curto período em que apanharam as crianças, as mochilas e lancheiras. As crianças afugentavam as aves, que se erguiam como grandes espíritos negros, cobrindo o ar com seus crocitares. Anna, Yannis, Nico, Effie e Liam, imitando os pássaros rodopiantes, abriram os braços, girando ao redor e debaixo deles até tombarem, zonzos.

Os filhos de Simon eram gêmeos. Pequenos para os seus sete anos, tinham a pele pálida e celta da mãe e olhos completamente negros debaixo do cabelo loiro despenteado do pai. Rose sempre os vira como pequenas crianças duendes, leves e plenos de brincadeiras, muito mais livres que os meninos de Polly.

— Onde está a sua tia esquisita? — Effie levantou-se e correu ao lado de Anna. As duas meninas fingiam que voavam, envolvidas demais no que faziam para perceber a proximidade de Rose e Simon.

— Ela não é minha tia — disse Anna, deslizando para longe dela.

— Mas ela é esquisita, né? — Liam aproximou-se, mais avião que ave.

— Cai fora! — disse Anna a Liam.

— Anna! — ralhou Rose.

— Não, tudo bem. Ele estava provocando. Fez por merecer. — Simon tocou o seu braço.

Rose procurou Nico, que ria com escárnio. Captou o seu olhar e manteve-o desafiador por alguns segundos, indo ao encontro de Yannis em seguida, que estava cutucando urticárias com um graveto enlameado. Não tinha nenhuma dúvida de onde Anna tivera a ideia de que usar esse palavreado era aceitável. Desde que os meninos chegaram, Rose descobrira que ela odiava crianças xingando. No passado, achara que a compreensão e explicação de contextos era mais importante que banir palavras feias, mas agora percebera que ela odiava que palavras sujas saíssem da boca de Anna, e tinha de se segurar para não dar um tapa nela.

Observava Anna rodopiando pelo campo e dava-se conta de que tinha se tornado mais séria. Devia ser um salto no crescimento. Tinha uma tendência a ganhar volume, crescer e emagrecer, mas Rose costumava estar ciente dessas mudanças. Agora, via que as roupas de sua filha não serviam mais — havia uns bons cinco centímetros de pulso brotando de suas mangas. Mas não era só isso. Anna carregava uma espécie de tensão que Rose nunca vira. Tentou recordar-se de como ela era há apenas um mês, e seu jeito de então contrastava com as diabruras dos meninos. Agora, percebia com um baque que havia pouca diferença entre os três. Pareciam saídos do mesmo molde. A descoberta chocou Rose. Sempre vira sua família como um cálculo algébrico, firmemente encerrado em suas próprias articulações.

E então, ao tropeçar na raiz de uma árvore, teve a revelação de que ela, Anna, Flossie e Gareth simplesmente não tiveram a oportunidade de ficar sozinhos o tempo suficiente desde a conclusão da casa para fazer a família se firmar com solidez. Construíram um muro impalpável e, ao que parece, ele tinha sido atravessado.

Retomou seu equilíbrio pouco antes de cair.

— Firme, Rose. — Simon a segurou pelo braço.

— Estou bem — disse, olhando para ele. — Apenas tropecei.

— Vamos dar uma passada na loja e apanhar um bolo — declarou, e todas as crianças vibraram em uníssono. A loja do vilarejo vendia uma receita secreta de bolo de chocolate muito famosa nas paróquias locais.

A casa de Simon e Miranda ficava a pouco mais de quinhentos metros depois da casa de Gareth e Rose, o que significava que estavam a uma propriedade de serem vizinhos. A casa era muito diferente das linhas novas, limpas e imaculadas do Chalé. Deteriorada, tinha uma série de coisas espalhadas, com pilhas de cartas e livros sobre todos os espaços. Continha pouco das inovações caras que Rose e Gareth aplicaram em sua casa. O jardim era, mesmo naquela época do ano, uma espécie de mata cerrada, com coisas que deveriam ter sido podadas no outono ainda esparramando o aroma de seus brotos novos no ambiente.

Simon abriu espaço na mesa, empilhando o que parecia uma semana de jornais sobre um banquinho. Fez chá para todo mundo, sem se dar ao trabalho de perguntar se era isso que queriam, e serviu-o em canecas manchadas. Nico e Yannis, estranhos ao ritual inglês, bebericaram suas bebidas e expressavam curiosidade, como se lhes dessem o luar.

Sentaram-se em volta do bolo com hesitação muito menor. Quase líquido com o chocolate, fora feito por uma mulher que morava no vilarejo vizinho, que cozinhara para a Konditor & Cook[18] em sua temporada em Londres. As crianças limparam os pratos e, com manchas de chocolate nos dedos e rostos, imploraram por mais, sendo atendidos por Simon antes que Rose pudesse contestar.

— Então, o Tiger tomou suspensão — Anna falou.

— Por favor, não fale com a boca cheia, Anna. — Rose tocou-lhe o pulso.

— Ele deu um soco em Sammy — disse Yannis.

— Não forte o suficiente — respondeu Nico.

---

[18] Confeitaria londrina (N. T.).

— Mas o nariz dele sangrou — Anna garantiu a Simon, que franziu o rosto.

— O que quer dizer, não forte o suficiente, Nico? — perguntou Rose.

— Ele estava dizendo coisas sobre a nossa mãe — Yannis respondeu.

— Cala a boca, Yan — disse Nico.

— Que tipo de coisas? — Rose se pôs entre os meninos com delicadeza.

— Ele falou que...

— Cale a BOCA! — Nico gritou para o irmão menor. — Não importa *o que* ele disse. Ele não devia ter *dito* nada.

— Bem, não importa o que tenha dito, ele não merecia ter levado um soco — disse Rose.

— Ah, como merecia. E o Tiger não merecia a suspensão. Ele estava sendo amigo — Nico resmungou.

— E Sammy *é* um merda, Rose — comentou Yannis, com franqueza.

— É bem possível, imagino. — Rose olhou as próprias mãos. Simplesmente não tinha vontade para tirar uma conclusão daquilo tudo. Absteve-se, o que era incomum, de derivar disso uma lição para os meninos.

O ambiente mergulhou em um silêncio constrangedor, com apenas o ruído da respiração de Flossie tentando levar à boca uma bola amassada de bolo de chocolate.

— E aí, quem quer assistir a um DVD? — Simon bateu as mãos. — Temos uma versão pirata de grande qualidade de *Os Piratas do Caribe 4*. Dá até para ver as pessoas se levantando do cinema para ir ao banheiro!

— Eba!!! — Liam e Effie levantaram-se das cadeiras e golpearam o ar. Evidentemente, aquele tipo de filme era uma novidade na casa. A história de Tiger foi esquecida no momento em que as crianças se esparramaram no que Simon chamava de Sala de Projeção — muito mais uma segunda sala de estar com um projetor para laptops apontado para uma grande parede branca.

— E agora, marujos — disse Simon enquanto as crianças se acomodavam sobre almofadas de veludos espalhadas sobre o carpete —, quando sentirem vontade de levantar para fazer xiiii-xi, vocês terão de ir ao banheee-iro, está bem? E já vou trazer uma pipoca de caramelo diretamente do mar para os que ficarem quietinhos, está bem, marujos?

— Sim, sim, capitão! — Os gêmeos fizeram continência. Até Nico sorriu. O DVD começou assim que as crianças se aquietaram, concentradas.

Rose e Simon voltaram para a cozinha.

— Isto nos dá um tempinho sem intromissões, graças a Deus — disse ele. — Esses meninos dão um certo trabalho.

— Nem me fale — disse Rose. — Você se importa se eu amamentar a Flossie?

— Não há visão melhor que esta. — Simon levantou-se para fazer mais chá. Rose desabotoou a camisa e aproximou Flossie, olhou em volta para as pilhas de bagunça, os projetos inacabados dos gêmeos. Havia um jardim em miniatura em um prato raso, com humo espremido para parecer uma grama. Havia um papel-machê e uma fortaleza pintada em um pôster, com soldados de plástico guardando a ponte levadiça de rolos de papel higiênico. Rose lembrou-se de como a edícula estava cheia de esforços similares, e suspirou ao tentar se lembrar da última vez em que ela e Anna se sentaram sem ninguém ao redor, sem meninos levados, sem um bebê demandante.

— Está tudo bem, Rose? — Simon sentou-se à sua frente e pôs uma caneca de chá perto dela.

— Como assim? — Despertou de seu devaneio.

— Você parece um pouco... um pouco desligada, hoje. Não é por causa de mim e dela, é?

— O quê? Ah, não. Como eu disse, já esqueci daquilo.

— O que está pensando, então?

— Ah, nada. Só devo estar um pouco cansada. Ainda não retomei o ritmo desde que voltei do hospital. E a preocupação. Sabe, com Flossie.

— É claro. — Simon tomou de seu chá e olhou atentamente para Rose. — Afora isso, está tudo bem em casa? Entre você e Gareth, quero dizer.

— É claro — despistou. — Somos muito unidos.

— É claro. — Simon baixou a vista.

— Sempre fomos. Nada de errado nesse quesito — disse.

— Bom. E as coisas com Polly?

— Bem.

— Algum sinal de que ela irá embora?

— Depois da noite passada, é provável. Mas é um movimento dela, sabe?

— Sim.

— Não posso obrigá-la a fazer o que não está pronta.

— É claro. — Simon deixou a atenção se perder na vista da janela. Em seguida, como se tivesse tomado uma decisão, voltou--se para Rose e, por sobre a mesa, segurou a sua mão.

— Rose. Você precisa tirar ela de sua casa. Estão armando uma tragédia para você, Rose. Ela é perigosa.

— Você só está dizendo isso porque está magoado.

— É possível, mas tenho olhos para ver, e sei o que vejo. Tive de ouvi-la falando sobre vocês dois quando vocês estavam ausentes. Mande ela embora, Rose.

— Não quero ouvir isto, Simon.

Levantou-se e contornou a mesa, sentando-se junto a ela e segurando os seus ombros.

— Olhe, Rose, vou poupá-la dos detalhes, mas não poderia ser mais enfático que isso. Tire ela da sua vida. Se você tem um sonho de vida, ela irá frustrá-lo. Ela já desequilibrou totalmente o meu. Não estou sendo apenas egoísta, embora só me faça bem que ela ponha o pé na estrada. Isto é por você, minha cara amiga, e eu não quero que você seja igualmente frustrada. Reagrupe-se, tire-a de lá.

Liam apareceu na cozinha.

— Ei, pai, e a nossa pipoca?

Simon afastou-se um pouco.

— Saindo, Lee. Estou preparando.

— Vamos logo, pai — Liam falou, desaparecendo dentro da sala de projeção. — Tem meninos gregos esperando!

— Não quero escutar mais nada — disse Rose, endireitando a postura e afagando a bochecha de Flossie.

— Simplesmente pergunte a si mesma, Rose. Como um bebê engole todas aquelas pílulas, hein?

— Foi um acidente — mas mesmo ao dizer isso, Rose corou.

— E Rose — disse Simon levantando-se para empunhar a sua pesada panela de pipocas —, onde está Polly agora?

— Gareth a levou para Bath — disse Rose. — Para comprar cordas para o violão.

Simon olhou-a por um tempo e em seguida voltou-se para preparar seu molho especial de caramelo para as crianças.

30

SIMON FEZ O JANTAR para todos, um macarrão rápido com atum. Rose tentou falar com Gareth ao telefone para convidá-lo a se juntar a eles e para trazer a Polly, se sentisse vontade. Seu celular estava desligado e ele não atendia ao telefone fixo.

Passava das oito horas quando Rose e os meninos chegaram ao Chalé, mais tarde do que previra, mas era sexta-feira e não teriam aulas no dia seguinte. A casa estava às escuras e o carro não estava estacionado. Polly e Gareth ainda não tinham chegado.

Foi a um lugar ao lado da edícula para acender as luzes externas para que, quando chegassem, pudessem se orientar, xingando ao pisar em algo que parecia as fezes de algum animal.

Quando girou a chave, viu o horror completo daquilo em que pisara.

— Não olhe, Anna! — emitiu.

Mas era tarde. Anna vira Manky, ou o que restara de Manky, na entrada de carros logo atrás da edícula, no local em que o

Galaxy costumava estacionar. Algo o agarrara e o partira em pedaços, e por isso Rose pensara que Polly podia ter deixado cair um cachecol vermelho de pele a caminho do automóvel.

Não, o tapete embolado de pelos, sangue e vísceras, era o seu velho e fiel gato. Seja qual foi a criatura que o matou, deixou a sua cabeça intacta, e assim pôde saber.

Anna gritou, virou-se e vomitou atum, macarrão, bolo de chocolate e pipoca sobre os vegetais plantados de Rose. Nico e Yannis agacharam-se sobre o cadáver miserável, enrugando os narizes de nojo, mas incapazes de não olhar.

— Deve ter sido a raposa — disse Rose, ajudando Anna a entrar em casa, tentando achar alguma explicação —, ou um texugo, talvez. Ouvi dizer que eles podem ser bastante maldosos com os gatos.

— Mas a raposinha não machucaria Manky — soluçou Anna.

— Vamos, meninos — disse Rose. Sentia muito frio e muito cansaço.

— Quero dormir com você hoje à noite, mamãe — Anna pediu, enquanto Rose a secava com a toalha depois de um banho conturbado.

— Claro. Você, eu e Floss vamos todas dormir juntas — falou. Isso a consolava, também. Não queria deixar mais ninguém que lhe era precioso longe de sua vista naquela noite.

Pôs Anna e Flossie para dormirem e foi apagar a luz dos meninos. Nico estava lendo e não ergueu a cabeça, mas Yannis se aninhava, pálido e pequeno, nas dobras da colcha.

— Rose — Yannis falou, sua voz era muito fraca. — Existe um céu de gatos para Manky?

— Não estou certa, Yannis — respondeu. Não estava se sentindo muito generosa. — Não estou certa de nada — completou, e ele cobriu os olhos com os punhos.

— Boa noite — disse ela e apagou a lâmpada.

Desceu até a cozinha, ligou todas as luzes e abriu uma garrafa de vinho, a segunda da noite. Ela e Simon tinham dividido uma, mais cedo.

De pé, de vigília no meio da cozinha, observou a edícula, ansiando para que o carro aparecesse, enquanto entornava um cálice e o preenchia de novo.

Quando chegou ao final da garrafa, ainda não tivera sinal do Galaxy. Percebeu que suas pernas estavam latejando por ficar de pé. Também estava bêbada, com frio e exausta. Subiu, aninhou-se com as suas meninas debaixo da colcha e deitou entre elas.

— Rose, Rose. — Gareth a chacoalhava para que acordasse. — Ei, Rose.

Estava sonhando que caía em uma espécie de buraco de Alice no País das Maravilhas, onde cenas de sua vida se sucediam em camadas: lá estava sua mãe, sendo austera com algo errado que Rose fizera; lá estava Christos, sorrindo com o sol em seus lábios, deitado ao lado dela; aí estava Manky, perseguindo um brinquedo que Anna construíra; lá estava o bebê, sendo levado para longe.

Despertara com um baque na cabeça.

— Onde você estava? — sussurrou.

— Desculpe. Topamos com Dave Morgan e ele levou-nos para o seu estúdio.

— Quem? — Rose estava confusa.

— Você sabe, Dave, o rapaz do som — aquele com um estúdio de gravação em Lansdown? Ele ficou sabendo da apresentação. Parece que a Polly vai combinar algo com ele. Tentei telefonar. Você recebeu a mensagem que deixei na secretária?

Rose não podia entender por que não pensara em checar. Mas então, lembrou-se.

— Manky...

— Manky?

— Você vai ter de limpá-lo dali, Gareth. Eu não consigo.

— Do que está falando?

— Ele está morto.

— O quê?

— Na entrada do carro. Você provavelmente não viu. É possível que tenha estacionado em cima dele.

— Deus.

— Ele foi atacado, ele... — E Rose começou a tremer, até que não conseguiu mais conter as lágrimas.

Deslocando um pouco Flossie, Gareth se sentou e abraçou-a forte, afagando o seu cabelo, até ela parar de chorar.

— Ele era parte de mim.

— Eu sei.

— Eu não sei o que fazer, Gareth.

— Pode deixar comigo, amor. Não se preocupe com nada. — Ergueu Flossie e a pôs nos braços de Rose. — Você, fique com as meninas e durma um pouco. Não se preocupe comigo. Vou dormir no estúdio. E não saia pela manhã até que eu tenha limpado tudo, está bem?

— Está bem — respondeu, entregando-se como uma criança posta para dormir pelo pai. Levou um tempo para que parasse de tremer, para deter as imagens de seu gato esmigalhado que passavam por suas pestanas, mas ao final, caiu novamente em um sono escuro e profundo. Dessa vez, não teve sonhos. Nenhum.

31

FLOSSIE DESPERTOU ROSE ao amanhecer, balbuciando e tocando seu rosto com as mãos abertas. Eram tapinhas, suados e pegajosos. Rose sentiu um instante de pânico, incapaz de sentir os braços; adormeceram completamente por terem ficado debaixo de cada filha. Retirou os membros e abriu e fechou os punhos até que os sentisse o suficiente para que pudesse se mexer. Esfregando os olhos contra a exaustão aflitiva de tal sono profundo, apanhou Flossie e desceu os degraus em silêncio, cuidando para não perturbar Anna, que estava do seu lado da cama, enredada em um travesseiro, ressonando baixo.

A casa estava quieta e silenciosa lá embaixo. Continha um vazio estranho. Foi quando Rose se lembrou da razão para aquilo. Não havia um gato ao seu lado pela escada, ninguém se esfregando em suas pernas pedindo comida, água e um afago matinal no queixo ou entre as orelhas.

Pôs Flossie no cadeirão e deu-lhe um biscoito. Em seguida, esvaziou os pratinhos de água e comida de Manky. Raspou o que restava de ração no cesto de lixo e, pensando melhor, atirou fora os pratos, também, como um ato de despedida. Foi até a pia e olhou para a edícula, pensando se Gareth já havia limpado o que restara.

— Já volto, Floss. — Calçou os sapatos e subiu os degraus até a casa, expirando nuvens de calor corporal sobre o ar da manhã que ainda guardava um pouco do frio. Chovera durante a noite mais uma vez: as folhas suspendiam mais que gotas de orvalho, e havia pequenas poças nos côncavos dos degraus de pedra. Era aquele momento exato em que o sol estende-se sobre a terra, quando o ar ainda carrega a manta espessa da noite.

A morte é tanto um começo quanto um fim, pensou Rose, mas a ideia lhe deu pouco consolo enquanto procurava o corpo de seu gato. De joelhos, agachada, a terra se apegando às suas pernas, examinou debaixo da parte inferior empoeirada do Galaxy. Manky não estava mais ali. Alguma terra tinha sido retirada, e tudo o que restava era uma papa semelhante a framboesas amassadas. É possível que estivesse muito escuro para que Gareth visse aquilo.

Torceu para que o marido tivesse guardado algo para enterrar, para dar a ela e a Anna a chance de conceder ao luto um ritual sobre o qual se apoiar. Dois animais mortos em duas semanas. Não era um bom momento para as espécies menores do Chalé. Torceu para que Gareth tivesse guardado os restos em uma caixa de algum tipo. Um saco de lixo, não: a ideia dos restos de Manky balançando em um saco fazia seu estômago revirar.

Rose ficou de cócoras e apoiou-se contra a lateral azul do carro, lutando contra a vontade de vomitar. De súbito, o ar foi preenchido por um ruído alarmante, como uma guilhotina escolar, partindo pilhas e mais pilhas de papel-manteiga amontoados. Esquivou-se, abaixando a cabeça, cobrindo as orelhas. Quando se recompôs para olhar para cima, viu que o ruído provinha de um casal de cisnes que cruzavam o céu, cortando o ar com suas asas.

E se afastaram, deixando um eco ressoante de sua aparição. Levantou e limpou a terra apegada nos vãos de seu joelho. Olhou pela janela do carro. Em seu interior havia uma caixa de pizza, além de oito garrafas de cerveja mexicana vazias, que contou, uma a uma. Alguém estivera festejando ontem à noite.

Fixou o olhar nas janelas da edícula e se pôs à escuta atenta a qualquer sinal de vida em seu interior. Mas o silêncio, agora que os cisnes sumiram, era impenetrável. Tudo o que podia escutar era um zumbido nas orelhas, como se tivesse passado a noite anterior ao lado de alguma caixa de som. Ficou mais alto quando desceu até a casa e esfregou as orelhas com as palmas das mãos para tentar silenciá-lo. Olhou Flossie pela janela da cozinha, bastante entretida em espalhar o biscoito meio mastigado pela bandeja do cadeirão.

Bom, pensou Rose.

Tomando fôlego, decidiu não entrar. Ao invés disso, contornou a casa, cruzou o forno à lenha e percorreu a grama úmida até o estúdio de Gareth. Temos mesmo que colocar um caminho de pedras aqui, com toda esta chuva, pensou.

Parou sobre o gramado, ouvindo agora o seu próprio sangue bombeado em seu corpo como o fluxo do coração de um feto no ultrassom. Respirou profundamente, o frescor do ar entrando em sua garganta e queimando o seu peito. Que perfume tinha a manhã! O aroma doce das madressilvas da madrugada apenas se insinuava no ar. Tudo podia ser tão bonito, não fosse o zumbido em suas orelhas, a picada em seus olhos.

— Um início significa morte — disse em voz alta.

Delicadamente, girou a maçaneta da porta do estúdio. Estava trancado. Mas Gareth nunca trancava as portas. Não achava graça, sempre, de sua dificuldade em não fazê-lo? Arqueou-se e espiou pela fechadura. As cortinas estavam cerradas, cortinas espessas que não deixavam a luz entrar ou sair. Segurou a respiração e tentou ouvir. Estava certa de que podia ouvir sua respiração, lenta e profunda. Será mesmo? E se pudesse, haveria ali um contraponto? Um ruído mais leve? Estaria escutando um dueto?

Desejou interromper os ruídos que brotavam de dentro de si para que pudesse escutar melhor. Mas sentia-se incapaz de fazer qualquer coisa a respeito. A manhã a fazia sentir como se tentasse nadar em um xarope denso. Talvez eu tenha de ver um médico, pensou.

Ergueu-se e alongou as costas, virando-se para a casa. Naquele instante, topou com a raposa no meio do gramado, sua tonalidade rubra quase dolorida contra o verde incandescente da grama úmida. Parou ali no meio e olhou diretamente para ela, olhos nos olhos. O animal retribuiu o olhar. Era como se olhasse para si mesma.

Não era possível que ela tivesse feito mal a Manky. Tinha lido em algum lugar que as raposas passavam longe dos gatos; que sabiam que, em uma luta, tinham desvantagem. E a raposinha tinha outros peixes para fritar. Ou coelhos para partir em pedaços. Por que perder tempo com um felino que era só pele e osso?

Mais uma vez, teve de conter a náusea que subia de seu estômago até a cabeça. A raposa se refugiou nos arbustos entre a casa e o campo.

— Não vá pela estrada — alertou-a.

Ouviu o choro de Flossie na cozinha e voltou num segundo para a casa, sem reparar, até que fosse tarde, que, ao entrar correndo, seus sapatos cobriram o assoalho da cozinha com pegadas de lama.

Acudiu Flossie e acalmou-se: seu único problema fora ter desintegrado inteiramente o biscoito. Rose entregou a ela outro do pacote. Em seguida, rapidamente apanhou um esfregão e um balde para limpar o assoalho. Se fosse Anna, Gareth ou os meninos entrando com os pés daquele jeito, ela teria dado uma bronca. Mas perdoou-se, contudo. Tinha de ter mais paciência consigo, nos últimos dias.

— Mas se a cozinha ficar uma bagunça, será o fim de tudo — disse a Flossie, que a observava com uma expressão vazia.

Passou o esfregão e, com um pano de prato limpo, esvaziou a bandeja de Flossie coberta de pedaços de biscoito. Apanhou a cesta de Anna com os ovos de ônix e escolheu os dois menores (mas maiores que o tamanho de uma boca) para Flossie segurar e girar sobre a bandeja. As mãos de Flossie eram limpas, macias e perfeitas. Sentou-se, observando enquanto Flossie apanhava o primeiro, o outro em seguida, erguendo cada um deles no ar, segurando-os com força em seus pequenos dedinhos e batendo-os na bandeja. Se ela tivesse sorrido ou dado uma risada, teria achado o processo todo um pouco menos desconcertante. Mas Flossie realizava cada levantamento como um pequeno autômato indiferente, como uma pessoa entediada na academia.

Afastou-se do bebê e foi pôr a chaleira para esquentar. Já a esquentara duas vezes naquela manhã, mas não conseguira até aquele momento prosseguir e fazer uma xícara de chá. Desta vez, contudo, obrigou-se a virar a água na xícara, mergulhar o saquinho de chá, cobri-la com leite. Tarefa pronta, postou-se de pé na frente do Aga, esquentando as pernas e bebericando seu chá do interior de sua grande e limpa caneca favorita. A confiabilidade do calor do Aga, o fato de que estava sempre ali, confortou-a. Era uma pequena rocha, firme em meio a espumas velozes, e aquilo ajudou a abrandar o seu zumbido interior, ao ponto de não haver mais que um sopro delicado, como o silêncio que se segue à abertura de uma orquestra.

Deixou os olhos repousarem na edícula novamente. Andaria em círculos naquela manhã?, perguntou-se. Teria de subir e verificar debaixo do carro, e então se abaixar em frente ao estúdio para ver se captava algum sinal de Gareth? Se nada ocorresse, sentiu que teria de fazê-lo.

Mas o instante foi rapidamente interrompido. Polly apareceu dos fundos da edícula. Rose observou-a enquanto ela pisava com cuidado os degraus de pedra até a porta da frente, de camisola e chinelos. Era muito cedo para que Polly estivesse por ali. Parecia cansada.

— Puxa, Rose, sinto tanto. — Polly entrou na cozinha e pôs os braços em torno de Rose, apertando-a contra si, tomando o seu calor e o puxando para si.

Rose se afastou e olhou para a amiga. Podia ver uma mancha vermelha em seu pescoço.

— O quê? — sussurrou, temendo a resposta. — O quê?

— Nosso pobre e velho gato. Nosso pobre e velho Manky. Que horrível — Polly lamentou, tomando o rosto de Rose entre as mãos. — Você deve estar se sentindo tão mal, Rose.

— Sim.

— Venha, sente-se. Posso pegar algo para você?

— Estou bem, obrigada. — Rose mostrou-lhe sua xícara de chá.

Polly deu início ao ritual de preparação do café de Gareth, e Rose sentou-se na mesa no mesmo instante.

— Gareth foi tão heroico ontem à noite — Polly dizia. — Ele o colocou em uma daquelas caixas de madeira, do champanhe que Andy lhe deu. Poderemos fazer um enterro apropriado. Dar a Manky o descanso merecido.

— Seus chinelos estão com lama — falou Rose.

— Ai, desculpe. — Polly foi até a porta onde estavam as galochas e tirou os chinelos dos pés. — Tudo bem se eu usar estes? — apontou as sandálias de Rose com o pé.

— Tudo bem — Rose respondeu. — Mas eles provavelmente ficarão grandes.

— É que o chão está um pouco gelado esta manhã.

Rose ergueu-se e apanhou o esfregão e o balde mais uma vez, para retirar as pegadas de Polly. Como teria sujado de lama os chinelos descendo um lance de escadas de pedra? Conhecia esses degraus. Tinha colocado um a um, de joelhos, durante o oitavo mês de sua gravidez.

— Você se divertiu ontem? — perguntou a Polly.

— Muito! — respondeu. — Nós tocamos aqui, mas você não estava.

— Eu estava na casa de Simon — comentou, procurando algum sinal de reação em Polly. Mas ela era impassível. Sempre fora.

— Esse amigo de Gareth, o do estúdio. Ele é um sujeito muito interessante. Tocou um pouco das coisas dele. Ele trabalhou com PJ Harvey, sabe?

— Sim.

— Minha rival imbatível, é claro. Dizem que se ela não estivesse lá, eu estaria. — Polly mergulhou os dedos no cabelo, enrolando-o em nós.

Rose sentou-se de frente para Polly e apanhou o ovo maior da cesta de Anna. Era um objeto pesado, amarelo, circundado por espirais cor de âmbar, demasiado grande para caber em uma mão. Fez o ovo rolar debaixo de sua palma.

— O mesmo nome e tudo o mais — disse Polly.

— Onde está Gareth? — Rose perguntou.

— Dormindo, suponho. — Ergueu os ombros. Em silêncio, tomaram as suas bebidas. O único ruído era o do baque rítmico de Flossie, que erguia e derrubava os ovos de mármore e ônix sobre a bandeja, e o ovo de Rose rolando e batendo sobre a mesa.

— Será que podíamos parar com isso? — Polly virou-se e apanhou os ovos de Flossie, que permaneceu olhando para as mãos como se as coisas tivessem sumido de perto dela. — Está me deixando irritada — disse e tomou o ovo de Rose, pondo tudo de volta no cesto e, subindo em uma cadeira, devolveu-o à prateleira do armário.

Observou Rose e suspirou.

— O que faremos com você, Rose?

Rose retesou-se.

— Tenho uma ótima ideia — Polly falou. — Poderá te alegrar.

— Tem que ser muito boa — disse Rose.

— Ah, pobre Rose — Polly falou. — Não consegue pensar direito, não é? Quero dizer, você está tão destruída pelo que aconteceu a Manky — Rose preferiu que ela tivesse usado uma expressão diferente —, e estou certa de que Anna também não vai lidar bem com isso. Ela é tão *sensível*, não é? Bem, olhe o meu plano: faremos uma pequena cerimônia mais tarde, pela manhã. Gareth não se incomoda em abrir uma cova, e comentou que faria algum tipo de lápide de madeira. E aí, quem sabe não possamos ir para o espaço de banhistas do rio? Preparar um piquenique? Esquecer-nos de tudo por um tempo?

— Parece... — Rose ergueu os olhos e se deparou com Anna de pé na escada, esfregando a cabeça, como um pequeno fantasma desnorteado — ... ótimo. De verdade.

— O dia vai ser lindo, pelo que dizia a previsão. Ainda mais quente do que ontem. Daqueles dias bizarros de abril. Ah, oi, Anna. Mingau de aveia?

Sem esperar uma resposta, Polly foi à despensa para apanhar a aveia. Anna veio e se sentou ao lado de Rose, mergulhando a cabeça em seu ombro.

"Se ao menos fôssemos só nós", pensou Rose.

32

Mais tarde, naquela manhã, eles realizaram um pequeno funeral solene para Manky. Anna chorou e atirou punhados de narcisos no interior da cova que Gareth abrira nos fundos do pomar. Polly tocou o violão e cantou uma versão simplificada de *Cool for Cats*,[19] com versos personalizados para Manky.

Rose poderia passar sem aquilo. Parecia um pouco irônico demais para quem passou, na sua opinião, uma pequena tragédia pessoal. Anna, porém, parece ter se animado, cantando com seriedade o refrão:

Cool for Cats.
Cool for Cats.

De pé e apoiado sobre a pá, Gareth manteve uma expressão

[19] Canção do grupo britânico Squeeze, de 1979 (N. T.).

pesarosa, como um coveiro profissional. Até os meninos ficaram comovidos. O sol estava alto e, conforme Polly tinha previsto, excessivamente quente. Rose sentiu uma mancha de suor se acumular sob o sutiã. Este tempo doido de abril.

Gareth não iria ao piquenique. Queria ficar para trás, falou, para encher a cova e terminar a lápide. Rose tentou persuadi-lo a ir, mas ele foi inflexível. Parecia fazer anos que não o via, não como deveriam. Queria passar a tarde com ele, mesmo que fosse na companhia de Polly. Mas era claro que ele pensava diferente.

— Não podemos deixar o passeio no rio para outro dia? — disse para Polly enquanto retornavam do pomar para dentro da casa.

— O quê? E perder este tempo lindo? — Polly falou, virando o rosto para o sol. Sua palidez quase brilhou.

— Bem, eu...

— Ah, mãe — disse Anna, dando-lhe a mão e olhando para ela com os olhos pesarosos —, por favor, podemos ir?

— Como dizer não a isso? — comentou Polly, jogando o cabelo negro para trás. — Vejo vocês em meia hora. Meninos, aprontem-se, e não esqueçam de ajudar Rose. — Oscilando a guitarra sobre os ombros, afastou-se do grupo e foi para a edícula.

Gareth arrumou os meninos e reuniu os acessórios de banho, enquanto Rose tentava armar um piquenique com o que podia encontrar na cozinha.

— Você está bem, meu amor? — perguntou ao colocar a sacola pronta com os itens de banho sobre a mesa da cozinha.

— Já estive melhor.

— Parece silencioso, aqui, sem ele, não é?

Rose abriu todas as latas de biscoito. Embora tivesse ido ao mercado dos fazendeiros, um gesto mais ornamental que prático de adquirir suprimentos, não fazia compras há décadas, e tudo estava vazio. Ela estava perdendo o controle.

— Mau sinal — disse a Gareth. — Terei de ir ao mercado do vilarejo.

Saiu com a cesta debaixo do braço, levando Anna consigo para ajudá-la a escolher alguns itens, enquanto Gareth aprontava Flossie. No caminho de volta, foram abordadas por Polly, que pôs a cabeça para fora da edícula.

— Não se trocaram ainda? Os melhores vestidos de verão, Rose! Você e Anna! Vamos fazer isso com estilo.

Rose franziu o rosto para ela.

— Não acho que...

— Dez minutos para se vestirem, a partir de agora. — Polly fechou a janela, sem permitir qualquer réplica.

— Vamos, mamãe, será divertido. — Anna puxou Rose até o Chalé. Puseram a cesta sobre a mesa da cozinha e subiram.

Sem dúvida, era algo totalmente ridículo. Rose sentou-se na cama e contemplou-se no espelho do closet, enquanto Anna apressava-se para dentro de seu quarto. Em um tempo muito curto para provocar tamanha mudança, Anna reapareceu com seu vestido de verão favorito, ou antes, o seu único vestido. Branco e estreito na cintura, coberto por uma estampa gigante de cerejas.

— Vamos lá, mamãe, precisamos fazer um esforço — disse, vasculhando o armário de Rose.

Retirou um antigo vestido de verão. Era uma peça antiquada que adquirira em um brechó alguns anos atrás, antes de dar à luz Flossie. Estava coberto de grandes rosas chamativas. Tentou recordar-se de como era ser uma mulher que escolhera uma coisa tão extravagante, pensando que combinava consigo.

— Não sei se vai servir.

— Claro que vai. Apenas experimente.

Para o espanto de Rose, entrou no vestido como se tivesse sido feito após uma longa série de ajustes cuidadosos. Anna conduziu-a escada abaixo, e receberam uma curta salva de aplausos de Gareth. Flossie, em seus braços, não registrava nada.

— Vocês estão preciosas — Gareth disse às duas.

— Você poderia colocar Flossie na cadeirinha do bebê, Gareth? — pediu Rose, inserindo compras no interior da bolsa de piquenique.

— Vamos, meninos! — chamou Gareth.

Apinhados de coisas para o banho e o piquenique, lotaram o automóvel bem a tempo de ver Polly descer os degraus da edícula, segurando duas garrafas geladas de champanhe.

— Deus meu — Gareth deixou escapar.

— Acharam! — disse Polly.

Polly usava um vestido de estilo muito similar ao de Rose. A grande diferença era que, Rose reparou, usava tamanho seis, enquanto o seu era de generosos catorze. Como o dela, o de Polly era justo contra o corpo e estreito na cintura. Também estava coberto de rosas, mas entre os botões havia, e este era um toque típico e provocante de Polly, pequenos crânios brancos, com rosas enroscando-se para fora dos buracos dos olhos.

Polly fez um meneio para todos, erguendo no ar as garrafas; com o gesto, Rose avistou as tatuagens em seus ombros. Do lado esquerdo havia uma rosa, no direito uma caveira, combinando perfeitamente com seu vestido. Estivera presente quando as tatuara em um estabelecimento escuro em Streatham, uma noite turbinada pela cocaína aos vinte e poucos anos. A ideia original era que Rose faria os mesmos desenhos em seus próprios ombros naquela mesma noite. Mas se opusera quando assistiu ao processo que o ato engendrava. Revelara a sua mudança de ideia, lembrou-se, primeiro desmaiando, e em seguida vomitando bem no assoalho da oficina de tatuagens.

— Veja como o vestido combina com o corpo — disse Gareth, elogiando-a com o que parecia uma apreciação artística.

— Pegarei um isopor para as bebidas — disse Rose. — Gareth, você põe o cinto em Flossie, por favor?

Depois de verificarem pela última vez que os cintos estavam apertados, Rose girou a ignição. Os meninos acenaram para Gareth até dobrarem na estrada, quando não podiam mais vê-lo.

O lugar de banho do rio era um campo com alguns quiosques dispostos na margem, a uns seis quilômetros do Chalé descendo o rio e passando o vilarejo seguinte. Era um clube particular e, como a maioria dos vizinhos, Rose e Gareth eram sócios. Para uma depressão tão acentuada no relevo, ele oferecia bastante alívio para os dias quentes. Embora costumasse estar fechado nesta época do ano, o clube enviara panfletos para casa pelas crianças da escola alguns dias antes, avisando que, devido ao calor fora de época, abririam no fim de semana. Rose se alegrou ao ver o panfleto. Adorava nadar em águas naturais. O mar era a única coisa que sentia falta de sua infância em Brighton, quando nadava quase todos os dias, com o clima que fosse.

Estacionou em uma vaga sobre um terreno úmido na entrada do campo. Anna e os meninos escancararam as portas do carro e correram em direção ao rio.

— Ei, turma, voltem aqui! — gritou Polly. — Ajudem Rose com as coisas.

Os três reclamaram, mas voltaram e aguardaram impacientes atrás do carro, obstruindo o caminho de Rose.

Ela abriu o porta-malas e retirou a cesta de piquenique, o isopor, a canga, as bolsas de banho e as boias. Enganchou a cadeirinha de Flossie na dobra do braço, apoiando-o na cintura e passou o cesto de praia para Polly. Carregados, escalaram um aclive de madeira e atravessaram o gramado que terminava no rio. O local estava perfeito para nadar. Havia uma lagoa rasa ideal para as crianças menores, protegida por uma represa natural quase impossível de ser atravessada acidentalmente. A represa era um escorregador grande de água para os meninos mais velhos, e descia coberto de humo até uma piscina profunda e fria que oferecia desafios para os nadadores mais experientes. O rio era relativamente largo naquele ponto — uns trinta metros — apropriado para exercícios.

A terra ainda estava um pouco macia sob os pés em razão da chuva da madrugada. Escorregava um pouco sob os pés como uma cobertura de bolos que não derretera completamente. Mas, àquela altura, o sol estava tão quente que o campo secava com rapidez, preenchendo o ar com um cheiro vaporoso de terra que, tivesse Rose crescido no interior, provocaria certa nostalgia.

— Eca — exclamou Polly, enquanto postavam-se à procura de um espaço sobre a grama. — Pessoas.

O gramado estava repleto, não se podia negar. Pequenos grupos familiares o cobriam quase inteiramente, alongando suas pálidas pernas inglesas ao sol sobre mantas mexicanas muito coloridas, beliscando seus petiscos. O burburinho das conversas de classe média enchia o ar, homens falando de como estaria na Toscana, mães chamando os seus filhos.

— Leo!

— Anastasia! Venha aqui, querida!

— Vamos até lá — os meninos resmungaram enquanto Polly os conduzia a um lugar distante da multidão, em cima de um campo inclinado, a pelo menos cinquenta metros do rio. Rose jamais teria escolhido aquele lugar. Era pouco prático, uma escolha feita por alguém que obviamente não se importava se seus filhos nadavam ou se afogavam.

Rose sentia calor; seu corpo estava encharcado dele. Tinha certeza de que seu vestido revelava o suor. Sua barriga doía também, esta inconfundível dor ardente de uma menstruação prestes a começar. Ouvira, uma vez, que era como se um verme devorasse o corpo lentamente para sair. Era exatamente como se sentia.

Polly estendeu as cangas, e as crianças começaram a vestir os seus trajes de banho. Yannis tirou sua roupa inteiramente para se trocar, ao passo que Nico e Anna foram um pouco mais reservados, ocultando seus corpos se cobrindo com toalhas e, no caso de Anna, ocultando sua intimidade com um comprido robe que pertencia a Rose.

— Agora podemos ir, mamãe? — perguntou Anna, uma boia apoiada sobre os ombros.

— Está bem, mas não atravessem a represa — disse Rose. — E isto se aplica a vocês dois também — disse a Nico e Yannis.

— Você acha mesmo? — Polly virou-se para ela. — Eles são bons nadadores.

— Há uma corrente — disse Rose, olhando para o rio correndo forte, ainda cheio pela chuva recente. Não se importava com o que os meninos fariam, mas não queria que Anna os seguisse.

— Ahhhh... — lamentou Nico, tentando atrair a atenção de Polly. Mas ela estava ocupada demais, vestindo o seu pequeno traje de banho, para prestar atenção.

— E se vocês brincassem na piscina até a hora do almoço, e então com Flossie dormindo, irei com vocês até o outro lado? — propôs Rose.

Nico, percebendo que não tinha alternativa, ergueu os ombros em assentimento, e em seguida virou-se e liderou os outros dois pela ladeira até o rio.

— Você não vai se trocar? — disse Polly, sentando-se em seu pequeno e perfeito biquíni. Rose se espantou com a aparência de seu corpo sem as roupas. Estava coberta de uma leve penugem negra, e seus ossos e articulações eram bastante visíveis, como se fosse uma espécie de diagrama anatômico tridimensional. Afora as tatuagens, outra história estava marcada em sua pele: uma trama de cicatrizes finas que se cruzavam em suas coxas e braços. Rose reparou que, se algumas eram antigas e fechadas, outras, feitas provavelmente em tempo mais recente, ainda estavam abertas. E havia também aquilo que pareciam pequenas pancadas. Na parte interna das coxas e acima dos seios. Marcas de dedo.

Que abandono, pensou Rose. E uma pequena parte da porção dura que se alojara nela ao longo dos últimos dias derreteu ao pensar em tudo o que Polly tivera de passar. E é claro, tinha de mostrar alguma gentileza, assim como Gareth. E era isso, decerto, que ele estava fazendo: sendo gentil com Polly.

— Vou me recolher um pouco. Preciso alimentar Flossie, agora — disse Rose, desatando-a da cadeirinha de bebê.

Polly esfregou filtro solar em suas pernas brancas, levantou e alongou-se. Apesar de sua pele, ossos e cicatrizes, as pessoas olhavam para ela. Ou talvez em razão de tudo isso. Mas Rose sabia que era também o glamour que atraía o olhar das pessoas. Imaginavam-na como uma espécie de estrela. E é claro, ela era uma — ou tinha sido — e por isso a encaravam ainda mais.

— Vou apanhar as comidas — falou Polly, de modo atípico. Agachou-se sobre a cesta em seu pequeno biquíni e começou a desembrulhar a comida que Rose preparara mais cedo naquela manhã. Sentada ali, com o bebê em seu peito, Rose tentou se lembrar do que preparara, mas não conseguiu. Era como se a manhã fosse um outro continente. A única coisa que podia rememorar era que, pela primeira vez em anos, preparara comida sem lhe dedicar amor algum.

Lá estavam sanduíches com ovos. Sem agrião. E uma pizza de supermercado cortada em fatias. Sanduíches de queijo e de manteiga de amendoim. Salsichas sem palitinhos, sacos de batatas fritas e barras de chocolate que Rose e Anna compraram na loja local. E algumas garrafinhas roxas de plástico com bebidas duvidosas. Apenas o grande pacote de cerejas tinha algo a ver com o que Rose identificava à sua antiga personalidade, e mesmo estas estavam fora da estação, coisa que ela costumava perceber.

— Isto deve estar ótimo — disse Polly, fazendo saltar a rolha de uma das garrafas de champanhe. — Vamos beber! — Encheu um grande copo plástico e entregou-o a Rose.

Equilibrando Flossie com um braço, Rose bebeu o seu champanhe. Observava as crianças saltitando na água. Estavam tão distantes, que apenas conseguia reconhecê-los pelas boias de borracha cor-de-rosa. Ao que parece, jogavam um jogo que envolvia usar os meios que fosse para tentar apanhar uma ou duas boias. As outras crianças dentro d'água pareciam manter distância deles. Rose torcia para que fosse apenas por conta da água que espirravam, e nada a ver com o que diziam. Polly inclinou-se e encheu de novo o seu copo.

Rose terminou de amamentar Flossie e deitou-a sobre a canga, onde permaneceu muda, olhando para cima. Rose tentou convencer-se de que ela estava atenta às copas das árvores, castanheiros-da-índia repletos e vicejantes. Deitou-se ao lado de Flossie e tentou se unir a ela em seu devaneio.

— Olhe, Flossie, flores no ar. Que esquisito, não é?

Polly assoprava baixinho uma de suas canções.

Floss não reagia. Rose olhou para cima, para as folhas e flores que balançavam na brisa fresca, ouvindo o farfalhar brando que se misturava ao canto de Polly e ao burburinho das pessoas sobre a grama. Devia ir com calma. Não comera nada o dia todo. Não devia beber mais antes do piquenique.

— Aí está! — Sem pedir licença mais uma vez, Polly encheu o copo de Rose. Apesar da resolução que fizera poucos minutos antes, Rose entornou o copo. Passara do ponto de se preocupar com a viagem de volta, caso ficasse bêbada.

Polly ergueu-se e, pondo os dedos na boca, assobiou alto. As conversas pararam e cada uma das cabeças sobre o gramado viraram-se para ver o que produzira aquele ruído cortante.

— Que porcaria, mãe! — Nico gritou sobre o silêncio, alcançando o outro lado do campo, e Rose pôde captar a respiração indignada dos pais, virando-se para encarar o pequeno delinquente moreno de sunga.

As três crianças subiram a colina em direção ao piquenique. Rose viu Anna se esforçando para não encarar o estranho corpo de Polly.

— Não gosto de nenhum desses sanduíches — Yannis falou, olhando para os pequenos pratos abandonados.

— Você precisa comer algo — disse Rose.

Polly atirou-lhe um pacote de batatas e uma barra de chocolate. Os outros começaram a comer, obedientes.

Rose não sentia fome, mas obrigou-se a comer um sanduíche para que pudesse encher mais uns copos de champanhe, bebendo bastante da segunda garrafa. Polly, como sempre, não comeu nada.

— Podemos voltar agora? — disse Anna, a boca vermelha com o líquido das cerejas.

— É preciso fazer a digestão, primeiro — disse Rose. Tomava cuidado com o que dizia. Podia sentir que se embaralhava nas palavras. — Venha e deite-se ao meu lado.

Entregando-se, Anna aninhou-se junto a ela. Flossie comprimia-a do outro lado e, deitada de costas, Rose deixou-se apagar, os fachos de luz aquecendo o seu rosto.

Acordou grudenta de suor. Anna e Flossie a apertavam como pequenos botões. Sentia muito, muito calor. Desvencilhando-se delas, ergueu-se um pouco aturdida, pensou, de champanhe e calor. Polly e os meninos dormiam profundamente, deitados separadamente de costas, palmas para cima, de modo que se os olhassem do alto, pareceriam vítimas de algum acontecimento catastrófico. Os garotos, rostos sujos de vermelho do suco das cerejas, e as flores vermelho-sangue do vestido de Polly acrescentavam um toque de verossimilhança à cena.

Estava enlouquecendo de calor. Atenta para não acordar ninguém, levantou-se, alongou-se e abriu e fechou as mãos, que adormeceram mais uma vez debaixo das meninas. Zonza com o champanhe, vasculhou a sua bolsa de praia e encontrou o seu traje de banho. Simples e negro, com um painel de controle na barriga, e uma alça em torno do pescoço que cobria a maior parte de seu colo. Era, pensou, uma roupa perfeitamente comedida. Apoiou-se em uma árvore para vesti--lo, passando os laços sobre e sob o seu vestido.

Livre de sua roupa, vestiu as sandálias de praia. Odiava entrar na água sem elas. Vai saber no que poderia pisar? Com os braços cruzados sobre a barriga, atravessou o gramado com muito cuidado em direção ao rio. E então, soluçando com o frio da água, mergulhou na lagoa e afundou a cabeça, molhando o cabelo. Ergueu-se rápido, o coração batendo forte, acelerado pelo choque. Em seguida, mais uma vez, deixou-se mergulhar. A água estava rasa ali, não passando da cintura, mas apesar do calor do sol, ainda estava gelada. Mais tarde, no verão, com o aquecimento da estação, aquela lagoa teria a temperatura própria para um banho. Mas era a água que fluía rápida o que chamava Rose. Deixou-se boiar até a represa, e em seguida, flutuando de barriga para baixo, deslizou sobre a ladeira de algas verdes até o redemoinho marrom que corria abaixo.

Se a lagoa estava fria, aquelas águas profundas eram gelo puro. O choque fez sua cabeça latejar, e parou de sentir os pés e as pontas dos dedos. Tentou retornar à represa, agarrar-se a algumas das algas pegajosas que se prendiam a ela, mas elas rasgavam em sua mão. Engasgando-se, mas ainda sem entrar em pânico, tentou tocar o fundo, mas o rio, repleto pela chuva recente, estava alto demais para isso. A corrente a arrastava para longe do local de banho.

A princípio, tentou nadar contra a corrente, na tentativa de retornar para onde viera e, em seguida, quando isto se revelou impossível, tentou alcançar a margem distante, onde ao menos teria a chance de se segurar em algo. Mas o frio, e muito provavelmente o champanhe, retardava os seus movimentos. Ainda que fosse uma boa nadadora, simplesmente parecia incapaz de fazer suas braçadas servirem para algo. Então, percebeu que estava perdendo a batalha. Seu coração começou a disparar, a adrenalina enviou-lhe um choque em todo o seu corpo e ela enrijeceu-se como se estivesse sendo eletrocutada. Inspirou profundamente, involuntariamente. Com o ar, ingeriu um volume grande da água marrom e desagradável. Tossindo e agitando seus braços inúteis ao redor, sentiu-se submergir, como se fosse puxada por bebês aquáticos até a sua morada. Uma coisa espessa e eriçada raspou em sua perna e ela teve um segundo para se preocupar com espinhos e dentes afiados antes de submergir e a luz diminuir em um turbilhão verde-amarronzado que se apegava aos seus membros e sobre a sua testa.

Por um segundo, ela desistiu e sentiu uma enorme sensação de alívio ao ver que poderia parar de lutar, e então dois braços fortes a agarraram, um por sob seu braço, o outro embaixo do queixo, e ergueram-na de barriga para cima e para fora da água, como um bebê nascendo e com suas vias cheias de muco, os reflexos embaralhados na tentativa de respirar. Incapaz de inspirar, sentiu vagamente o aperto de outras mãos que a arrastavam sobre lama e pedras até a grama, onde punhos golpearam o seu peito e a pressionaram atrás das costas, dedos entraram por sua boca e se engancharam em sua língua paralisada. Sobreveio-lhe a ânsia, a tosse, e vomitou água e cerejas, cuspindo o refugo na grama, escorrido por suas bochechas.

— Rose, Rose...

Olhou para cima e encontrou o rosto de sua médica e amiga, Kate, que estava debruçada sobre ela em seu traje e máscara de mergulho.

— Onde está Flossie? — Rose tentou falar, mas nenhum ruído saiu de sua boca.

— Ela acordou — ouviu Kate dizer. — Rose, Gareth está aqui?

A última coisa que Rose viu antes de desmaiar foi Kate pressionando um número em um telefone celular que alguém colocara em sua mão.

33

Uma tênue luz alaranjada sangrava no interior do quarto pela fresta entre as cortinas. Rose abriu um olho com dificuldade. Estava em seu pijama sobre a sua cama. Tentou lembrar-se do que aconteceu, mas não conseguiu resgatar nada após o momento em que adormeceu, depois do piquenique. Sua garganta estava de tal forma que parecia que alguém entrara ali para raspá-la com uma lixa.

— Floss? — grasnou.

— Ah, você acordou. — Kate veio rapidamente de uma poltrona, carregando uma cópia do jornal *The Guardian*.

"O que Kate está fazendo em meu quarto?", foi tudo o que conseguiu pensar.

Kate pousou uma mão fria sobre a testa de Rose. Segurou o pulso com os outros dedos, medindo os seus batimentos.

— Onde está Flossie? — disse Rose.

— Não se preocupe, ela está lá embaixo com Gareth. Você precisa descansar. Acaba de passar um mau bocado.

Rose tentou se sentar, mas o sujeito em sua garganta parecia ter deixado também alguns martelos em sua cavidade craniana.

— O que está acontecendo comigo? — disse, tentando manter a cabeça parada.

— Afora tudo o que ocorreu — disse Kate —, você apanhou uma gripe forte. O que, por si só, te derrubaria. Tem muita gente com ela, sabe. Eu já preparei vacinas para todos. Mas você também quase se afogou ao nadar embriagada.

— Puxa — falou Rose.

— Quanto você chegou a beber, Rose? — perguntou Kate.

— Não me lembro — respondeu, a vergonha percorrendo o seu corpo.

— Se Tim e eu não tivéssemos decidido dar um mergulho — Tim era o marido de Kate, um triatleta de um metro e oitenta, cirurgião ortopedista —, eu não teria sido capaz de te puxar sozinha.

— Desculpe.

— Só estou contente que você esteja bem. Eu não sei o que lhe passou, de ir nadar naquele estado.

— Foram apenas alguns cálices de champanhe.

— Parecia muito mais.

— Ah, eu não me lembro bem. Pode ter sido. Polly costuma encher o copo de todo mundo.

— É como se... — Kate franziu um pouco o cenho, e em seguida balançou a cabeça.

— O quê?

— Bem, como se você tivesse tomado algo mais.

— Não seja boba — disse Rose.

— Certifiquei-me de que seria tarde para uma amostra de urina, de qualquer modo. Não iremos querer o esquadrão antidrogas por aqui mais uma vez, não é?

— Eu não tomei nada. Não sou disso.

— Pode ter sido apenas o fato de que estivesse doente, acredito — Kate falou — acrescido ao álcool.

— Que horas são?

— Seis.

— Cristo. Para onde foi o dia?

— Não, Rose. São seis horas da noite do dia seguinte. Por assim dizer.

Rose engasgou. "Flossie!"

— Ela está bem. Está comendo papinhas agora, e Gareth tem complementado com garrafas de leite.

— Não. — Rose virou o rosto.

— Você acordou de vez em quando, mas não foi muito coerente. Teve uma febre daquelas. Tenho estado de olho, contudo. Achei que preferiria não ter sido levada para um hospital.

— Desculpe.

— Pare com isso. — Kate aproximou-se e foi se sentar na cama. Seu cabelo estava preso, e seu rosto com sardas e olhos verdes claros fizeram-na parecer tão limpa que Rose sentiu vontade de chorar, com seu estado desprezível, intoxicado.

— Rose, você está bem?

— O que quer dizer?

— É só que... tenho observado você desde que Flossie... bem, desde a estada no hospital.

— Eu mal te vi.

— Ah, mas lembre-se. Eu sou a clínica geral do vilarejo. Pouca coisa me escapa. — Kate tomou a mão de Rose e a apertou com tanto cuidado que Rose sentiu um inchaço na garganta, como se algo estivesse prestes a irromper. E então, não conseguiu se segurar: as lágrimas brotaram e descobriu-se soluçando muito, e pesadamente, em uma catarse. Mergulhou o rosto no ombro de Kate.

— Está tudo bem — Kate repetiu, abraçando-a e segurando as suas costas, absorvendo as lágrimas em sua camiseta limpa, perfumada de lavanda.

— Desculpe, Kate — Rose disse sem parar. — Desculpe.

Ao final, retornou aos seus travesseiros, os olhos inchados, o rosto marcado de lágrimas e muco. Kate entregou-lhe um lenço, e ela se limpou.

Rose não conseguia se recompor a ponto de poder olhar para sua amiga e médica, temendo que sua gentileza a fizesse chorar de novo.

— Eu não sei, Kate. Acho que só preciso de um tempo. Floss daquele jeito foi um choque e tanto. E...

— E?

— E, bem, eu me sinto sozinha. Tão sozinha. Nunca me senti tão sozinha em toda a minha vida — a voz de Rose murchou em uma versão diminuta de seu volume normal. — Sinto como se houvesse uma espécie de tampão, uma espécie de campo de força entre mim e o mundo real. Quero dizer, estou aqui pelas crianças, mas é como se fosse só isso, no momento. Sinto-me tão inútil... — A autocomiseração desatou o seu choro novamente.

— Você falou com Gareth a respeito?

— Não — Rose respondeu rápido. — Ele não pode saber.

— Mas ele poderia ajudar, talvez?

— Ele não pode saber! — repetiu Rose.

— Está bem. Está bem.

Ouviu-se uma batida na porta, e Polly deslizou para dentro com um chá para Kate. Rose desviou o rosto.

— Como ela está? — Polly perguntou, sua voz pingando de preocupação.

— Acordada, agora — Kate respondeu. — Eu acho que ela também gostaria de uma xícara de chá. Você quer, Rose?

Rose aquiesceu.

— Vou pedir a Gareth que traga em um instante — disse Polly. — Tenho de levar as crianças para o banho, agora.

— Traga-me a Flossie — murmurou Rose.

— Perdão? — Polly, sem conseguir ouvir o que Rose dissera, inclinara-se sobre ela. Rose esticou a mão e agarrou o pulso esquelético de Polly.

— Traga-me a Flossie agora — repetiu.

— Você acha que tudo bem, Kate? — Polly perguntou, afastando o braço e esfregando o pulso. — Ela está bem para segurar o bebê?

— É o que ela quer. Flossie tomou a vacina, então, por favor, traga-a aqui — Kate falou, acariciando o ombro de Rose.

— Bem, se você diz... — Polly saiu e fechou a porta.

— Eu não a quero sozinha com o meu bebê — Rose disse a Kate.

— Ah, Rose. — Kate fechou as mãos sobre o colo e olhou para ela longamente. O silêncio entre as duas foi interrompido por um bipe. — Droga. — Olhou-o. — Preciso ir. — Levantou e apanhou a bolsa, retirando o seu bloco de prescrições.

— Eu não quero remédios — disse Rose. — Eu não os quero misturados ao meu leite.

— Acho que é melhor você não amamentar a Floss pelas próximas 48 horas, Rose. Por precaução.

— Precaução?

— Apenas por garantia, em caso de haver algo mais. Além do álcool.

Rose virou-se para o travesseiro e sentiu as lágrimas descendo de novo.

— Está aqui a sua receita médica. — Kate pousou a folha fina de papel verde no criado-mudo ao lado de Rose e inclinou-se para beijá-la. — Tome a minha xícara. Eu não creio que Gareth foi avisado de que você acordou. Vou me certificar de avisá-lo na saída, e vou me certificar de que ele entregue Flossie para você. Cuide-se, e venha me ver se precisar de alguma ajuda.

Saiu, fechando a porta silenciosamente atrás de si.

Rose permaneceu ali por alguns minutos, sentindo-se arrasada. Em seguida, ergueu um braço pesado em direção ao criado-mudo, tateando até achar a receita. Abriu-a e a segurou em frente ao rosto até que a vista se focasse. Ali, com a caligrafia enérgica e clara de Kate, havia cinco palavras:

Mande-a embora de sua casa.

Rose dobrou o pedaço de papel e guardou-o na gaveta de seu criado-mudo. Era uma boa prescrição, mas achou que devia guardá-la para si, por enquanto.

34

Rose sentiu a presença de alguém no quarto e esforçou-se para abrir os olhos. Havia dormido de novo; a fadiga impregnava-se nela como uma rede firme a ponto de não conseguir mais respirar ou pensar.

Era Gareth, caminhando perto da cama com uma caneca de chá.

— Aí está você — disse, pondo o chá sobre o criado-mudo e ajoelhando-se no chão ao seu lado. Afastou os cabelos dela de sobre os olhos.

— O que aconteceu, Gareth? — perguntou.

— Não sabemos bem, mas achamos que você estava com esta gripe, e tomou todo aquele champanhe; e o frio da água liberou tudo de repente. Teve sorte de não se afogar.

Rose evitou olhá-lo. Apesar do seu tom gentil, ele iria repreendê-la com brandura.

— Mas Kate disse que você está melhor agora. Você precisa descansar, Rose. Ao menos três dias de cama, ela falou.

— Não posso fazer isso. E as crianças?

— Temos tudo sob controle. Polly muito gentilmente se prontificou a ajudar e tem feito maravilhas na cozinha. Você não precisa se preocupar com nada. Ela está mesmo se superando. Quem imaginaria que ela fosse tão capaz!

Rose sentiu que encolhia. A manta e os travesseiros ameaçavam engoli-la.

— Bem, agora você precisa tomar todo este chá. Pus três cubos de açúcar nele.

Rose fez uma careta. Odiava açúcar no chá.

— Você precisa beber. Não come nada há quase dois dias. Agora vamos. — Segurou a xícara em seus lábios e obrigou-a a tomar um pouco.

— Agora sim. Traremos o jantar em breve — disse ele. — Mas enquanto isso, tem uma dupla de meninas que quer muito vê-la. — Abriu a porta do quarto e lá estava Anna segurando Flossie nos braços.

— Cuidado com ela! — Rose falou.

— Anna é uma menina grande agora, Rose — Gareth disse, e foi se postar atrás das filhas. — Vamos, querida, não tenha medo.

Anna hesitou em direção a Rose. Parecia não saber onde estava.

— Estou bem agora — disse Rose. — Venha se sentar ao meu lado. — Estendeu os braços para apanhar Flossie, e Anna entregou-a com satisfação. Flossie sentou-se sobre o colo de Rose e observou-a com os olhos arregalados, como se estivesse tentando adivinhar quem era ela. Em seguida, ergueu sua mãozinha gorda e pôs o polegar na boca, dobrando silenciosamente como uma vírgula ao abrigo dos braços da mãe.

Anna sorriu com aquilo, e, uma vez que sua irmã quebrou o gelo, contornou a cama e se deitou, enfiando-se do outro lado junto a Rose.

— Você está mesmo melhor, mamãe? — perguntou.

— Quase lá. — Rose pôs o braço atrás dela.

Ficou ali com elas por uma hora, nutrindo-se da proximidade de seus pequenos corpos mornos. Ela e Anna conversaram sobre uma coisa ou outra, e Flossie adormeceu. Então Gareth bateu na porta e entrou com uma bandeja de comida para Rose.

— O jantar está pronto, Anna. Vamos descer, agora — disse.

— Não posso comer aqui com a mamãe? — implorou.

— Não, amor. É sopa, fácil de derramar. Você pode voltar assim que terminar, se quiser.

— Posso dormir aqui esta noite? Posso?

— Claro que pode — disse Gareth, com brandura.

— E você? — arranhou Rose.

— Não se preocupe comigo. Estou bem no estúdio. Praticamente me mudei para lá. Agora, venha comigo, senhorita. — Pousou a bandeja sobre a cama ao lado de Anna e tomou Flossie de seus braços.

— Eu volto depois do banho — Anna falou, e Gareth apressou-a para fora do quarto.

Fechou a porta e Rose foi deixada só. Olhou para a sua refeição. Era uma sopa rala de vegetais liquidificados, feita sem nenhum óleo discernível, manteiga ou caldo de carne, servida com um magro pedaço de pão de trigo integral. Uma maçã jazia sem adornos sobre a bandeja, fazendo as vezes de sobremesa. Para beber, havia um copo de água da pia.

Era sem dúvida sadia e com baixa gordura, mas se tivesse fome, aquela refeição não a deixaria nem um pouco saciada. Ela está nos emagrecendo, pensou Rose. Como a bruxa de *João e Maria*, só que ao contrário.

Comeu o que podia da comida, deixou a bandeja no chão e deitou-se sobre os travesseiros. O dia que perdera estava praticamente no fim, e os últimos fachos de crepúsculo alaranjado manchavam as cortinas brancas. O quarto brilhava como se testemunhasse uma fogueira. Rose deixou-se vagar para o calor e o crepitar imaginado das chamas.

A próxima coisa que viu foi a porta do quarto se abrindo, e Anna correndo para dentro, segurando uma grande cesta de palha contra o peito.

— Olhe, mãe! Olhe o que Polly me deu!

Pôs a cesta sobre a cama, e Rose apoiou-se cambaleante para se sentar. Com cuidado, Anna ergueu uma pequena bola de pelos diante de si, fechando seus olhos e dobrando a cabeça para sentir a maciez contra o seu rosto.

— Um gatinho — sussurrou Rose.

— Vou chamá-lo de Monkey — disse Anna. — Ele é meio um substituto para Manky, mas não tanto, porque, claro, nada poderia substituir Manky. Mas ele irá ajudar a todos a lidar com a nossa perda.

— Quem te disse isso? — Rose perguntou.

— O papai e Polly. Polly apanhou-o no *pub*. A gata de Charlie acabou de dar à luz. Não é lindo? — Anna estendeu o pequeno animal para que Rose o segurasse.

— Eu ainda não vou segurá-lo — disse Rose, baixando os olhos. — Desculpe.

— Por que não? Ele não é a coisa mais graciosa? — Anna ofereceu o gatinho mais uma vez.

— Mais linda. Neste país, dizemos mais linda.

— Mais linda. Ele não é a coisa mais linda? — Ergueu o seu corpo de modo que as patinhas dianteiras ficaram esticadas no ar, como se segurassem grades invisíveis.

— Sim, ele é muito lindo. De verdade. — Rose olhou a filha, cujo sorriso se desmanchava, convertido em lágrimas de incompreensão. Mas ela não conseguia fazer aquilo, segurar este animal que Polly impusera a eles. Parecia tão indecente; apenas dois dias depois de enterrarem o seu velho gato. Mostrava que Polly falhara completamente em compreendê-la. Ou isso, ou era uma tentativa maliciosa para irritá-la. Rose não sabia o que era pior.

Tentando esconder as lágrimas, Anna baixou o gatinho de volta sobre a cama.

— Pensei que você ficaria feliz — soluçou.

— Bem, é um gatinho lindo. — Era a única coisa que Rose conseguia dizer para tentar melhorar o humor de Anna. — E estou certa de que você vai cuidar muito bem dele.

O gatinho olhou para as duas com os olhos enormes que pareciam botões costurados, todo ele uma superfície brilhante sem nada por trás. Rose estremeceu.

— Ele não é demais? — Gareth entrou no quarto, seguidos por Polly e os meninos. Rose viu Flossie nos braços de Polly, vestida para dormir.

— Dê ela para mim — disse, esticando o braço. Polly fez um muxoxo e, rindo, inclinou-se e entregou Flossie. Deu um passo atrás e limpou os dedos num avental, que era, logicamente, o avental de Rose. Com o cabelo preso com esmero, cara limpa e o avental preto básico, Polly representava muito bem o papel de anjo doméstico naquela noite.

— Não foi ótimo da parte de Polly, Rose? — Gareth apanhou o gatinho e o levantou, sorrindo e enrugando o nariz para ele como se fosse um bebê. Rose meteu os braços debaixo das filhas. Sentia como se o seu rosto estivesse descamando de seu crânio.

— Maravilhoso — respondeu.

— Você gostou da sopa? — Polly sentou-se na beirada da cama e pousou a mão sobre a dela, dando-lhe tapinhas leves.

— Ótima. — Rose simulou um sorriso.

— Vou lhe oferecer a minha vasta gama de refeições quentes e sadias — comentou Polly. — Você estará de pé logo, logo.

Rose podia ver Nico atrás da mãe, fazendo uma careta e enfiando o dedo na garganta, fingindo-se de doente. Ao que parece, estava do seu lado. Rose se lembraria disso.

— Podemos assistir a *South Park*, agora? — Yannis pediu. Permanecera em um canto do quarto, recostado à parede. Rose pensou que talvez estivesse assustadora aos olhos do menino, com seu cabelo solto, esparramado, e a falta de banho em seu rosto. Ainda conseguia sentir o rio marrom sobre a pele e tentou recordar quanto tempo fazia desde que tomara uma ducha ou um banho de banheira. Mudou de lado na cama e um odor de biscoito rançoso ergueu-se das dobras da colcha.

— Se manda, cai fora, quatro olhos — Gareth falou, desgrenhando os cabelos de Yannis. Sempre adorara brincar com as expressões inglesas. Uma de suas favoritas era “besta quadrada”, uma expressão que nunca ouvira antes da faculdade. Os meninos saíram em disparada, comemorando, mas Anna ficou ali, aguardando a sua noite prometida com Rose.

— Vá escovar os dentes, Anna, e então poderá dormir com a mamãe — falou Gareth.

Depois que Anna saiu, Polly inclinou-se sobre Rose, o rosto pleno de preocupação, e pôs a mão contra sua testa.

— E agora, como você está? Parece que um monte de coisas te apanhou de uma vez só: a bebida, o afogamento, a doença — disse. — Pobrezinha.

— Polly teve uma grande ideia — disse Gareth, sentando-se do outro lado da cama. Segurou a mão de Rose e a apertou.

— Seria ótimo que você tirasse uma folga, Rose — Polly falou. — Você está sobrecarregada. Tem lidado com todas as consequências da fraqueza de Flossie, e agora você também se adoentou. Nossos corpos e mentes estão tão ligados um ao outro. Não existe acidente, sabe. De qualquer modo, nós dois consideramos que você precisa de umas férias, então veja! — Abriu em leque dez bilhetes de trem sobre a cama. — Cinco para ir, cinco para voltar. Não teremos de pagar por Flossie, aparentemente. É uma pechincha.

— O quê? — Rose juntou os bilhetes.

— Eu ia fazer uma surpresa, mas talvez seja esse o momento certo. Vamos para Brighton! Você, eu, Yann, Nico, Anna e Flossie. Comprei os bilhetes outro dia, em Bath. São muito baratos se você pagar adiantado.

— O quê? Quando?

— No fim da semana. Vamos na quinta-feira de manhã, voltando na segunda-feira.

— Mas e quanto à escola? E Gareth?

— Está tudo bem. Gareth é crescido para se cuidar, acredite.

— Não se preocupe comigo. — Gareth apertou sua mão outra vez. — Tudo o que teremos de fazer é nos certificarmos de que você estará bem para a viagem.

— E quanto à escola — Polly prosseguiu —, bem, que diabos, isto será *educativo*. Eles visitarão os lugares em que nossas velhas mães costumavam passear.

Rose olhou novamente para os bilhetes, como se os detalhes impressos ajudassem a dar algum sentido àquilo tudo.

— Mas por que não dirigimos? — perguntou.

— Não quero que você dirija — disse Gareth. — Isso deve ser um descanso para você.

— De qualquer modo, o trem é bem bacana — Polly apressou-se. — Ele atravessa o país, e poderemos ver o lindo interior inglês no caminho.

Rose franziu o cenho.

— Não estou certa de que eu *quero* voltar para Brighton.

— Claro que quer. Será como se nunca tivéssemos saído.

— Mas nós *saímos*. Definitivamente, da minha parte.

— Sabe o que, Rose? Você não pode continuar se escondendo do passado durante toda a vida. Você precisa encarar as coisas ou elas vão te apanhar no final. Acredite, eu sei o que digo.

— Olhe, se isso é algum tipo de terapia que vocês idealizaram para mim... — a réplica de Rose foi interrompida pelo fato de que ela não queria discutir tudo aquilo na frente de Gareth. Havia coisas que Polly sabia e ele não, e Rose fazia questão de deixar daquele jeito. Ele parecia alheio a quaisquer segundas intenções, contudo, e simplesmente permanecia sentado na cama, segurando sua mão e sorrindo. Um pouco, pensou, como um zumbi, ou um possesso.

— Não seja tola — Polly prosseguiu. — Estamos apenas indo para a nossa cidade natal, encontrar uns amigos, levar as crianças ao píer e ao Aquário Municipal, mostrar-lhes os cenários de nossas travessuras da juventude, passar em alguns *pubs* e voltar. O que poderia ser mais simples? Os meninos estão loucos para ver Brighton. E eles deixaram Anna animada, também.

— Mas onde ficaríamos?

— Lucy tem espaço, agora que dois de seus filhos saíram de casa.

— Lucy?

— Você sabe: Lucy Gee. Alta, magra, ruiva? Da escola? Engravidou? Saiu de casa e casou bem nova? Bem, mr. Lucy deixou-a depois do quarto filho. Canalha. Mas isso faz tempo, e seus filhos já cresceram. Ela ficou na casa depois que o último foi morar fora, e agora tem um espaço enorme. Nós nos mantivemos bem próximas, eu e ela.

Rose se surpreendeu. Pensou, dado tudo isso, em por que Polly não se voltou para esta Lucy depois da morte de Christos, ao invés de se meter na vida dela e de Gareth.

Fechou os olhos. *É claro* que se lembrava de Lucy. Não poderia esquecê-la. Mas não se lembrava de que ela e Polly fossem tão próximas. E decerto ela não teve proximidade com Lucy. Na verdade, não se lembrava de outros amigos além de Polly. Mas, de qualquer modo, sua memória não era confiável: havia pedaços de sua vida que varrera de sua mente.

A última coisa que queria fazer, contudo, era ir para Brighton. Tudo ali era tão intenso para ela. Mas sentiu-se encurralada. Presa entre os rostos efusivos de Gareth e Polly, não sabia como recusar. A viagem fora combinada com tanta convicção que não haveria como não acontecer.

Era uma gentileza estranha, contudo, pensou Rose, com Polly sabendo de tudo que ela sabia.

— Agora, vocês vão embora. — Anna voltara, abraçando o gatinho. Subiu na cama. — Eu quero a minha mãe só para mim esta noite.

Gareth sorriu e afagou o cabelo de Rose.

— Boa noite, amor; boa noite, Floss, Anna. — Inclinou-se e beijou as três. — Venha, Poll, vamos deixar as meninas dormirem. E vou apanhar o pequeno Monkey, miss Anna. — Enlaçou o gatinho e foi para a porta, aguardando por Polly.

— Boa noite, Rose. — Polly beijou-a no rosto e se levantou, seguindo Gareth para fora do quarto. Quando fechou a porta, Rose ouviu-a rindo de algo que ele dissera.

Anna aconchegou-se perto dela, puxando a colcha até os ombros.

— Pobre, mamãe. Esta velha cama fedorenta.

35

Rose não conseguia dormir. Permaneceu ali, deitada sobre uma poça de suor, espremida entre os corpos quentes de suas filhinhas, desesperada para urinar. Ergueu-se, passou sobre Flossie, fazendo quase um malabarismo para não despertá-la. Era apenas a terceira vez que ficara de pé em dois dias, e teve de parar uns segundos para permitir que o sangue voltasse à cabeça. Seus pés nus encolheram sobre o frio assoalho de madeira, enquanto continuava parada no meio do quarto, cambaleando, à espera de que os pontos negros em sua visão sumissem.

A casa estava totalmente silenciosa. Olhou o relógio do lado de Gareth da cama. Eram três horas. Então deve ter dormido. Usou o banheiro, apanhou seu quimono do gancho e, amarrando-o contra o corpo, sentindo-se um pouco mais leve do que há alguns dias, abriu a porta do quarto. O corredor estava uma escuridão total. Não havia lua para ajudá-la a descer as escadas. Não queria acender a luz dos corredores e, por isso, voltou para o quarto e apanhou a lanterna de seu criado-mudo. Costumava usá-la quando Flossie despertava, para evitar acordar Gareth. Coisa que se tornara irrelevante, já que eles não dormiam na mesma cama fazia três dias.

Apontando a lanterna para as escadas como uma ladina, Rose foi até a cozinha na ponta dos pés. A luz deixava os lugares mais familiares parecerem estranhos e novos para ela, como se tivessem mudado de lugar. Desligou a luz da lanterna e ficou, novamente, no escuro, esforçando-se para ver se conseguia discernir algum movimento na edícula. Tudo era silêncio; tudo estava às escuras.

Pisou no assoalho de pedra, ainda mais frio que o de madeira sob seus pés descalços, e acendeu a luz debaixo do aparador. Era toda a luz que conseguia suportar no momento. Virou-se e olhou em torno. O lugar *fora* de fato modificado. Sob a sua tutela, era ordenado, superfícies limpas e tudo em seu espaço reservado. Agora, estava como quando voltou do hospital da primeira vez. A história da noite passada estava presente em todos os lugares. Havia um prato de cascas de vegetais sobre o balcão que enchiam o ar com o odor úmido de cebolas estragadas. A pia estava cheia de panelas sujas. O processador de alimentos permanecia aguardando sua vez de ser lavado, crostas de sopa nos cantos. A mesa não tinha sido esvaziada do que parecia uma sobremesa de laranjas. Duas garrafas de vinho vazias jaziam em uma das pontas, com dois cálices vazios ao lado. As cadeiras esparramavam-se pela cozinha; podia-se ver como cada um dos que ali se sentaram levantaram da mesa, e com que humor.

Um ruído, como um choro distante de recém-nascido, sobressaltou-a. Olhou para o ponto de onde ele provinha e encontrou o gatinho, pequeno e felpudo, protegido por uma coberta em uma caixa de papelão. Rose havia costurado o cobertor. Tinha sido de Anna quando ela era um bebê. Tentando não descontar no gato a raiva que ela sentia — não queria outro animal morto em suas mãos —, Rose apanhou-o e o trancou na sala. Se ele defecasse em todo lugar, não seria problema seu. Apanhou o cobertor, chacoalhou-o e, dobrando com asseio, repousou-o no espaldar de uma cadeira.

A barriga de Rose revirou e ela percebeu que sentia fome. Abriu a geladeira. Estava vazia, exceto por um pedaço de queijo cheddar barato, duas salsichas cozidas e um prato de macarrão: restos de refeições que ela não presenciara. Viu um copo de iogurte natural na geladeira, meio pote de pasta de grão de bico, suco de laranja, leite e, nos fundos, alguns condimentos.

Deteve-se ali e, com a mente vazia, levou as salsichas à boca. Pescou o macarrão com os dedos. Deu algumas mordidas no cheddar, segurando-o como um pedaço de bolo. Apoiando a pasta de grão de bico sobre a vasilha de pães, devorou-o com quase todo o pão integral ressecado, afogando-o no pote e esfregando-o ao restante da pasta até que não sobrasse nada. Largando o pote vazio sobre a vasilha com as migalhas úmidas, voltou para a geladeira e ocupou-se do iogurte. Com sofreguidão, desceu a comida com goles alternados de leite e suco de laranja. Ajoelhando-se no chão, abriu uma gaveta do freezer e tirou um tubo de sorvete. Apertando-o para fora de sua carapaça gelada, mordeu-o como se fosse um pirulito gigante congelado, mal reparando em como seus dentes doíam com o gelado.

Lembrando-se de que passara por aquilo muito tempo atrás, puxou um pacote de ervilhas e virou-as boca adentro, esquentando-as rapidamente na boca antes de engolir.

Fechou a porta do freezer e se levantou, um frio enorme no estômago. Precisava de algo para se esquentar agora, e subiu num banquinho em busca das latas de biscoito. Ainda estavam tão vazias quanto no momento em que se preparou para o piquenique. Ainda sobre o banquinho, encontrou um pote de uvas-passas e meteu punhados inteiros daquilo na boca, em seguida, um pacote de biscoitos de aveia, que levou até a geladeira e conseguiu engolir com o que restava do leite.

Sentindo que finalmente preenchera o vazio, deitou-se no assoalho de pedra e olhou para o teto. Suas mãos deslizavam sobre a barriga, percorrendo seu formato já firme, convexo. Por um segundo não sentiu nada além de uma paz solíptica.

E então, como ela achou que aconteceria, a outra sensação apareceu. Uma náusea dolorida, como o cheiro de um tapete novo, começou a brotar nos dedos dos pés e a subir pelo seu corpo. Mas o que é que estaria fazendo ali, no chão da cozinha, com os restos de seu frenesi asqueroso ao redor? Passados quase vinte anos desde que fizera aquilo, o acontecimento retornara como um sonho ruim que nunca chegou a sair da cabeça. Sentou e arrastou-se até a despensa, onde, encontrando a bacia vermelha de plástico onde costumava lavar as mãos, afundou o dedo na garganta e forçou-se a vomitar até expulsar o último pedaço de seu estômago.

Cuspindo as últimas gotas de bile, sentiu-se aliviada, purgada e pronta para agir.

Levantou-se, apanhou o sobretudo e calçou as botas. Apanhou a lanterna, o hálito azedo e restos de vômito ainda apegados ao fundo da garganta, caminhou em silêncio pelos degraus do jardim até a edícula. Desligou a lanterna e permaneceu totalmente imóvel, segurando a respiração, esforçando-se para ouvir o menor sinal de que Polly estivesse acordada. Em conformidade com aquela noite, não escutou nada. Bom. Rose foi abrir a porta ao pé dos degraus que levavam à sala. Não sabia o que iria fazer, nem tampouco por que exatamente fazia aquilo, mas sentiu que algo precisava ser comprovado. Algo precisava se definir.

Uma pontada de choque a atingiu. A porta estava trancada. Nunca estivera antes, pelo que Rose sabia. Mesmo quando ela, Gareth, Anna e Andy dormiram ali, e sentiu-se tão paranoica com o silêncio do campo, ela nunca esteve trancada. Do que se tratava todo aquele trancar de portas agora?

— Droga — disse consigo. — Que droga.

Girou a maçaneta um pouco, pensando talvez que ao fazê-lo poderia despertar Polly acidentalmente. Se isso acontecesse, e se Polly viesse, Rose encontraria uma explicação por estar ali às quatro da madrugada, e tudo estaria bem. O ruído da maçaneta do outro lado da porta certamente a faria descer. Ele parecia ricochetear nas paredes da escuridão da noite. Mas nada aconteceu, nenhuma reação. Aparte que, em algum lugar não muito distante, um casal de porcos-espinhos soltou um ruído estridente de aves acasalando.

Rose subiu a escada às pressas para olhar pela janela da edícula, procurando por movimentos. Mas a janela apenas devolveu o seu reflexo vazio, trazendo à mente o olhar de Flossie.

Estava à flor da pele. Faria tudo aquilo novamente? Iria, mais uma vez, esgueirar-se pelos fundos da casa para espiar o estúdio de Gareth? Mesmo enquanto se fazia essas perguntas, descobriu que estava nas pontas dos pés, sobre o gramado escuro em direção à sombra soçobrante do estúdio. Novamente, a porta estava trancada, as cortinas cerradas. Pressionou a orelha contra a vidraça. Nada. Era como se todo mundo tivesse saído no meio da noite. Por um momento, este pensamento entalou em sua garganta — poderia ser verdade. Em seguida, lembrou-se de ver o carro na entrada da edícula. Eles ainda devem estar aqui. Será?

Um arrepio a tomou, como uma coisa invisível e amorfa que deslizasse atrás de sua cabeça. Sempre tivera medo do escuro, do silêncio do campo. Até a invasão em Hackney, tinha sido feliz, e um pouco precavida, ao caminhar pelas ruas da cidade a qualquer hora do dia ou da noite. Naquele momento, ali, no instante em que permanecia na entrada do estúdio, foi a primeira vez em que se lembrara de um certo acontecimento, em todo o tempo de sua fuga para o campo. Certa vez, há muito tempo, antes de Anna nascer, ela e Gareth se refugiaram em um pequeno chalé ao norte do país de Gales. O chalé dava as costas para um lago que, durante o dia, era glorioso, azul e golpeado levemente pela brisa das montanhas. Mas à noite, ele assumia, para Rose, uma presença malévola. Em uma noite quente e imóvel, Gareth apanhou uma manta e sugeriu que passeassem até o lago. Rose, ansiosa para não deixar transparecer aquela insegurança no começo da relação, foi com ele. A caminho da água, ele cantava *Blanket on the Ground*[20] com o seu melhor sotaque interiorano e ocidental.

No meio do caminho, mesmo com ele ao seu lado, Rose foi tomada por uma necessidade avassaladora de correr ao abrigo de uma casa. Constatou que seus pés a afastavam dele, e que fazia o caminho de volta, escorregando na grama, tropeçando em pedrinhas, incapaz de parar até que estivesse no chalé com as luzes acesas.

E agora sentia aquela necessidade, do lado de fora do estúdio, em seu próprio jardim dos fundos. Virou-se e, sem se preocupar com o barulho que pudesse fazer, fugiu para a casa. No caminho, tropeçou sobre o terraço de pedra, batendo forte com a perna na quina dura. Sem se deter, ergueu-se e entrou correndo pela porta da cozinha.

Atirou-se lá dentro e bateu a porta, apoiando as costas contra ela, ofegante, sem saber o que a levara a afastar-se tão rapidamente do jardim. Olhando em torno, para os detritos do que tinha sido a sua cozinha, não sentiu ímpeto algum de limpeza. Ao invés disso, sentiu uma consciência de derrota que tangenciava o alívio. Olhando para o balcão, viu a lata de café do estúdio de Gareth. Aproximou-se e a abriu, cheirando o interior quente. Estava vazia, esperando para ser preenchida.

---

[20] Música country lançada na década de 1970, composta por Billie Jo Spears, cantora norte-americana (N. T.).

Atinou alguma coisa. Era um plano, ou coisa do gênero, para provar alguma coisa. Agindo rápido, Rose foi até a geladeira para apanhar o *tupperware* selado no qual Gareth mantinha sua marca especial de grãos. Os norte-americanos têm um gosto tão particular para café, pensou. Passou para o belo e antigo moedor de café e derramou os grãos no funil, acima, posicionando a lata embaixo para colher o café moído.

Foi até a despensa e subiu num banquinho para alcançar a protegida prateleira superior onde estavam guardados os medicamentos. Depois que Flossie nasceu, Rose sofreu tanto de hemorroidas que tiveram de acolchoar os lugares em que se sentava. Sem querer interromper a sua amamentação com remédios, Rose procurou ajuda de um herbolário, que a provira com cápsulas verde-escuras que surtiram tanto efeito em seu organismo que ela só precisou utilizar uma. Havia guardado as outras na prateleira de remédios.

Encontrando o frasco, Rose desceu e atravessou a cozinha até o moedor. As cápsulas, lembrou-se, possuíam um estranho sabor de clorofila, mas pensou que um fumante como Gareth, que gostava do café forte e amargo, não conseguiria perceber. Virou o frasco todo no funil que desembocava no moedor e girou a manivela cromada, chacoalhando a lata do estúdio para misturar o pó verde-escuro das pílulas ao café marrom.

Pôs a lata na prateleira do armário, escondendo-o atrás da cesta de ovos de Anna. Uma parte dela precisava pensar no que fizera sob a luz gelada do dia antes que pudesse liberá-lo em suas vítimas. Enfiou o frasco vazio no fundo do lixo de reciclados e pôs a chaleira para o chá. Sentia-se bem, agora. Bem o suficiente para dar um jeito na cozinha. Fez o que costumava fazer, metódica e asseada, deslocando-se no sentido horário da parte mais ao norte do ambiente, liberando o espaço, lavando e passando um pano;

jogando fora certas coisas e endireitando outras. Ajoelhou-se para limpar o assoalho da cozinha com o pano de prato da pia. Normalmente, não faria isso de jeito nenhum, mas estava possuída. Para ela, era um ato subversivo: do melhor tipo, na verdade, um ato que apenas ela saberia.

Foi apenas quando recuou para limpar o espaço onde se ajoelhara que reparou no sangue. Por um segundo, ficou sobre os calcanhares para examiná-lo, tentando adivinhar de onde viera. Mas então sentiu o ardor em sua canela, e aproximou-a para fazer uma inspeção. Estava banhada de sangue que fluía devagar de uma ferida na parte dianteira, de uns sete centímetros de comprimento. Deve ter se machucado quando tropeçou sobre o terraço. Lavou, pendurou o pano de prato e, deliciosamente, limpou o sangue da canela. Apertando os olhos e se contorcendo para se aproximar do ferimento, reparou com certa indiferença que a fissura descia até o osso. Deve ter sido uma queda feia.

Retornando à prateleira de remédios, desceu o seu bem equipado kit de primeiros socorros. Borrifou antisséptico em uma faixa de gaze e encantou-se com a dor enquanto desinfetava a ferida. Encontrou o curativo de papel que comprara para Gareth quando ele cortou a mão durante a construção, e aproximou as extremidades da ferida, apertando-as com força uma contra a outra. Em seguida, cobriu a coisa toda com um grande emplastro. Teria de usar calças dali em diante. Também aquele ferimento seria um segredo. É possível que precisasse fazer pontos, pensou, mas não iria ao hospital. De jeito algum sairia de casa naquela hora, não quando havia tanto a observar.

Voltou para a cozinha e apanhou o balde e o esfregão. Tinha feito uma sujeira e tanto, reparou. Havia sangue por todo lado, como se alguém tivesse trazido um corpo recém-esfaqueado e o arrastado pelo ambiente, deixando provas sanguíneas em todas as superfícies.

Levou um tempo para limpar tudo. Era quase manhã quando Rose voltou à cama, para entre suas filhas. Foi extraordinário constatar como elas permaneceram dormindo enquanto se mantivera tão ocupada. Passou sobre Flossie para abrir a gaveta do criado--mudo. A receita de Kate estava lá, enfiada debaixo de um tubo de creme para mãos.

Desdobrou-a e a examinou. Em seguida se deitou de costas, olhando o teto com suas vigas expostas que, segundo Andy, eram originárias, provavelmente, de um antigo navio.

Aqui começa a última etapa do jogo, pensou. Testemunharei o final disso tudo.

36

Por um instante, quando despertou, Rose alarmou-se ao perceber que estava sozinha na cama. Suas filhas tinham partido. Verificou o rádio-relógio e viu que já passava das dez. É claro que já estavam acordadas. Anna estaria na escola. Ficou ali, na luz cinzenta do quarto encortinado, tentando recordar o que se passara durante a noite. A garganta doía e a canela latejava. Virou-se de costas e sentiu o estralar da espinha dorsal e pélvis. Sentia-se como se tivesse sido espancada.

Da cozinha, brotava um distante ruído de música. Alguém estava lá embaixo. Não era Gareth, pois sempre escutava a Rádio 4 quando estava em casa. Então quem estava com Flossie? Um pânico súbito arrastou Rose da cama, dispersando no quarto o seu cheiro rançoso. Vestiu o seu robe e desceu a escada.

O que viu enquanto aterrissava na cozinha ultrapassou o abominável. Polly estava na poltrona, aninhada a Flossie, lendo um livro ilustrado. Ambas pareciam totalmente felizes, como se tivessem nascido para aquilo. Rose engasgou e trouxe a mão ao peito. Escutando o seu ruído, Polly ergueu os olhos, o sorriso que partilhava com Flossie congelou em seu rosto.

— Você não devia estar de pé — disse-lhe.

— Estou bem — Rose respondeu.

— Você não parece bem — Polly falou, sem se levantar.

Rose desceu a escada e foi até Polly, esticando os braços.

— Dê-me a Flossie — disse.

— Eu não acho que isso é preciso. Ela está bem, veja, não está, Floss?

Flossie virou-se e olhou para Rose, um sorriso se abrindo em seu rosto. Parecia mais presente do que estivera em semanas.

— Além do mais, você devia descansar. Você ainda está doente. E Rose: por favor, não desça aqui durante a noite para fazer uma faxina. Eu me ocupo disso. Sou capaz, sabe. As pessoas fazem as coisas de maneira diferente, às vezes, sabia?

Rose permaneceu parada, sua boca abrindo e fechando como a de um peixe mergulhado em seu aquário.

— Onde está Gareth? — conseguiu enfim perguntar.

— Saiu.

— Ah. — Rose foi até a chaleira. — Vou preparar um chá, e em seguida vou querer a Flossie de volta.

— Se é isso que quer. Desculpe, Floss. — Polly se levantou e pôs Flossie em um tapete de atividades que Rose não reconheceu. — A mamãe te quer de volta.

Aproveitando a oportunidade, Rose apanhou sua filha do chão e subiu correndo as escadas, esquecendo-se do chá. Pegou alguns livros do quarto da bebê e voltou para o seu quarto, subindo na cama. Aproximou Flossie de si e começou a ler para ela. Podia fazer isso melhor que Polly.

Por um momento, as cores vivas e os contornos nítidos mantiveram Flossie entretida, e Rose começou com entusiasmo, apontando os patos e fazendo "Quack, quack, quack!" com uma voz rouca apropriada. Mas logo as duas perderam o compasso.

Afortunadamente, Flossie começou a buscar e a tocar o peito de Rose, que se sentiu mais que contente em devolvê-la ao seu peito. Tinha uma lembrança vaga de que Kate dissera algo sobre a amamentação, mas ela escolheu não recordar em detalhes. Além disso, era o que ambas tanto necessitavam. Após alguns dias sem prática, levou um tempo até que entrassem no ritmo, logo retomado.

Rose acabava de começar a sentir a familiar sucção do leite quando a porta foi aberta de súbito, fazendo Flossie mordê-la e deixando escapar um grito de Rose, que provocou o choro de Flossie.

— Viu? Falei que você não podia dar conta. — Era Polly, com uma xícara de chá. — Eu trouxe isso para você. Você parece ter se esquecido de fazê-lo. Agora dê ela para mim.

— Obrigada pelo chá, mas Flossie e eu estamos bem — Rose disse.

Polly pôs o chá no criado-mudo de Rose, sua boca comprimida.

— Beba isto, então. Você precisa se hidratar. — Virou-se e saiu rispidamente do quarto, fechando a porta atrás de si com um baque.

— Puxa, Floss. Não sei bem o que faremos com ela — disse Rose. Sentou-se e, em silêncio, bebericou o chá. As cortinas ainda estavam cerradas, e a piscina morna da luz sobre o seu criado-mudo a fez se sentir aconchegada. Este era o seu refúgio, para ela e para o seu bebê. Quando Anna voltasse da escola, iria resgatá-la e trazê-la para aquele lugar seguro.

Uma sensação de contentamento a esquentou enquanto bebericava o chá, e começou a relaxar e sentir que poderia dormir um pouco mais. Flossie estava acomodada e suas pálpebras pesavam daquela maneira oscilante que têm os bebês. Assim, Rose desceu um pouco na cama com ela e cobriu as duas com a colcha, entocadas naquele abrigo primevo.

Muito depois, ela despertou com um odor médico de assepsia. Tardou um pouco para descobrir onde estava: a princípio achava que tinha retornado ao hospital. Então se lembrou de que dormira com Flossie nos braços, e agora não havia ninguém. Virou-se com agilidade, e mal conseguiu deter o grito que brotara de seus lábios.

Deitada na cama ao seu lado não estava Flossie, mas Anna. Um dos seus olhos coberto por um grande curativo, amarrado ao redor da cabeça com faixas. O movimento de Rose na cama a despertou, e seu olho bom se abriu lentamente.

— O que aconteceu, Anna?

— Monkey me arranhou. Ele estava tentando pegar os meus cílios. Achei engraçado, mas aí ele acertou o meu olho — falou Anna em voz baixa. — Foi culpa minha. — Seu olho bom se encheu de lágrimas. — Não culpe o Monkey.

— É grave? — Rose perguntou. Por que ninguém lhe dissera? Que horas seriam?

— Eles acham que vai ficar bem. Mas é um corte feio, mamãe. Dói muito.

— Pobre filhinha — Rose falou, puxando Anna para si.

— Eles pingaram umas gotas, mas que pareciam uma faca afiada. Está bem melhor agora, sem a luz.

— Pobre Anna.

Ouviu-se um leve bater na porta, e Gareth entrou, segurando Flossie.

— Oi, querida — ele disse, sentando-se na cama ao lado de Anna e apanhando a mão de Rose.

— O que está acontecendo, Gareth? — Rose se sentou.

— Não está tão ruim, Rose. Eles dizem que ela irá enxergar novamente.

— Novamente?

— Dói muito para que ela possa abrir o olho por enquanto, só isso. É um corte profundo na córnea. Teremos apenas de mantê-lo livre de infecções. Eles o limparam no hospital e...

— Hospital?

— Isso.

— Quando você foi?

— Esta manhã. Aconteceu pouco antes da escola, e assim corri com ela para Bath. Você não sabia?

— Não. Polly não contou.

— Ela provavelmente não quis preocupá-la. Não é tão grave quanto parece.

— E você não acha que eu tenho direito de saber se minha própria filha foi levada ao hospital? — Rose percebeu que levantara a voz e respirava profundamente. O olho de Anna transparecia certa preocupação, e ela inclinou-se em Gareth, que retirara a mão de sobre Rose e a pusera ao redor da filha.

— E você está demonstrando exatamente o motivo por que era melhor não te contar — Gareth falou. — Você não está bem. Você precisa ir com calma.

— Já me cansei disso! — Rose falou. Ergueu-se da cama e rumou para o chuveiro. Em nome das crianças, ela precisava voltar ao comando. — Vou levantar. Vou fazer o jantar. Estou perfeitamente bem.

Parou uns segundos quando os pontos negros surgiram novamente. Esforçou-se com tudo o que tinha para não tropeçar ou cair.

— Tem certeza de que está bem, Rose? — Gareth perguntou. Virara-se sobre a cama, de modo que apoiava as costas na guarda da cama, seu grande e seguro braço em torno de Anna.

— Estou perfeitamente bem — Rose falou entre os dentes, travados em parte pelo esforço para se manter consciente, e em parte para deter a raiva que sentia. Se alguém lhe fizesse aquela pergunta hoje de novo, ela iria, literalmente, talvez, explodir.

— Rose? — Gareth perguntou.

— O quê? — não repita isso, pensava. Virou-se e o viu olhando para o curativo vermelho em sua canela.

— Rose? O que você fez na perna?

— Ah, bem, não é nada. Eu, é... eu caí.

— Quando? Como?

Rose correu para o banheiro e trancou a porta atrás de si, apoiando-se contra ela até se recompor.

37

DEIXANDO ANNA, Gareth e Flossie para trás, Rose desceu a escada. Era começo da tarde, e a cozinha estava deserta. Apesar da bagunça, não viu sinal de que o jantar estivesse sendo preparado. O que tomou como um convite para assumir a tarefa.

Dirigiu-se aos ganchos atrás da porta e apanhou seu avental floral azul e rosa. Passando-o por sobre a cabeça, afivelou-o firme ao redor da cintura e o enlaçou na frente. No bolso dianteiro, encontrou a luva que deixava ali para cozinhar, e tirou o cabelo da frente dos olhos.

Apoiando-se na porta da despensa, examinou as prateleiras vazias. Para onde fora toda a comida? Uma cebola solitária jazia no cesto de verduras; um pacote esquecido e semivazio de conchiglie recostava-se nele. Tudo o que restara das geleias, chutneys e conservas que cobriram uma parede inteira de potes robustos era um pequeno grupo em uma prateleira alta demais para alcançar sem uma escada.

Era bizarro. Não poderiam ter comido tudo, não é? Certamente que não com as porções que Polly andava servindo. Era como se a influência de Rose tivesse sido expurgada da cozinha. Primeiro a sua forma, seu senso de ordem, fora desmontada, e agora o conteúdo havia sido removido. Com um leve pânico, apressou-se até o armário de panelas e porta-facas. Aliviada, constatou que seus *Creusets* e *Henckels*[21] ainda estavam em ordem.

Apanhou sua faca favorita, uma lâmina de vinte centímetros com uma curva profunda e um cabo de rebite preto. Segurando-a com firmeza na mão direita, passou a ponta do indicador esquerdo pelo fio da lâmina afiada e observou satisfeita quando o minúsculo corte se abriu um pouco, cobrindo-se de sangue em seguida.

Havia algumas coisas que não podiam ser retiradas.

Limpando a faca na aba do avental, guardou-a de volta e foi para a mesa com um bloco e uma caneta para elaborar uma lista para o mercado do vilarejo. Tinha de improvisar algo para o jantar. Permaneceu sentada, olhando pela janela para a chuva, que caía desde o reinado da noite e despencava agora com firmeza sobre a tarde, silenciando as previsões de um verão quente antecipado. Rose tinha dificuldade de se concentrar em registrar no papel uma lista de compras. Enquanto rabiscava o papel, percebeu um ruído de digitação vindo da sala. Esgueirou-se sobre o assoalho da cozinha e, como uma espiã, espreitou pela porta semiaberta para que pudesse ver o que se passava.

Polly estava sentada no sofá. Tinha largado as sandálias de pele de ovelha e metera os pés sob as pernas. Apoiada no braço do sofá, uma xícara vazia de café e, ao seu lado, a caixa de balas de gelatina *Loukoum* que Rose trouxera de Cárpatos dois verões atrás, e nunca abrira. Agora, estava aberto. E semivazio.

---

[21] Consagradas marcas de panelas e facas (N. T.).

Polly mastigava e observava algo no laptop apoiado em seus joelhos. O laptop parecia ser o MacBook Air, 17 polegadas, de Gareth, o que a surpreendeu. Ele normalmente não permitia que aquilo saísse de seu estúdio.

O cabelo de Polly enquadrava o seu rosto e ombros como uma cortina de algas selvagens, e usava um belo vestido floral, negro e comprido que se apegava ao corpo. Ela se assemelhava a uma criança libertina.

— E aí? Como vai a vossa senhoria? — falou, apanhando outra bala *Loukoum*, sem tirar os olhos da tela.

Rose empurrou a porta, que se abriu lentamente, rangendo um pouco, e revelando-a de pé do outro lado.

Polly ergueu os olhos.

— Ah! — disse.

— Estou bem, obrigada — respondeu. — Olhe, estou de pé. Por essa você não esperava, não é?

— Como está Anna? — perguntou Polly, fechando o MacBook.

— Cuidado com isso — falou Rose.

— Onde está Gareth?

— Está lá em cima com ela. Ela ficará bem. Gato maldito.

— Não foi culpa do gato. Ela o segurou perto demais.

— O que você está fazendo? — Rose foi até o sofá e sentou-se ao lado de Polly, apanhando e abrindo o laptop. Polly o puxou de volta sobre o colo e, antes de a tela despertar, digitou alguma coisa para fechar as janelas, de modo que tudo o que Rose conseguiu ver foi uma incisão cutânea e um pedaço de couro antes de se dissolver no papel de parede azul e impessoal que Gareth gostava de manter.

— Achei que você não soubesse ligar um computador, Polly.

— Tenho feito algumas aulas.

— Ah.

— Estou pesquisando sobre nossa viagem a Brighton. Vendo o que estará aberto. Provavelmente teremos uma chance de escapar das crianças no sábado. Lucy tem uma babá.

Brighton. Rose se esquecera completamente.

— Sabe, não sei bem se vou permitir que as crianças faltem.

— Ora, detalhes, detalhes. — Polly agitou a mão no ar. — Nós diremos que elas estão doentes. Olhe — falou, tocando o dedo na tela. — Fusion: House, R&B, e noite indie no Honey Club. Lembra do Honey Club, Rose, hein?

— Mas e o olho de Anna?

— Você não está ainda tentando procurar desculpas, não é? É apenas um arranhão. Provavelmente estará melhor no dia da viagem. Na pior das hipóteses, existem médicos e hospitais em Brighton, sabe.

Rose sentiu-se quente, como se tivesse febre.

— O que você tem na bochecha? — Polly perguntou, tocando-a com o polegar. — Parece sangue.

Rose esfregou a bochecha. Devia ser do corte da faca.

— Você precisa ter mais cuidado, Rose. Bem, Lucy está louca para encontrar você e as meninas. E nós, é claro. Deve fazer o quê? Dezoito anos desde que saímos de Brighton?

— Vinte anos, três meses e dois dias.

— Uau. — Polly olhou-a fixamente, franzindo um pouco a testa. Se havia empatia ou sentido em seu olhar, Rose escolheu ignorá-lo.

Rose se levantou. Até aquele momento, retornar a Brighton havia sido uma noção abstrata, mas agora era algo súbita e horrivelmente real. A questão, contudo, era como ela lidaria com o lugar novamente, e tudo que aconteceu, ou não, durante todo o tempo que se passou desde que deixou sua cidade natal.

A porta do terraço foi escancarada, e Nico e Yannis ocuparam a sala, um redemoinho de mochilas escolares, lama e rostos corados e sujos.

— Lesma morta! — Nico deu-lhe uma chave de braço.

— Cai fora! — gritou Yannis. — Mãe! — implorou.

— Calem essa boca os dois! — Polly falou, voltando-se novamente para a tela do computador. — Tem gente aqui que trabalha.

Rose desejou muito dizer aos meninos que voltassem e entrassem pela porta da cozinha, onde havia um capacho e um lugar para sapatos sujos. Anna teria feito isto sem pensar. Mas Rose não se sentiu capaz de interferir. Sua esfera de influência parecia estar se estreitando até se tornar um pontinho pequeno.

— Vocês tiveram um bom dia? — perguntou, enquanto Nico se esparramava no outro sofá e ligava a TV com o controle remoto. Ainda estava com os sapatos sujos. Se o seu sofá não fosse de um prático cinza-ardósia, estaria com uma aparência bastante triste àquela altura.

— Que se dane — respondeu, já distante e concentrado nos flashes de cor e ruídos altos que liberara pela sala.

— Sem aula amanhã — disse Yannis. — O aquecedor central estourou.

— Nem depois de amanhã — Nico resmungou do sofá.

— Talvez só voltemos na semana que vem, falou a miss Richardson — Yannis relatou a Rose.

— Aí está — Polly comentou, olhando para ela. — É um sinal.

— Como está Anna, Rose? — Yannis tomou sua mão com discrição e buscou o seu olhar.

— Está bem. Um pouco sonolenta. Por que você não sobe lá para ver você mesmo como ela está?

Ele saiu. Alguns minutos depois, Nico suspirou alto, saiu da frente da TV e subiu para acompanhar o irmão.

Polly retornou ao laptop. Estava ocupada pesquisando no Google. Rose observou quando ela clicou em um link. Lá estava ela, aos vinte anos, naquela emblemática fotografia em que, esquelética, acariciava o microfone, praticamente fazendo sexo com ele. Parecia indecente na foto, em todos os sentidos da palavra, mas curiosamente bela também.

— Olhe só para mim. — Polly riu de si mesma.

Rose foi até a porta onde os meninos largaram as mochilas. Apanhou-as e, deixando Polly, foi pendurá-las nos ganchos para pendurar casacos da cozinha, fisgando as lancheiras no caminho. Retornou à mesa para terminar sua lista de compras.

Mastigou o lápis até a boca ficar cheia de lascas de madeira, fragmentos cortantes de tinta e pedaços mastigados de grafite. Estava a ponto de começar a escrever quando Gareth desceu com Flossie.

— Deixei os meninos um pouco lá em cima com Anna — disse. — Mas ela está bem sonolenta. Eles lhe deram analgésicos bem fortes.

— Bom — falou Rose, sem se voltar para ele.

— Você precisa ir com calma, Rose — falou, sentando Flossie no tapete de atividades.

— Ela não consegue mais se sentar, Gareth. Você tem de escorá-la com almofadas — falou. — Ou ela irá cair.

Gareth foi até a sala apanhar almofadas. Alguns minutos tinham se passado quando, como Rose previra, Flossie inclinou-se para a esquerda e rolou para o lado, batendo a cabeça no assoalho de pedra.

— Gareth! — Rose gritou, correndo para resgatar Flossie, que estava quieta, aspirando com o choque, a calma aturdida que antecede a tempestade de lamentos que brotavam de algum lugar em seu interior.

Gareth retornou para a cozinha com algumas almofadas nas mãos.

— Eu falei que ela iria cair. — Rose olhou para ele, que atirou as almofadas sobre o tapete.

— Vou voltar ao trabalho — disse. — Você viu minha lata de café? Não consigo encontrá-la.

Com um pequeno arrepio, Rose lembrou-se da mistura de café. Com Flossie aos berros em um braço, tirou a lata de trás da cesta de ovos e entregou-a a Gareth.

— O que ela estava fazendo ali? — perguntou.

— Apenas deixando as coisas arrumadas — falou, ninando Flossie para acalmá-la.

— Está bem, então. Tchau — disse, claramente ávido para sair da casa, para longe do bebê que chorava e da esposa acusadora.

— Jantar às sete — disse. Apoiando Flossie sobre o joelho, retornou à sua lista. Gareth correu para a porta dos fundos com a lata de café. Se havia uma coisa que Rose podia dizer sobre o marido é que ele era uma criatura de hábitos.

Pouco depois, Polly veio com o laptop.

— Acho que vou até a edícula escrever um pouco — disse, alongando-se como um gato sob o sol.

— Cuidado com o laptop de Gareth — disse Rose.

— Vou deixá-lo no estúdio — disse Polly. — Não consigo usar estas coisas para escrever. Papel e caneta são a minha tecnologia. — E sumiu pela porta dos fundos.

— Polly — Rose falou após respirar profundamente.

Polly deteve-se e se virou para vê-la, uma das mãos na maçaneta.

— Você já tem algum plano? — perguntou Rose. — Sobre o que irá fazer, e tudo isso?

— Estou trabalhando nisso. — O sorriso de Polly desapareceu. — Espere para ver.

Saiu rapidamente pela porta e desceu o caminho que conduzia ao estúdio de Gareth.

Tanto faz, pensou Rose. Não podia dizer que não tentara conversar.

Sentou-se e examinou a cozinha, como se perscrutasse uma sala cheia de desconhecidos. Tinha a sensação estranha de que o ambiente nada tinha a ver com ela. Pela primeira vez, podia olhar o balcão abandonado de madeira sem pensar que deveria passar uma outra camada de verniz. O seu desgaste era meramente uma evidência. As panelas de cobre suspensas nos ganchos do teto pareciam coisas mortas; as conchas, colheres e hastes reluzentes que preenchiam a parede ao lado do Aga, os instrumentos de sua ruína.

Presumiu que, tendo Polly e Gareth se enfiado em seus trabalhos, estaria encarregada das crianças novamente. Mas não se sentia como antes em relação a isto, quando desfrutava do papel de mãe da casa. As coisas desabaram. A impressão era de que ela fora introduzida ali em razão da *ausência* de uma mãe. Era como se houvesse um vácuo onde permanecia a mulher que uma vez julgara ser, e agora ela estava ao lado daquilo, examinando.

Nesse caso, pensou, quem preenche o espaço que agora ocupo? E essa era uma pergunta que ela não conseguia solucionar.

38

SEM CONDIÇÕES de deixar Anna sozinha, Rose chamou os meninos para enviá-los ao mercado do vilarejo com uma lista e duas notas de vinte libras. Também entregou a Nico sua cesta de compras de vime. Isso a fez sorrir, vê-lo tentando se esquivar da natureza feminina do objeto. A princípio, ele tentou pendurá-la sobre o ombro como uma bolsa rígida de formato estranho. Enfim, teve de carregá-la da única maneira possível: presa à dobra do braço.

— Como a pequena chapeuzinho vermelho — Rose brincou, enquanto ele devolvia um olhar torto. Yannis riu-se, cobrindo a boca com a mão.

— Cale a boca, paspalho — Nico resmungou. Mas Rose tinha de lhe dar sua tarefa. Subiu até a estrada caminhando da maneira mais máscula que podia. Pela firmeza de seus ombros, viu que ele estava preparado para enfrentar qualquer zombaria. Com os punhos, se necessário.

A visão derreteu o seu coração. O que é que estava fazendo,

descontando naqueles dois meninos desamparados? E, para tornar suas ações ainda mais desprezíveis, não poderia — antes, não desejaria, apontar exatamente "o que" ela estava descontando.

A cozinha estava impregnada pelo odor sugestivo de fezes de criança, de modo que Rose meteu Flossie debaixo de seu braço e levou-a até seu quarto, onde Anna cochilava. Por um tempo, Rose se esquecera de seu olho, e a visão da filha com o curativo deixou--a sem fôlego por um momento.

Ao ouvir o barulho da mãe, Anna mexeu-se e abriu o seu olho bom, dirigindo-o a ela.

— Está doendo, mãe.

Rose pousou a malcheirosa Flossie na cama e apanhou o pacote de comprimidos que Gareth deixara perigosamente ao seu lado. Leu que um ou dois deveriam ser tomados a cada duas ou três horas, dependendo da intensidade da dor. Verificou duas vezes se o rótulo tinha o nome de Anna — de que não tinha sido trocado pelo de Polly, de algum modo — e verificou a hora. Passaram-se ao menos duas horas desde que descera para assumir o controle da casa e, portanto, era seguro dar as pílulas a Anna. Para onde foram essas duas horas? E ela teve sucesso? Estaria na liderança novamente?

Limpou as mãos na frente do avental, retirando migalhas invisíveis, sentou-se e deu as pílulas a Anna, com um copo d'água que estava à beira da cama há dias. Ele havia formado bolhas de oxigênio que se prendiam na superfície do vidro, procurando liberar a sua estagnação.

— Cocô, mamãe — falou Anna, franzindo o nariz.

Rose se esquecera do cocô. Levantou-se e pousou Flossie no trocador de fraldas sobre o chão, puxando o seu macacão e, em seguida, a fralda volumosa e úmida. Aquilo estava mesmo pesado. Rose sempre insistira em usar fraldas de pano, mas no período em que estivera doente, viu que Gareth e Polly decidiram passar às descartáveis, de fácil manutenção.

Gareth e Polly.

— Atire-me os lenços — disse a Anna, apontando para o pacote de plástico no chão, próximo do lado de Rose da cama. Aquele seu quarto estava começando a parecer uma enfermaria *self-service*. Pairava ali uma aura de sujeira que nem a pior das fraldas de Flossie conseguia superar.

Rose limpou cuidadosamente o cocô marrom-claro no bumbum de Flossie, respirando pela boca. O cheiro de fezes, mesmo a de suas meninas, a fazia sentir ânsias. Ergueu as perninhas gorduchas de seu bebê, levantando a sua pélvis do trocador, alcançando bem abaixo onde o cocô se grudara às suas costas. Flossie permanecia lá, como uma grande boneca, deixando-se levar para cima e para baixo. Onde estava a sua resistência? Rose tinha certeza de que podia se recordar de batalhas épicas para trocar a Flossie antes de sua permanência no hospital. Olhou para Anna, deitada de costas como um espectro contra os travesseiros, como a *Criança Doente*, de Munch.[22]

Rose deixou a cabeça da filha repousar sobre o peito e sentiu a pressão de seu queixo. O esgotamento da desnutrição convalescente penetrou em seus ossos.

Como estamos machucadas, pensou.

— Acho que estou um pouco melhor — Anna assoprou de seu travesseiro. — Posso levantar, agora?

— Vamos esperar um pouco — Rose murmurou. — Pode descer para o jantar, se sentir vontade.

— Mas eu quero assistir à TV. Com Nico e Yannis. Estou entediada aqui.

---

22 Edward Munch (1863-1944), pintor norueguês (N. T.).

Rose levantou-se com a fralda fedorenta em uma mão, uma Flossie trocada e fresca de talco debaixo do outro braço, como se carregasse um cobertor dobrado ou um feixe de lenha.

— Bem, se você não consegue se distrair aqui, creio que é melhor você descer, então — respondeu, um pouco ofendida. — Mas não vou poder te entreter. Tenho de fazer o jantar.

— Obrigada, mamãe — Anna agradeceu, um pouco assustada com o que, para Rose, era uma explosão. Saiu da cama com cautela, calçando as pantufas e metendo os ombros em seu robe. Fez tudo isto com tamanha meticulosidade que era como se tentasse transmitir à mãe que boa menina ela era.

Cedendo um pouco, Rose acrescentou:

— Você pode me ajudar a manter a sua irmã distraída.

— Claro — respondeu Anna, aliviada por ser admitida de novo aos favores da mãe.

Anna teve de tomar cuidado na escada. Descobriu que, com um olho coberto, tinha dificuldade para calcular distâncias. Assim, Rose a ajudou a descer, segurando sua mão durante o caminho.

Quando chegaram à cozinha, Rose viu os dois menininhos voltando do mercado, descendo os degraus até a porta da frente, balançando a cesta entre eles. Discutiam, mas a expressão em seus rostos sugeria que, para variar, havia uma positividade naquilo.

Invadiram a cozinha, espalhando suas energias infantis porta adentro. Nico pôs a cesta sobre a mesa, pescando a lista amarrotada do bolso do jeans.

— Um quilo de cordeiro em cubos, OK. Cebolas, alho, ruibarbo, tomates-cereja (apenas da Napolina), parmesão FRESCO, leite semidesnatado orgânico, pote de creme espesso, aveia em flocos e uma dúzia de ovos caipiras orgânicos, OK. Mas eles não tinham o sal grosso Maldon — falou —, então comprei o normal. Espero que esteja tudo bem.

— Obrigada, Nico. Está ótimo — disse Rose. É claro, sal comum não era a mesma coisa, mas foi uma decisão prática da parte de Nico, e ficava grata por ele ter mostrado tal iniciativa. Tinha certeza de que, posto na mesma posição, Gareth, por exemplo, não teria trazido sal algum.

— Aqui está o troco, Rose — disse Yannis, empilhando as moedas sobre a mesa. — Sete libras e trinta e um centavos.

Rose contemplou os meninos e, onde vira a debilidade nela e em suas próprias filhas, neles apenas via o potencial para a bondade e o crescimento. Se havia algo a se apegar, era ali, nestes dois corpos resistentes.

— Agora divirtam-se, turma, que vou fazer o jantar.

Enquanto Rose se preparou para fazer as almôndegas e o molho de tomate, a cozinha começava a parecer-lhe um pouco mais familiar, como se fosse a parte da casa em que crescera e para a qual retornava. É claro, não era mais possível retornar para a casa em que de fato crescera; tinha sido vendida há tempos, quando seus pais a expulsaram e a deixaram por conta própria. E veja quão bem ela se saiu. Desejava que ainda estivessem vivos, apenas para que pudesse mostrar a eles tudo aquilo: a casa, o jardim, a vida. Apenas para esfregar em seus narizes.

Conquistara o simulacro de uma trégua com sua mãe e seu pai nos últimos anos de suas vidas. Havia sido o nascimento de Anna que os reaproximara. Uma criança que todos queriam sobre a terra, de verdade, fora finalmente aceita entre eles. Mas a descarada hipocrisia daquilo obrigou-a a se conter de tanta raiva. Mesmo agora, tão distante, sentia um punho cerrado dentro de si prestes a irromper, como em uma máquina de *pinball*. A qualquer momento, a bola poderia ser disparada, deixando o diabo à solta.

Ficou imaginando se Brighton seria uma ideia tão ruim assim, a ponto de se recusar a ir. Mas o que parecia de fora uma ameaça também continha forças e oportunidades. Sim, poderia ser uma libertação, no horrível blá-blá-blá terapêutico de Polly, *defrontar-se com seus demônios*. Mas o seu lado prático também via que a viagem poderia lhe oferecer as circunstâncias ideais para conversar com Polly, para começar a retirá-la de suas vidas. Forneceria o ponto de partida para a sua própria família — e mesmo, se jogasse as cartas com habilidade, dos meninos também —, para terminar de preencher a sua bela casa com a perfeição com que originalmente a concebera.

Agachou-se e abriu a porta do forno para verificar as almôndegas que borbulhavam gordas no molho vermelho. Rasgou algumas folhas de manjericão e salpicou-as com azeite de oliva, espalhando-as por cima, fechando a porta pesada e quente do Aga, levantando-a pela alça. Não perdera a mão completamente, pelo visto. Motivada, fez uma grande porção de panquecas para preencher os potes vazios de biscoito.

Serviu-se do cálice de um bom vinho tinto e permaneceu de pé no meio da cozinha, olhando para a edícula, desfrutando do aroma de baunilha de amoras negras enquanto descia por sua garganta, enchendo a sua barriga de calor. Fazia uma noite bonita. O sol, que sabia estar atrás dela, manchava a porção oriental do céu à sua vista com um rosa violento. Pequenos chumaços de nuvem branca se esparramavam descuidados. Um céu de Tiepolo[23], pensou. Fantasiava que pequeninos *putti*[24] gorduchos cairiam do céu, voando sobre o jardim para ajudá-la a servir o jantar.

Quanto mais pensava na viagem a Brighton sob essa nova perspectiva, mais era possuída por uma sensação de calma, desmanchando a agitação que se instalara em seu estômago nas últimas semanas.

---

[23] Giambattista Tiepolo (1696-1770), artista da renascença italiana (N. T.).

[24] Nas representações artísticas, figuras angelicais infantis e masculinas representadas em composições do período renascentista (N. T.).

A porta da cozinha se abriu. Gareth entrou para o jantar. Seu cabelo estava desgrenhado, suas roupas um pouco manchadas e sujas. Permaneceu sob o batente olhando em redor de uma maneira tão febril que aquilo abalou a calma de Rose.

— Ei, querido, você teve um bom dia? — quis saber ela, com o seu melhor estilo Doris Day.

— Nós temos um fusível sobrando? — perguntou.

— Na gaveta ao lado da máquina de lavar — respondeu, apontando para a despensa, como se ele não soubesse onde ficava.

— Maldita cafeteira nova. Porcaria — disse.

Merda, pensou ela.

— Desço lá, sedento por meu café, e o que acontece? Ela peida e — *puf* — nada. Portanto, vou tentar o fusível, primeiro. Se não for isto, vou mandar este ferro-velho de volta para a Amazon.

— Então você não tomou café, hoje? — perguntou. — Como é que conseguiu se virar?

— Uísque — resmungou.

— Uau.

— Ah, porcaria, não comece — ele disse, passando direto por ela em direção à despensa, onde o ouviu remexendo e praguejando despensa adentro.

— O jantar está quase pronto — avisou ela.

— Vou levar isto aqui depois, então — disse, colocando o fusível e a chave phillips na prateleira.

— Nico, você pode correr para chamar sua mãe? — Rose pediu em voz alta. Instantaneamente, o menino, sua nova estrela, saltou e calçou os seus tênis para saltitar os degraus até o esconderijo de Polly.

Não sabia por que ele estava tentando agradá-la hoje, mas gostava daquilo.

— Anna e Yann, vocês poderiam ser os garçons?

Vieram felizes e começaram a colocar a mesa. Rose ficou satisfeita com eles, como se aqueles pequenos querubins dourados de fato tivessem baixado do crepúsculo. Talvez fosse o vinho, mas estava cheia de esperanças para a noite.

Gareth sentou-se e se serviu de um grande cálice de tinto. Ela contemplou a sua figura corada e perguntou-se quanto uísque ele tomara durante a tarde.

— Mas como foi o trabalho, falando sério? — indagou enquanto cortava um alface que apanhara da miniestufa e o levava ao secador de verduras.

— Fiz um pequeno desvio agora — disse, olhando para o cálice —, é o desenho. Percebi que não estive observando o suficiente. Bem, ao menos não nos últimos anos, com a casa e tudo o mais, e assim, estou revirando o mundo ao meu redor e desenhando sem parar. Dando um descanso para a cabeça, sabe, reconectando as sinapses — suspirou e esfregou os olhos. — Verdade seja dita, fiquei um pouco enferrujado — disse.

— Você logo retomará o seu projeto — inclinou-se e tocou a sua mão. — Tenho fé em você.

— Tem mesmo? — falou, mantendo o seu olhar. Algo em seus olhos a arrepiaram. Sua mão formigou.

— Perdão, madame, senhor — Yannis exibia uma toalha de mesa, chacoalhando-a para colocar bem na frente de Gareth. Gareth desviou o rosto de Rose e recostou-se.

— Ora, obrigado, *zenhor* — o garçom Yannis inexplicavelmente se transformara em um francês. — *Pozo zervir*-lhe, mounsier?

— Ah, só estou olhando, obrigado — Gareth respondeu, tentando entrar na brincadeira.

— Nenhum tira-gosto? — Anna, que estava pondo Flossie no cadeirão, uniu-se à insistência.

— Vocês têm azeitonas?

— Ora, vou *zó* perguntar ao *chef*. Temos azeitonas, *chef*?

— *Oui* — respondeu Rose, caminhando até a geladeira e encontrando um vidro bastante antigo de azeitonas pretas inertes como espécimes de um laboratório de biologia em algum formol espesso.

— Aqui está, *seniour* — Yannis bateu o pote de azeitonas na frente de Gareth.

— Ora, a apresentação nesta espelunca é de primeira — ironizou Gareth, esfregando as mãos.

— Ela não vem — Nico irrompeu ofegante na cozinha. — Disse que está exausta.

— Mas o que será que ela tanto tem feito? — Rose indagou ao retirar o espaguete do Aga.

— Ela teve de cuidar da casa enquanto você estava doente, Rose. Talvez queira apenas uma noite de folga — disse Gareth, abrindo o pote de azeitonas e pescando uma com o garfo.

Rose torceu para que seu soluço de revolta tivesse sido abafado pela água vazando do espaguete, em um grande escorredor. Com os lábios comprimidos, andou pela cozinha apanhando os resquícios de comida sobre a mesa, tentando ao máximo não bater os potes e panelas ao fazê-lo.

— Você poderia ralar um pouco disso? — perguntou, pondo uma peça de parmesão, um ralador e uma pequena tigela na frente de Gareth.

Distribuiu as almôndegas em pratos que cobrira com espaguete. Yannis os dispôs sobre a mesa, diante dos comensais com uma pequena mesura.

— Quero dizer — Gareth prosseguiu, batendo os últimos pedaços do ralador sobre a vasilha —, não que Polly tenha o seu jeito.

— Mas que diabos isso quer dizer?

— Estou falando, olhe para você, Rose. Ontem você estava de cama, entorpecida por um vírus ou coisa do tipo, e cá está você, de pé, dando a volta por cima, encarregando-se de tudo. Nem todo mundo é como você, sabia?

— Graças a Deus — riu-se Anna.

— O quê? — Rose virou-se enfurecida para sua filha.

— Brincadeirinha? — Anna perguntou, erguendo as mãos.

— Isso não é engraçado, Anna — disse Gareth.

— Desculpe — baixou os olhos para o prato.

— Está tudo bem, querida — Rose inclinou-se e acariciou o cabelo de Anna.

— Você é impressionante, Rose, ninguém poderia negar — disse Gareth, afundando garfo e faca em seu prato, evitando olhá-la. — Isto está incrível.

— Nico, você poderia levar isto para Polly depois de comer? — Rose pediu, cobrindo a porção restante com um prato que reservara e deixando-a sobre o balcão. Não que estivesse tentando reafirmar a verdade das palavras de Gareth sobre sua perfeição doméstica. Era apenas algo que ela queria fazer.

— Você sabe, ela não vai comer — Nico disse.

— Bem, não há mal algum em tentar — respondeu.

— Não conheço ninguém como você — disse Gareth. — Estas almôndegas estão deliciosas. Ainda mais que de costume. O que você fez?

— Deve ser o sal especial que Nico trouxe — Rose falou, piscando para o menino, seu aliado. Nico sorriu como um gato que passara horas sobre uma mesa esperando que alguém o afagasse.

— Extraordinário — Gareth prosseguiu, enchendo mais um cálice da garrafa. — Abro mais uma?

— Por que não? — Rose ergueu os ombros, enquanto ele se levantava e ia para a prateleira de vinhos.

Após a sobremesa de ruibarbo *crême brulée*, que Gareth declarou estar uma "coisa soberba", as crianças limparam tudo enquanto Gareth e Rose permaneciam sentados para terminar a segunda garrafa.

— Isto é bom — disse Rose. — Um pouco como nos velhos tempos.

— E que tempos foram estes? — Gareth perguntou.

— Ah, você sabe — Rose desconversou, olhando em volta. — Você pode lavar isto individualmente? — perguntou a Nico, que tinha acabado de colocar sua faca especial no lava-louças. — Pensando melhor, deixe que eu faço. Ela é muito afiada.

Quando voltou-se para Gareth, ele terminava o seu cálice e preparava-se para levantar.

— Melhor eu ir — disse. — Aqueles desenhos não vão se desenhar sozinhos.

— Ah. Está bem, então. Não se esqueça do fusível — Rose acrescentou enquanto ela se levantava para lavar a faca.

— Até amanhã, então — disse ele, inclinando-se para beijar o seu rosto.

— O quê? — perguntou.

— Anna vai querer dormir com você esta noite, e com Flossie, e tudo o mais, acho que terei uma melhor noite de sono no meu estúdio, de novo. De qualquer maneira, estou pensando em trabalhar até tarde.

— Bem — disse. — Está bem.

E, com fusível e chave na mão, virou-se e saiu pela porta, para mais uma noite no estúdio, longe de Rose.

39

A despeito dos pronunciamentos de Gareth acerca de suas capacidades, Rose estava se sentindo bem esgotada. O vinho tampouco a despertou, e assim que deu banho nas crianças, leu e colocou-as na cama, recolheu-se em um longo e profundo banho de banheira, pingando uma quantidade generosa de seu óleo de banho Aveda perfumado de rosas, e acendeu algumas velas. Enquanto permanecia no banheiro, o vapor aproximando grandes nuvens de perfume de seus cabelos desgastados, pensou no olhar de Gareth mais cedo, naquela noite. Já o vira antes...

E, então, algo começou a retornar a ela. Se algum dia chegasse a ser honesta consigo mesma, Rose seria obrigada a afirmar que tinha um relacionamento difícil com a verdade. Como a maioria das pessoas, supunha, havia muitos segredos que não contaria a ninguém mais. Havia coisas que algumas pessoas sabiam e outras não. E, por fim, havia um par de coisas que apenas uma ou duas pessoas sabiam, e ela chegaria a matar para impedir que Gareth ficasse sabendo. Aquela praia grega com Christos era uma dessas coisas. Mas, agora, apenas ela sabia disso. Um assassinato não seria necessário para que aquele segredo permanecesse como tal.

Deslocou-se na banheira, um movimento involuntário trazido pela lembrança de Christos. O perfume das rosas foi renovado, revigorado por seu movimento, e por um momento intoxicante estava lá, de volta com ele; seu sorriso era tangível mais uma vez. Mas seus olhos logo se tornaram os de Gareth, e lembrou-se de quando o vira pela última vez. Nos tempos ruins, os tempos em que Gareth estava muito deprimido durante a construção, ela passou uma noite com Andy. Queria sair daquela casa, para longe do hálito de mau humor de Gareth, e sugeriu um passeio até o *pub*, sabendo que Gareth não viria, e que, ademais, teria de ficar cuidando da filha.

Assim, após o jantar, ela e Andy caminharam lentamente pela estrada dentro da noite azul-escura. Era início da primavera e as cercas vivas estavam inteiramente florescidas. Rose podia avistar os pontos brancos das prímulas sobre a superfície negra, como uma série de luzes delicadas que os conduziam pelo caminho. Havia um estonteante perfume de limão no ar, de frescura e de novos princípios. Em seu estado de mulher grávida, com o olfato aguçado, Rose sentiu que podia perceber o odor da cabeça de um recém-nascido.

Sentaram-se no *pub*, e Andy tomou três doses da cerveja amarga local enquanto ela bebericava meio Guinness. Rose era uma resoluta consumidora de cerveja *stout* durante a gravidez, desde que sua primeira parteira, em Londres, uma venerável senhora da Jamaica, disse-lhe para conceber aquilo como um remédio em razão de sua quantidade de ferro.

Enquanto bebia, Andy falava. Disse a ela, pela primeira vez, do seu casamento prematuro, romântico e desastroso com uma francesa, e de como ele nunca foi capaz de amar mais ninguém desde então. Contou a ela de como, depois que ele e Françoise se separaram, ele tentou voltar para os Estados Unidos, para se aproximar dos pais, mas então eles faleceram, Bush foi eleito e a Guerra ao Terror começou. Farto de tudo isso, ele voltou ao porto seguro que conservara na França, com a dupla vantagem de estar mais próximo do irmão e vivendo uma vida mais simples. E enquanto Andy falava, Rose começou mais uma vez a se perguntar se não acabara com o irmão errado.

Deitada no banho perfumado de rosas, remoeu-se com a lembrança. Mas então, tinha de se lembrar que, em termos claros, Gareth estava sendo um verdadeiro porco naquele tempo. Assim, provavelmente poderia se perdoar de qualquer coisa que se seguiu, naquela noite no *pub*, e em diante.

Pareceu-lhe, enquanto permanecia sentada com sua meia--dose aveludada, que Andy possuía todas as grandes qualidades de Gareth, sem nenhum de seus defeitos. Como seu irmão, ele era alto e bonito, ao menos. Era criativo e inteligente. Tinha um enorme senso de humor. Contudo, não tinha o que Rose começava a ver como o lado negro, o oposto daquele sol todo. Gareth deve ter herdado aquele dom particular de sua mãe biológica, a que se matou antes de ele ter uma oportunidade de conhecê-la. Era tudo, sem dúvida, culpa dela.

E de repente, Andy dobruçava-se sobre a mesa do *pub,* entorpecido pela cevada, e segurava sua mão.

— Sabe, não sei se aguento ver meu irmão machucá-la desse jeito — falou. Explicava porque estava pensando em partir. — Tenho vontade de matá-lo quando ele fica desse jeito. O fato de isso te afetar tanto torna tudo pior. Tenho medo, Rose — prosseguiu, a voz mais baixa —, tenho medo do que farei se ele continuar assim.

Rose afastou a mão e a pôs sobre a boca. Mas ele inclinou-se mais e a apanhou novamente.

— Venha para fora comigo — disse ele, e ela viu-se levantando e seguindo-o pelo salão abarrotado do *pub*, despedindo-se de todos os conhecidos, como se dizendo em voz alta que nada estava se passando, de que não estava prestes a dividir um segredo com este homem com quem andava, enquanto carregava o segundo filho de seu irmão adotivo.

Mas a verdade era outra. Ela sabia. Ele oferecia a sua intimidade, o conforto. E desde que declarara sua gravidez a Gareth, tinha recebido muito pouco disso. Conduzida pelo formigamento em sua barriga, ela seguiu Andy pelas escadas que levavam ao topo da colina, no lote do outro lado do vilarejo, rumo ao Chalé.

E ali, sobre o chão frio e duro, entre os prosaicos repolhos de fim do inverno, alho-poró e pastinaca, ela e Andy transaram como cães famintos. Terminou com ela desabando, um corpo enlameado sobre ele, soluçando em parte por alívio, em parte pelo choque do que acabara de acontecer. Ali, em meio às brássicas, eles construíram uma bomba atômica. O potencial radioativo era devastador.

— Preciso sair deste lugar — disse Andy, enquanto se esgueirava de volta para casa.

— Não — voltou-se para ele. — Não vá. Não sei o que faria sem você.

— Eu preciso pensar — concluiu.

Retornaram à edícula, na ponta dos pés para não acordarem Gareth ou Anna. Era uma hora da manhã, muito depois do horário em que voltariam do *pub* se não tivessem feito aquele pequeno desvio. Rose despiu-se no chuveiro e lavou-se meticulosamente, retirando todos os traços de Andy. Enrolou a sua roupa enlameada e enfiou-a no fundo da cesta de roupas para lavar.

Deitou na cama ao lado de Gareth, que virou para o lado, de costas para ela. Lembrava-se de estar ali, deitada de costas, exaurindo todas as possibilidades em sua cabeça até decidir pelo único caminho viável, dadas as circunstâncias. Gareth nunca poderia saber. Andy deveria ficar como se nada tivesse acontecido. Terminariam a casa, ela teria o bebê, e tudo ficaria bem de novo. Havia praticado esta estratégia antes, e iria funcionar, ela sabia.

"E tudo voltou ao normal?", Rose pensou enquanto saía do banho e se secava. "Tudo voltou ao normal, novamente?" Apanhou o creme para o corpo que comprara com o óleo de banho e começou a esfregá-lo nas pernas e barriga que, reparou, estava um pouco flácida após sua doença.

Na manhã seguinte ao episódio, olhou nos olhos de Gareth. Foi aí que vira aquele olhar outra vez, o que ele lhe dirigira antes do jantar. Depois do café da manhã, conseguiu puxar Andy de lado e contou o seu plano. A decisão dele tinha sido diferente da dela. Queria partir, voltar para sua casa na Bretanha, dar um espaço para todos, segundo ele. Teve de persuadi-lo um bocado, mas Rose sabia que tinha vantagem sobre ele, e, ao final, ele permaneceu com eles durante o tempo pré-estabelecido, caso não tivessem se ligado daquele modo. Continuaram confidentes um do outro, mas nunca se permitiram tocar de novo. Era compreensível, Rose pensou, que ela achasse isso mais fácil que ele. Se fosse honesta consigo mesma — e ela demonstrou para si que isso às vezes era difícil —, o sexo com Andy foi como esvaziar uma panela de pressão. Liberou um volume grande de vapor e, por fim, e não sem um certo embaraço, fez com que se sentisse muito melhor.

Depois que ele partiu, Andy escreveu a ela algumas vezes. Ele sabia que era seguro, pois tinha ciência de era tarefa de Rose subir o jardim para apanhar a correspondência na caixa de correios de estilo norte-americano que instalaram com Gareth. Mas ela simplesmente atirou as cartas seladas no fogo. Queria acabar com aquilo.

Rose vestiu uma camisola limpa, uma linda peça vitoriana de algodão macio e grosso. Caminhou em silêncio pelo quarto e esgueirou-se delicadamente entre as filhas. Permaneceu ali, olhando pela claraboia para os pontinhos estrelados sobre ela.

"Tudo isto", pensou. "Valeu a pena ater-me a isto. Não valeu?"

40

O DISPARO ARRASTOU Rose de um sonho perturbador com texturas, a princípio foscas e pesadas, em seguida brilhantes e luminosas. O grito que se seguiu, o grito de Anna, vindo do andar de baixo, fez com que percebesse que estava sozinha na cama. Mais uma vez alguém tirara as suas filhas de perto.

O gelo percorreu o seu corpo. Saltou da cama e desceu a escada num átimo. Ainda não estava completamente acordada quando testemunhou a cena. Polly se encontrava só na cozinha, de costas para Rose, olhando pela porta aberta do jardim. Seus braços envolviam o seu próprio corpo, do jeito que fazem as crianças tolas quando fingem que estão beijando. Por conta dessa postura, sua camisola manchada de seda cor de pêssego repuxava-se atrás, revelando suas tatuagens, seu teclado de costelas e as semibreves de sua coluna vertebral. O frio da manhã a deixava arrepiada, o que se revelava com nitidez pelo sol pálido que vasava entre os batentes da porta.

Era uma cena estranha, imóvel. Interrompeu os movimentos de Rose, um dos pés no ar, sem pousar no degrau à sua frente, a boca muito aberta, como se estivesse em algum cômico desenho animado. Tudo permaneceu em suspenso por um instante, enquanto ela absorvia o que mais estava acontecendo. Seguiu a trajetória do olhar de Polly e viu Gareth fora da casa, no gramado dos fundos, ajoelhado sobre um pequeno corpo prostrado. Ao seu lado, jazia uma arma. *Uma arma?*

E então ela escutou o segundo grito de Anna, "Nããããooo!!!", atirando-se sobre a grama em direção ao pai.

Rose engasgou e mordeu o punho. "Flossie!"

Disparou pela sala até Polly, virando-a com um puxão em seu longo e solto cabelo negro.

— O que ele fez? — demandou, forçando o seu rosto para cima, para encará-la. Polly tinha um ar quase beatífico de calma, uma expressão flutuante de vitória.

— O que ele fez? Onde está Flossie? — Rose agarrou-a pelos ombros, sentindo os pequenos punhados de pele solta e músculos. O modo como a sua pele deslizava sobre os ossos subitamente remeteu Rose à rigidez do perdiz que ela depenou e estripou no outono anterior. Se Polly fosse um pássaro, quão fácil seria remover as suas penas, arrancá-las e separá-las de sua pele de ganso, atirando-as no ar, observando enquanto caíam, oscilantes, como um punhado de notas de cinquenta libras.

Sustentando o olhar de Rose, Polly delicadamente desvencilhou-se de seu braço.

— Ela está dormindo. Atrás de você — disse, e ergueu a mão para apontar.

Rose girou e ali, sobressaindo em cima da pele de cordeiro, estava Flossie, os braços pensos ao lado do corpo. Rose segurou a respiração e olhou o peito da filha. Sem dúvida, havia um movimento para cima e para baixo no limpo e fresco macacão de Flossie. Como se para confirmar sua percepção, a filha deu um suspiro quase arfante, balançou um pouco os braços e então voltou a relaxar nas profundezas de seu sono.

Rose virou-se violentamente para a cena no gramado dos fundos. Passando diretamente por Polly, atirou-se porta afora. O cascalho cortante afundou em seus pés descalços, mas ela mal reparou. Gareth, agora, tinha algo em uma das mãos, que penetrava com a outra mão, com o que parecia uma faca. Anna agarrava-se às suas costas, mas sem brincar, como nos tempos remotos daquele jogo no castelo. Ao contrário, tentava detê-lo. O vermelho estava em toda parte, ainda mais vívido pelo esmeralda reluzente do gramado.

Rose avançou sobre a grama úmida, sentindo o orvalho gélido subindo pela ponta de sua camisola, agarrando-se à sua canela latejante. Depois do que pareceu um tempo interminável, como correr em um sonho sem chegar a lugar algum, enfim alcançou-os.

Virou-se para a casa atrás dela. Polly retomara a sua posição sob o batente da porta. Rose quase tropeçou quando viu a expressão em seu rosto. Demonstrava mais que prazer. Era uma espécie de êxtase petulante.

— Pronto! — ouviu Gareth gritar ao se levantar, erguendo para o alto o pelo da raposa em sua mão empapada de sangue. Anna tinha deslizado para sair de sobre ele e dera as costas, apoiando a cabeça nas mãos, aos soluços. A expressão dele era quase igual a de Polly, e, para o horror de Rose, percebeu que ele olhava através dela, em direção ao batente da porta. Era como se ela fosse invisível, dissolvida em nada. Subitamente, a grama começou a inclinar e confundir-se com o céu; Rose caiu, oferecendo com gratidão o seu rosto contra a grama úmida. A última coisa que viu foi Anna inclinada sobre ela, olhando em seus olhos com o seu olho sadio.

— Mamãe? — dizia. E então, diluiu-se em névoa.

Rose despertou, na cama mais uma vez. Anna, Nico e Yannis estavam sentados de pernas cruzadas no chão, brincando com um jogo de cartas. Flossie estava na cadeirinha do bebê, ao lado de Anna, observando impassível as outras crianças, uma pequena gota de saliva em seu queixo.

— Oi — Rose falou.

— Mãe! — Anna subiu na cama, examinando-a com seu olho bom. — Está todo mundo doente. Não sabemos o que fazer.

— O quê?

— Mamãe e Gareth — disse Nico. — Eles estão com alguma coisa no estômago. Os dois estão de cama.

Rose engoliu. Sua boca estava seca e a garganta, irritada.

— Papai está na minha cama, e Polly na edícula. Os dois ficaram muito, muito doentes, e não sabemos o que fazer. — Anna se levantou e se sentou na cama, pondo Flossie sobre o joelho. — Ficamos esperando um tempão que você acordasse.

O café, Rose pensou. Eis a prova, então. E então, lembrou-se do olhar entre Polly e Gareth, e estremeceu. Supôs que devia se sentir lisonjeada que as crianças tivessem escolhido esperar ao lado de sua cama em busca de alguma orientação.

— O que o papai estava fazendo lá fora? — perguntou a Anna.

— Ele atirou na raposinha, mamãe.

— Atirou nela? Por quê?

— Polly viu a raposinha tentando apanhar o Monkey. Monkey subiu numa árvore.

— Onde ele conseguiu a arma?

— A mamãe comprou — Nico falou. Rose reparou que sua voz estava mais séria. Estaria mudando, já? Estaria tudo aquilo o transformando, cedo demais, em um homem? Subiu na cama, também, do outro lado de Rose.

— Achei que sabia — Anna falou. — Você não estava lá quando ela lhe deu? — sua voz subira de tom.

— Não — respondeu em voz baixa e rouca, apoiando-se para se sentar.

Anna apanhou-lhe um travesseiro e o acomodou atrás dela.

— Ele falou disso no jantar. Ah, sim, foi quando você estava doente, sobre como ele e Andy costumavam caçar, nos Estados Unidos. Ele falou como se fosse muito divertido.

— Ele contou de como rastreava um cervo durante o dia todo na floresta, sobre como reconhecia as pegadas que ele deixava no solo — Nico acrescentou.

— Então, a mamãe falou: "Por que você não caça aqui?" — Yannis interveio, arrumando as cartas.

— E o papai disse que você nunca ia deixar — Anna falou.

— Assim, no dia seguinte, a mamãe foi até a loja de caça. Sabe, aquela ao lado do estacionamento na estrada? — Nico disse. — E voltou com uma espingarda.

— Ela parecia a menina do *Piratas do Caribe* — Yannis brincou, deslizando entre Rose e Nico.

— Mas ele nunca comentou a parte em que matava — Anna disse. — Por que ele não falou nada sobre o sangue?

Rose fechou os olhos.

— Eu preciso conversar com o seu pai — concluiu, saindo da cama mais uma vez.

— Ele está muito doente — Anna falou.

— Não me importo — disse Rose. — Preciso falar com ele. Agora. Vocês fiquem aí.

Ignorando o fato de que as crianças estavam no quarto, tirou a camisola e vestiu um moletom. Amarrou o cabelo para fazer-se sentir mais no comando, e então saiu e desceu a escada até o quarto de Anna, deixando uma cama cheia de crianças preocupadas.

Abriu a porta do quarto de Anna e viu as cortinas cerradas contra a luz da manhã. Gareth jazia amontoado sobre a cama, um balde ao seu lado. Um odor forte de flatulência podre preenchia o cômodo. Rose sorriu.

— Olá — disse ela.

Ele agitou-se, resmungou e virou sobre a cama.

— Não sei o que aconteceu — disse, cobrindo os olhos com o braço. — Em um minuto eu estava de pé, no seguinte tive de correr ao banheiro. Sinto que caguei minhas entranhas.

"Seu maricas!" Rose pensou. "Seu desprezível!" Perguntou-se se Andy seria tão sensível a uma overdose de laxantes, ou se simplesmente mandaria à merda, por assim dizer, e continuaria com o que estivesse fazendo. Estava convicta da segunda alternativa.

— E aí, não sei, Polly ficou do mesmo jeito, quase na mesma hora. Acho que é algum tipo de vírus ou coisa assim, Rose.

— Ou algo que os dois comeram?

— É muito pior que isso — resmungou. — Sinto como se estivesse morrendo.

— Intoxicação alimentar pode ser fatal — disse. — Botulismo, por exemplo.

— Rose? — afastou o braço dos olhos e observou-a. Não adentrara o quarto totalmente, mas permaneceu de pé, baixando a cabeça em sua direção, usufruindo do fato de que estava tão mais alta que ele, e que ele estava tão indefeso. — O que foi? É por causa da arma?

— *É* por causa da arma? — perguntou ela.

— Sempre quis uma arma, desde que nos mudamos. É o que um homem faz no interior.

Rose bufou.

— Eu estava salvando o gatinho, Rose. Vai saber, aquela maldita raposa já matou o Manky.

— É isso o que acha?

— Por que está agindo assim, Rose?

Uma vez mais, sentiu o caroço subindo dentro de sua barriga, para se alojar em sua garganta. Talvez fosse aquele punho cerrado, tentando achar um novo jeito de sair. Seja o que fosse, aquilo a impedia de falar. Antes, apenas ergueu as mãos e esfregou o próprio cabelo, repuxando o rosto como a pele de um tambor, de tal maneira que, por um instante, pareceu a menina de um filme de terror.

— Este é o seu problema, Rose — Gareth falou, fazendo um salto no raciocínio que ela não conseguiu acompanhar. — Você nunca me viu como um homem. Você me vê apenas como um caminho, o meio para atingir um fim.

— Isso não é verdade — disse em voz baixa.

— É sim. E quando finalmente me viro e digo a você que sou um homem, você não consegue suportar. E não aguenta a tal ponto que precisa apagar, literalmente, você desmaia e cai.

— Para ser um homem, então, você precisa ter uma arma, é isso? — perguntou, o caroço subindo com esforço, como um bebê que espreme a cabeça para fora, entre os quadris da mãe.

— Não é isso que quis dizer, e você sabe — Gareth grunhiu.

— Você precisa mostrar à sua filha que pode matar um animal inocente, é isso?

— Ele não era inocente. Era um assassino.

— *Você* é o assassino — trovejou. — Você está matando tudo ao redor.

— Argh! — Gareth cerrou os punhos e rugiu de frustração. As veias de seu pescoço sobressaltaram como linhas. Puxou a colcha de princesa de Anna sobre a cabeça e virou-se para ficar de frente para a parede, soltando uma lufada flatulenta de ar na colcha em direção a Rose.

Enojada, deu meia volta e saiu apressada, escada abaixo até a cozinha. Ato contínuo, pôs o avental e serviu-se de um grande cálice de vinho. Tudo isso, e antes do almoço também. Constatou que suas mãos tremiam.

Precisava de um cigarro. Dirigiu-se à jaqueta de Gareth pendurada no espaldar de uma das cadeiras de madeira, sabendo que encontraria um pacote de tabaco Drum e algumas sedas ali. Ao procurar nos bolsos, seus dedos tocaram em um grande objeto frio, a chave do estúdio. Pescou-a e a examinou. Era uma peça bonita. Ela e Gareth se desdobraram para encontrar fechaduras originais para a casa, e embora a tenha feito acreditar que as trancas eram um tipo de firula da parte dela, fez questão de que as chaves fossem tão funcionais quanto originais. Esta era negra e curva, tão grande quando a palma da mão de Rose. Imaginou que, algumas centenas de anos antes, um antigo ferreiro do vilarejo o havia martelado sobre sua bigorna: fagulhas, fumaça e ruídos metálicos. E agora, aqui estava ela, a seus olhos uma espécie de fetiche, a última peça do quebra-cabeça que desvelaria a verdade.

Inserindo a chave no bolso dianteiro do avental, levou o pacote de tabaco para o terraço lateral, assim como o seu cálice de vinho. Apanhou três Rizlas e colocou-os um sobre o outro como se estivesse fazendo um cigarro de maconha, e enrolou um cigarro enorme, girando uma ponta e inserindo o filtro na outra. Com o Zippo que Gareth sempre mantinha escondido, de maneira mesquinha, no pacote de tabaco, acendeu o cigarro e recostou-se no banco de pedra. O sol ainda não atingira a lateral da casa, e ela podia sentir a picada de calor em suas costas e traseiro.

Com o desmaio de antes, os dias passados na cama e um vinho como desjejum, o tabaco elevou-a com a palpitação que apenas os fumantes ocasionais conhecem. Por um momento, parecia deixar o próprio corpo e pairar sobre si, olhando para a dona de casa quase de meia-idade que ela apresentava para o mundo, com seu cabelo preso alto e às pressas — quanto tempo fazia, pensou, desde que fora a um cabeleireiro? —, sem maquiagem e colinas onduladas de celulite mal cobertas por suas roupas funcionais tediosas.

Fechou os olhos ante a visão e tentou pensar direito. Agora que tivera a sua prova, decidira que faria um assalto guerrilheiro ao estúdio. Mas como? Tinha uma janela de umas vinte e quatro horas, considerou, antes que Gareth e Polly estivessem novamente de pé. Mas com a escola fechada, não poderia fazer isso com os meninos por ali, de modo que provavelmente teria de aguardar até a noite, pouco tempo antes de sua viagem a Brighton — que, percebeu ela, com um baque atordoante e elétrico, seria no dia seguinte. E daí, o quê? O que encontraria ali? Como iria reagir? Esse tipo de pensamento estava se assemelhando demais a uma antecipação precoce. Não, ela esperaria para ver. Não havia pressa, além da restrição das vinte e quatro horas. Concluiu que tinha todo o tempo do mundo.

— Mãe?

Rose abriu os olhos. Anna estava ao seu lado.

— Por que você está fumando, mãe? — Anna nunca a vira fumando. Conseguira arrancar, na verdade, uma promessa solene da mãe de que nunca o faria. À luz do hábito bastante intenso de Gareth, Anna tinha dito que ao menos um de seus pais teria de estar vivo até ela crescer.

— Desculpe, querida. Não estou me sentindo muito bem, só isso. Isto é uma espécie de remédio.

— Um cigarro?

— Sim. Como... — a cabeça de Rose a toda velocidade — como se tivesse tomado uma garrafa inteira de paracetamol, caso estivesse doente.

— Como fez o Effie ano passado?

— De certo modo, sim.

Anna pensou naquilo.

— Espero que nunca tenha a doença que precise de cigarros para ficar melhor — concluiu por fim.

— Eu também — disse Rose. — Espero mesmo que não precise.

Rose esvaziou o cálice e se levantou, esmagando o grande cigarro sob os pés descalços, contra o chão de pedra. A mistura do frio e calor era até que agradável. Nico e Yannis estavam no vão da porta, observando a cena. Nico, abençoado, balançava Flossie sobre a cintura.

— Como eles estão? — perguntou Yannis.

— Como está quem? — Rose perguntou, movendo o cabelo para trás da orelha.

— O Gareth e a mamãe. Eles ficarão bem? — o olhar repleto de preocupação, ao se aproximar, pé ante pé, temendo a sua resposta.

— Acredito que sim — falou Rose.

— Eles... eles não vão morrer, vão?

— Não seja gay — Nico soltou.

— Nico! — disse Rose. — Não diga isso. Você não vai usar a palavra gay como um insulto.

Nico voltou-se paciente para o irmão.

— Não seja besta, então. Claro que não vão morrer. Não é, Rose? — olhou-a de volta.

Rose não podia deixar aquilo continuar. Não aguentaria ver aqueles dois rostinhos, parte de seu grupo, olhando-a com tanta preocupação.

— É *claro* que não. É claro que não vão morrer. Eles apenas apanharam alguma coisa, assim como eu. E olhem para mim. Eu não estou morta, estou? Eles ficarão bem em um ou dois dias.

— Ainda podemos ir a Brighton, não podemos? — Nico perguntou.

— Claro. Tenho certeza de que a mãe de vocês estará bem pela manhã.

— Promete?

Rose sabia que o laxante sairia de seus corpos até lá. Se a frágil e constitucionalmente fraca Polly seria capaz de ir com eles, ela não sabia. Mas Rose decidira que iria levar as crianças de qualquer maneira. Precisava de uma distância entre ela e Gareth, e da casa por um tempo, para desanuviar.

As crianças estavam todas de pé olhando para ela agora. A inocência e preocupação delas, o modo como olhavam para ela, era demais para suportar.

— Vamos para o parque — declarou, balançando um pouco e quebrando o feitiço.

— Ebaaa! — Yannis gritou. Posso levar a minha bola?

— Leve o que quiser — disse Rose. — Podemos ficar fora o dia todo, se quisermos!

41

— OLÁ, ESTRANHO — Simon ergueu os olhos e sorriu quando se aproximou do banquinho do parque.

Ela correspondeu o sorriso e foi se sentar junto a ele.

— Sem querer ofender, nem nada — ele falou —, mas você parece que morreu e ressuscitou.

— Ofensa nenhuma — falou Rose. — É exatamente como me sinto.

— Fiquei sabendo que você não estava muito bem. Tentei te visitar algumas vezes, mas eu sempre via *aquela mulher* na cozinha, e não tive coragem de entrar — ele afundou as mãos nos bolsos da jaqueta e alongou as pernas. — Quero apenas que saiba que meu pensamento estava lá. Soube de suas aventuras no rio, também.

— Maldito burburinho provinciano — Rose reclamou. — Estava tudo ligado, acredito, o quase afogamento e a doença. Uma reunião infeliz.

— Isso tem acontecido bastante com vocês, recentemente — Simon falou.

— Eu gostaria de dizer que não entendi o que você falou, mas, tristemente, não posso — Rose olhou-o e deu um sorriso desbotado.

Simon tirou a mão do bolso e apanhou as dela.

— Rose, não sei se aguento vê-la assim e ficar parado muito tempo.

— Não é da sua conta, Simon. Por favor.

— Eu sei. Mas... odeio ver você assim.

— Yannis. Desça daí! — Rose exclamou para o garotinho, que de algum modo conseguira subir na estrutura em forma de A que suportava os balanços, e agora fazia acrobacias na barra.

Simon juntou as mãos, encerrando as dela entre as dele. Tentou olhá-la nos olhos, mas ela se recusou a dar-lhe acesso. Antes, perscrutou o parquinho, cuidando não apenas das crianças dela, mas das outras dez que zanzavam em volta do aparato como vespas sobre um cálice de vinho.

— Estou bem, de verdade, Simon. É só um resquício pós-viral, ou algo assim. Gareth apanhou, também. E Polly.

— Meu coração está partido.

Rose sorriu e, enfim, olhou-o profundamente.

— Você é um bom companheiro, Simon. Obrigada.

Ele corou de sua forma usual, ao lado das narinas até a ponta das orelhas.

— Ei, olhe! — Nico gritou, correndo. — Rose e Simon sentados em uma árvore, B.E.I.J.A.N.D.O.!

— Já chega, hein — Simon falou. Levantou, correu atrás de Nico e o agarrou. Effie, Liam, Anna e Yannis amontoaram-se sobre os dois com uivos e gritos.

Rose permaneceu onde estava, dobrando sem parar a mão que Simon tinha segurado, inspecionando-a e perguntando-se se merecia tanta gentileza.

— Topa almoçar no *pub*? — Simon falou em meio a uma horda de crianças. — Por minha conta.

Fazia tanto tempo que Rose não comia fora que se esquecera do quão terrível era levar mais crianças que adultos a um *pub*. Apesar das enormes bebidas gasosas e pacotes de salgados que Simon comprou para ajudá-los a passarem o tempo, as crianças se entediaram esperando o presunto, ovos e fritas. Quando enfim a comida chegou, Rose sentia-se bastante irritada após as duas cervejas que ela e Simon tomaram, cada um, atiradas como foram sobre o vinho que tomara. Seguiu-se a agitação costumeira quando a guarnição de saladas passou dos pratos das crianças para os dos adultos.

Em meio às tentativas de falarem baixo e minimizarem a perturbação de outros clientes do *pub*, Simon e Rose tiveram pouca chance de continuarem conversando. Ela se alegrou com isso. Sentia que a relativa calma exterior que apresentava ao mundo era apenas uma membrana muito fina. Sob ela havia uma confusão de matéria perturbadora e estragada — como o caroço empelotado que se podia encontrar debaixo de uma membrana inofensiva de uma lata muito antiga de tinta brilhante.

Enquanto caminhavam em passo lento para retornarem à estrada, rumo a suas respectivas casas, Simon virou-se para Rose. A cerveja o amolecera ainda mais. Tinha a expressão de um cão de caça fiel quando a fitou.

— Você quer que entremos com você? Eu poderia te ajudar a resolver algo que precise fazer, enquanto você descansa.

— Não poderia pedir isto a você; vir para casa com *ela* lá. Mas... — uma grande oportunidade subitamente lhe ocorreu. — Estou *mesmo* muito exausta. Haveria alguma chance de você ficar com os maiores esta tarde?

Nico, Yannis e Anna, que passavam uma bola de um para o outro a alguns metros à frente, pararam, viraram-se e encararam Simon, na expectativa.

Simon abriu e fechou a boca enquanto olhava para eles. Obviamente, não era isto que estava imaginando. Mas então, ergueu as mãos, como se admitisse a derrota.

— É claro — disse. — Como resistir a estas três carinhas? Quatro carinhas — corrigiu, olhando para Rose. — Até levo a Flossie, se quiser. Janka está por lá, não é que eu vá resolver tudo sozinho.

— E eu ajudo bastante com a Flossie também — Anna disse, de súbito.

— Claro que sim — Simon concordou.

— Muito obrigada — Rose falou, ao se aproximarem do portão do Chalé. Entregou o carrinho com Flossie para Simon. Há fraldas e algumas mamadeiras na bolsa. Passarei para apanhá-los por volta das sete horas.

— Sem pressa. Não há escola. Venha quando estiver pronta. Miranda foi para Londres este fim de semana, então estou com os meus próprios horários — falou, um pouco arrependido. — Na verdade, por que você não passa lá e assiste a um filme conosco mais tarde, se tiver vontade? Tenho um ótimo filme pirata com o novo Terry Gilliam.[25] Trama completamente impenetrável, mas o visual é fantástico, pode manter todo mundo entretido.

— Vou ver como me sinto — falou.

— Sem problemas se não quiser — disse ele. — Veja o que tem vontade, só isso.

"É como se ele não quisesse me deixar", pensou ela. "Como se ele soubesse o que estou armando."

— Tchau, então — disse ela, finalmente, e então se virou e atravessou o portão. Ao invés de descer para a casa, escondeu-se atrás da cerca viva até certificar-se de que o papo das

---

[25] Ator e diretor inglês, conhecido pelos filmes de cunho surrealista e pela antiga série inglesa *Monty Pyton* (N. T.).

crianças desaparecera estrada abaixo; até saber que estava completamente sozinha.

Embora fossem apenas duas horas, a luz tinha uma tonalidade de final de tarde, ou talvez fosse a cerveja que produzira aquilo. Rose se esgueirou para dentro da cozinha, vasculhou o bolso do avental para apanhar a chave do estúdio de Gareth.

Pé ante pé, subiu a escada até o quarto de Anna. Gareth ainda estava lá, metido debaixo do edredom. Ela foi rapidamente recompensada por um ronco alto. Depois que ele silenciou novamente, Rose desceu os degraus.

Foi até a edícula para ver como estava Polly. Em silêncio pelos degraus, bateu na porta.

— Entre — Polly falou em voz baixa.

Rose inalou o odor do quarto. Polly tentara mascará-lo com seu perfume, mas o mesmo cheiro de fezes escuras a envolviam, como no quarto de Gareth. Estava deitada na cama, coberta de travesseiros, um braço longo e fino repousando sobre a colcha, a outra segurando um livro de Rimbaud, *Oeuvres Poétiques*, como se tivesse se arrumado para parecer a Mimi em *La Bohème*, ao invés de uma inglesa com diarreia.

O quarto estava uma bagunça.

— Como você está? — sussurrou Rose.

— Levando — Polly esboçou um sorriso.

— Ainda quer ir a Brighton, amanhã? — Rose perguntou.

— Tente me impedir — Polly respondeu, o sorriso desaparecendo de seu rosto.

— Vou reservar um táxi que nos deixe na estação; eu não quero perturbar Gareth. Quer que agendemos o serviço telefônico para despertar? — Rose perguntou. — Teremos de sair às sete.

— Não precisa — Polly respondeu.

— Bom, bom. Quer alguma coisa?

— Apenas um copo d'água, por favor.

Rose desceu até a área da cozinha e abriu a torneira. Ali de pé, em frente à pia, recordou-se de uma outra era em sua vida, uma repleta de esperanças, quando ela, Gareth, Anna e Andy moravam ali e tudo parecia promissor, antes de instalarem o telhado, antes de ficar grávida, antes que Polly viesse. Lembrou-se de estar naquele mesmo lugar, lavando a louça após um robusto jantar com frango grelhado que pareceu merecido após um dia de trabalho duro.

Parte de Rose agora queria pegar uma grande bola de demolição e pôr abaixo o Chalé e tudo o que ele significava. Apagaria-o e passaria a morar na edícula para viver a vida descomplicada de um eremita, ou uma freira.

Entregou a água para Polly, que bebericou-a e a colocou ao pé da cama.

— Acho que vou tentar dormir um pouco agora — Polly falou. — Para que esteja renovada pela manhã.

Renovada, pensou Rose. Está aí uma boa palavra.

Pisou os degraus em silêncio e contornou a casa, parando apenas para verificar se Polly não a espiava pela janela da edícula. Não que se importasse de fato com ser descoberta por Polly. Uma coisa era Gareth tentando detê-la, ele era fisicamente forte para fazê-lo; mas Polly, conseguia tirá-la do caminho com um movimento de braço, se quisesse. Na verdade, pensou enquanto palmilhava o gramado dos fundos, cruzando o lugar onde a raposa foi morta, era de se espantar que ela tenha conseguido se segurar tanto até então. Ela poderia ter simplesmente agarrado Polly e a tirado dali. *Arrancá-la de lá.* Não era esta a expressão?

Firmando os dedos nos arabescos da chave, deslizou-o dentro do buraco da fechadura do estúdio. Antes de abrir a porta, deteve-se um momento. Queria mesmo fazer isto? Se descobrisse algo, como suspeitava, que não gostaria de encontrar, em que medida isto mudaria as coisas? Talvez fosse melhor não saber. Talvez fosse melhor simplesmente articular a saída de Polly para que suas vidas pudessem, assumir gradualmente o futuro perfeito que uma vez vislumbrara para eles.

Mas não tinha esta disciplina, não àquela altura. Como uma criança diante de um presente de Natal cuidadosamente embrulhado, ela agora queria ver o que havia dentro. Abriu a porta e deixou os olhos se ajustarem à penumbra do interior escurecido pelas cortinas cerradas.

Acendeu as luzes e as formas encobertas revelaram os seus segredos. Se fosse descoberta ali, sempre poderia dizer que viera apanhar as xícaras de café para lavar — podia contar umas doze espalhadas pelo ambiente. E então, lá estavam os cálices de vinho, não poucos manchados pela familiar marca de batom vermelho na borda, e as garrafas vazias, que poderia dizer que buscava para reciclar.

Francamente. Não era muito cauteloso da parte deles.

Mas o pior estava por vir. Rose olhou em torno. O lugar parecia um depósito de entulhos. O que era comum. Era a única parte da casa onde Gareth podia expressar a sua verdadeira natureza. Todas as superfícies estavam cobertas. Rose foi até uma longa bancada que tomava uma das paredes, quase quatro metros de sua extensão. Estava quase encoberta pela confusão de papéis, desenhos e canetas que a sufocavam. Por um segundo terrível, Rose pensou que havia partes do corpo no meio daquilo, mas quando explorou um pouco mais com os dedos, percebeu que eram apenas palhetas secas cobertas com grandes nódulos endurecidos de tinta acrílica, em todas as matizes de tons de pele.

Foi até a velha mesa plana que, recordava, ajudou Gareth a salvar de uma reforma de alguns estúdios de arte da faculdade.

Sobre ele havia uma pilha de vinte centímetros de folhas canson A1. Rose folheou-as. Algumas caíram no chão, e deixou-as onde foram parar. O trabalho, todo lápis, carvão e nanquim, era de curvas angulares, de peles do abdômen, alongadas entre os ossos do quadril, de pequenos seios com os mamilos feito polegares, uma fileira de costelas no lugar das costas.

Ele pintara alguns dos desenhos. Rose dedicou a estes um exame apurado. Com suas meias-calças negras e frouxas, os cachos de pelos pubianos e das axilas, seus olhos tristes de sexo que encaravam diretamente o observador, as pinturas lembravam as do artista Egon Schiele. Mas havia algo mais. Um ar melancólico de Christos.

Era um trabalho extraordinário para Gareth. Rose podia reconhecer isto. Se por um lado as influências eram evidentes, ele fora além. Aquele era um trabalho que possuía a marca de Gareth. Seu agente e sua galeria teriam ficado muito contentes. Era um trabalho bonito, novo, exploratório, e ainda assim, comercial, e muito, muito bem-sucedido.

Logicamente, a questão era quem tinha sido sua modelo.

Rose examinou o sofá-cama bagunçado, desfeito que ficava contra a parede do lado oposto. Sobre o chão, bem ao lado, havia um par de meias-calças pretas que ela reconhecia das pinturas. Foi até lá e as apanhou, deixando que o objeto delicado caísse entre os dedos. Debaixo, havia um pequeno par de calcinhas negras. Seda. Apanhou-as e as cheirou, como fazia com as roupas íntimas de Anna no chão, para ver se precisaria lavar. Aquele par certamente precisava ir para a máquina. Mas o seu odor era forte e almiscarado, a um milhão de quilômetros de distância do cheiro brando de menina. Um resíduo branco manchava a nesga da seda, como se tivesse sido forçado para dentro de quem o usava em um momento intenso...

Rose ajoelhou no chão e cheirou a cama, onde encontrou longos cabelos negros. E meu Deus, pensou, esta roupa de cama precisava ser lavada. Teve de lutar com todas as suas forças para impedir-se de tirar o lençol e a fronha e enrolá-los.

Ficou de pé e tentou imaginar a cena. Polly deitada de costas, Gareth fazendo o que fizera com ela apenas duas semanas antes. Seus ossos contra o seu forte peitoral. Ele, mergulhando o rosto sob a sua barriga côncava.

O impulso que estivera ganhando força dentro de Rose finalmente se liberou. Ela agarrou um travesseiro da cama e esmurrou-o sem parar, até que ele se abrisse em penas pequenas que flutuaram por todo lado, como imaginara, como o resultado de uma multidão de anjos. Rasgou os lençóis sobre a cama e esvaziou tubo e mais tubo de tinta cara sobre eles. Arrastou a roupa de cama destroçada pelo quarto, como num desenho de ação dos anos 1960 de meninas nuas. As penas se uniram a ela, rodopiando no ar e caindo, embebendo-se da tinta.

Ela parou como um menino ofegante e examinou o que fez. Em seguida, foi até as gavetas onde Gareth mantinha todo o seu equipamento. Vasculhou-o até encontrar uma faca. Dirigiu-se primeiro até as calcinhas e estraçalhou-as. Foi então até a pilha de pranchas canson, para o melhor trabalho que Gareth já fez, e destruiu cada um dos desenhos até que estivesse rodeada por uma pilha de filetes. Ao final, prosseguiu até as grandes e impressionantes pinturas a óleo e acrílico de Polly que Gareth pendurara nas duas paredes vazias do estúdio que o exame de Rose deixara de notar até então, e furou cada par de olhos profundos e penetrantes, deixando buracos negros onde antes estava a sua obra, seu olhar, o seu charme. Pareceu apropriado: o revanche realizado por Rose, em defesa de sua pobre mãe biológica, pelo que ele fez com ela em *Linha de Sangue.*

E então, esfregando as mãos para se livrar das fibras de tela e tinta que as cobriam, apagou a luz, trancou a porta e atirou a chave na lagoa. Aquelas chaves antigas não vinham com cópias. Mesmo que Gareth se levantasse antes de partirem para Brighton, aquilo deveria conceder a ela algum tempo para articular uma saída.

42

Rose tomou uma ducha rápida e passou o resto da tarde fazendo as malas para Brighton. Começou a tarefa com uma lista, na qual, entre os lenços, fraldas, mudas de roupas para si, Flossie e Anna, ela incluiu: *armadura, bazuca, minas terrestres (duas).*

Deixando de fora a artilharia, conseguiu comprimir tudo em uma grande bolsa de pano e uma mala de rodinhas. Não se podia dizer que levava pouca bagagem, mas mesmo assim, foi libertador saber que ela e as filhas tinham tudo o que precisavam para sobreviver em apenas duas bagagens. Em seguida, encheu duas malas menores de rodinhas para os meninos. Supôs que seria a única a pensar naquilo, e não seria justo ser desatenta nestas coisas.

Telefonou para Simon para ver como estavam as crianças e para avisá-lo que não iriam ficar para assistir ao filme, porque teriam de dormir cedo. Para ser franca, isto era mais para o seu próprio bem que o deles. Seu edredom a chamava. Queria apenas se esconder ali até a manhã, e partir em seguida.

Mas ainda tinha o resto da tarde para enfrentar. Tirou do freezer um frango e esquentou-o com alguns fios de macarrão com ovo para servir aos inválidos. Para fortalecer o seu plano, moeu mais quatro comprimidos medicinais em seu pilão e diluiu-os no prato de Gareth.

— Isto deve mantê-lo quieto — disse ao gatinho, que chorava para ela, privado de comida. — Não vou te alegrar, sabe — Rose falou, ignorando os seus queixumes lamentáveis. — Você é obra do diabo, isto que é.

Encontrou uma bandeja e decorou-a com um de seus adoráveis guardanapos irlandeses de linho bordados nas pontas. Estava entre as poucas coisas que levara da casa dos pais quando eles a expulsaram. Raramente os utilizara.

Alisou as saliências do tecido. *Eles a expulsaram de casa.* Refletiu sobre isso. Na opinião deles, ela os tinha envergonhado, de modo que realmente a chutaram, sua única filha, para fora de casa. Deixada só, em apuros, apenas com Polly para contar, apenas com Polly para ajudá-la.

Como puderam fazer aquilo? E seria de se espantar que ela não quisesse retornar a Brighton? Mas era tarde demais. De qualquer modo, agora ela tinha planos.

Entornou a sopa de Gareth em um de seus pratos favoritos, uma antiguidade de Biot, e pousou-o sobre o guardanapo. Ao lado, pôs um copo pesado de água, um pequeno vaso com um ramalhete de madressilvas do jardim e uma pesada colher de prata do faqueiro ancestral que ela e Gareth receberam de Pam e John como presente de casamento e tentativa de reconciliação. Se ele estivesse se sentindo melhor, ficaria contente com aquele cuidado. Contente o bastante, esperava ela, para que ele tomasse toda a sopa, não importa quão amarga estivesse.

Subiu a escada em silêncio e bateu com delicadeza na porta de Anna.

Escutou Gareth murmurar qualquer coisa, e portanto, abriu a porta e entrou. Ele estava pálido, mas desperto, com grandes círculos debaixo dos olhos. Que bebê, Rose pensou. Que maricas.

— Eu trouxe um pouco de canja de galinha.

— Ai, ai — tentou sorrir.

— Se comer alguma coisa, vai ficar mais forte — pôs a bandeja na frente dele.

— Muito bonito — disse, pegando a colher.

Torcia para que ele não achasse que estava tentando se desculpar por sua explosão com aquela bandeja de comida. Mas era um risco que devia correr para tentar mantê-lo quieto. Observou satisfeita enquanto tomava colherada após colherada da sopa.

— Vou levar um prato para Polly — Rose falou, virando-se para partir.

— Como está ela?

— Recuperando-se. Um pouco melhor que você, na verdade. Ainda quer ir para Brighton, de qualquer modo.

— Bom — disse ele. — Você vá. Não se preocupe comigo.

Como se me preocupasse, pensou Rose.

Polly estava dormindo quando Rose levou outra bandeja, menos adornada para a edícula e deixou-a no chão ao lado da cama. Com sorte, iria pisar ali quando levantasse e derramaria sopa fria em sua camisola.

De volta ao Chalé, Rose vestia o sobretudo para passar na casa de Simon e apanhar as crianças quando ouviu a porta do quarto de Anna se abrir e Gareth apressando-se no corredor até o banheiro. Tão afobado estava que não teve tempo de fechar a porta, e Rose ouviu com satisfação os seus empenhos involuntários. Antes de sair, acendeu uma vela aromática na mesa da cozinha, para esconder o mal cheiro.

Pôr as crianças para dormir deu um pouco de trabalho. Estavam tão animadas com a viagem iminente que pediram detalhes a Rose, fragmentos de histórias, dicas sobre os melhores passeios no píer. Ela ergueu as mãos e se recusou a dizer uma palavra.

— Vocês vão descobrir tudo isto neste fim de semana — prometeu. Ao invés disso, leu o capítulo de *Ursinho Puff* onde ele apanhava um balão e voava para dentro de uma árvore.

Colocou todos na cama, e então se sentou na mesa da cozinha e bebeu uma garrafa inteira do champanhe especial de Gareth. Sentiu que o dia pedia uma comemoração. O champanhe era bastante ruim, quente como estava, mas foi o jeito que lhe pareceu mais apropriado.

43

Quando Rose desceu a escada na manhã seguinte, quase caiu de susto. Polly já estava de pé, sentada na poltrona da cozinha, vestida como uma Celia Howard punk, em *Breve Encontro*. Equilibrava uma pequena bolsa de mão sobre o joelho; uma pequena maleta que Rose nunca vira antes estava encostada no chão ao lado dela.

— Bom dia! — disse Polly, o rosto iluminado. — Dei comida para o gato. Ele estava faminto, pobre gatinho.

De ressaca, ainda impregnada em sua camisola, Rose não se sentia nem de perto tão animada. Resmungou e pôs Flossie no cadeirão. E então, a casa despertou, quando a horda que era Nico, Yannis e Anna irrompeu escada abaixo.

— Vamos chegar atrasados? — perguntavam.

— O táxi chegará na hora?

Nico e Yannis dirigiam todas as perguntas a Rose. Mal repararam que a mãe deles, por cuja saúde tanto temeram no dia anterior, estava viva e bem agora, sentada na cozinha.

— Silêncio, agora, não queremos que Gareth acorde — Rose falou. — Acaba de passar das seis.

Depois que todos se banharam, comeram e se vestiram, levaram as malas caminho acima até a estrada para aguardar o automóvel que o marido da lojista da região conduzia e servia como táxi do vilarejo. Rose não quis que ele entrasse na vaga da casa nem que soasse a buzina como normalmente fazia. Deixara um bilhete breve e prático para Gareth, lembrando-lhe de alimentar o gato. Também se precavera ao não permitir que soubesse onde ficariam e retirando o telefone celular de Polly de sua bolsa de mão enquanto ela estava no banho. Ela o desligou, deixou-o sob a torneira por um tempo e o escondeu nos fundos do armário.

Era uma manhã enevoada, tão enevoada que não se podia enxergar um palmo diante do nariz. Rose torceu para que aquele fosse um problema localizado, pois eles moravam em um vale estreito, ou poderiam realmente perder o trem, e daí, o que ela faria?

Foram aguardar sobre um montículo de grama na estrada, ao lado da entrada do Chalé. Os meninos mais velhos arrancavam longos gravetos e, segurando-os como cigarros, fingiam fumar, assoprando nuvens de vapor no ar úmido. Flossie estava quieta, aninhada em seu carrinho para todos os tipos de terreno, feito um Buda adormecido. À distância, na fria manhã interiorana, provocante em seu corpo de quarenta anos, Polly parecia um pouco ridícula, pensou Rose. Estava nitidamente abobalhada pela hora matinal, pelo frio e pelo fato de que realmente não usava roupa suficiente para alguém sem calor natural.

— Olhe! — Anna falou, apontando para o candelabro de teias de aranha, encravado de diamantes de orvalho. Nico tomou impulso com o seu cigarro de capim e golpeou-as, desmanchando a elaborada construção reluzente com um movimento surdo. Anna riu e bateu as mãos. Apenas dois meses antes e ela teria ficado furiosa. Rose se perguntava o que mudara para endurecer sua filha desta maneira, e se era algo bom ou ruim.

Felizmente, o táxi chegou com prontidão, e os temores de Rose acerca da bruma se mostraram infundados. Ao chegarem na estrada principal, o céu se abriu, e aterrissaram na estação com cinco minutos de vantagem. Até o embarque no trem foi simples, apesar de todas as malas e crianças, graças a um casal de velhos funcionários de rosto vermelho absurdamente atenciosos, que insistiram em fazer tudo enquanto "vocês encontrem um bom assento para as senhoras e a criançada". Havia até um carrinho de comidas no trem, conduzido por uma jovem polonesa com as bochechas redondas. Assim que se acomodaram em seus assentos reservados, ela aproximou-se deles e ofereceu chá, café ou chocolate quente, acompanhado de rosquinhas açucaradas para as crianças. Rose pagou.

— Eu te pago mais tarde. Estou ainda esperando os advogados gregos. Estão levando uma eternidade. Mas pelo visto na semana que vem alguma coisa se resolve — Polly falou.

Rose atinou que Polly talvez não tivesse nenhum recurso para pagar qualquer coisa por conta própria. Era algo que, provavelmente, não tivera de pensar antes e, portanto, o fato de que não possuísse dinheiro não a impediria de nada.

— Como está se sentindo esta manhã? — Rose lhe perguntou.

— Ah, você sabe, tudo bem — Polly respondeu.

— Ao menos você não acabou num hospital durante uma semana.

Polly encarou-a, mas Rose desviou o olhar para a janela.

— Olhem aquilo — disse às crianças. Um largo rio abria passagem por uma baixada verdejante e primaveril. — Aquela água vem do nosso rio — falou. O rio nos fundos do campo, perto do

Chalé. O rio que, certa vez, Gareth dissera que iria mapear com fragmentos de madeira.

A bruma pairava sobre a água e derramava suas pontas pelos campos.

— É quase como se estivéssemos em um avião e olhássemos por cima das nuvens — comentou ela.

Polly apoiou a cabeça contra a janela, preparando-se para cochilar. Rose inclinou-se e deu-lhe um tapinha no joelho.

— Quer me dar os bilhetes? Para o caso de você dormir quando o guarda chegar.

Polly apanhou sua pequena mala de mão e passou uma carteira com os bilhetes para Rose.

Atravessaram o interior do oeste do país, parando em cada estação do caminho. Polly logo mergulhou em um sono profundo, mas Rose encarregou-se de manter as crianças na linha. Os meninos ficavam se atracando como de costume, mas a novidade era que Anna começava a participar, defendendo-se e desferindo trocos à altura. Rose tentou mantê-los em silêncio, mas a viagem era comprida, e estavam todos animados. Alguns passageiros sentados ao redor deles se levantaram em silêncio e foram se sentar mais longe. Um ou dois manifestou o descontentamento de modo mais evidente. Uma hora após o início da jornada, e já havia uma zona de exclusão ao redor deles.

Quando chegaram a Hampshire, Polly despertou e, tomando emprestadas dez libras de Rose, percorreu o trem para encontrar a jovem polonesa do carrinho. Voltou com um pacote de batatas para as crianças e um café para si.

— Você não queria nada, queria, Rose? — perguntou.

— Estou bem — Rose falou.

— Podemos ir até lá? — Anna pediu, apontando para uma mesa vazia a alguns assentos de distância.

— Se vocês se comportarem — Rose disse, falando mais alto, para que todos do vagão ficassem tranquilos. Prosseguiu: — Vou fazê-los voltar aqui no minuto em que ouvir algo que não goste.

Sentou-se e olhou para Polly, esta mulher que tinha sido sua amiga. Perguntou-se se as coisas sempre foram difíceis entre elas, sob a veneração de sua história compartilhada e do mantra repetido de se referirem uma à outra como melhores amigas. Ou teria sido como um longo casamento, dissolvido por ressentimentos mudos, em que sem dúvida uma vez já houve amor? Para alguém tão pequena, com uma aura de menininha, Polly tinha arestas bem afiadas. Rose percebeu que ela provavelmente sempre a odiara, de um jeito ou de outro. Se não pelo cruel e descarado roubo de seu marido que se passava naquele momento, ao menos pela inveja e inadequada autocomparação.

— Quais são os seus planos, Poll? — disparou quando Polly terminou o café. O trem cruzava rapidamente um porto de maré baixa em algum lugar próximo a Southampton, com barquinhos desolados encalhados em um espaço inteiramente coberto de lama.

— De novo isso — Polly disse, olhando pela janela, o rubro lábio inferior para fora.

— Eu gostaria de saber. Gareth e eu...

— Gareth e eu o quê? — Polly encarou-a.

— Talvez seja o momento de começar a pensar em encontrar um lugar apropriado para viver? O dinheiro da casa não deve demorar, você disse. Talvez você prefira algo mais perto de Londres, e se quiser ir até lá para dar uma olhada, ver o que pode encontrar, ficarei feliz de cuidar dos meninos até que você esteja preparada para eles.

— É engraçado. Ontem mesmo o Gareth falou, e agora, deixe-me ver se entendo — tirou suas luvas de couro vermelhas. — Ah, sim, ele disse: "Você é bem-vinda para ficar o tempo que quiser,

Polly. Ter você e os meninos aqui traz um pouco de vida a este velho lugar..." — imitou, exagerando o sotaque de Gareth, soando como se estivesse em um perigoso faroeste. Havia se endireitado de modo a olhar de cima em seu assento, quase baixando a cabeça para fitá-la. E então, sem aviso, ela riu-se e pousou a mão sobre o joelho de Rose.

— Ah, não fique com essa cara. Tenho certeza de que não foi isso que ele quis dizer. Ele pode nem ter dito isso com essas palavras. — Enrugou o nariz e tentou captar o olhar de Rose. — Pobre de você — disse —, você realmente precisa desta folga, não é?

— Bilhetes, por favor, senhoras, nesta bela manhã de neblina! — um guarda robusto surgiu descendo o corredor em direção a eles.

O que havia naqueles trens para o oeste, aquela manhã?, perguntou-se Rose. Era como se só permitissem pessoas ensolaradas, íntegras e alegres trabalhando nesta rota, para agirem como contraste ao seu humor. Pensou em Gareth e, pela primeira vez desde que cometeu o ato de destruição, pensou no estúdio e sentiu-se enjoada. De repente, seus planos, abordar Polly durante aquela viagem, investigar o estúdio no dia anterior revelaram-se em toda a sua desordem e confusão, e enquanto distraía-se com o coletor de bilhetes, internamente se sentia desenraizada, perdida. Depois do estúdio, provavelmente nunca conseguiria falar com Gareth outra vez. Mas o que foi que ela fez?

— Pés para fora do banco, garotinhos — o guarda disse a Nico, enquanto Rose procurava os bilhetes em sua grande bolsa. Ao final, encontrou-os e os entregou, sentindo-se ela própria uma criança.

O restante da viagem transcorreu em quase silêncio. As únicas palavras murmuradas por Rose e Polly foram dirigidas às crianças. Passara do meio-dia quando finalmente chegaram a Brighton. Percorreram a extensão da plataforma de arcos de ferro, no ar frio e claro empurrado pelo mar. Cada passo arrastava o passado de Rose de volta para ela. Lembrava-se com nitidez de retornar a esta estação na volta das viagens de compras em Londres, mãos dadas com a mãe, antes de se tornar uma adolescente, antes de descaminhar-se e desapontar a todos. No tempo em que era uma boa menina.

Dobraram a esquina ao lado da barraca do Golden Crust Baguette para chegar à fila do táxi. Não havia ninguém antes deles, de modo que conseguiram entrar no único automóvel à espera.

— Ei, ei, parem aí — o taxista falou, saindo do carro e batendo a porta. — Não vou levar vocês todos de uma vez, não. Não com esse monte de malas e carrinho, e tudo mais.

— Mas isso é ridículo — Polly falou. — Você consegue levar seis, com certeza.

— Não é o que diz minha habilitação, camarada — o taxista respondeu. — Ou talvez você entenda mais.

— Olhe, estou bem. Eu e Floss podemos ir caminhando — Rose falou. Achou que o ar fresco lhe faria bem. — Prefiro, até. Sério.

— Quero ir com você, mamãe! — Anna falou, segurando-se em Rose.

— Está bem, querida. Você vem comigo. Vou mostrar todos os meus antigos lugares. — Anna encostou ao seu lado e ergueu a cabeça com olhos de adoração.

— Decida, então, minha flor. Não tenho o dia todo — o taxista falou, bufando.

— Está bem, então — falou Polly. — Vamos para a St. Luke's Rise, 25. Consegue se lembrar?

— Claro — Rose falou. — Você precisa de um dinheiro, não é?

— Sim — Polly falou, esticando a mão aberta. Rose lhe entregou uma nota de dez libras. Havia se resignado ao fato de que a viagem seria cara de muitas maneiras. Finalmente, Polly, Nico, Yannis e toda a bagagem meteram-se no táxi, e Rose, Flossie e

Anna permaneceram na calçada, acenando enquanto se afastavam. Rose deveria ter virado à esquerda para chegar à casa de Lucy, a apenas pouco mais de um quilômetro dali, descendo e subindo uma ladeira. Mas decidiu que precisava ganhar tempo para si, de modo que apontou o carrinho para a Queen's Road, em direção ao mar, que pairava como um grande cobertor cinzento entre os edifícios diante delas.

— Venha, Anna, vou te mostrar alguns dos melhores clubes noturnos do universo.

— Que tipo de clubes? — Anna perguntou, segurando firme na alça do carrinho enquanto desciam a ladeira.

— Clubes para quando você for uma menina grande. Clubes para dançar, beber e se divertir.

— Parece bom — Anna falou. — Tirando a parte da bebida.

Rose sentia-se inconsequente. Não devia satisfação nenhuma a Polly, nem àquela "Lucy do passado". Para variar, pensou, faria o que quisesse, sem se preocupar com mais ninguém. Caminharam até o calçadão da praia, passando por bandos de gente: garotas pálidas com piercings no nariz e abdomens lisos à mostra na maresia gelada; vendedores de jornal com cachorros patéticos, a arte de evitar quem há muito tempo fugia de Rose; mulheres de olhares perdidos com carrinhos como o de Rose, capturadas por vitrines luxuosas, como se pudessem comprar alguma coisa, o dia inteiro absorvido pelos filhos, passado apenas olhando as barraquinhas de livros que algum dia já tiveram tempo de ler.

Esta Brighton era uma cidade diferente daquela onde Rose crescera. Ao invés do fim de mundo um pouco decadente, esquálido e provinciano, ela agora carregava o ar de uma cidade cosmopolita um pouco decadente. Rose não sabia se esta homogeneização ocorrera apenas em tempo mais recente, e como foi este processo. Sentiu-se deslocada e muito velha ao se aproximar da calçada à beira-mar, um anódino shopping center de tijolos expostos e tons pastéis, remodernizado na Churchill Square à sua esquerda. No seu tempo, aquilo era escuro, minimalista e cheirava a urina.

— Olhe quantos pássaros! — Anna disse.

— Gaivotas. São uma espécie de ratos com asas.

Anna pensou sobre aquilo.

— Mas elas não têm aquelas caudas horríveis — comentou.

— É verdade. Mas comem absolutamente tudo. E atacam as pessoas. Eu li uma vez que um homem foi morto por uma gaivota em Rottingdean.

Anna ergueu a cabeça, olhos arregalados, e Rose deu um tapa na própria testa. O que estava pensando, preocupando sua garota delicada daquele jeito? Acostumara-se demais com os meninos, tão calejados.

— Mas ele era um velho e estava muito doente na época. Elas nunca mataram uma menina ou sua mãe antes.

— Nunca?

— Nunca.

Desceram a ladeira que levava ao calçadão e Rose levou um susto. Onde ficavam os clubes desorganizados em meio a *pubs* arqueados, estreitos e compridos, frequentados por pescadores, além de alcovas sujas e minúsculas, agora havia cafés com terraços bem construídos que margeavam as pedras. Belas placas de vidro no chão indicavam o caminho do novo calçadão curvo de granito. Viam-se alguns chuveiros, uma loja para alugar caiaques, a estranha escultura. Tudo aquilo parecia não inglês aos olhos de Rose. Com todo aquele brilho, agitação e fachos de cores contra o céu pálido, aquilo era quase uma afronta a sua sensibilidade rural recém-constituída.

Anna adorou, contudo. Até mesmo Flossie tinha um olhar curioso para a fileira de moinhos de plástico ao lado de um cone de sorvete do tamanho de uma menina, feito de fibra de vidro.

— Vamos tomar alguma coisa — falou Rose, e acomodaram-se nas cadeiras do terraço de um bar, em uma península pavimentada que avançava sobre a praia, de encontro a um grande quebra-mar de pedra. Rose perguntou-se como eles faziam no inverno, durante as tormentas que acossavam os rochedos da praia, contra o passeio. Talvez tivessem de reconstruir o bar toda primavera. Ou talvez os invernos ali não fossem o que costumavam ser no sul do país.

A tarde se esvaía. O sol esforçava-se para diluir o véu cinzento de nuvens que cobriam todas as coisas. Mas, sentadas no bar à espera de suas bebidas, Anna e Rose sentiram o frio da maresia. Enfim, o pedido chegou. Rose tomou um grande cálice de vinho syrah e Anna um chocolate quente com creme e flocos de chocolate, que declarou não ser tão bom quanto o que tomaram no aeroporto de Heathrow, enquanto aguardavam a chegada dos meninos com a mãe.

Beberam, pagaram a conta e rumaram em direção ao píer, que parecia intocado, mais como a Brighton de antigamente. Tudo era mais iluminado, mais excessivo. As pessoas que obstruíam a entrada eram tatuadas, correntes de ouro e à procura do clima que só se podia encontrar em Brighton. Levou as meninas para um passeio até a ponta do píer, para além da agitação dos entretenimentos, do ritmo hipnótico de um baixo em uma estridente canção de sucesso e dos aromas indescritivelmente deliciosos de rosquinhas frescas fritas. Foram além do fálico escorregador em espiral, dos histéricos carrinhos de bate-bate e de um elevador alarmante que prometia despencar seus ocupantes aos gritos algumas centenas de metros abaixo, para dentro do mar borbulhante.

— Olhe, dá para ver o mar revirando, embaixo — disse a Anna. Permaneceram sobre o assoalho de madeira e olharam entre as frestas. — Você pensa que está em solo firme, mas não está. A qualquer minuto, tudo isso poderia despencar, e estaríamos na água.

Rose achou que podia ver o fantasma de si mesma sob o píer, coberta por um ou outro garoto, suas costas sardentas subindo e descendo, martelando dentro dela. Estremeceu.

— Quero voltar — disse Anna.

— Não seja boba. Isto está de pé há centenas de anos.

— Mas e aquele ali? — Anna apontou para o mar que continuava em ondas brandas sob o Píer Oeste, que desabara, vítima de tempestades, e depois de um incêndio. Era uma vista desoladora, Rose pensou. Um esqueleto, uma outrora gloriosa rainha, hoje desmoronada, retornando vagarosamente ao nada.

— Ah, aquele é um píer *muito* antigo. Quase tão antigo quanto os dinossauros. Vai levar séculos até que este desabe como aquele — disse ela. Na realidade, lembrava-se do Píer Oeste quando foi fechado, mas ainda mais ou menos inteiro, seus belos salões encimados por domos, erguendo-se acima das rochas, acolhendo-a quando saía de um clube em vias de fechar, com mais um garoto, equilibrando-se sobre as pedras para fazer um sexo rápido, fugaz, bem na ponta, onde o mar lambia a terra. Parecia errado estar ali de pé, com suas filhas inocentes.

— Vamos, Anna banana. Vamos sair. Você gostaria de ver a casa em que cresci?

Pisaram a terra seca, margearam a colina defronte o Aquário Municipal. Era o antigo caminho da escola, ao contrário. A cada passo que davam, o medo de rever a velha casa crescia.

Olhando para trás, foi uma infância horrível. Como Flossie, ela deve ter sido um filho imprevisto. Mas ao contrário de seu bebezinho de sorte, não tinha nem ao menos um dos pais para amparar-se. Sua lembrança predominante era de estar sempre no caminho, de ser sempre uma inconveniência que obstruía a administração tranquila da casa de hóspedes dos pais. Se mantivesse a cabeça baixa e a boca quieta, eles ficavam contentes.

Qualquer exceção a isso, e seu pai, em especial, seria levado a atos de violento desespero.

Quando entrou na escola, já tinha adquirido o hábito da invisibilidade, e carecia da habilidade de fazer amigos. Seus pais eram, ademais, patologicamente parcimoniosos. Todas as suas roupas provinham de lojas beneficentes, e ela só era autorizada a tomar um banho rápido uma vez por semana. Não havia brinquedos, férias, roupas novas e festas de aniversário para Rose.

Nada disso contribuiu para a sua sociabilidade.

Seu único conforto era a comida, que passou a gostar como uma apaixonada. Assim, a estranha, maltrapilha e fedorenta menina adicionou a gordura à lista de atributos que a caracterizava. Foi apenas quando começou a gostar de ficar com meninos que começou a perder peso e a lavar-se.

Não é de se espantar que, quando Polly lhe mostrou um pouco de simpatia naquela manhã, na escola, quando ela estava tão ensopada pelas ondas, Rose a agarrou com as duas mãos e a apertou contra o peito. Parecia que era só o que fizera durante todos estes anos, desde então. Enquanto afastava o carrinho de bebê de um saco preto de lixo, rodeado por gaivotas, que derramava o seu conteúdo gosmento sobre a calçada, pensou que talvez fosse a hora de dar um tempo para toda aquela gratidão.

— Chegamos — disse a Anna, quando pararam na frente da casa grande e estreita onde tinha crescido. Parecia muito menor do que se recordava. Ou talvez agora estivesse acostumada a casas maiores, como o Chalé.

— Puxa — Anna falou.

— Alguém fez uma reforma — disse Rose, espiando entre a cerca da frente que abrigava uma área cheia de plantas à sombra. Como a própria Brighton, a casa se recobrira de um verniz que nunca tivera nos tempos de Rose. Era de um branco radiante, contornada por tinta negra brilhante. As janelas, que costumavam ranger contra seus batentes podres e descascados, foram todas substituídas por enquadres de madeira de dois vidros. Agora não haveria correntes de ar, Rose pensou. E no lugar das cortinas mofadas, as janelas eram protegidas da rua por belas venezianas de carvalho. Tudo muito caprichoso, mas também enclausurante, como alguém de olhos fechados.

— Não era assim na minha época.

Em sua época, era tudo marrom. Rose se lembrou do quarto no sótão onde o Homem de Bigode ficava durante suas visitas regulares a Brighton. Lembrava-se de estar deitada sobre o acolchoado e de abrir as pernas quando ele remexia o zíper de sua calça de poliéster. Lembrava-se do "amigo" que às vezes o acompanhava e do modo como se revezavam, rindo dela e estapeando seus seios pequenos e recém-formados.

— Não conte para o seu pai, hein, Rose?

— Vai ser nosso segredinho, hein, menina?

E Polly, entre aquelas vezes, estimulava-a, desafiando-a a ir além, a flertar de modo mais ousado, a revelar um pouco mais de pele debaixo do uniforme escolar, para o deleite dos hóspedes.

— Mas olhe como você estava perto do mar — Anna falou, olhando, sonhadora, para o horizonte no final da antiga rua de Rose. O sol finalmente vencera a batalha contra o cinza, e agora o mar refletia o azul desbotado que Rose só vira ali, naquela costa. — Você teve tanta sorte, mamãe. Eu queria ter vivido perto do mar.

— Quem é o pai? — seu pai gritava, agarrando o seu cabelo e erguendo o punho sobre ela, naquele dia, na recepção.

Rose realmente não sabia. E disse isso.

— Vadia! — urrou. — Jezebel!

Foi bom que Polly o tenha impedido, do modo como o fez. Ou sem dúvida o pai de Rose teria matado a filha.

— Mas você tem tanta sorte, Anna — disse Rose. — Você tem todos os campos do interior. Não é bom o suficiente para você?

— Sim, mamãe — Anna respondeu, um pouco intimidada pelo tom de voz da mãe. — Mas eu gosto do mar também.

— Bem, isto é engraçado. Eu sempre quis viver no campo enquanto estava aqui — disse Rose. Ela precisava sair daquele lugar. — Vamos, venha. Eles devem estar se perguntando onde estamos.

Subiram a colina até o Queen's Park, onde Rose parou para trocar Flossie e deixar que Anna explorasse o parquinho, que adquirira uma segura superfície rosácea desde que Rose brincara ali. Ainda tinha uma pequena marca do asfalto escuro que costumava ficar ali, tatuada em seu joelho, de uma descida muito rápida no escorregador, aos sete anos.

Rose pediu uma xícara de chá e alguns *cupcakes* para as meninas no quiosque do café. Estavam ocupados com as mamães locais e seus filhos. Pela multidão de crianças segurando mochilas azuis, parecia que a escola acabara de liberá-las. Alguns meninos mais velhos vagueavam pelo parque, fumando. Eram uma visão alarmante. Os meninos tinham as camisas para fora das calças, e estas tão folgadas que as cuecas ficavam à mostra. As meninas, muito bem nutridas, pareciam explodir para fora de suas blusas justíssimas de algodão. As mães com os filhos os abrigavam instintivamente da visão, expressando desaprovação entre si. Podia-se vê-las pensando que seus filhos jamais terminariam daquele jeito, desordenados e insinuantes, despojando o abrigo do parquinho das tardes de sexta-feira. Mas é claro, estavam erradas, pensou Rose. Todas as coisas belas se pervertem com o tempo. Aconteceu com a pequena Rose, ao menos, há tantos anos atrás.

Sabia que estava procrastinando, mas a última coisa que tinha vontade de fazer era aparecer na casa de Lucy e fingir que eram amigas. E era ainda pior agora, em Brighton: caminhar pelas ruas despertou nela trilhas em sua memória que ela interditara há muito tempo. Lucy era *a outra* que terminara engravidando na escola. Mas Lucy levou adiante. O seu namorado, mais precisamente. Sua gravidez não foi um segredo, não como a de Rose.

Mas era a hora. Ela tinha de encarar.

— Anna, venha.

Anna havia se juntado a um grupo de meninas em um gira-gira baixinho e seguro, e rodopiava aos gritos. Ela era segura de si, extrovertida e, mesmo com o curativo no olho, não tinha problemas em fazer amizades imediatas. Era uma das poucas coisas que Rose poderia elencar como uma vitória em sua vida que hoje permanecia. O pensamento remeteu-a ao estúdio e ao que havia feito. Gareth já descobrira? Seu estômago revirou-se, e ela se sentiu enjoada. Agachou-se e golfou, chamando a atenção de algumas cabeças em sua direção, provocando algumas mãos maternais a ampararem seus pequenos filhos, no caso de esta moça ser louca.

Flossie, sentada no carrinho e já desperta, esmigalhava o bolo na boca enquanto assistia às crianças brincando.

— Anna! Agora temos de ir.

— Ahhhh — Anna cantou. Mas veio, obediente como sempre, e subiram uma ladeira íngreme para a saída norte do parque, evitando uma pilha de fezes de cachorro no meio da calçada.

No topo da colina, Rose parou, um pouco sem fôlego. Sentiu a umidade no vão de suas costas quando a coçou por debaixo da jaqueta de veludo cotelê. Anna observou-a com seu olho bom, preocupada.

— Estamos chegando?

— Só falta atravessar a rua, ali — Rose apontou para a casa. A mão caiu quando viu Polly de pé, na janela da frente, braços cruzados, o olhar enfurecido. Perscrutou-as enquanto se aproximavam pela calçada e desapareceu dentro da casa. Rose ergueu o carrinho sobre os degraus que conduziam à casa e bateu na porta vermelha desgastada.

Minutos depois, Polly surgiu com um sorriso iluminado no rosto.

— Graças a Deus, Rose — falou com uma voz alta demais. — Estávamos ficando tão preocupadas.

44

— Ela chegou, então? — uma voz brotou atrás de Polly, e uma mulher de meia-idade e cintura larga apareceu. Havia um pano de prato pendurado em seu ombro, e seu cabelo estava preso, revelando um rosto áspero, de veias saltadas, e uma pele seca marcada por rugas. Então foi isso que aconteceu a Lucy.

— Entre, Rose — Lucy avançou e tomou o carrinho, puxando-o pelo vestíbulo estreito alinhado por casacos pendurados em ganchos e sapatos apinhados sobre uma estante de pinho. Sentiu um forte odor de poeira e incenso indiano. — Então, esta é Flossie, e onde está Anna?

— Oi — Anna falou, mostrando a cabeça, por trás de Rose.

— Ah, aí estão vocês. E o que *foi* que aprontaram? Estávamos quase chamando a polícia — Lucy prosseguiu, recuando para a sala de estar. — Leve-as para a cozinha, Polly, e vou tirar este pobre bebê do carrinho. Meu Deus, ela está congelando.

Polly segurou a mão de Rose e a conduziu para os fundos da casa, até uma cozinha comprida alinhada de balcões e armários de pinho manchados. O guarda-louças sumia atrás de uma pesada mesa de madeira, rodeada por cadeiras de diferentes formatos. Todos os espaços estavam cobertos por pilhas de papéis, roupas dobradas, tortas pela metade, potes e panelas. Bem nos fundos, havia um conjunto de janelas francesas através das quais Rose podia ver um amontoado de bicicletas e uma selva densa, mais além.

— Mas onde é que vocês estavam? — Polly falou entre os dentes, liberando uma cadeira ao tirar uma cesta de vime e um par de jeans, e forçando Rose a se sentar.

Rose, que ainda não abrira a boca, aproximou Anna de si. Estavam armando alguma coisa, e ela não sabia o que era. Quando vira o rosto de Polly na janela, ficou preocupada que Gareth pudesse ter entrado no estúdio e ligado para ela. Mas agora, tinha quase certeza de que aquilo não havia ocorrido. De qualquer modo, o telefone de Polly estava no Chalé, e Rose estava certa de que Gareth não fazia ideia do endereço e número de telefone de Lucy.

Com afobação, Lucy dirigiu-se à cozinha desordenada e parou sob o batente, preenchendo o vão da porta com o seu tamanho. Flossie estava apoiada em sua cintura, pousando a cabeça em seu ombro, os olhos assimilando o novo lugar.

— Pobre Rose — Lucy falou. — Você passou um mau bocado, não foi? Polly me contou tudo.

Rose franziu um pouco.

— Estou bem — respondeu.

— Claro que está — Lucy sussurrou, piscando. — E então, posso oferecer algo para beber, Anna? Você gostaria de um pedaço de bolo? Tenho certeza de que vocês estão todas famintas.

— Lucy é uma provedora, como você, Rose — Polly comentou ao lado da chaleira.

— Comemos um bolo no parque — Anna disse.

— O quê? O parque lá embaixo? — Lucy falou, apontando em direção de onde vieram. Anna aquiesceu.

Lucy virou-se para Polly e ergueu as sobrancelhas. Polly assentiu, como se confirmasse algo que lhe contara antes. Aproximou-se de Rose com uma xícara de chá e sentou-se à sua frente.

— Olhem para o estado de vocês. Vocês todas parecem ter sido varridas pelo vento — disse, sorrindo.

— Abri a água quente — Lucy falou —, para que possam tomar um bom banho, e possivelmente dormirem antes do jantar. Vocês parecem mesmo esgotadas.

Rose queria ter um espelho para verificar o horror evidente de sua própria aparência. Queria dizer a Lucy que ela também não estava exatamente uma beleza, mas não teve a oportunidade para isso.

— Vocês vão ficar no quarto de Molly — prosseguiu Lucy, fatiando um bolo de cenoura caseiro e colocando sobre um prato trincado. Molly era a filha mais velha de Lucy, Rose se lembrava, a que teve quando estava na escola. — Polly desfez as malas para vocês. Vocês só precisam relaxar.

Polly olhou para ela, sorriu e assentiu, como se Rose fosse alguma imbecil.

— Onde estão os meninos? — perguntou Rose.

— Molly e Frank foram ao cinema com eles. Frank é o seu namorado. Ele é um garoto *tão* bom. Você irá adorá-lo — Lucy disse, aquiescendo entusiasticamente para Polly. Rose bebericou o chá e olhando para as duas mulheres, perguntou-se o que é que estaria fazendo ali.

— A Molly não vai se importar se eu ficar em seu quarto?

— De jeito algum! Ela está contente, e terá uma desculpa para passar a noite na casa de Frank. Seus pais vivem em um daqueles casarões brancos em volta do parque. São muito ricos — Lucy prosseguiu.

Para Rose, tudo aquilo não passava de detalhes desnecessários. Dirigiu um soslaio para Polly, que continuava a sorrir como uma abelha rainha.

— Eu poderia ter desfeito minhas próprias coisas — Rose falou. — Eu teria preferido, sabia.

— Não, não. Esta é a sua folga, Rose. Você não vai levantar um dedo — sentenciou Polly.

— Bem, agora por que não termina de beber o chá, sobe e toma um bom banho quente? — Lucy acrescentou. — Tomamos conta das crianças. Você descanse, agora. Venha, vou lhe indicar o caminho — disse, tomando a sua mão como se fosse uma criança.

Rose olhou para as duas, os rostos cobertos de preocupação, e então virou-se para Anna, que estava, reconheceu com um golpe de raiva, com a mesma expressão. Seja lá o que estivesse acontecendo, ela se sentia sufocada com aquilo. Mas estavam certas em uma coisa, ao menos. Ela estava exausta. Seus ossos latejavam com todo aquele empurrar, furar e rasgar da noite passada, o champanhe quente e a maresia. Aproveitou a deixa que lhe era oferecida e seguiu Lucy escada acima.

— Agora, não se preocupe com nada — Lucy falou, entregando-lhe uma toalha verde limpa e macia, e uma garrafa de óleo para banho de lavanda. — O quarto de Molly é este, o segundo à esquerda. E você deve dormir o quanto sentir necessário, está bem? — Lucy afagou o cabelo de Rose. Rose queria arrancar o seu braço fora, mas apenas assentiu e foi ao banheiro.

Rose pôs a tampa no ralo, abriu totalmente a banheira quente e permaneceu na frente do espelho. Lentamente, tirou todas as roupas. Olhou para o seu corpo com uma sensação de desligamento. A pele na bolsa de gordura que pendia um pouco abaixo do umbigo estava marcada por um Delta do Nilo de estrias. Seus seios também tinham uma aparência flácida: as linhas púrpuras, ainda lívidas pela gravidez recente, pareciam veias ou uma rede de vasos linfáticos. Apertou o excesso de pele dos quadris, um punhado de cada lado, e balançou-os, observando a pele solta voltear para cima, para o lado e para baixo. Não era algo bonito de se ver. Talvez só pudesse culpar a si mesma pela traição de Gareth. Talvez tenha atravessado o Rubicão, feito o impensável para uma mulher de sua idade. Talvez devesse "largar mão". Talvez merecesse a piedade de Lucy.

Virou-se e entornou uma dose de óleo na banheira, volteando-o e inalando o perfume limpo e calmante de lavanda. Não. Polly estava maquinando algo — Rose sabia. Tinha de parar de conceder-lhe o benefício da dúvida. Fora permissiva demais com ela, sentiu pena demais dela, confiou excessivamente em sua história compartilhada. Entrou na banheira vaporosa e abaixou-se para dentro da água muito quente. Ali deitada, seu corpo cozinhando lentamente, tentou organizar os pensamentos. Mas não conseguia. Estava excessivamente afastada de qualquer tipo de contexto para fazer alguma ideia de qualquer coisa. Muito melhor, pensou, apenas deitar-se na cama e descansar um pouco. As coisas iriam se ajeitar, de um jeito ou de outro.

Secou-se. Com a toalha em volta do corpo, caminhou sem fazer barulho pelo corredor. Havia uma espécie de abertura na altura dos pés, constatou, no meio da escada que fazia uma curva e conduzia à entrada do sótão. Acocorou-se e espiou entre os pinos de madeira que a separava do cômodo abaixo que, Rose descobriu, era a cozinha. Dali podia ver e ouvir Polly e Lucy, sentadas na mesa da cozinha conversando com Anna. Lucy tinha Flossie sobre o joelho. Anna dizia a Lucy o que acontecera com o seu olho. Ela e Polly pareciam ter transformado aquilo numa espécie de anedota humorística — Anna representava o que o gatinho tinha feito, passando a mão pelo rosto de Polly como se fosse uma pata afiada.

— Então não precisam de mim — Rose murmurou consigo. Polly olhou para cima e encarou-a. Não alertou os outros, contudo. Ao invés disso, apenas prosseguiu como se nada tivesse acontecido. Rose levantou-se e foi para o quarto, onde suas roupas estavam penduradas em ganchos atrás da porta, um berço de armar havia sido separado para Flossie, e as roupas macias de Anna foram dispostas em sua cama improvisada. Rose apanhou a própria camisola, que havia sido deixada sobre o que era, presumivelmente, a cama de Molly, e vestiu-a por cima da cabeça. E então, puxou a colcha limpa e aninhou-se debaixo dela. Em segundos, estava dormindo em um abismo profundo e sem sonhos.

Quando despertou, não tinha noção da hora ou de onde estava. Gradualmente, recordou que estava de volta a Brighton, no quarto de uma adolescente. Podia ouvir o suspiro e ressonar de suas duas filhas, que alguém pusera no quarto com ela. Levantou-se da cama e caminhou na ponta dos pés até a janela. Chovia forte, e a noite estava um breu absoluto. Conseguia enxergar as silhuetas das casas atrás do jardim dos fundos. Estavam às escuras; devia ser tarde. Rose percebeu que sentia fome e tentou recordar se havia se esquecido de jantar. Atenta para não despertar as meninas, deslizou para fora da cama e caminhou lentamente pelo corredor até a escada. Ouviu vozes vindas da cozinha e, assim, deteve-se e agachou ao lado da pequena abertura vasada, postando-se a um canto, de modo que não pudesse ser vista. À mesa estavam Lucy, Polly e dois jovens, uma mulher bastante grávida e um menino, ambos por volta dos vinte anos. O menino parecia familiar a Rose, mas ela não conseguia entender como.

— Sinto muito, Frank, querido — Polly dizia. Estava apoiada na mesa, sua mão sobre o braço dele. O menino, bochechas rosadas e rosto redondo, estilo *indie* e cabelos negros desordenados, segurava uma lata de cerveja. Seu corpo estava retorcido e sua cabeça inclinada de um modo que transparecia um nítido desapontamento para Rose.

— Ela simplesmente não está preparada — Lucy acrescentou. — Sua perturbação é real.

— Não posso acreditar que ela tenha feito isso com o trabalho do marido — a jovem comentou.

— Ela está doente, Molly. Está fora de si — Polly explicava.

— Eu aguardo vinte anos para conhecê-la e é nisso que dá — Frank lamentou, pondo o rosto entre as mãos.

Rose engasgou e pôs a mão contra a boca.

— Você tem tempo de sobra. Ela vai melhorar logo, e vocês poderão partir daí — Lucy falou.

— É um momento ruim, só isso, Frank — completou Polly. Sinto tanto. Não sei o que estava pensando. Os sinais estavam todos ali, de que seria uma boa hora. Simplesmente não fazia ideia de como ela se abalou. Mas ela é sua mãe, não há dúvida disso. E você conheceu suas irmãs, ao menos.

— Não é sua culpa, tia Polly — Frank falou.

Tia Polly! Rose mordeu os dedos para impedir-se de gritar.

— E graças a Deus que você permaneceu presente ao longo dos anos — Lucy falou. — E é apenas por conta de Polly que você terá a chance de conhecê-la.

— É graças a Polly que nos conhecemos — Molly falou, tomando a mão de Frank e olhando em seus olhos.

O estômago de Rose se contraiu. Então era por isso que Polly a trouxera para Brighton.

— Vocês acham que eles vão levá-la embora? — Frank perguntou.

— Imagino que sim — Polly disse, dando um tapinha em sua mão. — Vai ser para o próprio bem dela. Ela provavelmente é um perigo para si mesma neste momento.

— Sinto-me mal em deixar as crianças ali com ela — Lucy disse para Polly.

— Acho que é importante que nos comportemos com naturalidade — Polly disse. — Não queremos que ela suspeite de nada.

Rose olhou para o jovem, sentado de modo que agora podia observar o seu rosto, virado para a luz. É claro. Seus traços eram familiares, porque eram os dela própria.

— Vocês querem ver o bebê? — a mulher de meia-idade perguntou, Rose deitada, chorando, aturdida com o analgésico que Polly insistiu que ela tomasse.

— Ela não quer — Polly falou. — Foi muito veemente quanto a isso.

A mulher de meia-idade ergueu os ombros, carregou e retirou o ninho de cobertor da sala para os braços de seus novos pais. Rose não fez nada. Polly contatara a agência católica de adoções que, com o seu esforço, cuidara de tudo.

Ela deve ter se mantido em contato com a agência. Teria preservado o contato com Lucy tendo este reencontro em mente? Teria arquitetado o relacionamento entre os dois jovens? E *tia Polly*? O que era aquilo?

Rose se equivocara de confiar qualquer coisa a Polly, desde sempre.

Tudo o que Rose soubera acerca dos pais adotivos dela era que eles também viviam em Brighton. Esta era uma das razões pelas quais saíra tão rapidamente da cidade. É uma cidade pequena, como disseram os seus pais antes de irem para a Escócia. Um lugar para escândalos. Um lugar onde não se podia limpar o nariz sem que todos ficassem sabendo.

— Gareth deve chegar daqui a uma hora, mais ou menos, Frank — Polly dizia. — É melhor vocês saírem. Ele vai estar bastante nervoso, dadas as circunstâncias. Vamos deixar isso como está até que ele supere o que Rose acabou de fazer. Só então, poderemos revolver o passado.

Rose afastou os olhos do menino, levantou-se e foi para o banheiro, que, ela imaginava, devia ser o de Lucy. Trancando a porta, ajoelhou-se no vaso, esperando vomitar. Mas nada veio. Fechou os olhos e tentou controlar a respiração. Gareth estava a caminho. Todos achavam que ela estava louca. As coisas não iam bem.

Teria Polly contado a Anna sobre este Frank? Sobre o grande segredo que sua mãe guardara de todos? Teria ela — e neste momento inclinou-se sobre o vaso novamente — contado a Gareth? Gareth, que, em razão de seu passado, não poderia saber nunca, jamais? Rose não conseguia nem pensar nisso. Sentiu uma necessidade instintiva de voltar para casa, reagrupar-se, de ajeitar os próprios problemas. Ali, em Brighton, não podia pensar direito. E pior, ela estava em perigo. Precisava sair dali, e havia um único lugar onde queria estar.

Um telefone. Precisava encontrar um telefone. Caminhou em silêncio até a frente do quarto, aquele que imaginava ser de Lucy. Ainda podia escutá-los conversando na cozinha. Seus tons preocupados, conspiratórios, davam a parecer que faziam vigília em torno de um cadáver. Rose estava certa ao achar que o quarto era de Lucy, e ali, ao lado da cama, havia um telefone. Com cuidado, levantou-o e discou um número de táxi tão memorável que retornou a sua mente mesmo após um intervalo de duas décadas.

— Olá. Um táxi, por favor, Luke's Rise, 25. Para um lugar próximo a Bath. Sim, a cidade de Bath. Sim, eu sei que irá custar caro. Não me importo. E, por favor, não telefone de volta ou buzine quando chegar. Estarei de olho, quando você estacionar aqui, eu saio. E preciso de uma cadeirinha para bebês.

Rose voltou às pressas para o quarto onde Flossie e Anna estavam dormindo. Vestiu-se e atirou o que pôde dentro da bolsa e da mala. E então, muito delicadamente, acordou Anna.

— Anna, venha, é uma brincadeira. Vamos fingir que estamos fugindo. Ninguém pode nos ouvir. Você precisa ser silenciosa como um ratinho e descer a escada na ponta dos pés.

Anna estava sonolenta e confusa, mas felizmente obediente como Rose esperava que ela seria. Rose apanhou Flossie, e as três esperaram em silêncio no quarto da frente até que um táxi estacionou na rua úmida e escura. Ele parou ali, suas luzes alaranjadas refletindo nas poças.

— Rápido — Rose falou. — Para baixo e direto para a rua. Não pare!

Rose liderou, mala e carrinho em uma mão, Flossie enlaçada em seu braço livre, bolsa nas costas, e Anna segurando em sua saia enquanto disparavam pela escada, saindo para a rua. Quando Polly, Lucy, Molly e Frank chegaram à porta da frente, Rose já atirara tudo e todos no interior do táxi.

E então, ela parou, virou-se e olhou para o grupo assombrado de pé sob a entrada. A despeito de tudo que a impulsionava para o veículo, deu consigo retornando, subindo os degraus até a porta.

Reparou que Lucy recuava um pouco, para proteger a sua filha grávida. Mas era até Frank que Rose se dirigia. Tomou o seu rosto entre as mãos e olhou fixamente para seus olhos castanho-escuros, como se olhasse um espelho.

— Sinto muito — disse. — Um dia eu vou reparar o que fiz. Prometo.

Ao beijá-lo no rosto uma única vez, sentiu a mão fina de Polly agarrando o seu braço. Mas ela a arrancou e desceu os degraus novamente, metendo-se no táxi.

Bateu a porta e viu que Polly se afastara da porta e corria em sua direção.

— Vá, vá — disse ao motorista. — Caia fora daqui.

Independentemente do que achava daquilo, o taxista não queria problemas. Avançou, aquaplanando na curva, ao final da rua. Rose voltou-se um instante para ver Frank de pé, espantado, na rua, enquanto Polly corria atrás do táxi. Ele tinha o braço ao redor de Molly, que afundava o rosto em seu ombro, sua barriga protuberante pressionando ao seu lado.

E então, Rose percebeu pela primeira vez que, se Molly estava grávida, se Frank era o seu namorado, então era o seu neto que estava ali. Engasgou e cobriu a boca com a mão.

Meu neto!

— Você está bem, querida? — perguntou o taxista.

— Hum... — murmurou, repousando e tentando respirar. Concentrou-se nos limpadores do para-brisas, enquanto oscilavam de um lado para o outro, concedendo um momento de nitidez antes que a chuva insistente obscurecesse novamente sua visão. Contou dez movimentos.

E então, despertou. Não havia afivelado Flossie, Anna, ou ela mesma. O que estava pensando? Ocupou-se com os cintos e fivelas.

— Ninguém vai te perseguir, não é? — o motorista perguntou.

— Não se preocupe — disse, inclinando-se para prender o assento do bebê ao carro.

— E você sabe que isto irá lhe custar os olhos da cara?

— Não tive jeito.

— Só para você saber — o taxista, uma figura paternal e gorducha com um sotaque forte de Estuary, esticou o braço e ligou a Rádio 2. Logo os sons de canções serenas preencheram o automóvel aquecido e perfumado de uma essência de coco, enquanto dirigia-se para o leste, pelos campos úmidos. A chuva arrasou desvios e derrubou bloqueios, serviços de atendimento e postes de transmissão de telefones celulares disfarçados de árvores. Ela converteu linhas brilhantes em realces vivos, de modo que, mesmo sob o sódio amarelo dos postes de luz, tudo parecia nítido; tudo parecia destacado, trazido à tona.

— Olhe, querida, não quero me meter, mas você tem certeza de que sabe o que está fazendo?

— Ah, sim — Rose falou. — Estou voltando para casa, na verdade.

— Fico aliviado em saber. Desde que saiba o que está fazendo. Com as crianças e tudo mais — o homem voltou a concentrar-se na direção.

Havia pouco trânsito na estrada, e o motorista conduzia rápido, suave e com segurança. Rose desejou que a viagem pudesse se prolongar para sempre, pois não queria se defrontar com o que a aguardava em casa. Pôs os braços em volta de suas filhas adormecidas, feliz pelo motorista não ser do tipo falante. Tentou se concentrar em suas meninas, mas a visão de Frank tornou difícil para ela esvaziar a mente.

Apesar de tudo isso, o som ininterrupto da chuva, a oscilação rítmica dos limpadores, o música tranquila e o ambiente morno do interior do carro induziu Rose a um sono inquieto.

Quando finalmente apagou, o último pensamento que teve era de que, muito provavelmente, naquele momento, Gareth estaria cruzando por eles, em sentido oposto. Esperava com todas as forças que, quando o fizesse, não os avistasse. Porque, então, o motorista de táxi poderia ter algo com que se preocupar.

45

Era o momento mais morto da noite quando o táxi estacionou na vaga vazia do Chalé. A casa, nos fundos do caminho, jazia em total escuridão. Não havia vento, e a chuva despencava, pesada, em grandes torrentes verticais, castigando as extremidades das calhas, borbulhando sobre os escoadouros.

— Tem certeza de que é aqui, meu bem? — o taxista perguntou.

— Ah, sim — Rose falou.

Ele saiu e lhe ajudou pelos degraus com a mala. Rose tinha as mãos ocupadas com Flossie, que dormia profundamente, e Anna, que estava acordada apenas o suficiente para obedecer às instruções de que descesse até a casa, um degrau de cada vez, enquanto Rose a cobria com o seu casaco.

— Duzentas e dez libras, por favor, meu bem — o motorista disse. Rose suspirou e remexeu em sua bolsa. Tinha apanhado um maço de notas para a viagem a Brighton e, assim, retirou doze notas de vinte.

— Fique com o troco — disse.

— Obrigado, meu bem. E se cuide, hein? E você, também, senhorita — ajoelhou-se e fitou o olho bom de Anna — você parece uma menina corajosa. Cuide bem de sua mamãe e do bebê, hein?

Suas palavras lembraram Rose da estadia no hospital, e de como ela se sentia impotente quando as enfermeiras trocavam seu nome pela sua função. Era irônico, na verdade. O que sabia ela, naquela época, sobre a perda de poder?

Observou o taxista saltitar sob a chuva de volta para o seu carro, e então se virou para abrir a porta da frente. Estava fechada. Revirou a bolsa à procura das chaves e abriu a porta. Ao ver isso, o taxista ligou o carro e, com um arranque e acendendo os faróis, desapareceu noite adentro.

Frank, pensou Rose. Tinha de engolir aquela ideia, sem nem ao menos mastigá-la.

— Estou assustada, mamãe — Anna sussurrou, prendendo-se na perna de Rose quando entraram pela porta da cozinha vazia e às escuras.

Frank.

— Não precisa, amor. Veja, estamos em casa — Rose pôs o braço em volta dela e puxou Flossie ainda mais para perto, de tal modo que sua cabeça aninhou-se em seu ombro.

— Onde está o papai?

— Saiu, Anna — Rose falou.

Esquecendo o carrinho, a mala e a bolsa, que deixara na chuva, Rose acendeu a luz. A cozinha estava uma bagunça. As coisas do café da manhã anterior ainda espalhadas. Viu três garrafas vazias de vinho e dois cinzeiros cheios. As gavetas tinham sido arrancadas, seu conteúdo derrubado no chão da cozinha, como se alguém tivesse procurado alguma coisa. Panos de prato que Rose lavara e passara em montinhos arrumados foram desfeitos e atirados pelo lugar como penas de pássaros mortos. Algumas cestas contendo o que Rose se referia como "miúdos" — uma expressão que Gareth sempre achara ofensiva por alguma razão inexplicável — foram reviradas, seu conteúdo de pilhas extras, carretéis de linha, elásticos de borracha e percevejos espalhados sobre a mesa da cozinha.

— Era a chave, provavelmente — Rose murmurou.

— O que, mamãe?

— Ah, nada. Apenas falei que acredito que seu pai estivesse à procura de algo.

— Ele é um papai bagunceiro — Anna falou, chupando o dedo como fazia quando bebê.

— Sem dúvida — Rose falou. Foi até a janela dos fundos e viu que, do outro lado da grama úmida, o estúdio tinha as luzes acesas. A porta parecia ter sido arrombada — estilhaçada, mais precisamente — do jeito que se encontrava, aos pedaços. Gareth erguera as cortinas e o ambiente parecia vazio e silencioso; as luzes estavam acesas, mas não havia ninguém. Rose podia ver, mesmo à distância, uma amostra da confusão que ela tinha feito. O estrago parecia grande.

Levando as meninas consigo, circulou pelo piso térreo da casa, verificando se todas as portas estavam trancadas, acendendo as luzes e examinando o interior dos armários para se certificar de que nada se escondia lá dentro. Afora os detritos da cozinha, a casa parecia intocada.

— Venha, vamos para a cama, mrs. Uma e mrs. Duas — disse para Anna e Flossie, e levou-as escada acima, acendendo as luzes no caminho, esticando a mão livre à sua frente como se estivesse portando um escudo invisível. Levou-as diretamente para o seu quarto, que estava do mesmo modo que o deixara, a cama arrumada às pressas, seu quimono dobrado no encosto de uma cadeira. Pôs Anna na cama, trocou Flossie rapidamente e a deitou no outro lado da cama, cercando-a com travesseiros para impedir que caísse. Quando, enfim, Flossie começou a sugar a mamadeira que Rose preparara e guardara na bolsa de roupas, Anna estava dormindo profundamente, de novo, ressonando baixo, seu olho bom fechado e o curativo fitando Rose como se a acusasse.

Rose entrou em cada cômodo do piso superior. Acendeu as luzes, verificou debaixo das camas e atrás das portas dos guarda-roupas. Não sabia ao certo o que iria encontrar, mas não arriscaria. Era óbvio, agora; ela sempre confiou demais. Precisava se certificar de que Gareth não deixara nenhuma armadilha atrás de si para elas.

Mas o único problema real que deixara foi a cozinha. E que era até justo, considerando o que ela fez com seu estúdio.

Desceu a escada e apanhou um guarda-chuva nos ganchos para casacos. Acendendo as luzes externas, cuidadosamente evitou as poças, ao dirigir-se para a edícula. Abriu bastante a porta com o braço esticado, um gesto que lhe pareceu ridículo, como se ela estivesse em algum filme de James Bond.

Acendeu a luz da escada e espiou, atenta a qualquer ruído ou movimento. Em seguida, cuidadosamente, segurando o guarda-chuva como uma espada, subiu os degraus até chegar à sala-quarto. Não entrara ali de verdade — sem que Polly observasse cada movimento seu — havia muito tempo.

Apertou o interruptor da parede e acendeu as luzes. Aquele era certamente o covil de Polly e de mais ninguém. Suas roupas estavam esparramadas por toda parte, cobrindo todos os espaços. Havia vestidos negros de teias-de-aranha, sutiãs que eram, na opinião de Rose, desnecessários, dados os seus seios diminutos; havia mais calcinhas sujas. Rose ajoelhou-se e examinou debaixo da cama. Esticando-se com esforço, ao ponto de quase desistir, puxou um par de calças masculinas bem conhecidas. Estavam enroscadas ao grosso suéter verde que Rose conhecia bem demais.

— Veja só. Agora eu sou uma esposa dedicada — disse ela ao presenteá-lo com o suéter, o resultado de três meses de noites sentadas na frente da TV, tricotando sobre a protuberância que seria Anna.

Havia fitas de couro na guarda da cama e, olhando na gaveta do criado-mudo, Rose encontrou contraceptivos, dois vibradores — um grande e um pequeno, rosáceos e lisos — um tubo de lubrificante sabor morango e uma linha com bolas tailandesas que, Rose notou, tinham sido bastante usadas.

O banheiro era o que imaginava ser — uma confusão de cosméticos para o cabelo, pele, rosto e corpo. A aparência despojada e indiferente de Polly exigia um bocado de manutenção antecipada. Rose encontrou o seu *Touche Éclat* desaparecido, aninhado entre um frasco de removedor *Eve Lom* e um lápis de olho *Nars*. Pensou em tomá-lo de volta, mas decidiu não fazê-lo — ele provavelmente estava contaminado agora. O lixo estava transbordando de lenços manchados de sangue, e o vaso sanitário pedia uma assepsia cuidadosa.

Foi até o quarto pequeno, o quarto que sempre considerara como o de Andy. Estava abandonado e vazio. Não havia sinal dos meninos — é claro —, a própria Rose supervisionara a transferência deles para o casarão. O beliche estava lá, sem roupa de cama. Era como se alguém tivesse morrido.

Se ao menos eu tivesse partido com Andy, Rose pensou de súbito, apertando o peito com o punho fechado. Nada disso teria acontecido. Teria sido difícil, mas não tão catastrófico como o curso dos acontecimentos atuais. Bem, então é isso que ela faria. No dia seguinte, pegaria as meninas e viajaria para a Bretanha, para viver uma vida com Andy em sua cabana, sobre um promontório talhado pelo sal, de frente para o Atlântico revolto. Subiria numa rocha incrustrada de moluscos e inspiraria o ozônio que ela imaginava tão diferente do ar pesado e doméstico do Canal da Mancha o qual estava acostumada em Brighton.

E, então, fora do alcance da revanche ressentida de Gareth por sua própria situação, finalmente conseguiria se livrar de seus segredos e, pela primeira vez na vida, começaria a viver uma vida aberta e totalmente livre. Ela faria bem a Frank. Ela faria bem ao seu neto. Ela faria sua reparação.

Tentando acalmar a mente com dúvidas práticas — pegariam um barco ou voariam; onde apanharia um carro; poderia colocar Flossie, que não tinha passaporte, entre a bagagem? —, foi até a área da cozinha da sala-quarto. Estava tão diferente de quando o lugar era seu. Naquela época, havia panelas secando ao lado da pia, feijões de molho dentro de pratos, pilhas de batatas com terra, recém-colhidas de seu jardim, aguardando providências. Agora, não havia sinal de preparação de comidas, ou de qualquer consumo. Em seu lugar, um violão se apoiava contra o fogão a gás e a mesa da cozinha estava coberta por maços de folhas amarelas. Cada folha estava marcada por linhas e mais linhas da caligrafia pequena e tresloucada de Polly, salpicada por letras maiúsculas fora de lugar, pequenos floreios, formatos de letras excentricamente inclinados e um bocado de coisas riscadas.

Eram as canções de Polly.

Rose apanhou uma folha do topo, e segurando-a em frente à sua lanterna, leu:

Você diz que não pode me ferir
Você pode: eu te quero tanto
As nuvens dela se fecham sobre nós
Afogaremos em nuvens negras
Você terá de fazer cair a tempestade.

Pois então. Isto era algo além do *Ciclo de Viuvez* de que Polly tanto falara. Lendo aquilo mais uma vez, Rose apanhou uma folha e rasgou-a em pequenos pedaços, atirando-os para cima e observando enquanto caíam. Apanhou outra folha, e mais outra, até que o quarto estivesse coberto por tiras de papel amarelo, como uma chuva de urina de cachorro. Torcia para que a ludista Polly não guardasse uma cópia em algum lugar. Riu-se. Aquela era a única arma que lhe restara: a habilidade para mandar tudo pelos ares. E não estava fazendo bom uso disso?

Que importava? Amanhã, ela e suas meninas estariam a caminho da França. Ela chutou os fragmentos amarelos, mandando-os circularmente pelo ar.

— Olá?

Era uma voz masculina que brotara do pé da escada. Rose saltou, quase literalmente. Por um segundo caiu em câmera lenta, como um filme de kung fu. Podia escutar o ar assoprando com seus movimentos, ao desligar rapidamente as luzes, preparando-se para qualquer coisa, as mãos erguidas.

— Tem alguém aí?

Uma sombra avançou lentamente pela parede, inclinando-se a partir dos degraus. Pela silhueta, podia-se ver que o homem segurava algum tipo de bastão. Talvez um martelo.

Vasculhou o guarda-louça e apanhou uma frigideira, escondendo-a atrás da cabeça como se fosse um taco de beisebol, pronta para o golpe.

— Rose?

Rose inspirou profundamente e deixou a frigideira cair no chão. Era Simon. Seu velho amigo. Seu velho camarada.

— Está tudo bem? — disse ele. — Eu vi as luzes e sabia que vocês tinham viajado, e o carro não estava aí, então eu vim dar uma olhada.

Rose correu até Simon e atirou os braços à sua volta, soluçando de alívio.

— Eu achei que você fosse...

— Shhh, shhh....

— Eu pensei... Está tudo desabando, Simon — chorou.

Simon abraçou-a por um longo momento, afagando seu cabelo enquanto ela chorava em seu peito. Esperou até que ela se aquietasse e falou.

— Eu estava voltando de Bath quando quase bati o carro no de Gareth, dirigindo em direção à rodovia. Ele parecia um Cavaleiro do Apocalipse.

— Ele vem me pegar, Simon.

— Shhh, shhh — afagou seu cabelo.

— Você tinha razão, é claro. Eles estão transando. Ele e Polly. Ela já o dominou.

— Sinto muito, Rose.

— Ela não é boa, sabe.

— Não posso discordar disso.

— Mamãe!

O choro petrificado de Anna rasgou a noite, reverberando diretamente no interior do coração de Rose. Ela afastou-se de Simon e desceu correndo a escada, tropeçando nos degraus de pedra até a casa, onde Anna congelava sob o batente da porta. Simon seguiu atrás dela, apagando as luzes e fechando as portas. Rose podia ouvir o choro insistente e lamuriante de Flossie vindo do andar de cima.

— Mãe. Flossie acordou e quer você. Eu te chamei e você não veio — Anna falou, cruzando os braços e olhando para a mãe, o medo que sentira substituído pela petulância.

— É só isso? — Rose falou, agarrando Anna pelos ombros. — É só isso? Eu achei que uma coisa horrível tivesse acontecido!

— Chacoalhou-a com violência. O alívio de que não tivesse sido atacada por um monstro converteu-se em fúria.

— Ai, você está me machucando! — Anna gritou.

— Rose — Simon interveio e apartou-as. — Vá com calma, Rose. Não é culpa de Anna. Olhe, ela estava assustada.

— Você está bem, querida? — ajoelhou e afagou seu cabelo.

Anna aquiesceu, pasma, mas seus olhos revelavam o choque e a dor do ataque da mãe.

Rose sentia-se desorientada.

— Desculpe — murmurou e passou pelos dois atravessando a cozinha.

— Ela já está enfrentando um bocado, Anna — Simon falava enquanto a conduzia pela casa. — Não é sua culpa.

— Não — Anna respondeu, atônita.

— Olhe, desculpe, querida — tremendo, Rose ajoelhou-se e tomou sua mão. — Por favor, me desculpe.

Anna olhou-a e aquiesceu. O pranto de Flossie no andar de cima atingia um *crescendo.*

— Venha, senhorita — Simon disse. — Vamos lá ver como está essa sua irmã. E é madrugada, então vamos para cama — conduziu Anna pela escada. — Prometo que sua mãe estará aqui daqui em diante. Ela não vai sair mais, vai, Rose?

— Não — Rose disse, embora estivesse desesperada para descer até o estúdio e ver o que se passara desde que ela esteve lá pela última vez. Quando Simon e Anna se retiraram, aninhou-se bem na confortável e desgastada poltrona da cozinha. Permaneceu ali durante o que parecia uma eternidade, agarrando-se ao que restara de si mesma. Em seguida, levantou-se, alongou-se, abriu uma garrafa do Laphroaig de Gareth e o pôs sobre a mesa com dois copos. Serviu-se de generosos dois dedos do uísque e misturou a bebida com um pouco de água. Gareth teria ficado horrorizado com aquilo.

Apagou as luzes principais da cozinha e acendeu algumas velas, que acomodou sobre o balcão.

Enfim, Simon desceu.

— Foi difícil — falou ele, sorrindo. — Mas as duas estão dormindo, agora.

— Bom — Rose falou. Quer beber?

— Tal mãe, tal filha — Simon acrescentou.

— O quê?

— Você não quer ficar sozinha, quer?

— Você me pegou — Rose encheu um copo para ele. Entornaram tudo e encheram os copos de novo.

— Graças a Deus pela babá — Simon falou. — Miranda está fora, novamente, mas Janka pode dar conta das crianças em qualquer eventualidade.

— Não se preocupe, não vou te denunciar às autoridades. Contanto que você não conte que eu chacoalhei minha filha.

Sentaram-se à mesa, frente a frente sob a luz das velas.

— Estou preocupado com você, Rose.

— Sou adulta. Eu vou dar um jeito — disse. Realmente acreditava nisso, agora. Ir para a França resolveria todos os seus problemas.

— Onde você acha que Gareth está, então? — Simon perguntou.

— Brighton.

— Ah.

— Ele vem me pegar, para que ele e Polly possam me internar.

Simon olhou para ela, levemente espantado.

— Ela está me fazendo passar por louca, sabe — Rose prosseguiu. — Estou me esforçando bastante para não acreditar que esteja. Ela nos contagiou a todos, de um modo ou de outro, não foi?

— Sim — Simon aparentava amargura. — Ela fez isso — Rose completou o copo dos dois.

— Rose, eu sinto muito. Fui um tolo. Gareth é um idiota. Há uma coisa conosco, homens, e é que temos sangue demais em nossos pintos. Nossos cérebros ficam secos.

— Não creio que os homens tenham o monopólio deste efeito — Rose suspirou. — Exceto pela parte dos pintos.

Simon esticou a mão sobre a mesa, e Rose a tomou, grata por sua amizade, aliviada por ter alguém para conversar.

— Temos sido idiotas, os dois — ela falou. — É como se estivéssemos sempre tentando compensar alguma coisa.

Simon levantou-se e contornou a mesa para chegar ao seu lado. Ajoelhou-se aos seus pés e ergueu os olhos até ela. Tomou o seu rosto entre as mãos e olhou-a nos olhos, os longos cabelos louros reluzindo enquanto falava.

— Odeio te ver assim. Sinto que é culpa minha. Se ao menos eu tivesse sido mais enfático desde o começo, Rose. Se ao menos eu tivesse conseguido fazer com que você se livrasse dela. Mas você não vê que Gareth é tão responsável quanto ela? Ele não sabe o que está colocando em risco. Ele tem tudo. Ele está por cima, e nem ao menos consegue ver isto. Ele tem a você, Rose, e nem consegue ver a coisa mais preciosa que você é. Você é tão encantadora, Rose. Se ao menos...

E aproximou o rosto dela e a beijou. Talvez fosse a bebida, mas ela se descobriu correspondendo ao beijo, deixando a sua língua penetrar a sua boca, empurrando a sua contra a dele. E então afastou-se e olhou-o, o coração palpitando.

— Somos todos tão tolos — disse ela, levantando-se, trazendo-o para junto dela.

Ela agarrou seu cabelo, puxando-o de volta para a mesa, para que Simon ficasse sobre ela. Ele ergueu a sua saia e mergulhou os dedos dentro dela, deslizando sua calcinha para um lado. Ela abriu os botões sobre o volume de seu jeans. E então, subitamente, violentamente, ele agarrou-a pela cintura e atirou-se dentro dela.

— O que estamos fazendo? — ela engasgou, mas a resposta se perdeu no furor das ancas dele. Foi quase imediato, a urgência e o relaxamento. Ela gozou instantaneamente, seu corpo inteiro pulsando, abrindo e fechando como uma anêmona do mar. Ela esticou o braço e bateu na garrafa de uísque, que tombou e rolou, derramando o seu conteúdo terroso sobre os dois antes de espatifar no chão da cozinha, aos pedaços.

Simon, tomado pelas contrações de Rose, bombeou-a mais algumas vezes bem a tempo de gozar em sua barriga, à mostra pela saia erguida. Ele desabou sobre ela, lambendo o uísque de seu rosto.

— Uau — disse ele. — Nunca imaginaria.

— Desculpe — ela falou.

— Eu quis isso há tanto tempo — ele sussurrou em seu ouvido. Afastando-o, ela se sentou.

— É verdade. Ela, Polly, foi o modo que encontrei para tirar você de meu organismo.

Rose sentiu-se subitamente enojada, imoral, com o que acabaram de fazer. O quanto podiam afundar? Os homens são cães, pensou, erguendo-se e baixando a saia.

— Preciso dormir um pouco, agora — falou ela. — Estou meio morta.

Ele se aproximou e pôs a mão em seu seio.

— Você não entende, Rose. Eu quero ficar.

Ela balançou a cabeça.

— As crianças...

— Eu quero estar aqui quando eles chegarem, Rose. Eles voltarão, sabe.

— Não é da sua conta, Simon. Não complique mais as coisas.

Ele a contemplou.

— Olhe, eu te vejo em breve, está bem? — prosseguiu ela. — Esta próxima tarefa tenho de fazer sozinha.

— Eu não creio que...

— Vá. Por favor.

— Está bem, então, Rose. Eu irei. Mas me ligue, a qualquer momento, se precisar de ajuda, está bem?

— Está bem.

Ela o acompanhou até a porta da frente, onde ele lhe deu um longo e profundo abraço, que pareceu como o último gesto de gentileza humana que ela teria por um bom tempo. De qualquer modo, ela queria que aquilo terminasse e que ele fosse embora.

Ele vagueou pelos degraus como um homem que tudo vira e desapareceu. A noite se recolhia, e as aves iniciavam o seu despertar matinal. Rose reparou que a chuva tinha parado e deixara para trás um céu mais claro.

Sentindo-se machucada em volta dos lábios e entre as pernas, Rose subiu a escada e deslizou entre as filhas, onde afundou em um sono profundo e obscuro que parecia banhado por veneno. Tudo acontecera com ela, e ela não merecera nada daquilo.

Tão profundo foi o seu sono que não ouviu o telefone tocar em cinco ocasiões diferentes.

46

FLOSSIE NÃO ACORDOU antes das nove da manhã. Rose, atordoada pela ressaca, rolou para o lado, ergueu sua blusa e pôs o seio em sua boca. Flossie sorveu quase imediatamente, e não demorou muito para Rose sentir o leite saindo. Surpreendeu-se que ainda tivesse algum para dar.

A cama estava iluminada pelo sol da manhã, alcançando as arestas mais escuras das paredes, lançando um alívio dourado sobre tudo. Parecia quente e seguro, lá dentro. Deitada com suas filhas, Rose sentia-se aliviada que as coisas tivessem chegado a um desfecho. Sentia que tudo podia ser possível no dia que começava. Seu velho otimismo não a abandonara, afinal. De um modo estranho, ela estava animada com o potencial da mudança. Guardava aquela imagem de Frank, da gentileza que viu em seus olhos.

Enquanto Flossie sugava e dava tapinhas em seu peito, ela mirou o pequeno calendário de pé que mantinha em seu criado--mudo. Tinha colocado ele ali quando se mudaram, para que pudesse se manter a par das idas e vindas de todo mundo. O plano era que ela se levantaria sabendo, por exemplo, se teria de mandar Anna para a escola com o material de natação, se teria de preparar pratos para o festival da colheita, ou dinheiro para a viagem escolar. Mas aquilo não funcionara. Ela nunca o mantivera atualizado, e durante os últimos meses ele pairava ali, sem nenhuma anotação. Olhando para ele, agora, ela constatava que era primeiro de maio, um dia que ela sempre tentara manter como uma data especial, o emblema de um novo começo.

— Acorde, Anna — encorajou a forma sonolenta ao seu lado. — Venha, temos de sair e lavar o rosto no orvalho.

Anna estava aturdida, mas sabia do que ela falava. Era um ritual que ela repetia durante todos os anos de sua vida. Assim, alguns minutos depois, ela e Rose estavam ajoelhadas no meio do gramado dos fundos, esfregando orvalho no rosto, Flossie deitada sobre uma manta ao seu lado.

— Felizes e radiantes ficaremos, durante todo o dia! — cantava Anna, olhando e sorrindo para a mãe.

— Desculpe por ontem à noite, meu amor. Eu só estava muito cansada.

— Tudo bem. Só não faça de novo — Anna falou.

Rose pôs o braço em volta dela e mantiveram-se unidas no meio da grama úmida, enquanto Flossie tentava levar uma margarida à boca.

Entraram em casa, onde Rose tomou um longo banho quente, entornado por uma quantidade excessiva de creme para espumas. Permaneceu deitada na água e fisgou com os lábios uma porção de espuma, deixando-a estourar delicadamente dentro da boca. Viu partes de seu corpo surgirem e sumirem nas nuvens de bolhas, pequenos relances de imperfeição enrugada, que nenhuma relação pareciam ter com a Rose que agora vivia em sua cabeça.

Deu às filhas um café da manhã com rabanadas e xarope de bordo e apanhou a bolsa molhada do lado de fora da casa. Ela e Anna separaram os itens ensopados e os dispuseram, ao lado do carrinho úmido, nos degraus de pedra para que secassem ao sol. Era bom para ambas que trabalhassem juntas em alguma coisa. Era algo que dava esperanças a Rose, em relação ao futuro.

Quando tudo estivesse seco, iriam fazer as malas de novo e partir.

Mas subjacente a este verniz de calma, Rose continuava sentindo um arrepio de pavor, uma sensação parecida com a fome, que agarrava suas entranhas e as retorcia com força. Conhecia bem aquela sensação. Ela costumava ocorrer quando anunciavam uma tempestade.

Mas naquele dia, o clima prometia ser ameno. Quando esticaram todas as roupas e endireitaram a cozinha, que estava de cabeça para baixo, Rose e Anna fizeram sanduíches e apanharam algumas das panquecas que Rose colocara em potes de biscoito dias antes. Embrulharam tudo em uma pequena mochila e, com Flossie presa à frente de Rose no porta-bebê, partiram para uma longa caminhada, escalando com dificuldade a colina em forma de seio até o cume, do outro lado. Contemplaram o amplo vale, onde havia campos repletos de ovelhas, que se deslocavam de uma ponta à outra em um percurso que parecia um “S” gigante.

— Eu não sabia que ovelhas podiam soletrar — Anna brincou.

Rose sorriu, e até Flossie esticou o pescoço para ver.

Moveram-se ao longo do cume, que fazia um semicírculo que fatalmente as conduzia de volta para casa.

À uma da tarde, o sol estava forte, e Rose e Anna tiraram suas roupas, deixando que o calor da nova estação tocasse suas peles. Acamparam debaixo de um espinheiro vicejante e degustaram de seu pequeno banquete. Rose estendeu o seu moletom no chão e deitou-se ao lado de Anna, com Flossie esparramada entre as duas. Rose contou à Anna a história de Beltane,[26] sobre o fogo e os novos princípios.

Cochilaram ali sob o sol ardente, inspirando o aroma doce, de jasmim leve, do espinheiro.

— O verão chegou de verdade — Anna disse, contente.

— Espero que sim — Rose falou.

E então, uma a uma, as três adormeceram, flutuando para longe da paisagem vicejante, rumo ao seus mundos próprios.

Quando Rose acordou, o sol já avançara bastante em seu caminho para o oeste. Sentiu-se um pouco vermelha e quente. E pensar que apenas algumas semanas atrás, ela precisava de suéter bojudo e do seu Barbour antes de se aventurar fora de casa.

Olhou as suas meninas adormecidas. Flossie virara-se para o lado de Anna; Anna tinha um braço protetor ao redor de sua irmãzinha. Rose sentia uma tristeza inconcebível pelas filhas. Elas seriam as sobreviventes do que aconteceria naquele dia. Essas meninas eram os danos colaterais. Não importa como as coisas terminassem, elas iriam sofrer, de um jeito ou de outro.

Por que as coisas não podiam continuar as mesmas? Por que tinham uma tendência a se desmancharem?

Pouco depois, as meninas acordaram. Rose reuniu as coisas do piquenique, e partiram em seu percurso que rodeava o cume, de volta ao Chalé. Teriam caminhado uns bons dez quilômetros quando chegaram à casa.

---

[26] Festival celta, comemorado no início do verão, em celebração à fertilidade da terra (N. T.).

Eram quase quatro horas quando retornaram ao ápice da colina em forma de seio. Dali, tinham uma vista excelente da casa e do jardim. O coração de Rose disparou quando viu o Galaxy parado em sua vaga. Nico e Yannis brincavam no balanço atrás da casa.

Era isso, então.

— O papai voltou — Anna disse.

Rose a observou, tentando imaginar o que se passava em sua cabeça. Seja o que estivesse pensando, seu rosto não entregava nada.

Permaneceram ali, de mãos dadas, olhando o cenário abaixo. A última coisa que Rose queria era levar suas meninas para lá, mas não tinha muita escolha.

Desceram a ladeira. Aquele lado da colina não tinha sido muito banhado pelo sol, de modo que a grama estava enlameada e escorregadia, ameaçando derrubá-las e enviá-las de ponta-cabeça para a casa, para a sua desgraça. Rose preferia uma descida mais controlada.

Quando se aproximaram da casa, Rose viu as pernas cruzadas de Gareth na janela da cozinha. Estava sentado à mesa, mas felizmente, não olhava na direção delas.

Rose apanhou o carrinho, completamente seco àquela altura, e pôs Flossie dentro dele.

— Anna, por que você não leva a Floss e vai brincar com os meninos? — ela disse.

— Mas eu quero ver o papai — ela lamentou.

— Você terá muito tempo para isso mais tarde — Rose disse. — Mas primeiro eu realmente preciso que você me ajude com a Flossie.

Anna virou os olhos, mas sabia que não adiantava insistir. Apanhou o carrinho e deslizou com ele para o jardim dos fundos. Pensando em como Anna parecia crescida, naquela postura de irmã mais velha, Rose não pensou no quanto ela seria obrigada a amadurecer nos próximos meses.

Inspirando e expirando profundamente, Rose abriu a porta da frente para a cozinha. Gareth estava sentado, uma xícara de café em sua frente, aguardando. Ele voltou-se para ela, a expressão tão vazia quanto uma folha de papel-manteiga.

— Rose.

— Olá.

Seguiu-se um longo silêncio. Ao final, ele suspirou.

— O que você estava pensando, Rose? — Sua voz estava cansada de uma maneira que ela nunca tinha visto, nem ao menos em uma de suas antigas crises psicológicas.

— Do que está falando? — perguntou ela. Era uma pergunta genuína. Ela queria que ele se posicionasse.

— Por onde começar? Você faz um monte de coisas cada vez mais malucas, incluindo destruir o meu estúdio e o MEU TRABALHO — vociferou, subitamente, levantando-se e dando um murro na mesa, fazendo a colher de seu café tremer com tanta violência que Rose receou que a xícara quebrasse. Ele respirou profundamente e se acalmou. — Você desaparece por horas em Brighton com minhas filhas, e então parte no meio da noite para sabe lá onde, abandonando Polly e os meninos e constrangendo a todos.

— Constrangendo a todos? — Rose falou. — Eu sinto muito, mesmo.

— Isso não é um pedido de desculpas, é?

— Não sou eu quem precisa se desculpar.

— E que diabos isso quer dizer?

— Você sabe exatamente do que estou falando.

— Você arruinou tudo, Rose. Foi tudo culpa sua, mas você está tão transtornada que nem ao menos consegue ver. Nós estivemos observando você.

Rose sentiu como se parte sua deslizasse pelo topo do crânio. Ele permaneceu ali, olhando para ela como se fosse uma louca, como se fosse ela quem estivesse errada, e não ele e sua vadia. Ela saltou sobre ele, as mãos esticadas, as garras para fora. Queria derrubá-lo para fora, para longe.

Mas ao invés disso, sendo ele tão alto e ela de tamanho mediano, Gareth permaneceu firme. Seu corpo absorveu o impacto de seu golpe, enviando-o pelos pés até o chão de pedra. Ele agarrou os pulsos dela e segurou-os com tanta força que os ossos dela doeram, mas permaneceu imóvel. Respirou profundamente e afastou-a de perto de si como se fosse uma coisa suja. Encarou-a diretamente nos olhos, e Rose percebeu que estava diante do rosto de um desconhecido.

— Rose, Rose. Polly e eu estamos muito preocupados com você — falou, tentando controlar a voz. — Já faz um bom tempo que você está fora de si. Ao menos desde que Flossie adoeceu. E as coisas que fez recentemente, bem, não é o que se pode esperar de alguém com filhos pequenos para cuidar.

Rose se recompôs e olhou para ele.

— O que está tentando me dizer?

— Estou preocupado com as minhas filhas.

— *Suas* filhas?

— Escute, Rose, e escute bem. Temos conversado, Polly e eu.

— Aposto que sim.

Olhou-a com pena. Ela devolveu o olhar, desejando que ele confessasse.

— Polly me ligou de Brighton. Tinha esquecido o celular. Queria me dizer o quanto estava preocupada com você e, como você pode imaginar, eu também estava bastante preocupado também, considerando o que você fez com O MEU TRABALHO — apontou para o estúdio, que permanecia arrasado no fundo do jardim.

— Você sabe que também arrancou fora o meu braço quando fez o que fez ali? Você nunca entendeu a minha obra, Rose, não é? Você apenas a via como uma maneira de ganhar dinheiro para que pudesse FAZER COMPRAS NO SUPERMERCADO. — Calou-se e passou os dedos pelo cabelo. Tomou fôlego e mordeu os lábios. — Sabe o quê? Não sei se você algum dia me viu de outra forma além de um vale-refeição, um banco de esperma, um meio para os seus fins.

“Isto de novo, não”, pensou Rose.

— Você algum dia chegou a me ver como homem? Como uma criatura sexual?

Rose bufou. Como podia dizer aquilo!

Ele lhe dirigiu um soslaio.

— Como algo além de uma segunda opção para Christos?

Rose engasgou. Qualquer brisa que ainda soprava em suas velas desapareceu.

Gareth silenciou e expirou.

— E Rose, você mentiu, e mentiu, e mentiu, e mentiu para mim. Polly me contou tudo. — Ele se sentou e encarou-a: juiz, júri e carrasco.

— Você vê o que fez, Rose? — dentro de Rose, tudo rodopiava. Pela primeira vez reparou que Polly estava ali, sentada, meio coberta pelo canto da poltrona. Seu rosto era sério, mas Rose tinha certeza de que podia ver uma ponta de triunfo em seus olhos.

— Eu liguei para Gareth e ele me contou o que você fez. Decidimos que você precisava ver um médico, mas que Gareth precisava estar ao seu lado quando o doutor aparecesse, e daí ele viajou para buscá-la. E então você fez o seu truque de desaparecimento. Com as meninas, Rose. *Com as meninas* — a voz de Polly assumira um ar profundo, didático, e ela mudou de posição de maneira que, repousando na cadeira, uma mão sob o queixo, parecia ensaiar para um papel de psiquiatra.

— Você entende que eu não tive alternativa senão contar a Gareth a sua história, sobre o bebê? — Polly prosseguiu. — Sobre o pobre Frank?

Gareth levantou a cabeça.

— Por que você não me contou, Rose?

— Eu não queria te perder — Rose falou em voz baixa.

Gareth olhou-a com um misto de piedade e desprezo.

— Você não acha que é justamente disso que se trata? A visita a Brighton te pegou de surpresa, não foi? Você não percebe que se mente a vida inteira, isto te deixará doente?

— Eu não estou doente — Rose gritou. — *Eu. Não. Estou. Doente!*

— Temos conversado sobre isso, Rose — Gareth prosseguiu. — Eu estava com raiva. Eu queria te levar para o hospital, para te internar. Mas Polly intercedeu a seu favor. Disse que o que você precisava era de um descanso, livre de todas as suas responsabilidades, e ela disse que as meninas deveriam poder te ver também. Temos de pensar nelas.

Ele atravessou a cozinha e postou-se bem diante dela.

— Então combinamos o seguinte. Vamos te levar para a edícula e te deixar nas mãos de um psicoterapeuta, e daí vemos o que acontece.

— Você não precisará fazer nada. Nem cozinhar, nem faxinar — Polly falou, sorrindo.

— Polly gentilmente se dispôs a assumir tudo. O que é muito generoso da parte dela, considerando tudo o que já precisa passar.

— Terei de gravar o meu álbum — Polly completou. — Mas podemos fazer isso em Bath, para que eu possa dar conta da casa e dos filhos.

— Você precisa apenas se concentrar na recuperação, e então veremos o que acontece — Gareth disse.

Ambos se sentaram e olharam para ela, os olhos arregalados, como se o plano que estavam propondo fosse a coisa mais simples e óbvia do mundo. Como se estivessem lhe oferecendo bondade. Os ombros de Rose caíram, as sobrancelhas desceram e ela achou difícil respirar.

— Mas você sabe, Rose, que acabou. Você sabe que agora não posso mais te aceitar de volta. Não depois de todas as suas mentiras — Gareth disse.

— Eu sei o que você está armando — Rose grunhiu para Polly. — Não me venha falar em mentiras.

— Pobre mrs. Matemática — Polly falou, levantando-se. — Sempre somando dois mais dois.

Rose não podia suportar mais. Atirou-se contra Polly, mergulhando seus dedos nos cabelos dela, puxando-os, cravando suas unhas nele. Polly foi apanhada de surpresa. Caiu contra a poltrona, e Rose deu consigo desferindo socos e mais socos em sua cabeça.

Gareth correu e arrastou Rose pelo braço, puxando-a para longe de Polly, atirando-a de tal maneira que ela se espatifou sobre o chão.

— Deixe-a! — ele gritou. — Deixe-a em paz.

— Sua preciosa Polly? Sua pequena vagabunda?

Polly se levantou e postou-se ao lado de Gareth, logo atrás dele, olhando para Rose. Ela ainda sorria.

— Retire o que disse! — ele rugiu. — Deixe-a fora disso.

— Tudo bem, Gareth. Ela não está bem — disse Polly, tocando o seu braço.

Rose arrastou-se pelo chão até o armário, onde se apoiou para levantar. Batera a cabeça quando caiu e se sentia atordoada, mas uma energia a impulsionava com tanta intensidade que nada poderia detê-la. Ergueu-se com ambas as mãos para a prateleira do armário onde ficava a cesta de ovos de Anna. Apanhou os dois maiores, feitos de ônix e mármore, e tão grandes que suas mãos mal davam conta de segurá-lo. Virou-se para Gareth e Polly, que pareciam congelados do outro lado da cozinha, como se ela fosse um animal de zoológico.

E então, num átimo, ela atirou-se pela cozinha com um ovo em cada mão. Jogou-se sobre Gareth, saltando e acertando sua cabeça com as pedras. Tomado de surpresa, ele tentou desviar, mas, ao invés disso, foi atingido por um golpe destrutivo na têmpora, que lhe enviou cambaleante para o chão. No caminho, porém, sua cabeça bateu na tampa suspensa do Aga. Foi tão rápido que Rose mal entendeu o que se passou. Saltou para trás. Ele estava prostrado, em silêncio, seu rosto para cima contra a chapa aquecida do fogão, um fio de sangue chiando enquanto escorria de seu nariz.

Por um momento, tanto Rose quanto Polly permaneceram ali, paralisadas de horror. E então Rose correu em direção a Gareth e tentou retirá-lo de sobre o fogão. Ele era um homem grande e, agora, um peso morto. Seu rosto descascou quando ela puxou-o da chapa aquecida, deixando para trás uma camada de pele queimada. Aos soluços, quase vomitando, ela o deitou e tentou reanimá-lo, batendo em seu peito imóvel, tentando reviver o seu corpo.

Nada aconteceu.

— Gareth! — ela gritava. — Gareth!

— Ah, Rose. Você viu o que fez desta vez?

Rose ergueu os olhos para Polly, de pé sobre ela, suas mãos nas cinturas, o sorriso brando ainda em seu rosto. Por um segundo ou dois, Rose não conseguiu se mover. Sua mente estava vazia, exceto pela consciência de que precisava agir rapidamente. E então, como um animal correndo para se refugiar, saltou de pé e correu para a despensa, batendo a porta atrás dela e correndo o ferrolho, de modo que Polly não pudesse alcançá-la. Permaneceu ali, ofegante, até conseguir retomar a respiração.

O que *foi* que ela fez?

Percebeu que tinha caído numa armadilha. Se conseguisse sair dali, não apenas teria de encarar o horror do que acontecera a Gareth, como teria de enfrentar Polly, a criadora de tudo aquilo. Era movida pelo instinto, àquela altura, pela necessidade de sobrevivência. Percorrendo os olhos pelo lugar, encontrou a arma. A arma de Gareth. Ele a pusera na prateleira superior, sem dúvida uma vã tentativa de escondê-la. O idiota. Estava completamente à vista atrás dos poucos potes de chutney de maçã que escapara ao expurgo da despensa feito por Polly.

Trepando na bancada, conseguiu se erguer pela ponta dos dedos, escalando como uma alpinista pelas prateleiras. Estava prestes a alcançar a arma, mas quando a retirou de lá, trouxe junto um dos potes de chutney, espatifando no caminho. A gosma pegajosa espalhou-se sobre o ladrilho. Rose estava quase indiferente à bagunça, mas ainda acrescentou o item de limpeza do chutney à sua lista mental de afazeres. Utilizando algum conhecimento que não sabia possuir, obtido talvez em um ou outro filme, ela abriu a espingarda. Parecia carregada. Era uma boa coisa, pensou.

Encostou a orelha na porta trancada. Tudo estava quieto na cozinha. Quem sabe o que iria encontrar quando entrasse ali novamente? Tudo o que torcia era para que as crianças ainda estivessem lá fora.

Firmando a espingarda contra o peito, abriu a porta e recuou para dentro da despensa. Gareth ainda estava no chão, onde o deixara, mais imóvel que nunca. Teria de voltar a ele após dar um jeito em Polly.

— Estava me perguntando quando você iria voltar — Polly falou.

Rose inclinou-se para vê-la, de volta na poltrona. Pela primeira vez, ela viu aquele sorriso doente fraquejar quando Polly viu a arma.

— O que você está fazendo, Rose? — Polly disse, levantando-se.

— Fique aí! — Rose rugiu, e Polly levantou as mãos e ficou imóvel, parada no lugar.

Rose alcançou a porta dos fundos e a trancou. Apontando a arma para Polly, moveu-se pela cozinha, fechando as cortinas. Por fim, trancou a porta da frente. Agora não havia perigo de as crianças entrarem. Podia fazer o que quisesse.

— O que você vai fazer, Rose? — Polly perguntou de novo.

Rose girou para ficar de frente para Polly, apontando a arma diretamente para ela. Ergueu a mira, de modo que estivesse na altura de sua testa. Sempre foi uma boa atiradora em parques de diversões, com patos de borracha e coisas do tipo. Acreditava mesmo que possuía uma boa pontaria.

— Rose, eu não sei o que você acha que estava se passando, mas é sério, tudo o que fiz foi para o seu próprio bem — Polly falou.

— Hã! — gritou Rose.

— É verdade. Por que não seria? — Polly disse, rapidamente. — Nós viemos de tão longe, Rose...

— Já ouvi isso antes — respondeu. — Estou farta disso.

— Rose. Você acha que isto é irrecuperável, não é? Você acha que está metida tão fundo que pode acabar comigo e dar cabo em tudo isto, não é?

Rose não respondeu. Apenas reafirmou sua posição com a arma e liberou a trava de segurança, curvando o dedo com firmeza ao redor do gatilho.

— Eu fui a única testemunha disso, Rose. A única testemunha — Rose podia ver a mente de Polly trabalhando com a exasperação de um condenado. Ela não seria manipulada por aquilo.

— Exatamente — Rose murmurou.

— Mas você não vê? Você não matou Gareth. Ele caiu. Foi um acidente. Um *acidente*, Rose.

Rose sentiu as ondas da falta de ar sobrevindo novamente. Firmou sua postura para que conseguisse permanecer firme com a arma.

— Foi um acidente! Um acidente horrível. Você pode se livrar disso, se quiser — Polly pareceu aliviada com os pensamentos que lhe ocorriam. — As garotas continuarão com você. Mas se você atirar em mim agora, *não haverá como* se livrar disso. Pense que perda isso provocaria! Nenhuma das quatro crianças com pais para protegê-las. Se não por mim, por eles, Rose. Abaixe a arma. Olhe! Nós vamos sair dessa!

E com suas mãos ainda erguidas, Polly percorreu a cozinha. Rose ainda mantinha a arma apontada para ela, quando ela tomou os ovos de ônix manchados de sangue. Olhando para Rose e se agachando, as costas eretas, Polly apanhou os ovos.

— Não entre em pânico — disse enquanto Rose reposicionava a arma novamente. — Eu só vou até a pia para lavá-las. Olhe.

Segurando os ovos com seus bracinhos ossudos, Polly recuou até a pia e, usando um pano descartável e um detergente, removeu todo traço de sangue apegado a eles. Em seguida, secou-os em um pano de prato.

— Ponha-os de volta na cesta — Rose falou, e Polly obedeceu, subindo em uma cadeira para colocar a cesta de volta a seu lugar no armário.

— Pronto — virou-se e sorriu para a amiga. — Tudo de volta ao que era.

Tremendo, Rose baixou a arma. Abriu-a e derrubou os cartuchos.

Polly aproximou-se dela e entregou-lhe o pano de prato.

— É melhor retirar qualquer impressão digital e colocá-la de volta onde a encontrou — disse ela. Quando Rose apanhou o pano, as mãos de Polly apertaram as dela. Olhou-a nos olhos.

— Eu sinto tanto, Rose. Por tudo o que aconteceu. Por tudo isso. Pobre de nós. Pobre dele.

Olharam para Gareth no chão.

Um momento depois, Rose se afastou e foi guardar a arma de volta na despensa. Quando voltou para a cozinha, Polly estava debruçada aos pés dele, desfazendo um nó do sapato.

— É por isso que ele caiu — disse ela. — Estava perdido, não é? — disse a Rose. — Quero dizer, veja o que ele fez com o próprio estúdio. E ele me ligou e disse que foi você. E a bagunça por todo lado, o uísque. E não é que ele não tenha tido um histórico, digamos, de dificuldades. Quando ele partiu para atacá-la, bem, eu não sabia o que eu faria...

Rose recuou para a poltrona e afundou o rosto nas mãos. Sentiu duas mãos sobre os seus joelhos e ergueu o rosto para ver Polly, agachada em sua frente.

— Rose. Vai acontecer o seguinte. Levarei as crianças até Simon — falou. — Vou lhe dizer que houve um acidente. Você vai ligar para Kate e lhe dirá que não sabe o que fazer. E então, deixe que ela tome a dianteira. Ela é boa nisso. Você está triste agora. Continue assim. Estarei num instante aqui e contaremos a nossa história, de como Gareth tropeçou quando tentou atacá-la.

Rose aquiesceu, aturdida.

— Estou contente, de verdade — prosseguiu Polly. — Aconteceu mais rapidamente do que imaginava, mas tudo está de volta ao lugar. Estamos as duas no lugar certo. E todo o resto são águas passadas, não é?

Polly se levantou e abriu a porta dos fundos e, então, virou para olhar Rose novamente, seus olhos em fogo.

— Sabe, Christos nunca foi o mesmo desde que você visitou Cárpatos, Rose — e então, com uma força súbita, violenta, ela cuspiu no chão. — *Nunca.*

Abriu a porta e saiu para o jardim.

Esforçando-se para não olhar para Gareth, Rose levantou-se e espreitou por uma brecha nas cortinas. Observou enquanto Polly avançava e reunia as crianças. Sorria e conversava com elas como se nada tivesse acontecido. Algo que dissera chegou mesmo a fazê-las comemorarem.

Ela parecia muito versada em subterfúgios.

Dois anos depois

— *Maman!*

Flossie cambaleava com os pés na grama selvagem, suas mãozinhas esticadas na direção da mãe. Anna apanhou-a e rolou com ela no chão. As duas meninas sorriam ao rodopiarem juntas na ladeira pontilhada de flores que a aproximavam da mãe, que se banhava de sol sobre uma canga debaixo de uma cerejeira.

Rose sorriu e agarrou as duas, apertando-as contra si, inspirando profundamente o seu aroma de sal, mar e céu. Deitaram-se de costas e ficaram olhando as flores que dançavam acima delas. Rose fechou os olhos e ouviu os distantes estouros e bramidos das ondas enquanto fluíam para dentro da areia a alguns metros de onde elas se encontravam, descarregando a energia reunida ao longo das vastas extensões de água que se estendiam para o oeste.

— *Maman* — Flossie, que se levantara novamente, apoiava-se em Rose, esfregando o nariz em um longo pedaço de capim. Rose fez cócegas em sua barriga e a menininha contorceu-se de prazer, seus olhos vivos dançando.

Anna distraiu-se, sorrindo.

— Não, nós dizemos *mamãe,* Flossie, *mamãe.*

— Não, é *maman*! — Flossie insistiu.

Pela quarta vez em tantos dias, Rose agradeceu ao céu por aquela luminosidade que retornava para as suas filhas e para tudo em volta delas. Não aconteceu da noite para o dia, mas lá estavam, finalmente.

— Aí estão vocês — Andy surgiu detrás da cerca do pomar, limpando as mãos com um trapo oleoso. Ele estivera trabalhando no barco durante as últimas semanas, desde que o tempo virou. Planejava passar as manhãs de verão ali novamente, sobre as ondas, apanhando peixes para o restaurante local. Para o mesmo lugar, Rose fornecia ovos, conservas e vegetais o ano inteiro, do pequeno jardim que de algum modo conseguira cultivar no solo rude daquela pequena ilha na costa oeste da Bretanha.

Apesar do dinheiro que conseguiram com a venda do Chalé, ela, Andy e as meninas viviam uma existência intencionalmente simples em Ile d'Ouessant, e aquilo lhes aprazia. Eram quase autossuficientes e não tinham TV, telefone, internet, e eram visitados por pouquíssimas pessoas, com exceção de Frank e Molly, que vinham a cada dois ou três meses com Johnny, o netinho de Rose. Rose ficara muito feliz por conseguir ajudá-los em suas paternidade e maternidade precoces, ao comprar para eles uma casa em Brighton. Era uma reparação, de certa forma.

Enfim, encontrara a paz.

— Vejam só vocês, aí deitadas — Andy sorriu.

— Um passarinho não pode descansar de vez em quando? — Rose olhou-o. Ele ficava tão bonito naquela luz. A felicidade caía-lhe bem.

Ele apanhou Flossie e, girando-a sobre o seu joelho, juntou-se a Rose sobre a canga, pondo o braço em volta dela e das meninas.

— Um lindo dia — ele disse. — Topa nadar mais tarde?

— Você está animado — Rose inclinou-se e beijou-o no nariz.

Ele manteve o seu olhar um momento e então remexeu o próprio bolso.

— Ah, é. Você me fez esquecer completamente da razão que me levou a te procurar. Isto chegou.

Rose apanhou a carta das mãos dele e abriu-a. Reconheceu a caligrafia no mesmo instante.

Álbum concluído. Esgotada. Preciso de folga, longe das tentações. Meninos m. animados em vê-los. Quando podemos chegar? Envie detalhes da balsa etc. Polly xx.

Bem. Aquilo aconteceria algum dia. Rose sentiu-se um pouco enjoada. Dobrou a carta e alisou-a sobre o colo. Protegendo os olhos com a mão, olhou por cima da cerca do pomar, para a linha indefinida do horizonte, onde o mar encontrava o céu.

Como poderia recusar?

Uma brisa súbita, enérgica, soprou do mar, agitando a coreojeira. Um punhado de flores caiu em volta de Rose, Anna, Flossie e Andy, e Rose estremeceu.